本名张爱玲

张小虹 著

GUANGXI NORMAL UNIVERSITY PRESS
广西师范大学出版社
·桂林·

本名张爱玲
BENMING ZHANGAILING

图书在版编目（CIP）数据

本名张爱玲 / 张小虹著. --桂林：广西师范大学
出版社，2022.8
　ISBN 978-7-5598-5021-8

Ⅰ．①本… Ⅱ．①张… Ⅲ．①张爱玲（1920-1995）
—文学研究 Ⅳ．①I206.7

中国版本图书馆 CIP 数据核字（2022）第 086814 号

广西师范大学出版社出版发行

（广西桂林市五里店路 9 号　邮政编码：541004）
（网址：http://www.bbtpress.com）
出版人：黄轩庄
全国新华书店经销
广西民族印刷包装集团有限公司印刷
（南宁市高新区高新三路 1 号　邮政编码：530007）
开本：880 mm ×1 240 mm　1/32
印张：12.5　　　字数：300 千
2022 年 8 月第 1 版　　2022 年 8 月第 1 次印刷
印数：0 001~5 000 册　定价：88.00 元

如发现印装质量问题，影响阅读，请与出版社发行部门联系调换。

目 录

无主文本与

宗法父权的

裂　变

什么是张爱玲的"秘密"？

"秘密"二字，当可立即唤起所有人止不住的好奇心，从拥有正经八百考据功夫的学者，到热爱街谈巷议、八卦传闻的张迷，怕莫不皆是摩拳擦掌、蠢蠢欲动。张爱玲自二十多岁一夕红遍上海滩起，从来没能须臾逃离众人对其家族秘辛、婚恋秘闻、晚年幽居的各种窥探好奇。而当代张学研究也三不五时以揭露张爱玲"最新"的秘密为由，牵拉出许许多多丰富有趣的考据研究与八卦杂谈，完全信奉于张爱玲"以庸俗反当代"之姿，雅俗兼备、荤腥不忌。2009年出版的《小团圆》更被视为张爱玲"秘密档案"的大公开，从家族不伦恋、公交车性骚扰到"洞口倒挂的蝙蝠"，既有自我揭发的暴露快感，也应和着旁观者的偷窥欲望。2018年张爱玲的"神秘笔记本"曝光，两百多页，密密麻麻写满中英文字，甚多潦草不可辨，再度引发张迷和张学学者的好奇。而在当前张爱玲百年冥诞之际，其与挚友宋淇、邝文美夫妇四十年间、数十万字的通信内容也已付梓，当可掀起最新一波的张爱玲"秘密考据学"。[1]

然本书以此耸动问句开场，究竟是想依样画葫芦，还是反其道而行呢？张爱玲曾撰幽默小品《秘密》一文，鲜为人知，短短一百多字，1945年4月1日发表于上海《小报》（名副其实以《小报》为名的小报）。该文与极短篇《丈人的心》《吉利》、短篇集锦《气短情长及其他》《天地人》同月发表，显示彼时张爱玲或在实验某种言简意赅却可意在言外的短文形式。《秘密》一文全文如下：

> 最近听到两个故事，觉得很有意思，尤其是这个。以后人家问句太多的时候，我想我就告诉他这一只笑话。
>
> 德国的佛德烈大帝，大约是在打仗吧，一个将军来见他，问他用的是什么策略。
>
> 皇帝道："你能够保守秘密么？"
>
> 他指天誓曰："我能够，沉默得像坟墓，像鱼，像深海底的鱼。"
>
> 皇帝道："我也能够。"（页266）

《秘密》虽短，但幽默风趣的层次却不少。第一个层次当是德国皇帝与大臣的笑话一则，想要窥探皇帝秘密谋略的大臣，却被皇帝反将一军。第二个层次则是以"后设"方式带出此则笑话的功能：日后有人要窥探叙述者秘密之时，此《秘密》正可堵住对方之口。但《秘密》之中至少还有一个隐而不显的"秘密"：言简意赅的《秘密》可能的"言外之意"，乃在"这个"秘密之外的"那个"秘密，两个有意思的故事只讲了一个，那另一个呢？但《秘密》所预设的关卡，就是"问句太多"时就告诉提问者"这一只笑话"。换言之，《秘密》中纵使还有其他"秘密"，《秘密》中的秘密却依《秘密》所设定的关卡而终不可得。

然本书绪论以此慧黠短文开场，却不是要去探究张爱玲《秘密》中的秘密，而是要去思考"秘密"本身可探究与不可探究所可能涉及的两种逻辑。一种是"深度逻辑"，建立在表象与真理、符号与意义的分离之上，唯有穿越表象与符号，才能获致在表象或符号之后或之下的真正"秘密"。大臣口中"沉默得像坟墓""像深海底的鱼"，不仅只是积极承诺将对皇帝亲口告知的秘密守口如瓶，其表达本身也可以是秘密之为"深度"模式的惯有呈现方式，秘密总是埋在墓里、沉在海底，有如真理般等待挖掘与去除遮蔽（a-letheia）的。而另一种则是本书绪论在此想要展开的"表面逻辑"，若《秘密》所设下的关卡，让"深度逻辑"的秘密终不可得（既是"这个"皇帝秘密的不可得，也是"那个"秘密的不可得），那我们有没有可能在"秘密"之上得知秘密？而"秘密"之上"公开的秘密"还是秘密吗？张爱玲《秘密》一文能让我们弃秘密的"深度逻辑"而就"表面逻辑"吗？

那接下来就让我们试着思考有关张爱玲"秘密"的"深度逻辑"与"表面逻辑"之别。首先，我们可以绕个大弯，从古希腊的故事来重新开展张爱玲的《秘密》，从两个画匠一较长短的比赛趣闻，来回应张爱玲"秘密"的幽微。在古罗马作家老普林尼（Pliny the Elder）的《自然史》（*Naturalis Historia*）中，记载了公元前5世纪古希腊一场精彩绝伦的绘画竞赛（页251）。两位顶尖画匠相约比试，画匠宙克西斯（Zeuxis）完成了一幅水果静物画，画上的葡萄栩栩如生，竟然引来鸟儿撞上去想要啄食。然就在众人欢呼叫好之际，另一位画匠帕拉西奥斯

（Parrhasios）却优哉游哉，不动声色，惹得宙克西斯心浮气躁，忍不住要他的对手快快掀起墙上的布幔，让众人得以一窥布幔后面的画作究竟如何。然就在宙克西斯张嘴开口说出此话的当下，胜负已然决定，因为帕拉西奥斯所画的正是布幔本身。若说宙克西斯的葡萄厉害地骗过了鸟的眼睛，那帕拉西奥斯的布幔显然更厉害地骗过了人的眼睛。[2]

这场古希腊的绘画竞赛之所以如此有名，除了触及艺术再现真实的"模拟论"（mimesis）之外，更被精神分析大师拉康（Jacques Lacan）写入他的《精神分析的四个基本概念》（*The Four Fundamental Concepts of Psycho-analysis*）作为范例，以此说明"凝视（对视点）战胜眼睛"（a triumph of the gaze over the eye）（页103）。对拉康而言，鸟之被骗在于葡萄的栩栩如生，涉及的乃是画作的"模拟"甚或"拟真（欺眼）"（trompe l'oeil）；人之被骗却不在布幔是否栩栩如生，而在于内心的欲望与匮缺。帕拉西奥斯的布幔成为一种欲盖弥彰的遮掩，引诱着宙克西斯的"凝视（对视点）幻象"，一种对于布幔之下必有画作之执迷。故宙克西斯之失败，不在于"眼睛"失误，而在于被唤起、被诱惑出的"凝视（对视点）幻象"。若以德里达（Jacques Derrida）的解构主义术语言之，宙克西斯之失败，正是"在场形而上学"（the metaphysics of presence）之胜利。

然而这个两千五百年前的古希腊故事，究竟能和张爱玲的《秘密》产生什么样的联系呢？绕过古希腊的大弯之后，我们在此再绕一个小弯。话说张爱玲的小说《小团圆》于2009年出版后，引起极大的回响与争议，其中包括在小说第五章连续出现三次的"木彫的鸟"，学者们众声喧哗，纷纷跳出来诠释"木彫的鸟"之各种可能的象征意涵。[3]小说中形容"木彫的鸟""雕刻得非常原始，也没加油漆，是远祖祀奉的偶像?"(页177),更在近结尾处重申"性与生殖与最原始的远祖之间一脉相传,是在生命的核心里的一种神秘与恐怖"(页319)。那么"木彫的鸟"所带来的,究竟是哪一种"神秘与恐怖"呢?有一种属于主题、意象或诠释的"正统"读法,趋近"深度逻辑",旨在凸显"神秘与恐怖"所指向的"远祖—祭祀—性—生殖"一脉相传的象征或隐喻。但也同时有另一种属于字义表面或语言文字本身的读法,趋近"表面逻辑",例如开始去好奇、去质疑、去探问:小说中所采用的语词究竟是"神秘"还是"神祕"呢?从"禾"字部的"秘"与从"示"字部的"祕",究竟有何差别呢?而其间的差别,又如何得以帮助我们重新看待张爱玲的《秘密》,以及"秘密"之中可能的"祕密"呢?

然本书绪论在此想要做的,不是考据学、文字学或版本学的比较研究,也不是回到古希腊故事所可能牵引出的艺术模拟论,或妄想回归拉康的精神分析,而是试图在《秘密》之中创造"秘从禾"与"祕从示"的差异思考。此有关"秘"与"祕"貌似微不足道的小小例子,乃是用来展示本书在阅读上的起手势,一个企图破解"阳物理体中心"(phallogocentrism)[4]的文本操作方式。一般而言,"祕"从"示"乃正体字,"秘"从"禾"乃后人讹用所产生的异体字,然在现今的用法上乃是"祕""秘"相通,"秘密"就是"祕密",毫无疑义。但若说德国皇帝的"秘密"从禾从示皆宜,为何"性与生殖与最原始的远祖之间一脉相传"的"神秘与恐怖",却更可以是"祕"而不仅是"秘"呢?或者说,为何"祕"从"示"之颠覆爆破力,会远远超过"秘"从"禾"呢?为何读出"祕"的"表面逻辑",可以吊诡地成为张爱玲《秘密》中的"祕密"呢("深度逻辑"的内翻外转)?

就让我们先回到"示"在字面象形上所可能揭示的"远祖祀奉"。

根据许慎在《说文解字》中所言："示，天垂象，见吉凶，所以示人也。从二。三垂，日月星也。观乎天文，以察时变。示，神事也。凡示之属皆从示。"（卷一上，页7）在此小篆字形上方的"二"乃古文的"上"，下方的三竖分别代表日月星，故"示"乃观天文、见吉凶、察时变。尔后出土的甲骨文，"示"多作"丅"形，象形祭台，也与《说文》中所言祭祀、礼仪等"神事"大抵从"示"之说相通。但显然还是有人并不满意将甲骨文的"示"，仅仅当成"丅"形祭台的象形就拍板定案。郭沫若在《甲骨文字研究》之《释祖妣》一文中指出，卜辞"示"字多作"丅"形，上不必从二，下不必垂三（其垂更有多至四五者），而就字形的演变而言，"'丅'实为'⊥'之倒悬，其旁垂乃毛形也"，而其中垂"更有肥笔作者"，故可知其乃"生殖神之偶象"。（页37—38）郭沫若大胆露骨、直言不讳的甲骨文字学考证，乃一反《说文》小篆的日月星，而径自将三竖变多垂（中垂为肥笔，旁垂为毛形），让"示"之"神事"（"神"亦从"示"）瞬间有了原始初民男根生殖神崇拜的生动联结与象形。虽然在现今的中国文字学研究中，郭沫若的《释祖妣》并非主流，而其"牡器"（男性生殖器）之说，更被其他学者视为既耸人听闻又亵渎神明而屡遭批判，但本书对其"示"之为"生殖神之偶象"之援引，主要的考虑有二。一就批判层面而言，"示"之象形不论是"祭台"还是"生殖神之偶象"，都指向"神主"祭祀仪式，个中差别主要在于前者的象形乃彻底中性化、去性别化，将"示"之"丅"形视为祭台、祭坛或祭坛之几，甚而"丅"上一横为台上之祭物，左右两撇为祭物所流下酒水之滴等。这显然与郭沫若"'丅'实为'⊥'之倒悬，其旁垂乃毛形也"的"牡器"（男性生殖器）象形说截然不同，故也同时失去由"示"到"宗"所可能展开的女性主义对宗法父权、男性中心之批判。二就理论层面而言，"示"之为"生殖神之偶象"乃是由"男根"（阴茎，penis）到"神主"（阳物，phallus）的滑动与转换，正可成功呼应本书援引当代理论对"阳物理体中心"之批判。故本书对郭沫若考"示"之采用，不在于展开任何文字学的考释论辩，而是一种女性主义的策略性政治挪用，以凸显由"阴茎"到"阳物"的宗法父权如何天罗地网、无所不在。[5]

那接着就让我们大胆尝试去创造一种思考的文化交织，交织古中国甲骨文的"示"与古希腊画在墙上的"布幔"，交织张爱玲的《秘密》与"祕密"。若说象形文字的"示"有如布幔，那重点便不在于"示"之后的"意旨"（signified）（被布幔所遮蔽的可能画作），而在于"示"的"意符"（signifier）本身就是"意旨"（布幔就是画作，写字就是画画），而张爱玲的《秘密》或许就在"祕密"之中（表面而非深度）。故此作为开场的"祕密"之例，大抵可以用来说明本书所操作、所进行的思考与阅读方式。一是如何在貌似风马牛不相及的跨文化、跨语际文本之间，创造联结与想象的可能，正如此处所牵引交织的古希腊绘画竞赛故事与古中国甲骨文字学考据，或是拉康与德里达当代后结构理论的折入，自有一种学术、理论、历史传闻与文学意象的混搭妙趣。二是如何游走于字义与譬喻之间，滑动语言文字的意义，让个别文本或文字本身（一如此处"祕"之为中文方块字），也都可以成为精彩的"文本表面"（textual surface），繁复交织着各种跨文化、跨语际的"间文本"（inter-texts）。[6]三是女性主义美学政治[7]的介入，在"秘"的表面看到"祕"，在"祕"的表面看到"示"，在"示"的表面看到远古男根生殖神崇拜与"远祖祀奉"的一脉相承（"祖""祀"亦皆从"示"），以及此一脉相承中所依赖、贯彻、延续至今的宗法父权制度。当代张学已充斥太多"深度逻辑"的"秘密",而"祕从示"的"表面逻辑",或可帮助我们胆大心细地以女性主义与性别研究的美学政治重新介入。如此说来,张爱玲的"秘密"便也可以是一个"公开的祕密"(an open secret),语言文字本身便是一个充满诱惑、欲盖而弥彰的布幔。而我们对"祕"从"示"的追寻探索,不也正是对张爱玲兴味盎然地称《红楼梦》"像迷宫,像拼图游戏,又像推理侦探小说"(《红楼梦魇》,页10)的有样学样吗?语言文字作为"文本表面"为我们展示的,恐怕也正是文化最复杂幽微的交织,牵一"示"(神从示、祕从示、祖从示、祀从示,凡示之属皆从示)而动全局。

· 1 ·

无主文本:"示"即"主"

本书绪论拿张爱玲的《秘密》当引子,无非是想以"示"作为秘密中公开的祕密,来带出本书最为关键的理论概念——"无主文本"。那究竟何谓"无主文本"呢?其中又涉及何种跨文化、跨语际翻译以及其所可能带来的创造潜力呢?首先,让我们来一探"无主文本"中的"主"与绪论开场所揭橥的"示"之间的可能关联。中国古文字中无"主"字,故文字学者多视卜辞金文中的"示"为"主"。但若要将"示"即"主"的关系说得更清楚明白,那就得再绕到另外两个从"示"

的字："祖"与"社"。《说文》："祖，始庙也，从示且声"（卷一上，页8）；而所谓的"庙"，则是"尊先祖皃也，从广朝声"（卷九下，页193）。故凡始皆为祖，庙乃先祖形貌之所在。[8]但显然还是有人对"祖"中之"且"作为单纯的形声不以为然。郭沫若在《释祖妣》中不仅如前所述将"示"作"生殖神之偶象"解，更将"且"同样视为男根崇拜的象形。对他而言，"示"与"且"两者唯有上下方向的区别，"示"倒悬朝下，"且"正立朝上。故古文"祖"皆写作"且"，到小篆出现后才在"且"字边加上"示"而成"祖"，同时并置了左半边朝下、右半边朝上的两个"生殖神之偶象"。

那与"祖"一样、同样从"示"的"社"呢？《说文》："社，地主也。"（卷一上，页9）若说供在（始）庙中的"主"为"祖"，那供在土地之上的"主"则为"社"，一在始庙之内，一在天地之间。[9]诚如凌纯声在《中国古代神主与阴阳性器崇拜》一文中所言，中国古代的原始祖庙，乃社庙不分，皆在坛之上以固定方式植立"且"，后来社庙分开，在庙中所立之"且"，则称"主"（页26）。[10]或再用郭沫若的话说，"古人本以牡器为神，或称之祖，或谓之社"（《释祖妣》，页53），"祖与社同一物也"，"祀于内者为祖（宗庙），祀于外者为社"（页52）。而在中国的"主制"（包括木主、石主、束帛、结茅等形式）之中，木主原为天子诸侯之主制，最为尊贵，直至晋代始通行于民间，广在宗祠或家堂上供奉"神主牌位"或"祖宗牌位"。由此可见，木主制乃是从最初作为性器象征、生殖崇拜，一度刻绘祖像（庙，貌也，祖宗人像）到后来的刻谥（谥号）不刻像等形式一路演变至今（凌纯声，页27）：

礼，宗庙之主，以木为之，长尺二寸，以象先祖。孝子入

庙，主心事之，虽知木主非亲，亦当尽敬，有所主事。（王充，
页158）

故"示"即"主"所导向的，乃是"主"与"祖"之间在"制主
入祠"千年文化仪式上的紧密相连。"主"与"祖"不仅皆指向"生殖
神之偶象"，更以"祖"之为始庙（建筑空间）与"主"之为神主牌位
（建筑空间中的木制物件）的配置关系，确立了父系世系传承的祭祀与
继嗣。

然而同时我们也不要忘记，"主"作为供在祖庙、宗祠或家堂之
上的"生殖神之偶象"，其本身总已（always already）是象征化的"意
符"、语言文字的再现符号。"主"不是也不等同于男性生殖器，不论
其是以男根象形（形状）、先祖象形（形貌）或以庙名、谥号、堂号、
尊称与姓氏等刻表，"主"总已是"象征秩序"的表征。探讨"主"与
"男性生殖器"的关系，有如当代后结构理论区分"阳物"与"阴茎"
之关系，"阳物"不是也不等同于生物性或生理结构的"阴茎"，"阳物"
乃是勃起男性生殖器的图腾化（性图腾与华文文化由性图腾转换而成的
"姓"图腾）[11]、象征化与权力化。一如拉丁文phallus来自希腊文phallos，
既可指向勃起的阴茎，亦同时指向阴茎的图像（"生殖神之偶象"），故
"主"与"男性生殖器"之间的滑动与转换可能，正如"阳物"与"阴
茎"之间的滑动与转换可能。以酷儿理论家巴特勒（Judith Butler）的话
来说，"阳物"绝不等同于"阴茎"，但"阳物"与"阴茎"之间有一
种"根本的可转换性"（fundamental transferability），"阳物"的文化与语
言形构是以"阴茎作为其自然化的工具与符号"（Butler, *Gender Trouble*,
135）的。

由此我们也可进一步理解为何德里达解构主义所勠力批判的"理体中心"（逻各斯中心论），也必然是一种"阳物中心"。这也是为何德里达要自创新词"阳物理体中心"来结合前后二者，前者独尊字词作为通达真理与存有的唯一方式，后者独尊阳物为主宰一切的"超验能指"（transcendental signifier），而"阳物理体中心"一词正是要让我们看到"理体中心"如何为"阳物中心"所性别化、阶序化、权力化；让我们体悟宗法父权体制为何不只是一整套社会文化结构与意识形态的缜密运作，更是一整套语言文字的表征与表意过程。故本书所言"无主"之"无"，便不仅仅是"没有"而已，"无"作为动词的解构能量，乃是以不断反复的方式，去松动、去颠覆、去裂变所有可能的"主"作为"阳物理体中心"文化机制与语言机制的掌控。"无主"不是一种"有／无"的存在样态，而是一种反复操作与被操作的不稳固与不确定，以让女性主义的"双C"——批判（critique）与创造（creativity）——交错并进，既是对宗法父权从文化机制、语言机制到权力欲望部署的强力批判（祖从示、宗从示、祭从示、祀从示，凡示之属皆从示），亦是对此层层机制本身可能的松动、裂变与再创造。

有了对"无主"第一阶段的铺陈与理解后，我们便可接着进入"无主文本"中的"文本"一探究竟。以下将先从"文本"作为当代后结构主义的重要理论概念着手，再扩及其由外文翻译而成的中文方块字"文本"本身所可能带来的再理论化潜力。首先，"文本"一词乃英文text、法文texte之翻译，在文学研究中谈"文本"，当可立即牵带出三个古今"文本"研究的面向。最古老的"文本批判"（textual criticism），又称"经文批判""经文鉴别"或"圣经经本学"，乃是结合诠释学、古地理学与语言学，针对《圣经》各种手抄版本之"异文"（variants）进行鉴定，判别哪一个字词或句构才是上帝真正的"旨意"。接下来最广为人知的，乃是20世纪中叶横扫美国学院的"新批评"（New Criticism），强调"文本分析"（textual analysis）与"细读"（close reading），将文学作品视为一个自给自足、自成目的之语言构成与有机复合体，聚焦于其中的意象、象征、反讽、吊诡、模拟与张力平衡等修辞与形式构成。此以"文本"为中心的内缘研究，提出了传统文学研究的两大"谬误"——"意图谬误"（intentional fallacy）与"情感谬误"（affective fallacy），前者以作者的意图为最终依归，后者以读者的反应为判别准则；而唯有挣脱此两大"谬误"的羁绊，才能以"文本"成功取代传统文学研究过于依赖作者生平经验、创作意图、历史背景或社会接受度、读者反应的外缘研究。

本书所使用的"文本"理论概念，主要还是来自"语言转向"的后结构主义，其彻底不同于以追求（上帝）原文为唯一真理的《圣经》"文本批判"，也清楚有别于视文学文本为封闭语言有机体的"新批评"，即便本书仍使用甚多"文本分析"与"细读"的基本文学阅读招式。后结构主义所谈的"文本"不仅指以文字写成的书面文稿，更是回到其拉丁字源textum（纤维）、textus（织品、面料、质地或肌理）与texere（编织、织造），让"文本"成为由语言符号交织而成的表意布置，成功串联起织品、面料、质地、肌理、编织、织造的动态生产过程（而非书面文稿之静态成品）。用罗兰·巴特（Roland Barthes）最为言简意赅的话来说，"作品在手中，文本在语言里"（"From Work to Text"，157），亦即"作品"指向可计算、可占有一定物理空间、可用手持握的文稿成品，而"文本"则是一个遵循换喻逻辑（毗邻、链接、接续）的意符场域，去中心、去隐喻、去封闭；或依德里达的名言，"文本之外无他"（Il n'y a pas de hors-texte）。故"文本"不只是作者所写或读者所读的"作品"而已，它是语言文字的意符场域所无尽交织的过程，并无经文与非经文、文学与非文学之界限，亦不导向任何意义、诠释、深度、在场形而上学的闭锁与真确。任一"文本"也定与其他"文本"交织相连，亦即"文本"皆"间文本"，皆在"文本间性""互为文本"之语言文字网络间来回交织。而"文本"凸显的乃是语言文字的不透明性，是由"引语"（citations）或"没有引号的引言"（quotations without inverted commas）所构成（Barthes，"From Work to Text"，160），无法追寻单一起源，无法自成目的、自我封闭，"文本"之终始乃匿名不可考。

　　而当英文 text、法文 texte 被翻译为中文"文本"时，除了携带后结构主义的理论概念外，也同时开启了中文方块字"文"与"本"之为"文本"的再表意与再交织过程。如前所述，英文 text、法文 texte 皆有拉丁字根 textum（纤维）、textus（织品）与 texere（编织）的痕迹，而翻译成中文的"文本"，则不仅呼应了织品面料的想象，更进一步产生了"丝纤维—木纤维"的交织与抗衡。先就"文"来讲，《说文》序中言"仓颉之初作书，盖依类象形，故谓之文"（卷一五上，页314），而"文，错画也"（卷九上，页185）；《周易·系辞下传》亦有言古者包牺氏"观鸟兽之文"（页332）、"物相杂，故曰文"（页354），皆言"文"可指向鸟兽等自然物象身上交错的花纹。而"文"亦同"纟"字边的"纹"，《篇海》有言"凡锦绮黼绣之文皆曰纹"（页242），《释名》亦言"文者，会集众采，以成锦绣。会集众字，以成辞谊，如文绣然也"（页169），乃是从最初的文（纹）身，一路发展到文（纹）绣与文（纹）章的一应俱全。若从考古人类学与工艺技术发展的角度观之，则"文"作为纹样的织品构成，更是清晰生动。学者指出陶文与甲骨文中都有类似经线与纬线相交之符号，也是麻织、毛织和丝织最简洁的符号概括，而此考古证据又可与《周礼·冬官考工记》里的"青与赤谓之文，赤与白谓之章"互通（古风，页155）。此时的"文"就不只是依类象形、观鸟兽之文的自然观察，或"物相杂，故曰文"的泛称，而是具体而微成"青"与"赤"两条不同颜色的经纬线相交而成的图案，此亦即段玉裁在《说文解字注》中所称"像两纹交互也。纹者，文之俗字"（页429）。

那从"纟"字部的"文"遇见从"木"字部的"本"时又当如何？若从《说文》"木下曰本。从木，一在其下"（卷六上，页118）观之，"本"既是从木之"象形"，也是以木下一横杠来"指事"木之根柢所在之处，乃引申为基础、根本、始点、中心之意，故"君子务本，本立而道生"。而古文"夲"作为"本"的造字原形，却提供了一个非常具有解构力道的解读空间或空间解读：根化为洞。"夲，古文。此从木象形也。根多窍似口。故从三口。"（《说文解字注》，页251）没有了"木"中央下方作为指示的横杠，反倒是在"木"的下方多了三个窍穴，虽然也是指示大木根柢之所在，但显然此根柢之处已化实为虚。此造字之奥妙，或可与当代德勒兹（Gilles Deleuze）理论中的"树型"（arborescence）与"块茎"（rhizome）相联结："本"之为基本、根本、中心的"树型"概念（亦包括家族树、谱系、本源、本宗、本家的"树型"），又可"基进"（英文radical的拉丁字源radix指向根部）翻转为根节交错、无始无终的"块茎"概念（更接近前文所述"文"之为丝线交缠、经纬交错的网状开放结构）。显然古文"夲"之化一为三、化实为虚、化根为洞，完全不亚于德勒兹的"块茎"想象。德勒兹尚且需要由"树型"流变为"块茎"之反复，而中文方块字的"本"之"本即为夲"

的"字"我解构，让所有"根本"之处仿佛都有了深不见底的洞窍孔穴。然"岙"之为古字已不再通行，"本"今之用法凸显的乃是木之根柢，象形兼指事，强化基础、根本、始点、中心的坚实固着。

故英文text、法文texte的中文翻译让"文"与"本"并置联结，"文"由杂色丝线柔软交织出"会集众彩，以成锦绣"，与"木"一直一横、木下有根的坚实固着，或许正足以产生一种"郑重而轻微的骚动，认真而未有名目的斗争"（张爱玲，《自己的文章》，页20）。我们可以由此想象"文"之中善于穿梭游走的丝纤维，与"本"之中稳定固着、坚守本位的木纤维，如何在交织之中有骚动，在张力之中有置换，让"本"之前、之后、之上、之下皆有看不见的纤维缠绕穿梭；让"本"作为基础、根本、始点、中心的稳固意义，时时产生失根松动、离散去中心的可能；让原本的"文者，物象之本"，一路可以从鸟兽之本、织品之本走到文字之本，而文中有本、本中有文，是为文本。此从text、texte到"文本"、从字源到象形指事、从造字到考古的抽丝剥茧，不也正是一种对语言本身作为"看不见的纤维"之"字迹"（trace）的寻索吗？[12]

因而"无主文本"并非与"有主文本"二元对立，"文本"总已"无主"，所有"文本"都是"无主文本"。作为动词的"无"不断松动裂变"阳物理体中心"的"示"即"主"，作为丝线相互交织的"文"不断岔出"本"所固守的基础、根本、始点、中心。故"无主文本"四个字放在一起，便成为一种"字我解构"的动态过程，"无"解构"主"，"文"解构"本"，既有来自当代后结构主义的理论概念加持，也有来自中文方块字"两纹交互"与"木下曰本"的视觉图像呈现。而更重要的是"无主文本"所可能启动的多重解构力道，既要解构"宗法父权"的部署（此处不是单向的"压迫宰制"，而是具生产性、变动性、权宜应变性的"部署"），也要解构"语言文字"本身的"阳物理体中心"（语言文字作为"宗法父权"之基础、根本、始点、中心）。从"树型"流变到"块茎"，从"根源"（roots，"木下曰本"）流变到"路径"（routes，"两纹交互"），不是回到"起源"或"字源"，而是看到"起源"或"字源"本身的分裂与双重（splitting and doubling），看到"起源"或"字源"如何歧路亡羊，"寻向所志，遂迷，不复得路"，从而得以带出女性主义念兹在兹对"阳物理体中心"、"示"即"主"的批判力道与创造活力。

·2·

文本里有张爱玲吗?

当然我们也可以进一步逼问："无主文本"与后结构主义所谈的"无父文本"有何异同？又与当代张爱玲研究所谈的"无父的世界""无父文本模式"有何异同？难道"无主文本"就更具有颠覆与裂变的"基进"力道吗？就当代后结构主义而言，"文本"必然"无父"，"文本"正是对以"父子亲源神话"（the myth of filiation）为主导的哲学与文学传统之造反。"作者"如父（也是资本主义私有制的所有者或主人），"作品"如子（Barthes，"The Death of the Author"，145），"作者"乃"作品"

一切意义的起源与归依。此"父子亲源神话"赋予作者手稿、原文与作者宣称的意图以无上之敬重，从而贯彻作者与作品有如父子般的认同传承与世系接续。而"文本"的出现，则是以"间文本"的相互交织，彻底错乱了父子世系传承的井然有序，凸显的乃是"没有父亲的铭刻"（Barthes, "From Work to Text", 161）。正如德里达在《柏拉图之药》（"Plato's Pharmacy"）中企图翻转"上帝—父亲—作者"作为整组并合譬喻的努力，以点出"文本"犹如无父的孤儿，而所有的书写乃建立在"系谱裂变"（genealogical break）与"本源疏远"（an estrangement from the origin）（页74）之上，书写即意味着"上帝—父亲—作者"的消失与隐无，意味着父亲血源、家族隐喻与逻各斯（logos）之间键结的松脱与断裂。而中文方块字的"主"显然比"父"更形幽微复杂，不仅将近现代家庭结构中的"父亲"往远古推向"宗族长"（patriarch），更带入华人文化特有且延续至今的"远祖祀奉""祖先崇拜"。

那么当代张学研究中的"无父文本"呢？若说后结构主义的"无父文本"乃是以"父亲"隐喻来解构"作者"与"作品"的联结，强调的是语言文字本身的"去中心"（亦是一种去"宗"心），那当前张爱玲研究中的"无父的世界""无父文本模式"，相形之下却似乎较为倾向捍卫"作者"与"作品"的紧密联结，不从语言而从内容、角色、主题等面向去凸显张爱玲"作品"中父亲角色或父亲形象的缺乏。"无父"一词最早出现于孟悦与戴锦华合著的《浮出历史地表：现代妇女文学研究》，书中犀利论及张爱玲小说中"无父的世界"：

> 在张爱玲的"国度"里，权威的统治者，是睡在内房床榻
> 上的母亲。这是一个无父的世界。或许由于张爱玲的国度存在

于五四——一个历史性的弑父行为之后；或许在无意识中她要以无父的世界隐喻秩序的倾覆与毁灭将临的现实。（页329）

此处的母亲作为唯一的权威统治者，当是以《金锁记》的七巧为原型，不是"女权的统治"，而是一种"近于女巫与恶魔般的威慑"（孟悦、戴锦华，页329），一种父权社会权威下恶魔母亲的话语。故小说中的"无父"，既可以是"五四"新文化"弑父"后所呈现的真空，亦可以是张爱玲文本对父权秩序的颠覆抗争。而林幸谦的《张爱玲论述：女性主体与去势模拟书写》则更进一步将此"无父的世界"，成功发展成"无父文本模式"，视其为张爱玲对男性家长与男性人物最主要的书写策略："无父"肇因于"杀父"，"即是把男性家长排除／放逐在文本之外，而形成女性家长当家做主的'无父文本模式'"（页121—122）。[13]故对林幸谦而言，"无父文本模式"所凸显的，正是在男性家长缺席的状况下，女性家长如何得以排挤掉男性家长的主体与主导身份，而成为真正的一家之主，即便无法完全脱离宗法父权体制的象征秩序。（页124）但显然此"无父文本模式"依旧充满了对"当家做主"的执念，只是让"一家之主"的性别由男转向了女。

而本书所谈的"无主文本"，不仅意欲凸显"无父有父权"（即便母代父、妻代夫依旧是父权而非母权），凸显"主"即"示"的宗法父权中心与父子世系传承，更是希冀能为当前张爱玲女性主义研究（主要承袭20世纪80年代英美女性主义文学批评，着重于故事情节、人物角色、主题探讨、意象经营、修辞研究或叙事结构等传统文学"作品"分析面向）带入更多"语言转向"的"文本"美学政治，不仅要在意识形态上批判"宗法父权"的"权力—欲望"部署，也同时尝试在语言文字本身的颠覆性上操作"阳物理体中心"的解构。换言之,"无主文本"乃是企图将"语言转向"带入当代张爱玲的女性主义研究,让以作者或角色为一家之"主"的"作品"阅读模式,得以时时"基进化"为语言文字的"字我解构"过程。但在带入"语言转向"的同时,本书也并不完全放弃"文本分析"与"细读"所可能带来的启发与助益,并不完全放弃"张爱玲"之为女性作家以及女性主义"双C"(批判与创造)的美学政治立场。故如何策略性地同时凸显"性别差异"与"语言延异"(différance)[14],同时凸显"文本中的女人"与"女人中的文本",乃是本书努力在矛盾张力与不确定性中彳亍前行的最主要的思考动力。其中没有对后结构主义誓死效忠,也没有对20世纪80年代以降女性主义文学批评照单全收,而是企图在不断的理论反思与自(字)我解构中,让张爱玲文本的宗法父权批判力道得以极大化。

因而接下来我们无由回避且必须认真面对处理的,便是"无主文本"如何响应女作家作为女性"主"体的问题。在此我们可以回到本书,展开至少三种可能的阅读方式。本书的第一种阅读方式,当是"张爱玲的文本",此乃当前张学研究中最为普遍的表达,唯多数仍换汤不换药,虽用"文本"来置换"作品",但方法论上仍多是以情节内容、人物角色、意象、主题为"主",较为偏向"新批评"(封闭美学客体)而非后结构主义的"文本"概念。但严格来说,"张爱玲的文本"这一表述本身,就总已是一个不折不扣的"矛盾语"(oxymoron):若依后结构理论,所有文本都是"无主文本",那"文本"如何有可能为张爱玲所独自拥有或私自垄断?"的"所预设的归属与所有权又如何得以成立?故本书在使用"张爱玲的文本"或"张爱玲文本"的惯用表达时,都希冀能带出其中潜藏的张力与矛盾、正当与不当、归属与无归属。本书带来的第二个阅读可能，则可指向"张爱玲文本理论"的出现，不仅仅是如何援引巴特、德里达、克里斯蒂娃等当代文本理论家去阅读张爱玲，更是积极不忘思考张爱玲自身（字身）作为一个超级厉害、当仁不让的文本理论家之可能。像其在文中谈论熟烂口头禅或感情公式所启动的"重复变易"（iterability），或语言文字的引经据典作为"看不见的纤维""活生生的过去"，都充满了在"父权的语言"之中裂变"语言的父权"之理论化潜力。[15]

而更重要的则是本书所可能带来的第三种阅读：文本化张爱玲。若"张爱玲"不是文本之外真实可信、确切不移的"作者""女性作家""自传传主""真人实事"，那我们将如何看待被放入引号或已然被文本化的"张爱玲"呢？当代后结构"文本"理论必然导向"作者已死"吗？难道我们就必须全然排除性别"主"体的建构可能吗？我们为何需要以及如何能够将"张爱玲"视为一种"无主文本"呢？对后结构文本理论家而言，"文本之外无他"，"作者"从来不可能是文本的源头（不论是父亲、母亲、宗族长或主人之譬喻），也不可能成为文本之外的真确指涉，"作者"早已被成功转换为"非人称"的能动体、重复与差异的书写空间或纯粹的文本痕迹、"作者功能"。诚如巴特所言：

> 他的生命不再是他寓言的源头，而是寓言与他的生命同时并发，此乃作品之于生命的反转（不再反其道而行），普鲁斯特与热内的作品，让我们得以将其生命读为文本，"自传"一词重获强有力的字源意义，因而言语—行为的真诚，作为文学伦理名副其实的"标记"，便成了错误的问题：书写文本的我，从来不是"纸我"之外的任何人事物。（Barthes, "From Work

to Text"，61—62）

换言之，没有"作者"、没有大写的我，只有"纸我"（a paper I）
或"字我"，"生命"并不先于"作品"而存在，"自传"作为"自我－生
命－书写"（auto-bio-graphy）所欲叛离的，正是以确切无疑的真实生命
经验为"本"，而视作品为此真实生命经验的"再现"或"模拟"（亦
即巴特引言中所用的"寓言"）之传统。

但我们也不要忘记，巴特引言中一再出现的男性代名词"他"与
普鲁斯特（Marcel Proust）、热内（Jean Genet）两位法国男性作家的举
例。然此并非吹毛求疵，硬要挑剔巴特循用"他"作为"通属代名
词"（generic pronoun）的一般惯用表达，或无聊地指摘其仅以男性作家
为例的偏颇，而是企图回到女性主义对"文本理论"欲拒还迎的历史
脉络（亦是脉络文本con-text，脉络非不证自明，脉络亦是文本）。最
初、最简单也最有力的表达无他，便是强烈质疑为何当女性主义苦心孤
诣要建立女性文学史、建构女性作家的性别"主"体之际，当代理论
却突然宣布"作者已死"了呢？"作者"究竟是平反女性被排除在文学
史边缘的不公不义之利器，还是反过来捆绑女性主体建构的"紧身衣"
（straight jacket）（Felski, 57）呢？若回到女性作家的创作历史，"大写的
我"（"我"作为第一人称单数代词在英文文法与文化上的必然大写）
所可能蕴含的父权宰制与男性中心，本就是女性作家欲除之而后快的解
构对象。以英国现代女作家伍尔芙（Virginia Woolf）为例，她在《一间
自己的房间》（*A Room of One's Own*）中，让不断变化姓名与身份认同的
女性叙事者表达出对父权主体与男性作家"大写的我"之极度厌烦：

才读完一两章，一个阴影横躺在书页之间。那是一个直挺挺的黑杠，一个由阴影所形塑而成、看起来像是字母"I"的黑杠……最糟的乃是字母"I"外的阴影，尽是无形无状的浮尘迷雾。是树吗？不，那是一个女人。（页130）

伍尔芙此处所质疑的，乃是女人作为作者或读者如何被彻底排除在"大写的我"作为语言主体的位置之外，一边是"直挺挺的黑杠"所带出的"阳物意象"，一边则是女人如"浮尘迷雾"般溃不成形。英文"I"此时成为直立勃起的另类象形，"I"成了布幔，意符成了意旨，直可生动呼应前文所述华文文化"主"即"示"的"生殖神的偶象"。

如此，问题便在于女性作家或女性读者唯有依循"阳物意象"的"大写的我"才得以成为书写"主"体或阅读"主"体吗？女性"主"体必然是一种无可回避的矛盾语吗？若按"主"即"示"的文化逻辑，女性如何可能启动阳物与阴茎之间的滑动与转换呢？女性必须以男性"主"体的复（父）制品或附（父）属品的身份才得以当家做"主"吗？有没有另类的主体建构，乃是以不断松动"阳物理体中心"、不断"字"我解构的方式去进行、去转换、去创造的呢？我们究竟该如何在批判性地揭露"阳物"与"阴茎"之间"根本的可转换性"之同时，也能策略性地创造出"阴性书写"（écriture féminine）与"女性创作"之间的滑动与可转换性呢（即便作为男性／女性二元对立之外的"阴性"，不是也不等同于"女性"）？[16] 对女性主义而言，"作者已死"总已是"双C"美学政治的双面刃，一方面似乎让女性作家、女性主体的建构益发曲折困难、模棱两可；一方面却又能以更为多重"基进"的姿态直捣"阳物理体中心"的黄龙，将意识形态的批判沁肌入骨为语言文字流变的去中心与去"宗"心。女性主义的危机与转机，所牵所系恐正在于如何从"文本"之中而非"文本"之外同时建构与解构女性主体，亦即女性"主"体为何总已"无主"，总已在不断建构与解构的过程中互文交织、流变离散。女性"主"体的总已"无主"，不仅在于证诸历史文化的性别边缘化（"无"作为被剥夺、被宰制的状态），更在于"无主"所可能带来的"阳物理体中心"裂变（"无"作为动词的基进力道）。故本书中所有关于女性"主"体的建构，都是在"无主"的骚动与斗争中的彳亍而行，所有"主"的文本表面，都有"无主"的交错与拉扯。

当前的张爱玲研究多以"作者—权威—真确性"（author-authority-authenticity）三位一体的预设独大，往往将"张爱玲"当成本人、本名、本尊、本源、本宗的强制性依归，以至于能轻易跳过或彻底忽略语言文字本身的中介不透明性与书写的延异，而得以顺理成章以考据为"本"来固置意义的流动（只有稳定确切的意义，没有"译—异—易—溢—佚"的其他各种流动可能），以传记生平为"本"来对号入座，甚至以书信内容为"本"来拍板定案。[17]这种视张爱玲为"主"、只有"本"没有"文"的文本阅读难道有何问题吗？考据、传记与书信等的深入探究本身或许没有问题，也往往能出其不意地为张爱玲研究增添精彩的新材料、新视野、新面向。但以考据、传记、书信为"本"的方法论预设本身，往往倾向封闭而非打开或开打文本无始无终、无边无际的交织联结，只能谈张爱玲的作品，并以张爱玲为张爱玲作品的最终评判标准（又是一个深度形而上学的陷阱，布幔之后必有画作，作品之后必有作者本尊与作者意图），而彻底忽略了"张爱玲"作为"（间）文本"的各种联结创造与突发奇想。同时，当代过于倾向以传记资料或书信内容来盖棺论定的张爱玲研究，或是只谈文学风格、意象、技巧而不解构语言文字本身的张爱玲研究，最缺乏的或许正是一种文本的不确定性、文本开放与自由（字游，文字离散流变所带来的自由开放）的可能——一种得以让作者成为作者功能、作品成为文本、阅读成为书写的基进思考可能。

更让人忧心的是，这种以张爱玲为"作者—权威—真确性"的方法论预设，恐带入传统文学研究潜在的"性别歧视"：只要谈到女性作家，就必然与女性作家的生命经验相联系。[18]所有书写成了（类）自传，都陷溺或重复于女性生命经验、创伤经验，而拉不开美学距离，更遑论创作形式上任何可能出现的文学实验或书写本身的"重复不自知"（repeating without knowing，书写者不仅书写文字，也被文字书写）。而本书尝试进行的"文本化张爱玲"，便是企图将"自传"问题化为"字传"，书写不只是"生命"的模拟或再现，乃是不断重新书写"生命"。张爱玲的"生命"因张爱玲的书写悬而未决，张爱玲的"生命"也因张爱玲的持续被阅读而不断出现"来生"（after-life）。没有任何一个故步自封、拍板定案的"生命"在那里被书写（或一个埋在墓里、沉在海底的"秘密"在那里被发现），书写让所有的"生命"皆得以打破封闭疆界的束缚、打破线性时间的进程、打破自我意识的圈限，而总已"主无所示、文无所本"，我在我不在（不再）之处书写。故本书所言的"张爱玲"，不论是否放入引号，都是将张爱玲视为无始无终的文本（不以1920年为始，1995年为终），亦即让"张爱玲"能真正成为书写文本与生命传记之间的动态界限，至大无外，至小无内。张爱玲的"生命"并不先于"文本"而存在，所有的书写与阅读（包括本书），都是张爱玲"来生"的创造、延续与离散，不再有"生命"与"文本"之二分，不再有内缘（就作品论作品）与外缘（家族系谱、生平事迹、历史文化、政治地理、语言翻译等）之二分，亦即不再有文本与脉络之二分（con-text，所有的脉络总已是脉络文本），也不再有文本性（textuality）与身体性（corporeality）之二分（文即纹，总已是物质身体的刻痕或残余）。此举不仅将社会、文化、历史、政治与家族、亲人、成长、身体经验、恋爱婚姻、书信往来等，尽皆视为相互交织、具虚拟权变的文本；更重要的是由此贯穿本书对"性别文本化""文本性别化"所努力展开的女性主义阅读策略，在"张爱玲"的文本之中，穿凿附会"张爱玲"之为文本的美学政治，以"张爱玲"作为专有名词、"张爱玲"作为作家署名的"基进不确定性"，展开足以颠覆、扰动从文化传承到文学研究以"正本""正名""正统""正当"所建立的超稳定阶序的讨论。

·3·

没有宗法，何来父权？

绪论的前两节铺陈了"无主文本"的理论概念与"文本化张爱玲"的企图，既不是回归"新批评"拒绝作者的"意图谬误"，也不是单纯依附后结构主义的纯粹语言差异，而是尝试给出"无"与"主"、"文"与"本"之间的解构创造，给出"阴性"与"女性"之间的滑动与转换，以便让张爱玲作为书写文本与生命传记之动态界限得以基进化，以达裂变宗法父权作为文化机制与语言部署之封闭与专制。而绪论第三节所欲进行的，则是针对本书所一再提及的"宗法父权"四字做出更具美学政治基进性的阐释，以启动新一轮跨文化、跨语际的开"宗"明义。对绝大多数的女性主义研究学者而言，"父权"批判几乎是近乎本能的起手势，而在中国封建宗法社会的历史脉络中，又自然而然发展成"宗法父权"的术语表达，一个相当信手拈来、不假思索的批判术语。但"宗法父权"可以直接简写为"父权"吗？"宗法"直接等同于"父权"吗？"宗法"与"父权"之间有何异同、又有何张力呢？"宗法"就一定是古代中国的，而"父权"就一定是现代西方的吗？这一连串的问题或问题意识，恐怕都是我们必须认真思考以便能再次历史化、政治化与当代化"宗法父权"的起点。

首先，让我们还是回到"宗"的说文解字。绪论第一节已详尽铺陈"示"作为秘密中公开的祕密，并从"主"即"示"、"祖"即"且"的古文字考据中，拉出"生殖神之偶象"与"阳物理体中心"的联结。如前所述，《说文》"祖，始庙也，从示且声"（卷一上，页8），而"宗，尊祖庙也。从宀从示"（卷七下，页151），则遵循完全相同的造字逻辑。"从宀"的屋顶之形（有堂有室的深屋），搭配"从示"在内（"祖"）而非在外（"社"）的祭祀仪式（天地神祇坛而不屋，人鬼于庙中祭之），"宗"遂成为"制主入祠"文化传统最具体而微的文字形象本身，亦即在祖庙之中立"示"以祀之（"示"即木"主"、神主牌位），"故宗即祀此神象之地，祀象人跪于此神象之前，祝象跪而有所祷告，祭则持肉呈献于神"（郭沫若，《释祖妣》，页38）。可见"宗"和"示""主""祖"一样，都与宗庙制度、宗主制度、祖宗祭祀息息相关。

那接着就让我们来看看由"宗"所发展出的"宗法组织"与"宗法秩序"之演变。就"宗法组织"而言，西周以前没有完整的宗法制度，而宗法制度乃指西周到春秋时期，春秋以后封建制度开始分解，宗法组织也随之变迁，严格定义下的政治宗法组织自此消失。[19]而所谓"宗法秩序"则是指严格定义下的"宗法组织"消失后，仍以"祭祀权"（"祀象人跪于此神象之前"，"祭则持肉呈献于神"）贯彻从政治、经济、历史到社会、文化、生活的每一细节，源远流长，即便在号称封建宗法早已亡灭的当代，依旧阴魂不散。"宗法秩序"强调的乃是宗长、族长或家父长祭祀权、经济权、法律权的绝对化，从父子世系之承"祀"与承"嗣"，以达家族—宗族—国族体系的建立。一如瞿同祖在《中国法律与中国社会》中所言："中国的家族是着重祖先崇拜的，家族的绵延，团结一切家族的伦理，都以祖先崇拜为中心——我们甚至可以说，家族的存在亦无非为了祖先的崇拜。在这种情形之下，无疑的家长权因家族祭司（主祭人）的身分而更加神圣化，更加强大坚韧。"（页7）

若说古代按血缘远近区分嫡庶亲疏等级，再以嫡长继承的父系家族组织为核心来巩固封建统治的"宗法组织"早已消亡，那真正关键的便是从古代延续到近现代的"宗法秩序"，仍是以"宗桃继承"、"父之党为宗"、祖先崇拜为其核心预设与出发点，并发展出"家族—宗族—国族"相互构连的亲族结构及其各种可能的转型。张爱玲曾在《中国人的宗教》中以幽默嘲讽的口吻写道，"上等人与下等人所共有的观念似乎只有一个祖先崇拜"（页18）（显然成为另一种无所不在的"宗"教）。或在其英文小说《雷峰塔》（*The Fall of the Pagoda*）中，也不忘提及"宗法秩序"的源远流长："圣人有言：'嫡庶之别不可逾越。'大太太和她的子女是嫡，姨太太和子女是庶。三千年前就立下了这套规矩，保障王位及平民百姓的继承顺序。照理说一个人的子女都是太太的，却还是分等。荣珠就巴结嫡母，对亲生母亲却严词厉色，呼来叱去。这是孔教的宗法。"（《雷峰塔》页202；*The Fall of the Pagoda*, 164）[20]张爱玲不仅在家族之中看到"宗"法父权的苟延残喘（祖先崇拜之为"宗"教），更在国族主义（民族主义、国家主义）之中看到"宗"法父权的顽强扩张（国家主义之为"宗"教）。小说《小团圆》用来描写女主角盛九莉对国家主义"宗"教召唤的抗拒话语，最为一语中的："国家主义是二十世纪的一个普遍的宗教。她不信教。"（页64）

但当代西方学界对"家""父权""亲属"的相关论述，基本上却是以"一夫一妻"与"核心家庭"为预设，几乎无法响应东亚文化"祖先祭祀""图腾姓氏化""男系承嗣—承祭—承业"由古至今的一脉相承以及"家族—宗族—国族"的连续建构体。以女性主义历史学者勒纳（Gerda Lerner）的《父权制的创建》（*The Creation of Patriarchy*）为例，该书虽回到西方文明的两大支柱——希伯来文明与希腊文明，去爬梳"父权"的由来，也详尽铺陈由部落图腾转化到氏族父祖权的祖产、祖坟与长子继承制，再转化到现代的父权家庭；但全书最后在"父权"的界定上，却简化为"男性在家中掌控女性与孩童的展现与体制化，并将此男性对女性的掌控扩及到一般社会"（页239），仿佛在西方现代化的过程中，希伯来文明与希腊文明如何由部落图腾转化到氏族父祖权的祖产、祖坟与长子继承制，早已是明日黄花的历史烟尘。若"父权"仅是男性（父亲或丈夫）对女性（女儿或妻子）从家庭到社会的优势掌控，势必无法处理华文文化从古至今盘根错节的"祖宗祭祀""宗祧继承"，以父系血缘关系所建构的从祖庙、宗祠、祖姓（姓氏）、祖籍（籍贯）、祖产、祖坟到祖国，牵一"祖"一"宗"而动全局的紧密构连。此间的幽微繁复，绝非仅仅追究是否仍然祭拜祖先或是否依旧重男轻女所能简化表达。[21]"宗法父权"当是比"父权"二字更能标示出三位一体的"父权—父系—父财"(patriarchal-patrilineal-patimonial),也更可牵带出华文文化延续至今的"父之党为宗"之世系传承与亲属制度的各种残余和变形。

那我们究竟可以如何重新爬梳"宗法"与"父权"的构连,如何跳脱"宗法/父权"作为"中/西"(文化区隔)、"传统/现代"(时间先后)的二元简化框架,而能同时看到华文文化"当代"(而非古代)与宗法"之内"(而非之外)的父权,也同时看到其神通广大与阴魂不散之处为何远远超出当代女性主义所专擅的父权批判与性别政治话语呢?本书在"宗法父权"的概念形构上,意欲凸显的乃是"没有宗法,何来父权?",以期打破线性史观所建构的由古代宗法到现代父权的论述模式,尝试将宗法由线性史观的"古代"拉到"当代",提出"古今叠影"(古代与现代的非线性异质时间贴挤)的时间感性及其美学政治之可能。[22]与此同时,本书对"宗法父权"的批判思考,也希冀带出以欧美文化(较无宗法遗迹及其幽灵运作)为出发的当代女性主义论述,凸显其只谈父权、不谈宗法的批判策略为何有其严重疏漏不足之处,以及如何经由跨文化的差异思考,进一步锐利化女性主义对当代世界变动的回应力与批判力。

而"宗法父权"的跨文化批判思考,也必然同时更新女性主义的理论概念,如本书所尝试提出的"姓别政治""房事情结""绝嗣焦虑"等新批判术语,皆是用以捕捉当代宗法父权最细致、最幽微的无孔不入、无所不在。当代女性主义所强调的"性别政治",乃是建立在生理性别(sex)、社会性别(gender)与性欲取向(性意识、性倾向)(sexuality)的合纵连横之上的,而本书想要重新概念化的"姓别政治",乃是希冀通过对"性别政治"的谐音与谐拟，呈现女人作为"异性"（the other sex）与女人作为"异姓"（the different ancestral name）在宗法父权秩序中更形复杂幽微的构连。在此我们可以拿《小团圆》中一小段有趣的对话为例：

> "你姓碰，碰到哪家是哪家，"她半带微笑向九莉说。
>
> "我姓盛我姓盛我姓盛！"
>
> "毛哥才姓盛。将来毛哥娶了少奶奶，不要你这尖嘴姑子回来。"（页204—205）

此段对话乃是小说女主角盛九莉小时候与照顾她弟弟盛九林（毛哥）的余妈之间的拌嘴，余妈认定原本姓"盛"的九莉终将不再姓"盛"，"碰"（在小说中亦带有粗俗的性意涵）成为将来夫家姓氏的不确定统称，"碰到哪家是哪家"，"姓氏"成为家族亲属关系判别亲／疏、远／近、内／外的最后关键，九莉终将成为"异姓"的"尖嘴姑子"，连嫁入盛家才姓盛的"少奶奶"都可以将其视为外人。[23]

故若仅以"男尊女卑""男主女从"的父权批判话语切入，断是无法掌握此段对话中汉人"姓氏"与宗法秩序的紧密关联的。虽说欧美也有出生从父姓与婚后从夫姓的传统与惯例，但欧美"姓氏"的发展与汉人"姓氏"的发展，却展现了截然不同的历史轨迹，前者大抵排除而后者强烈保存了从氏族部落到宗族家族的"姓图腾"。古代宗法婚姻的目的是以祭祀与继嗣为重，乃以"两姓"而非"两性"之好来事宗庙与继后世，如《礼记·昏义》所言，"昏礼者，将合二姓之好，上以事宗庙，而下以继后世也"（卷六一，页999）。而今日宗法秩序与"姓氏"在亲属关系的亲疏远近上，依旧扮演着关键的内外区别角色："本宗"（同姓亲之宗族家族）与"外亲"（异姓亲之母党妻党）之别。以最简单的例子来说，英文 grandfather 与 grandmother 之为祖父母，并无亲属称谓上父亲的父母或母亲的父母之语言区分，但中文祖父母（爷爷奶奶）与外祖父母（外公外婆），则有清楚的内／外、主／副之别。由此观之，"姓—性别"不只是任何生理上或本质上的男／女二元对立，女性不只是"异性"更是"异姓"。然当代女性主义的批判操作，却往往更多将焦点放在男性与女性的"性别差异"之上，而忽略了整个宗法父权制度更幽微纠结的"姓别差异"——不是直接歧视女人，而是以男性血亲所建构的世系传承为核心，区分出"有权"与"无权"承继祖宗祭祀的两种位置。"性别"与"姓别"绝不只是表面上的谐音游戏而已，当代性别研究必须积极辨识宗法父权体系中的"性别"为何总已是"姓别"。因而"宗法父权"与"性—姓别政治"与其说是一整套从古到今、明目张胆的压迫机制，不如说是一种不断在"异—译—易—溢—佚"中流变转换的"感性分配共享"（le partage du sensible; the distribution of the sensible），更是一整套有关可见／不可见、可听／不可听、可说／不可说、可为／不可为、可动／不可动、可思／不可思之间的感知模式，贯穿政治、经济、艺术、社会、文化等各个领域。[24] 然而，在《小团圆》小说中当余妈对九莉说出此番"重男轻女"的歧视言论时，立即被一旁的九莉母亲卞蕊秋更正："现在不讲这些了，现在男女平等了，都一样。"（页205）那么本书在"宗法父权"与"姓—性别政治"上所进行的各种文学、历史、政治、经济、法律、文化爬梳，正是要看看在当前号称男女平等的时代，是否真的"都一样"了。

全书共分为七章。前两章以张爱玲的家族史与女性家族成员为主轴，扩及张爱玲的文学文本与历史、法律、文化脉络文本，以凸显宗法父权从命名、嫁娶到分家、离婚的时代变迁。接下来的四章乃针对张爱玲不同的文学文本进行细读，包括张爱玲第一本短篇小说集《传奇》中的序言、短篇小说《桂花蒸　阿小悲秋》，以及长篇小说《小团圆》，以凸显语言文字作为"文本表面"的繁复交织，展开对宗法父权作为文化机制与语言机制的双重批判。最后一章则聚焦图文并茂的《对照记》，从张爱玲可能的错别字想象出发，再次反思宗法父权"示"字部（主即示，祖从示、宗从示、祭从示、祀从示）所贯彻的"感性分配共享"秩序及其可能的逃逸路径。

　　第一章《本名张爱玲》尝试挑战并翻转张学研究的头号铁律"张爱玲本名张煐"，以凸显汉人命名系统的"父系宗法"与"辈谱制度"，循此详尽爬梳张爱玲的中文姓名（张煐、张爱玲、张孟媛、张允俊等）、张爱玲的笔名（梁京、范思平、世民等）与张爱玲的英文姓名（Eileen Chang, Eileen A Chang, Eileen Ai-Ling Chang, Eileen Chang Reyher）之来龙去脉。其主要的目的有二。一是回到汉人文化号称源远流长、博大精深的姓名学脉络，探究"姓""氏""名""字"等命名体系在上一个新旧世纪之交所呈现的大变动与大混乱，并借此批判"汉字命名"与"父系宗法"的紧密相连如何在此大变动与大混乱中依旧幸（姓）存至今，依旧阴魂不散。二是构连中国的"姓别政治"与当代解构"本名"（the proper name）的哲学批判，尝试分别援引德里达的"溢出本名"（sur-naming）与巴特勒论女人的"本我剥夺"（expropriation），亦即女人在父权—父系—父财结构系统之中的双重"本我非一"，以凸显中国由祖先崇拜—宗庙家祠—辈谱制度—宗桃继承所严密交织的千年"命名"系统，究竟为何以及如何让所有父系宗法的魔鬼都藏在"命名"的细节里，其繁复绵密的程度，乃远远超过任何西方的父权—父系—父财部署。

第二章《母亲的离婚》聚焦张爱玲笔下"踏着这双三寸金莲横跨两个时代"的母亲"黄逸梵"（本名黄素琼，依英文名字Yvonne改名黄逸梵）。黄逸梵乃是中国现代史上第一波离婚潮的实践者，她在1930年与张爱玲的父亲张志沂正式办理离婚，也让她的一对儿女张爱玲与张子静成为中国现代史上的第一代离婚子女。此章所欲展开的女性主义文本阅读，乃是希冀将暂时放入引号的"黄逸梵"当成"文本表面"的交织，以探讨"性别文本化"与"文本性别化"的双重美学政治可能，亦即在"黄逸梵"作为真人、离婚作为实事之外，我们如何有可能让"黄逸梵"成为"文本效应"，让"离婚"成为"文本事件"，让传记与书写、指涉与符号、意义与异译（易—译—异—溢—佚的滑动）的各种可能关系，得以从封闭朝向开放、从稳固朝向松动。而此章将"黄逸梵"放入引号的企图，亦是将"张爱玲"作为作者、作为叙事者、作为读者（阅读母亲的故事）、作为女儿、作为离婚（1947年与胡兰成离婚）与再婚[1956年与赖雅（Ferdinand Maximilian Reyher）结婚]的实践者放入引号的企图，故此章亦是对当前张学"自传"与"传记"研究的一种基进美学政治回应。

第三章《文本里有蹦蹦戏花旦吗?》以张爱玲为其第一本小说集《传奇》再版所写的序言出发，再次演练当代女性主义文本阅读的双重提问——"文本里有女人吗?""女人里有文本吗?"全章分为三个主要部分。第一部分处理《再版的话》中"蹦蹦戏花旦"的末世寓言，展现其如何摆荡在"弃妇"与"荡妇"的暧昧不确定性之间，并由此牵带出两种截然不同的宗法父权位置。第二部分则进一步将此宗法父权的批判从文化机制延伸到语言机制，透过张爱玲所言"看不见的纤维"，一探《再版的话》如何引经据典，如何重复引述，如何在语言延异的过程中，出现从封面到序言一而再、再而三的"时过境迁"。第三部分则将此"看不见的纤维"之重复引述，延伸到张爱玲所言"感情的公式"，以"传奇"之为小说与戏曲的暧昧不确定性，拉出从《诗经》到《白兔记》所呈现之"弃妇"的感情公式，并以此探索《倾城之恋》里的白流苏作为此感情公式的"重复变易"可能。

第四章《阿小的"姘"字练习》以张爱玲短篇小说《桂花蒸　阿小悲秋》为主要文本，分别从"语言姘合""男女姘合""翻译姘合"三个面向，探讨语言文字、性别关系与跨语际翻译实践所可能展现的交织力量。第一部分尝试凸显小说中上海话的此起彼落、洋泾浜英文的翻来覆去，以及各种古典小说词语的掺杂，视其为新与旧、中与西、高与低之间"姘"字练习的文学实验。第二部分凸显上海城市现代性的脉络文本，尝试重新历史化与政治化"上海女佣"的出现，并以阿小与阿小男人的关系作为城市空间中男女社交、婚姻形态、家庭组合、经济生活所给出的一种崭新形态。第三部分则聚焦于张爱玲自译该小说的英文版本"Shame, Amah!"，并从此翻译文本中择选出几个单词作为"文本表面"，以展现帝国殖民主义在不同地理区域的文化流动如何将"根源"化为"路径"。本章希冀通过此三个部分的分析，有效揭示张爱玲文学书写中语言姘合、性别姘居与文化翻译彼此之间互文交织的变化与不确定性。

第五章《狼犺与名分》企图从"狼犺"作为张爱玲辞典里一个困窘笨拙的表达出发，提出一个有别于已然老生常谈的"苍凉""华丽""参差对照"的感性入口。一方面由此探究宗法婚姻与名分的传统配置与当代争议，一方面也将尝试以"狼犺"联结当代解构"正当—财产—属性"（proper-property-propriety）的批判理论。若"狼犺"一词指向的乃是宗法象征秩序中婚姻名分与正当地位之匮缺，无法在人际伦理关系间进行分辨与定位，那这种对"名分"的内在焦虑与可能反抗，不仅出现在张爱玲的系列改写——从千里寻夫、离开上海到温州所写的《异乡记》，改写到《华丽缘》以第一人称铺陈"社戏"与"祠堂"的祭祀，且以"总理遗像"提喻家族主义到国族主义，再改写到《小团圆》——更广泛出现在《等》《留情》《多少恨》《十八春》《小艾》《五四遗事》与《半生缘》等小说文本中，并由此扩展到一夫多妻、自由恋爱、姘居、重婚、次妻等面向的批判思考。

第六章《木彫的鸟》聚焦于《小团圆》中三度出现且极度浓缩的文学意象"木彫的鸟"，其不仅表征宗法秩序的监控与规训，其"神秘与恐怖"更可回溯至远古"玄鸟神话"所涉及的部落氏族起源想象，以及性—性交—生殖—生殖器—图腾崇拜—祖先崇拜的多层次贴挤。《小团圆》不仅将男女性爱场景与可能发生的生殖性交，和鸟图腾与木主牌位相联结，更展开各种姓氏与血缘的"乱伦"想象，这无疑是对中国之为"宗"国、传之千年宗法秩序的最深沉批判，是一次进入到骨血与欲望结构中以"打胎"行动所进行的最为清坚决绝的"打出幽灵塔"。而《少帅》中的"木雕鸟"又可与《小团圆》中的"木彫的鸟"产生"文本译异"（而非同一回归）。在《少帅》中圆目勾喙的"木雕鸟"不仅复数化也阴性化，乃是一群爱"说人坏话的家中女眷"，彻底翻转了原本的"鸟图腾"崇拜与氏族始祖神话。但不论是在《小团圆》还是在《少帅》中，"木彫的鸟"之丰富精彩，正在于其对神话、对远祖、对宗法、对门望、对姓氏、对繁衍，展开了各种"译—异—易—溢—佚"的书写行动，不再有本源，不再有本文，不再有本名，也不再有本宗。

第七章《祖从衣》聚焦于张爱玲的《对照记》，尝试区分"祖从示"所表征的宗法父权象征秩序与"祖从衣"所牵带的血缘亲情想象。全文分成四个部分。第一部分探讨《对照记》所呈现的宗法父权压迫，看张爱玲如何从家族女性的照片中，看到女性双重的"此曾在"与"依旧在"。第二部分处理张爱玲文字叙述中所再现的"祖父母"，爬梳并比较《忆胡适之》《小团圆》《对照记》三个文本的重复与差异。第三部分聚焦于书中祖父母的照片，回顾"影像"在华文文化脉络中作为"画亡灵"的意涵，并由此带出"祖先画"对19世纪早期中国肖像摄影之影响。第四部分探讨《对照记》所展现的"再死一次"的"绝嗣想象"，并以"张"字作为本宗姓氏的最终挪揄为结。全书以"主即示"的宗法父权批判开场，最后一章则尝试反思"祖从示"（宗法父权的象征秩序）与"祖从衣"（祖父母的情感联结）之间可能的错别想象与"人机分离"，亦即思考如何在批判宗法父权之同时，也能带出家族亲人的情感牵系与想象联结。

女性主义文学研究进入华文学术圈已逾四十年，而就当代已然博大精深的张学研究而言，女性主义与性别政治乃为最主要的诠释路数之一，多能成功结合（后）殖民研究、酷儿理论（queer theory）与其他后结构主义理论。就其论述生产力与批判力而言，恐远远凌驾于张学研究中的神话学、符号学、文学技巧或风格论、精神分析、影响研究、传记研究、文化研究、考据索隐、翻译研究等其他诠释取径。但在积累精彩丰富的研究成果之同时，亦不乏论述的疲态与重复，本书既是尝试对当前张学的女性主义研究领域已然出现的症结与限制提出疑问，展开可能的思考逃逸路径，也是借此反思女性主义文学研究进入华文学术圈近四十年的发展困境与可能突破。当然，本书聚焦于"宗法父权"，不是要回到古代、回到传统文化去阐释"宗法"之要义，或以"宗法"之文化殊异性来"纠正"或"对抗"西方霸权之假普世宣称，而是在清楚爬梳"宗法父权"由古至今顽强且细腻、显性加隐性的运作之同时，在清楚剖析华文文化（与部分东亚文化）和欧美文化差异的同时，更要积极呈现"宗法父权"的"当代"虚拟创造性；不只是对其遗迹的辨识与批判，更是透过各种积极的"折曲"（folding），去形构各种可能的理论概念，去贴挤各种转化流变中的宗法父权机制，以达"新故相推，日生不滞"的思考活力，让宗法父权永远是"当代"（多重时间的贴挤折曲）的宗法父权，张爱玲永远是"当代"的张爱玲，而所有"无主文本"的"去中心化"，也必然总已是一种活泼泼"去宗心化"的力量启动。

1　目前有关张爱玲"神秘笔记本"最苦心孤诣也最精彩厉害的研究，首推冯晞乾《在加多利山寻找张爱玲》中的《外篇：张爱玲神秘的笔记簿》，页138—196。有关张爱玲与宋淇、邝文美夫妇之间的通信，仅部分节选于2010年出版的《张爱玲私语录》，此次出版乃涵括所有的通信内容，计有六十余万字之多。

2　此故事尚有后续，话说败北后的宙克西斯，又画了一幅小孩手拿葡萄的画作，再次引来小鸟啄食。但就在众人赞叹依旧的同时，他却不禁悔恨叹息自己没有将小孩画好。他的推理逻辑如下：葡萄的"拟真"或许成功，但小孩若也画得一样栩栩如生，一定会吓得小鸟不敢飞向前来啄食葡萄。（Pliny, 252）这些出现在老普林尼《自然史》中的古希腊遗闻琐事，主要围绕对真实模拟再现的关注，而后来绘画理论的相关援引，亦多将其与"拟真（欺眼）画"的论争相联结。

3　本书亦不能免俗，第六章《木彫的鸟》将专章处理此议题。

4　Phallogocentrism（一般译为菲逻各斯中心主义或男性中心主义，为了理论理解的便利，本书保留了作者的译法，下同，编者注）为德里达解构主义的新创字词，结合了"阳物中心"（phallocentrism）与"逻各斯中心论"（logocentrism），两者合而为一，乃是企图同时批判意义建构过程中对"阳物"（阳性、父权，尤指精神分析的阳物中心）与"逻各斯"（logos）（语言、理性、真理、语音中心）的过度倚重，下文将更详述之。

5　当前有关"示"之文字学考释，最齐备者当数《古文字诂林》第一册，页67—86，共汇整从许慎到戴家祥等二十九条考释成果（条目中尚有针对不同文字学家的引述），"示"从神祇、天帝、先公、先王的指称到"象形"（木表、石柱、木主、生殖神之偶像、祭坛、图腾柱等），不一而足，可见诸家异说纷呈，相互批评对方有臆断之失者甚多，显难有共识，就连许慎的《说文》也被部分学者斥为囿于"晚周及汉之思想"（页71）。而郭沫若的"牡器""妣器"之说之所以备受攻讦，恐正在于男女生殖器所可能带来的字面"亵渎"，可参见马叙伦，页171—172。

6　"互文性"或"文本间性"（intertextuality）乃法国理论家克里斯蒂娃（Julia Kristeva）所提出的理论概念，最早出现于她1966年的《词语、对话与小说》（"Word, Dialogue and Novel"），强调所有的文本都是异质文本的组合，即使小到一个单字，也是"文本表面"的互文交织，而非单一固定意义的"点"，以此强调文本（单字亦是文本）不是自我封闭的系统，而是具差异性、历史性的动态变化，充满他异文本的痕迹、重复与变化。而此处"间文本"（inter-texts）的概念化，亦是循克里斯蒂娃之用法，强调不同文本之间的交互指涉、交互参照、交互建构，但更欲凸显"间"（inter-）所可能带出的不确定性与创造转化，亦即本书所常言的"变译"能力，尤其是在跨文化与跨语际上的各种"易—译—异—溢—佚"。

7　当代有关"美学政治"（the politics of aesthetics）的概念，主要来自法国哲学家雅克·朗西埃（Jacques Rancière）。他强调此处"美学"无关乎艺术的美丑，而是一种新的感性形式，能持续在政治主体化的过程中产生"歧异"，迫使"感性分配共享"主宰秩序不断进行调整与改变。

8　此处既谈"文本表面"，那"祖，始庙也"的"始"亦见蹊跷："祖"从"示"，但"始"却是从"女"。第一种可能的解释，乃是回到"姓"之"始"（既是"姓"的初始，也是"始"本身作为一种"姓"），上古八大姓"姬、姜、姒、嬴、妘、妫、姚、姞"皆从女部，多被视为上古母系社会的造字遗迹。第二种解释则又可回到《说文》"始，女之初也"（卷一二下，页260），"初"乃象形，裁衣之始。《尔雅·释诂》"初、哉、首、基、肇、祖、元、胎、俶、落、权舆，始也"，后以《尔雅义疏》的解释最为清楚，"初者，裁衣之始；哉者，草木之始；基者，筑墙之始；肇者，开户之始；祖者，人之始；胎者，生之始也"（页2）。换言之，不论是上古八大姓之"始"，或兵分多路的"初、哉、基、肇、祖、胎"之为"始"，都不足以松动或抗衡"祖"作为父系宗法的奠基，亦即人之始为"祖"。然本书在凸显"祖""宗""祭""祀"等字最初的男根生殖神崇拜的同时，并不回避女阴生殖神崇拜的并存或更为古早的历史，如祖妣、牡牝等阴阳性器崇拜。诚如郭沫若在《释祖妣》中强调最初祖不示、妣不从女，而从凸与匕之象形，亦即牡器与牝器："以象先祖"，"然此有物焉可知其为人世之初祖者，则牝牡二器是也。故生殖神之崇拜，其事几与人类而俱来"。（页36）而古代祭祀文字的"祖""妣""示""母""后""帝"等，乃"牝牡"之初字，皆为阴阳性器崇拜之象征，而从女阴崇拜到男根崇拜的过程，亦是母系社会到父系社会的过程。凌纯声在《中国古代神主与阴阳性器崇拜》亦论及中国古代的性器崇拜与"主制"的源远流长，其论点亦与"祖为牡（男根）、妣为牝（女阴）"相呼应，视庙中之"主"由"驵琮"而来，"驵"为男主，"琮"为女主，亦是凸显阴阳性之并存合一（页31—32）。虽说阴阳和合而万物生，不可能只有牡器而没有牝器，但祖妣、牡牝作为古代阴阳性器崇拜的"并置",却往往让我们无法精准看见父系世系的确立与千年承续,乃是以"祖"为尊、以"妣"为卑,以"牡"为主、以"牝"为从的。

9　中国古代天神地祇人鬼皆可为"示",而后来"社"作为"地主"主要发展成为土地神之祭拜,本书第五章第一节"千里寻夫《异乡记》"将针对由"社"之仪式所发展出的"社戏"进行分析探讨。

10　《说文》的解释则有不同,"主,镫中火主也"(卷五下,页105),主要针对"主"之小篆字形,象点燃之火柱(炷),有别于绪论此处将"主"推向"祖宗牌位"的思考路径。

11　此处"姓图腾"的讲法,主要参考陶希圣在《婚姻与家族》中的说法:"氏族的族人确信保护神就是本族的祖先。他们相信是祖先的象征,如玄鸟,如火,如蛇,如野鸡之类,便是他们的图腾。一族有共通的图腾,其后流为姓。一族以内的分族有各自的记号,其后流为氏。在封建制度下,每一侯或数侯,同出于一祖或自认同出一祖者,有一姓。如姬、姜、嬴、姞之类。每一国有一号,如鲁、齐、秦、燕之类。每一庄园领主之族有一氏,如孟孙氏、叔孙氏、季孙氏、唐杜氏、棠溪氏之类。"(页30)

12　此处"看不见的纤维"乃张爱玲在《洋人看京戏及其他》中的用语:"中国人向来喜欢引经据典。美丽的、精譬的断句,两千年前的老笑话,混在日常谈吐里自由使用着。这些看不见的纤维,组成了我们活生生的过去"(页109),以此表示语言本身通过引经据典所启动的"重复引述"。有关"看不见的纤维"更详尽的分析,可参见本书第三章第二节"书写中看不见的纤维"。

13　除"杀父书写"外,《张爱玲论述》亦提出"模拟去势"作为张爱玲笔下另一种处理男性家长和男性角色的书写策略,可参见该书下卷第一章。

14　Différance为解构主义理论家德里达的新创词,是将原本法文différence的e改为a,以凸显法文动词différer乃同时指向"延迟"(to defer)与"差异"(to differ),借此表达语言的意义不在字词本身,而在意符链中无限延迟,并不断以差异来区分,让任何最终意旨的确立成为不可能。

15 本书第三章将深入探讨张爱玲与当代文本理论的可能交织，尤其针对张爱玲文本所涉及的语言文字的"重复引述"部分。

16 "阴性书写"最早由法国理论家西苏（Hélène Cixous）在1975年的《美杜莎之笑》（"The Laugh of the Medusa"）中提出，用以表称一种溢出传统阳性风格的文学书写类型，凸显的乃是"女人"作为"书写效应"（writing effect）而非创作或意义的源头，强调的不是"文本之性别"（the sexuality of the text），而是"性别之文本"（the textuality of the sex）（Jacobus, 109）。父权结构的语言机制压抑多重异质性（或将其简化为二元对立的阶序，如男尊／女卑），而"阴性"则是迫近语言与意义的边界极限，游走于不可言说、不可再现的缝隙之间。但在当代女性主义的文学阅读之中，尤其是在法国理论转译为英美文学批评的过程中，"阴性书写"常被不自觉地"本质化"为社会或生理"女性"，而非逼显语言再现机制的另类"力比多经济（欲力经济）"（libidinal economy）。本书在此所欲进行的，并非全然的"去本质化"，而是策略性地凸显"阴性"与"女性"之间的可能滑动与转换，以培力女性作家与女性文学史的持续建构。

17 王德威在张爱玲《易经》英文版 The Book of Change 的序言中，精彩提出"易"与"译"之滑动，强调"书写乃变形连续体"（writing as a continuum of metamorphoses）（David D. Wang, xxi）。而本书所开展的"译—异—易—溢—佚"（翻译—差异—变易—余溢—散佚），乃是在"易"与"译"的精彩联结之上，带入另外三个同音字"异""溢"与"佚"，来丰富其理论概念化的可能。亦可见其《张爱玲，再生缘：重复、回旋与衍生的叙事学》一文（《落地的麦子不死》，页20—32）。

18 此处乃是拿当代女作家研究最常用到的"经验"为例，"经验"多被当成不证自明的已发生事实，而忽略了"经验"本身的语言建构："其（经验）牵涉到语言，但又溢出语言；经验可供客观审查，但亦是事实之后所产生的虚构；经验主动地寻求狂喜甚或神秘强度的片刻，但亦肯认其朝向不请自来之物的被动开放之力。"（Jay, 400）或如福柯（Michel Foucault）所言："人是经验的动物，他无休止地涉入一个界定事物场域的过程，而此界定过程同时改变、扭曲、转换、改观了作为主体的他。"（Trombadori and Foucault, 124）本书所要进行的，便是将"生命""经验""自传""传记"等不证自明的用语加以问题意识化、性别文本化。

19 宗法组织乃是西周的重要政治制度，以血缘关系为基础，以嫡长子继承制为运作核心。诚如陶希圣在《婚姻与家族》中所言,"宗法乃是封建贵族的亲属组织"（页2）,周天子之"家天下"乃是建立在嫡长子继承制与"别子为祖,继别为宗"的分宗制之上:天子（天下之大宗）—诸侯（本国之大宗）—卿大夫（本家之大宗）—士;亦即周天子（绝对大宗）与诸侯及朝臣（相对大宗）的关系统率组织。而随着宗法封建制度的分解,亲属结构也逐次由族居制、家族制转到夫妻制。虽然如陶希圣所言,"中国今日既没有宗法制度可以保持,又没有宗法制度可以铲灭。中国今日只有宗法的变态和遗迹,犹之乎在经济与政治上只有封建的变态与遗迹"（页2）,但"宗法的变态和遗迹"却依旧威力残存,此亦即本书希冀借由张爱玲文本所欲铺陈与批判之重点所在。

20　此处的"宗法"一词显为翻译者的有心置入。英文原稿用直接音译的dee与shu来表达"嫡"与"庶",而英文段落结尾的"a form of Confucianism"则被翻译成"孔教的宗法"。引文中的"荣珠"乃是小说女主角琵琶的继母。

21　我们亦可从字源学的角度,看出为何西方只有祖"先"而没有祖"宗"。英文ancestor指"己身所从出",由拉丁字根ante（before）加上oedere（go）,亦即前行者加上先行者而成。

22　"没有宗法,何来父权?"的说法,乃是受王德威《被压抑的现代性》中"没有晚清,何来五四?"之修辞启发。当代张学研究以最具系统化的方式发展"宗法父权"这一核心概念的,首推林幸谦的《历史、女性与性别政治:重读张爱玲》《张爱玲论述:女性主体与去势模拟书写》《身体与符号建构:重读中国现代女性文学》等相关著作。其所论的"宗法父权"基本上乃"中国的宗法"与"西方的父权"两者之合构:"意图结合中国宗法礼教与西方父权体制的双重概念而成"（《历史、女性与性别政治》,页19）,"以突显东方宗法秩序的父权文化体质,进而标榜中国父权体制中,特别是以儒家为中心的、宗法男性规范和道德礼教的特色。中国宗法制度乃依据男性血统承传,在宗法礼教的根基上,构成介乎氏族与家庭间的一种宗族组织社会,其特质包括嫡长子继承、封建家族和外婚制。此外,其主要特征则为尊祖、敬宗、父系、父权、父治等男性家长特权,世代相传"（《张爱玲论述》,页327—328）。而本书对"宗法父权"的论述,乃是尝试在其精彩的论述基础之上继续推演,暂去中国/西方、传统/现代的二元预设,以"没有宗法,何来父权?"与"古今叠影"时间感性的再理论化,来凸显"宗法父权"作为"当代"伦理的迫切性。

23 林幸谦所著的《张爱玲论述》最早提及"异姓氏"的概念，精彩点出"氏"的双义性（既是姓氏，也指女性），详尽分析探讨了"异姓氏"作为父家与夫家的双重外来者。"婚前，是别家的人；婚后，则是外来者"（页10），无可避免地将儒家礼教下的婆媳关系位置，推向彼此仇视的闺阁政治死角（页12）。

24 此为当代法国哲学家朗西埃（Jacques Rancière）所提出的理论概念，因法文 partition 乃同时兼有 division（分隔、分配）与 sharing（共享）的双义，而朗西埃更是以此双义来形构此概念，故此处将其翻译为"感性分配共享"，以凸显其既分隔又共享的矛盾与辩证。

张爱玲本名张爱玲，这句话究竟有何吊诡不当之处？

"张爱玲本名张煐"几乎是当前张学研究的铁律。翻开《张爱玲典藏全集》最后第十四卷《情场如战场等三种》卷尾所附的"张爱玲年表"，第一行就明写着"一九二〇　九月三十日出生上海，本名张煐"，跳过数行后便是"一九三〇　改名张爱玲"（页247），白纸黑字，毫无疑义，更遑论各种学术著作、坊间传记对此"本名张煐"千篇一律的重复引述。

但"张爱玲本名张煐"这个公认钦定的讲法，真的有这么确切无疑吗？本章正是要以此张学研究的天字第一号铁律作为思考的起点，质疑当代张学研究有没有可能乃是建立在一个充满疑义的"根本"或"基础"之上呢？如果我们连作家的本名都无法确定，那文学研究究竟该如何开始呢？或者反其道而思，难道只有当作家的名字真正进入"基进不确定性"时，文学研究才得以开始吗？[1]

首先，"张爱玲本名张煐"究竟是谁说的？张爱玲曾说"我的小名叫煐"（《必也正名乎》，页40），张爱玲的弟弟张子静在《我的姊姊张爱玲》中也曾说"母亲生下我姊姊，小名小煐"（页51），张爱玲在给姑姑与弟弟

第　一　章

本　名

张爱玲

的信件中，也都署名"煐"。[2]张爱玲曾说中国人"一下地就有乳名"，而"乳名是大多数女人的唯一的名字，因为既不上学，就用不着堂皇的'学名'"。(《必也正名乎》，页37) 但显然乳名不是张爱玲唯一的名字，小名煐或乳名小煐的张爱玲，七岁时父亲就在家中延师教读，尔后出洋游学的母亲归国，更毅然决然不顾遗少型守旧父亲的极力反对，坚持将十岁的张爱玲送到上海黄氏小学插班就读六年级。[3]而下面这段引言恐怕正是大家心目中再耳熟能详不过的命名由来：

> 在填写入学证的时候，她一时踌躇着不知道填什么名字好。我的小名叫煐，张煐两个字嗡嗡地不甚响亮。她支着头想了一会，说："暂且把英文名字胡乱译两个字罢。"(《必也正名乎》，页40)

这段文字清楚说明了四件事：(一)"煐"是小名，亦即乳名；(二)"爱玲"是学名，亦即所谓的大名；(三)母亲没有直接将小名登记为学名或参考小名来发想学名；(四)学名"爱玲"乃是母亲仓促之下将其原有的英文名字直接"音译"过来的。

但为什么可以从小名煐、学名爱玲，摇身一变推论出"张爱玲本名张煐"，并在正式入学时改名为张爱玲呢？这恐怕是对既有汉人命名系统的极大误解与错用。此将小名当本名、学名当易名（入学时改名）的说法，究竟有何怪异之处呢？且让我们先简单考证一下"本名"究竟该以何为"本"、以何为"名"。就"名"作为"称呼"的扩大解释而言，汉人命名系统可有乳名、小名、谱名、学名、训名、表字、别号、戒名、斋名、笔名、艺名、化名、代号、绰号等等，称呼方式不一而足。

而"本名"之所"本"乃"根本",那在一大堆可有可无的称呼之中究竟该以何为"本"呢?古代以正式命名的"大名"为本;现代则以公共领域"正式的名字"为本,用于户籍、学籍等文书登记,以作身份辨识之用,为个人所专属。[4]故在张爱玲的例子中,"煐"是私人领域的小名,"爱玲"是十岁插班入读黄氏小学时公共领域学籍登记的正式命名,亦即"本名",此两者可同时并存,"煐"者依旧为"煐","爱玲"者便也是"爱玲",没有取代、置换或更易之必要,自无改名之说。

我们在此也可以举两个例子来参照说明。第一个就拿近代中国革命女权运动家秋瑾为例,其初名闺瑾,乳名玉姑,字璇卿,号旦吾,1904年留学日本,改名瑾,易字(或作别号)竞雄,自称鉴湖女侠,笔名秋千、汉侠女儿、白萍等。[5]故我们可以说"秋闺瑾"本于感时忧国的革命精神与女权意识的觉醒,毅然决然将姓名中蕴含女子内室与传统妇德联想的"闺"字去除,改名为"秋瑾",亦将字由"璇卿"改为"竞雄",以应"尚武时代女性重塑自我的一种风气"(符杰祥,页72)。故对真正改过名的秋瑾而言,我们可以说"秋瑾本名秋闺瑾",因闺瑾乃其原本的正式命名,但我们不能说"秋瑾本名秋玉姑",因为"玉姑"是非正式的小名,不是正式的大名。虽然在汉字文化圈的命名系统中,往往是先有乳名小名,再有学名大名,但亦不可就时间发生先后的次序想当然耳,就径自把最初的乳名当成"本名"。"本名"之所"本"指向"正式"命名,乃众多称谓之中作为确立不移的"根本"。既然我们不能把"玉姑"当成秋瑾的本名,那我们为何可以毫无疑义地把张爱玲的乳名小名"煐"当成她的本名呢?且又毫不迟疑地将张爱玲的学名当成她的易名呢?[6]

我们亦可拿鲁迅作为另一个比对的例子。依据许寿裳的《鲁迅先生年谱》，鲁迅"姓周，名树人，字豫才，小名樟寿，至三十八岁，始用鲁迅为笔名"（页200）。鲁迅一生用过笔名无数，目前有据可考的至少有一百一十八个笔名［周作人，《周作人文类编》（第十卷），页199—200］，但"鲁迅"乃是行之于世最主要的笔名，甚至有时还被一些不明就里的人当成其真名实姓。故我们可以说"鲁迅本名周树人"，但我们不可以说"鲁迅本名周樟寿"，因樟寿乃小名，树人才是大名，我们可称其为鲁迅、周树人或周豫才，却不可唤其在私人领域的小名樟寿，否则便是僭越顶冒他人父祖或亲族之辈。而鲁迅的众多笔名中最浪漫多情的，乃是"许遐"，以"遐"谐音爱人许广平的小名"霞姑"（许广平，页151）。同理可推，"霞姑"是乳名小名，"广平"是学名大名，故我们决计不会说"许广平本名许霞姑"，因为许广平既不是笔名，也不是易名，许广平就是许广平的本名。

那为何当代张学研究就可以从头到尾以"张爱玲本名张煐"一以贯之呢？若"本名张煐"的说法不成立，那"本名张爱玲"的说法成立吗？若我们将"本名"单纯当成公共领域的正式名称，那"张爱玲本名张爱玲"倒也勉强可以成立，只是充满同义反复的辞废之嫌。若是按此"本名"作为公共领域"正式的名字"之说法，张学研究天字第一号的铁律"张爱玲本名张煐"，不是反倒可以吊诡地颠倒过来说"张煐本名张爱玲"吗？但显然此种用乳名来带出本名的说法，实属无聊也无前例可循。而若"本名"另有一个更常出现之用法，乃是建立在与"改名"或"笔名"的相对关系之上，那没有改过名字的张爱玲、也不是隐去本名而以笔名示人的张爱玲，为何跑出一个"本名张煐"来了呢？张爱玲为何既是"本名"（正式的名字），也不是"本名"（改名或笔名之前原本的名字）呢？换言之，"本名"之所"本"，难道是将确切无疑的"本属"、独一无二的"专有"，打散成关系网络中的差异区辨吗？难道"本名"之"本"不在自身，而在相对于非公共领域、非正式的乳名小名，或相对于新采用的易名或笔名吗？"本名"的吊诡，会不会正在于"名无所本"（非本属、非专有）呢？故本章的意图不是要为张学研究"正本"清源、钦定出真正的"本名"，也不是一番苦心孤诣要为张爱玲"正名"，拨"煐"反"爱玲"；而是想要积极尝试另辟思考与想象的蹊径，企图从最根"本"的"本名"去松动当前的张学研究，由"名无所本"来探究"张爱玲"作为名字、"张爱玲"作为专有名词、"张爱玲"作为作家署名的"基进不确定性"，展开足以颠覆扰动从文化传承到文学研究以"正本""正名""正统""正当"所建立的超稳定阶序的讨论。

故本章思考的重点在"不确定性"，不是要以"本名张爱玲"的确定性，来取代昔日"本名张煐"的确定性，也不是一心上下求索去考证、去索隐出张爱玲所有可能佚失的名字，而是企图回到"不确定性"本身所能开展出的基进思考。目前张学研究中的考据冲动无所不在，但往往是为考据而考据，企图找出隐藏在文字表面之下所谓的历史真相或真人实事（亦即本书绪论开场所言"深度模式"的"秘密"）。更有甚者，则把文学书写当成"钥匙小说"（roman à clef），以索隐为乐，一一对号入座，就此交代了事或全案了结。本章对张爱玲"姓名学"的探究绝不愿耽溺于纯考据，而是希望借由表面上对"姓名"的探究，在"性别政治"之中展开"姓别政治"的批判思考，要在宗法父权的最细致操作中，拨"正"（"正本""正名""正统""正当"）反"乱"。换言之，"本名张爱玲"所要探询的，不再是追根究底找出"张爱玲"真正的"名字"，而是把"名字"所展现的"名无所本"，放回汉人文化号称源远流长、博大精深的姓名学脉络，以探究"姓""氏""名""字"等命名体系在上一个新旧世纪之交所呈现的大变动与大混乱，并借此批判两个紧密构连的系统——"汉字命名"系统与"父系宗法"系统——如何在此大变动与大混乱中，依旧幸（姓）存至今、阴魂不散。

· 1 ·

小名与大名

要论张爱玲的名字，必得先回到张爱玲论名字的那篇精彩散文《必也正名乎》。如果"张爱玲本名张煐"的推论最主要的考据来自《必也正名乎》，那以下对此"始作俑者"文章之详尽解读与延伸，或可说明"本名张煐"作为推论的无稽可笑。收在张爱玲散文集《流言》中的《必也正名乎》，乃是以最生动活泼、浅显易懂的文字，表述中国数千年以降的"姓名学"，从哲学、美学、心理学到文字学，无所不包。然就此早期散文的文字力道而言，多采四两拨千斤之势，幽默调侃多于严肃批判，而字里行间更出现甚多游移的诠释空间。文章一开头，张爱玲便以自己"恶俗不堪"的名字切入，带出对传统汉人姓名系统的高度探索兴趣。接着她便把"命名"浪漫化为一种"轻便的，小规模的创造"：

旧时代的祖父，冬天两脚搁在脚炉上，吸着水烟，为新添的孙儿取名字，叫他什么他就是什么。叫他光楣，他就得努力光大门楣；叫他祖荫，叫他承祖，他就得常常记起祖父；叫他荷生，他的命里就多了一点六月的池塘的颜色。(《必也正名乎》，页35)

在这个祖孙和乐融融的想象画面中，"光楣""祖荫"与"承祖"所承载的宗法意涵，显然被六月的浪漫塘色给成功搪塞了过去，故我们看到的乃是祖父对孙儿的殷殷期许，通过命名所进行的"小规模的创造"，而非"小农封建宗族意识"的源远流长。[7]而此刻祖父为新添孙儿所取的名字，大抵多是孙儿的乳名或小名，又称童名、儿名、幼名或小字，乃私人领域未成年时的称呼。而"光楣"与"祖荫"所象征的对子孙后辈传承父祖与光宗耀祖的期许，往往要等到正式命名的"大名"才得以真正实践，具体而微地镶嵌在论字排辈的"字辈谱"与家谱登录的传统之中，以达父系血缘关系承先启后、敬宗收族的理想。

但旧时代即便是取个乳名小名，也得费心琢磨。就如张爱玲在文中所言，"从前人的乳名颇为考究，并不像现在一般用'囡囡''宝宝'来搪塞"(《必也正名乎》，页37)。曾有张学学者十分好奇为何张爱玲的小名取"煐"，便拿着张爱玲的出生年月日，请南京大学史学博士用《周易》卜卦，得出"这个年月日对应的五行是'金金木金金木'，如果生时不对应'火'，那确实是缺火。故依命理改运取名煐"(杨曼芬，页171)。[8]但这个别出心裁、以张爱玲式"庸俗反当代"的命理诠释，还是被张爱玲的文章打脸。在2016年最新"出土"的《爱憎表》未完稿中，张爱玲不仅写到自己的小名，也写到了弟弟的小名：

有一天有客要来，我姑姑买了康乃馨插瓶搁在钢琴上。我听见我母亲笑着对她说："幸亏小煐叫婶婶还好，要是小煊大叫一声'妈'，那才——"（页3）

我们早已熟悉张爱玲称自己的父母亲为"叔叔""婶婶"（名义上过继他房），却是第一次看到白纸黑字上张爱玲写下了自己亲弟弟的小名。然而在张子静自己的追忆中"母亲生下我姊姊，小名小煐。次年，母亲生下我，小名小魁"（页51），"魁"与"煊"同音，不知是《我的姊姊张爱玲》合著者季季的笔误或错用同音字，还是张子静本身的记忆模糊，童年往事久远只记得小名之发音而忘却其字，让少见而较显高深的"煊"，变成了平易近人的"魁"。但不论事实真相为何，至少我们看见大家族在取乳名时的慎重，火字旁的"煐"与火字旁的"煊"，姊弟小名同偏旁，看来不是"命理"缺火改运，而是"命礼"（命名之礼）的考究。像前面提到的鲁迅（本名周树人）小名樟寿，大弟周作人小名櫆寿，小弟周建人小名松寿，即便是取小名亦考究，不忘以"木"为二字名头一字的相同偏旁，以"寿"为相同的末一字，以示同辈排行。张爱玲家族的小名或亦复如是，一字名中已然使用"火"作为同辈分乳名的相同偏旁，不分男女，此亦为何此处的推理，乃暂时先排除张爱玲误将弟弟小名"魁"错记为"煊"的可能。

但男人的小名与女人的小名，却往往带出截然不同的文化位阶与禁忌。一如张爱玲在《必也正名乎》所言，过去"乳名是大多数女人的唯一的名字，因为既不上学，就用不着堂皇的'学名'，而出嫁之后根本就失去了自我的存在，成为'张门李氏'了。关于女人的一切，都带点秘密性质，因此女人的乳名也不肯轻易告诉人"（页37）。此处信手拈来的"张门李氏"却难免启人疑窦，难不成张爱玲又幽默自嘲地以自己家族史为例，一如文中毫不避讳地嘲笑父亲为弟弟也取了个通俗普遍而丝毫不具创造性的名字："回想到我们中国人，有整个的王云五大字典供我们搜寻两个适当的字来代表我们自己，有这么丰富的选择范围，而仍旧有人心甘情愿地叫秀珍，叫子静，似乎是不可原恕的了。"（页36）但"张门李氏"真的是在暗指张爱玲的祖母李经璹吗？李经璹，李鸿章长女，上有兄长经方（过继）、经述，下有弟弟经远（早逝）、经迈，妹妹经溥与小弟经进（早逝）。李鸿章家族的命名方式在张爱玲祖母李经璹这一代非常清楚，乃是以"经"字排辈。[9] 而此处"张门李氏"深层嘲讽的，乃是纵使祖母李经璹除了小名乳名外，明明已有论字排辈的大名，但在"张氏族谱"之中也只能落得一个"张门李氏"的地位。当然若真要为文中的"张门李氏"继续附会穿凿，张爱玲家谱中还有另一个相对靠近的例子有迹可循——张爱玲曾祖父张印塘有妾"李氏"一名，正式载入家族世系表。我们不可得知李氏究竟是否只有乳名小名，而不像张爱玲祖母李经璹一样有大名学名，但在传统的家谱族谱书写中，恐也只能落得个"张门李氏"的同样下场。[10] 不论此"张门李氏"确切所指何人，都带出封建时代女人名字的命运，未嫁之前往往已名存实亡，嫁娶之后则被彻底削除，只能称为张门李氏或张李氏，在父姓之前加上夫姓，表示其所从出与其所归属，全然"失去了自我的存在"。张爱玲貌似不经意带出的"张门李氏"，却可以是对父系宗法下"姓别政治"最绵里藏针的批判。[11]

　　相对于此"张门李氏"作为时空穿越的附会想象，我们倒是可以认真考据一下张爱玲母亲的小名。作为1920年代摩登留洋的时代新女性，张爱玲母亲黄素琼曾采用其英文名字Yvonne的音译，改名为黄逸梵（张子静，页108）。而张爱玲的母亲也是有乳名小名的，依据张爱玲之弟张子静的猜测，"莹大概是母亲的小名"（页52），其猜测的依据乃是在父亲的日记中，瞥见了"莹归宁"三个字。诚如张爱玲在《必也正名乎》中所言，女人的乳名不轻易示人，"在香奁诗词里我们可以看到，新婚的夫婿当着人唤出妻的小名，是被认为很唐突的，必定要引起她的娇嗔"（页37）。想来张子静是从未听过父亲或其他亲友唤母亲的小名，故只能依据父亲日记中的三个字去揣测（张爱玲祖母李经璹的小名或表字菊耦，也是重复出现在祖父张佩纶的日记之中）。[12]所以对改过名字的黄逸梵而言，我们可以说"黄逸梵本名黄素琼"，一如前面所言"秋瑾本名秋闺瑾"，但不宜说"黄素琼本名黄莹"，一如不宜说"秋瑾本名秋玉姑"，但为何我们却一而再、再而三理直气壮地声称"张爱玲本名张煐"呢？

· 2 ·

字号与笔名

说完了小名与大名，我们接着看看张爱玲怎样谈字、谈号、谈笔名。《必也正名乎》中写道：

男孩的学名，恭楷写在开蒙的书卷上，以后做了官，就叫"官印"，只有君亲师可以呼唤。他另有一个较洒脱的"字"，供朋友们与平辈的亲族使用。他另有一个备而不用的别名。至于别号，那更是漫无限制的了。买到一件得意的古董，就换一个别号，把那古董的名目嵌进去。搬个家，又换个别号。捧一个女戏子，又换一个别号。本来，如果名字是代表一种心境，名字为什么不能随时随地跟着变幻的心情而转移？（页37—38）

相对于传统中多数女人的只有乳名，男人的名、字、号则变化多端。一方面极为严谨，像写在开蒙书卷上的"学名"（在古代考取了功名，就成了"官印"），君亲师为之命名，也只有君亲师可以唤之，不得乱来。另一方面则有较具补偿性的"表字"系统，男子在亲昵的小名与严谨的大名之外尚有"字"，可以较为洒脱地在平辈亲族与朋友间"以字行"。最放荡不羁的则是号或别字，因为不论小名、大名还是取字的命名权多来自君亲师等尊长，只有取号可以完全自己做主、自己择取。但传统以言意托志的别号到了张爱玲的犀利笔下，仿佛成了一场一发不可收的闹剧，可以随心爱的古董或心仪的女戏子而更迭不已。[13]

当然此段文字的叙述，乃是卡在新旧交替的命名系统与现代户籍登记制度之间，一字姓两字名（或一字名）的"姓名"渐行普及，"名""字"便合而为"名字"，登记在户籍、学籍上的"名字"取代了无法登记在户籍、学籍上的"字"，"表字"传统因而式微，逐渐走向"单一名制"。而繁复字号的取消，不仅是字号称谓繁难、常有错称失礼之虞，更因其为充满君主专制时代封、赠、谥号等封建陋习之遗绪，乃民国时期汲汲除之而后快的要务。以张爱玲的祖父张佩纶为例，字幼樵，又字绳庵，号黄斋，名字号齐备，学名与"官印"是张佩纶，同侪或同辈可称其张幼樵、张绳庵或张黄斋。到了子辈张志沂，长兄张志沧（早逝）字伯苍，二兄张志潜字仲照，张志沂字廷众，而其妹张茂渊，则无字无号，亦无法正式进入"志"辈谱的同宗家族世系血缘排序，仅能在姓名第三个字采用"水"字偏旁的"渊"，来相应于兄长们同部首的"沧""潜"与"沂"。[14]到了孙辈张爱玲、张子静，则已全然无字无号。张爱玲"似乎"完全跳脱任何"字辈谱"系统的命名方式，然张子静则"似乎"还仍与堂兄弟张子美、张子闲相应，以"子"字辈来承续同宗家族世系血缘的秩序。小名"煐"与小名"煒"同偏旁，不分男女，但在大名"爱玲"与大名"子静"之中，却"似乎"延续了宗法秩序的男尊女卑与汉人族谱世系千年行之的系男不系女。（"似乎"表存疑，本章第五节将针对此段三个"似乎"提出反证，以最新"出土"的资料再次展开"张爱玲""张子静"与传统字辈谱制度的暧昧不确定。）

然在嘲笑完古代男性的字号满天飞后，张爱玲接着把炮火对向现代男性文人的滥用笔名、化名。她语带嘲讽地说道：

> 也许我们以为一个读者看到我们最新的化名的时候，会说："哦，公羊浣，他发表他的处女作的时候用的是臧孙蝀的名字，在××杂志投稿的时候他叫冥蒂，又叫白泊，又叫目莲，樱渊也是他，有人说断黛也是他。在××报上他叫东方髦只。编妇女刊物的时候他暂时女性化起来，改名蔺烟婵，又名女媞。"任何大人物，要人家牢记这一切，尚且是希望过奢，何况是个文人？（《必也正名乎》，页38—39）

张爱玲此处并未尝试探究文人广用笔名、化名的历史政治或文化背景，也未如周作人般从言论不自由的角度，将笔名化名当成"亡命客的化妆逃难"。张爱玲在此处只是以诡笑的方式，尽量找出些冷僻艰涩的字词加以揣拟，以顺接前文中所言"多取名字，也是同样的自我的膨胀"（页38），视现代男性文人笔名的诡变多端，一如古代男性的字号满天飞，皆指向新旧交接时代"名字"作为身份符号系统的大变局。[15]

虽然我们不必进一步考据张爱玲此处嘲笑的男性文人具体所指，虽然拥有至少一百一十八个笔名的鲁迅恐怕也难逃流弹所伤，但我们还是可以好奇地问一问，没字没号的张爱玲有笔名吗？厉害的张学研究者早已指出，张爱玲确实曾经用过极为少数的笔名发表或翻译作品，而最先被考据出来、也最广为人知的乃"梁京"与"范思平"。1950年3月25日至1951年2月21日间，张爱玲在上海《亦报》以"梁京"为笔名，连载长篇小说《十八春》；1951年11月4日至1952年1月24日间，同报同笔名连载中篇小说《小艾》。为何是"梁京"？张爱玲曾告知宋淇，梁京笔名乃桑弧代取，并无解释，她自己相信"就是梁朝京城，有'西风残照，汉家陵阙'的情调，指我的家庭背景"（宋以朗，《宋淇传奇》，页307）。但《余韵》的《代序》（挂名皇冠文化出版社编辑部，实由宋淇代写）又解释道，笔名梁京乃是"借用'玲'的子音（辅音）、'张'的母音（元音），切为'梁'；'张'的子音、'玲'的母音，切为'京'，丝毫没有其他用意"（页6）。看来张爱玲难得用笔名，但非得用笔名时也着实考究，一个笔名可同时指涉煊赫旧家声，又可玩弄"本名"之中的各种切音，好个犹抱琵琶半遮面，成功地让"梁京"成为既要人认不出、又怕人认不出的"文字谜"。日后张爱玲也确实在表明曾以"梁京"为笔名撰写《小艾》之时，提到了"张爱玲"作为自己相对于笔名的"本名"："听说《小艾》在香港公开以单行本出版，用的不是原来笔名梁京，却理直气壮地擅用我的本名，其大胆当然比不上以我名字出版《笑声泪痕》的那位'张爱玲'。"（《〈续集〉自序》，页5）短短一句两度气结，气原本用了笔名的中篇小说被换成了本名，更气直接盗用其本名出书的"那位'张爱玲'"。

此外张爱玲也曾以"范思平"为译者署名，翻译美国作家海明威（Ernest Hemingway）的《老人与海》（*The Old Man and the Sea*），在1952年12月由香港中一出版社出版，待1954年海明威获诺贝尔文学奖后，1955年5月《老人与海》三版时译者的姓名则改回张爱玲，并在1954年所写的序中言明海明威为该年诺贝尔奖得主（单德兴，页163）。"范思平"与"梁京"一样都是相当男性化的笔名，但"范思平"之取名由来，并未如"梁京"一般，得到本名张爱玲的译者的任何补充说明，学者也把较多的精力放在探讨张爱玲中译美国文学与冷战结构下香港美国新闻处（U. S. Information Service in Hong Kong）的关联，或放在张爱玲译文的优劣与增删改动处，而未对"范思平"的笔名一探究竟。[16]但除了"梁京"与"范思平"外，张爱玲的笔名就如张爱玲的遗作一般，还是不断被热心的张学研究者发掘"出土"。陈子善在《张爱玲用过哪些我们所不知道的笔名？》中再度揭露，1946年6月15日张爱玲曾用"世民"（亦是一个相对男性化的笔名）在《今报》副刊"女人圈"上发表《不变的腿》，并引用另一篇《张爱玲化名写稿》的文章加以印证：

善于心理描写、在中国也有一部分读者的张爱玲，自从
胜利以后，便搁下中国笔，打开打字机，从事英语著述，准备

像林语堂那样换取大大的美国金洋钱。但据消息传来称：张爱玲近忽化个叫"世民"的笔名，写了许多小品，交最近出版的《今报》的"女人圈"发表。她的第一篇东西叫《不变的腿》，是一篇颂扬女性大腿美的赞美诗，写来清（轻）松有味，引证亦多。据该报"女人圈"的编者苏红说："张爱玲还有十几篇题材写给我，并要求我，每篇替她都换上一个新的笔名呢。"[17]

陈子善不但考据出《今报》"女人圈"的编者乃张爱玲旧识苏青，而非"春长在"文中所谓苏青的妹妹苏红，更将这篇短文《不变的腿》当成新"出土"的张爱玲佚文发表，赞叹此以"世民"为笔名所写的散文，乃"张爱玲研究界七十余年来一无所知的，非同小可"。但"梁京""范思平"与"世民"就是张爱玲"唯三"可考的笔名吗？套句张爱玲爱说的话，"斩钉截铁的事物不过是例外"（《自己的文章》，页19），若是回到最早提出"范思平"为张爱玲笔名的香港作家刘以鬯的说法，张爱玲的笔名显然尚有其他。他在1997年主编的《香港短篇小说选（50年代）》中，收录了张爱玲的短篇小说《五四遗事——罗文涛三美团圆》，小说末尾的"作者简介"中写道："张爱玲笔名梁京、徐京、王甡、范思平等。"（刘以鬯，页309）而最新一波"出土"的张爱玲笔名则是"霜庐"和"爱珍"：张爱玲曾用前者翻译了毛姆（W. Somerset Maugham）1921年的短篇小说《红》（"Red"），分别刊登在《春秋》1948年第五、六期（韦泱）；在编辑主导下以后者为译者名，翻译比齐（Edward L. Beach）的《海底长征记》（*Submarine*），于1954年8月由香港中南日报印行（吴邦谋，页64—67）。看来张爱玲笔名的考据与挖掘依旧有戏可唱，恐怕一时间还没完没了。

但若要将无字无号但有少数笔名的张爱玲，与有字有号更有上百个笔名的鲁迅相提并论，那我们可以说"鲁迅本名周树人"，却不能有样学样地说"梁京本名张爱玲"，此陈述之毫无意义，当在于无人知晓梁京，却无人不晓张爱玲。张爱玲的本名常被不知情的人士当成了笔名，而鲁迅作为周树人的笔名却又常被不知情的人士当成了本名，或许正在于"张爱玲"三个字过于通俗而太像笔名，"鲁迅"两个字则有姓有名而太像本名吧。但"鲁迅"作为笔名的出现，却也相当贴合张爱玲在《必也正名乎》一文中对"别号"与"笔名"在时代动荡变易中的观察。根据许寿裳在《亡友鲁迅印象记》中的追忆，鲁迅曾言："因为《新青年》编辑者不愿意有别号一般的署名，我从前用过'迅行'的别号是你所知道的，所以临时命名如此，理由是：（一）母亲姓鲁，（二）周鲁是同姓之国，（三）取愚鲁而迅速之意。"（页48）可见《新青年》不喜含有封建帝制遗绪的"别号"，而"鲁迅"之临时命名，不仅有来自父姓转换母姓的考虑与自谦自期之意，更是别号"迅行"的现代转型。而张爱玲目前至少四个有据可考的笔名中，"世民"乃最像男子别号，同时杂有新旧的联想，包括谐音上的"市民"、缩写上的"世界公民"与封建帝制的唐太宗之名"世民"，反倒十分搭配《不变的腿》一文贯穿古今中外的诙谐。

不当的名字

然而在谈笑风生汉人姓名学与字号笔名的种种繁复之同时，张爱玲从头到尾都没忘记要时时调侃自己的名字，只是在诸多挑剔中却更显一往情深。在处理完张爱玲对汉人姓名学的议论后，此处将回到张爱玲自己的名字，一探其中所可能牵引出的"性别"与"姓别"政治。首先，张爱玲在《必也正名乎》中认为一个人的名字至为关键，"名字是与一个人的外貌品性打成一片，造成整个的印象的"（页35）。而在她心目中所谓"适当的名字"，其定义如下："适当的名字并不一定是新奇，渊雅，大方。好处全在造成一种恰配身份的明晰的意境。"（页36）她举例"茅以俭"名字所给出的寒酸联想，"柴凤英"则是一个标准的小家碧玉相，都是汉字名字所能生动传达的不同意境与想象。

而相对于能与外貌品行、身份搭配得宜的"适当的名字"，张爱玲从《必也正名乎》一开头就抱怨自己名字的"不当"："我自己有一个恶俗不堪的名字，明知其俗而不打算换一个。"（页35）可见"爱玲"作为"不当的名字"之首桩罪状，便是太过通俗，不仅张爱玲自言"我在学校读书的时候，与我同名的人有两个之多"（页39），就连上海的文人也曾因名废言，质疑"有着这样名字的女人岂能写出好文章来？"[18]甚至部分眼红张爱玲一夕间红遍上海滩的小报文人，也以夸张其名字的俗气来报复："眼前张爱玲有三个，一个是舞女，面孔并不怎样漂亮，更无籍籍之名，不过是一个桂花阿姐而已……"（曼厂，页61）这些揶揄却也都坐实了张爱玲的内心焦虑："为什么不另挑两个美丽而深沉的字眼，即使本身不能借得它的一点美与深沉，至少投起稿来不至于给读者一个恶劣的最初印象？"（《必也正名乎》，页39）然张爱玲并没有找出两个美丽而深沉的字眼进行"改名"，也没有找出一个"炜丽触目的名字"当成笔名（梁京、范思平、世民都颇为男性化）。而《必也正名乎》最动人之处，便在于张爱玲为自己"明知其俗而不打算换一个"的做法提出了恳切动人的说明：

> 我愿意保留我的俗不可耐的名字，向我自己作为一种警告，设法除去一般知书识字的人咬文嚼字的积习，从柴米油盐、肥皂、水与太阳之中去找寻实际的人生。（页40）

此时俗不可耐的名字，反倒成为张爱玲屏除文人矫饰以亲近日常生活的自我提醒。

但张爱玲名字的"不当"，不仅来自俗气的不当联想，更来自仓促之下的不当"翻译"。如前所引，张爱玲的母亲黄逸梵（本名黄素琼）留欧返国后，坚持将张爱玲送进上海黄氏小学插班就读，填写入学证时一时迟疑，匆忙中决定"暂且把英文名字胡乱译两个字罢"。换言之，张爱玲不仅小名叫煐，更是从小就有英文名字Eileen，而所谓"胡乱译"或可包含两个层次：第一个层次乃是弃中文小名而就英文名字；第二个层次则是Eileen可译成艾琳、爱琳、瑷霖等各种可能，而张爱玲母亲黄逸梵情急之下就以"爱玲"定案，虽然"她一直打算替我改而没有改"（《必也正名乎》，页40）。然证诸1920年代时髦洋派的"跨语际"命名或改名风潮，张爱玲母亲的"胡乱译"却一点都不胡来，而是有迹可循。先从张爱玲母亲黄逸梵自身说起，本名黄素琼，其改名的原因当然不是像秋瑾一般充满革命与女权意识，也不是像小她几岁、同样身为勇敢湖南女子的丁玲一样，毅然决然废姓（父姓蒋）易名（本名蒋伟），而是追随1920年代都会时髦女性的脚步，以英文名字的中译来表达前卫与摩登。张爱玲母亲小名莹，英文名字是Yvonne，"逸梵"正是Yvonne的中文音译，一如"爱玲"正是Eileen的中文音译。（张子静，页108）而这类由英文音译成中文的名字，更大量出现在张爱玲的小说之中，从早期《第二炉香》中的英国女主角"愫细"到晚近《小团圆》中的中国女主角"九莉"，母亲"蕊秋"，姑姑"楚娣"，都是明显的英文名字中译。

或是拿张爱玲未完稿的英文小说《少帅》（*The Young Marshal*）为例，小说中的女主角Phoebe，也有同样的故事。

"Phoebe Chou, 1925," the teacher had dictated the line on the flyleaves of all her books. The name Phoebe was just for the teacher's convenience. Her other given name was also not known outside the schoolroom. Her father was supposed to use it but he seldom had occasion to address her. She was just called Fourth Miss.（《少帅》，页104）

"菲比·周，一九二五年。"——英文教师让她在自己每一本书的扉页上都写上这行字。"菲比"只是为了方便那老师而起的名字，她另一个名字也只有上课才用。照理她父亲会用，可是他甚少有唤她的机会。大家只叫她四小姐。（页11）

显然四小姐菲比乃同时拥有英文学名与中文学名，前者供英文教师使用，后者则是中文老师与父亲使用，更多的时候大家只是叫她在家中姊妹的排行"四小姐"。若回到张爱玲自陈《少帅》之所本乃张学良与赵一荻，大名鼎鼎的赵四小姐小名香笙，学名绮霞，而赵一荻之名，正是其英文名字Edith的中文音译，与"逸梵""爱玲"一样，都是通过名字的跨语际翻译，创造出旧有汉人命名系统之外的"化外之地"，既时髦又新颖。不同的只是，黄逸梵有本名黄素琼，赵一荻有本名赵绮霞，而张爱玲的本名就是张爱玲，从最早的中文学名开始就采用了英文名字的音译。

　　但这样跨语际的名字翻译，显然有着清楚的性别差异。以张爱玲的父亲张志沂为例，张爱玲曾在家中一本萧伯纳（George Bernard Shaw）剧本《心碎的屋》（*Heartbreak House*）的空白处，看见父亲的英文题识："天津，华北。一九二六。三十二号路六十一号。提摩太·C.张。"（《私语》，页155）可见彼时中上阶级的男性亦多洋名，但我们几乎无法想象张爱玲的父亲可以像张爱玲的母亲一样改名为"张提摩太"。重点不在男性是否不如女性爱追赶时髦，而在男性名字与女性名字在传统父系宗法位阶上的明显差异，张"志沂"乃家族"字辈谱"的排字论辈，而黄"素琼"不是，"素琼"可改，"志沂"却不可动。就算有些女性的名字也排字论辈，但在传统的父系宗法配置上，亦无须也无法继嗣与承祀，其姓氏亦将随婚嫁而变动更易。如前所述，"张门李氏"不仅在姓氏上得加上夫姓，就连原本的名字（不论小名或大名）也一律抹去。在古代，"张志沂"能堂堂正正出现在家谱之上，而"黄素琼"就算不离婚，最多也只能成为"张门黄氏"或"张黄氏"而已。

　　麻烦就出在他们都生在新不新、旧不旧的"现代"，生在旧式汉字命名系统的"多名制"与新式户籍"单一名制"的矛盾与冲突之中，而在此矛盾与冲突中，更夹杂了新时代"自我命名""自我改名"的膨胀快感。毕竟千年以来都是君亲师命名，民国共和之后才带来了名字"民主化"的夸张过程："因为一个人是多方面的。同是一个人，父母心目中的他与办公室西崽所见的他，就截然不同——地位不同，距离不同。有人喜欢在四壁与天花板上镶满了镜子，时时刻刻从不同的角度端详他自己，百看不厌。多取名字，也是同样的自我的膨胀。"（《必也正名乎》，页38）对现代男性而言，"别号"一直是从古到今在正式"名"与"字"之外最浪漫无限制的自我表现，但随着时代的推移，惯有的字号已被视为封建帝制遗绪而被迫弃置，连取个笔名也要有姓有名，以避开作为别号的嫌疑（如以"鲁迅"取代"迅行"）。

然而对女性而言，"取名自娱"却成了千年来首遭的大解放，就如同张爱玲在《小团圆》中描写到女主角九莉的母亲蕊秋：

> 楚娣又笑道："二婶有一百多个名字。"
> 九莉也在她母亲的旧存折上看见过一两个：卞漱海、卞爝兰……结果只用一个英文名字，来信单署一个"秋"字。（页111）

看来小说中以张爱玲母亲为原型的蕊秋，不仅以英文名字Rachel的音译为中文名字，还自我膨胀、对镜自恋到取了一百多个名字，真可谓载欣载奔、身体力行现代女性首次获得的自我命名权，虽仍是在不更动姓氏（父姓、祖姓）的前提之下热烈进行。而张爱玲显然对这种"自我的膨胀"相当包容，"取名自娱"无碍他人，"虽然是一种精神上的浪费，我们中国人素来是倾向于美的糜费的"，"如果名字是代表一种心境，名字为什么不能随时随地跟着变幻的心情而转移？"（《必也正名乎》，页38）古代男人靠洒脱不羁的别号，现代男性文人靠层出不穷的笔名，而现代女性则不仅可以为自己改名、取名，更可以为女儿命名，在命名作为"轻便的，小规模的创造"中乐此不疲。由此看来，张爱玲母亲在为其填写入学证时，这个暂且把英文名字"胡乱译"的两个字，乃是让张爱玲从入学正式命名的那一刻起，就加入了现代女性的自我命名潮。此"不当的名字"不仅只是俗气，不仅只是从洋名音译过来，更重要的乃是由母亲命名，而非传统的父辈命名。此"不当的名字"之可亲可悯，不仅在于柴米油盐的日常羁绊，不仅在于跨语际翻译的灵活运用，也不仅在于能逃逸于传统汉字命名系统的僵化，更在于母亲对女儿读书求学的期许，没有排字论辈，没有"光楣"或"祖荫"所承载的宗族重担，只有借由英文名字的中译所打开的独立自由的新世界想象。正如张爱玲所言："我之所以恋恋于我的名字，还是为了取名字的时候那一点回忆。"（《必也正名乎》，页40）

· 4 ·

英文的名字

既然张爱玲中文名字的取名由来是英文名字Eileen，那张爱玲的英文姓名理所当然就该是Eileen Chang，但只有一个正式中文名字的张爱玲，却有好几个不同的正式英文名字。1939年在张爱玲香港大学入学的英文申请表上，姓名栏填写的是"Eileen Chang（张爱玲）"，父母或监护人栏原先填写的是Mr. K. D. Li（李开弟，张爱玲在香港大学就读时的监护人，后于1978年与张爱玲的姑姑张茂渊结婚，成为张爱玲的姑丈），后来划去重新填上Miss Yvonne Whang，将母亲黄逸梵以英文姓名与小姐的称谓（已与张爱玲父亲张志沂离婚）带出，可见张爱玲在中国时期的英文名字，一直是Eileen Chang。[19]

而1955年张爱玲赴美，在美国移民绿卡上填写的姓名却是Eileen A Chang，入境日期为1955年10月22日，地点为旧金山。[20]与原本的英文姓名比较，显然多出了一个缩写字母A，那以A作为首字母的名字究竟为何？照常理推断，应该为"爱玲"二字的英译Ai-Ling，而这个推断也因《张爱玲私语录》的出版而获得证实。1955年10月25日张爱玲在写给邝文美的信上，详细叙述了她搭乘克利夫兰总统号邮轮（SS President Cleveland）从香港经日本到美国的经过：

> 那天很可笑，我正在眼泪滂沱的找房间门牌，忽然一个人（并非purser）走来问："你是某某吗？ 305号在那边。"当时我也没理会这人怎么会认识我，后来在布告板上看见旅客名单，我的名字写着Eileen Ai-Ling Chang，像visa上一样啰苏。船公司填表，有一项是旅客名单上愿用什么名字，我填了E. A. Chang。结果他们糊里胡涂仍把整个名字写了上去。我很annoyed——并不是不愿意有人知道我，而且事实上全船至多也只有一两个人知道，但是目前我实在是想remain anonymous。（张爱玲、宋淇、宋邝文美，页146）[21]

由此段的通信内容可得知，张爱玲在入美签证上用的是 Eileen Ai-Ling Chang，在到达美国所填写的移民绿卡上用的是 Eileen A Chang，一个将"爱玲"的英文拼音全部写出，一个则采首字母缩写。但无论如何张爱玲赴美前后正式文件上的正式英文姓名，已经在原有 Eileen Chang 的名与姓之间，加上了 Ai-Ling 或简写为 A，作为"中名"（中间的名字），亦即英文的 middle name。

一般而言，在中文姓名转英文姓名的惯例中，多将原本的中文名字用英文拼音转换为"中名"，亦即"英文名字＋中文名字的英文拼音或英文拼音首字母缩写＋中文姓氏的英文拼音"，而成为符合英文姓名 given name（＋middle name）＋ family name 的惯用法。但表面上完全符合此中英姓名转换规范的 Eileen Ai-Ling Chang，却又如此的吊诡怪异。Eileen 依旧作为名，Chang 依旧作为姓，但 Ai-Ling 却成了中文名字"爱玲"的英文拼音。"爱玲"本就从 Eileen 而来，现在却要将"爱玲"倒翻回去成为英文拼音的 Ai-Ling，更与张爱玲正式的英文姓名产生发音上的诡异重复。Eileen 就是爱玲，爱玲也是 Ai-Ling，但 Eileen 不是 Ai-Ling，所以需要一前一后分别写出，最后才摆上姓氏的英文拼音 Chang。此画蛇添足之举，恐怕是张爱玲母亲黄逸梵当时"暂且把英文名字胡乱译两个字罢"所始料未及的。原本为了时髦为了方便，直接将英文名字转换为中文名字，但真正到了必须进入英语国家之美国时，或为了官方正式文件的慎重和要求，或为了不被视为美国出生长大、只有英文名字而无中文名字的华裔，硬是让中文名字来自英文名字的张爱玲，再次将中文名字转换成英文拼音，落得英文姓名中 Eileen 与 Ai-Ling 的尴尬重复。

而 Ai-Ling 的消失不见，则发生在 1956 年 8 月 14 日张爱玲与赖雅结

婚之后。[22] 婚后的张爱玲冠夫姓，入籍美国的正式文件上姓名栏为 Eileen
Chang Reyher，此亦成为日后张爱玲在美国所有正式文件上的签署。[23] 此
时 Ai-Ling 或 A 作为中名已消失不见，张爱玲"父姓"的英文拼音 Chang
变成了中名，摆放在"夫姓"Reyher 之前。[24] 而根据《宋淇传奇》的说
法，张爱玲后因多次搬家而遗失了美国公民入籍证，然在请求美国政
府补发时，却得到"查无此人"的结果。"多番困扰后才发觉政府工作
人员在查找'爱玲·张'，而她纪录上的正式全名应是'爱玲·张·赖
雅'。"（宋以朗，《宋淇传奇》，页207）此项说法可在张爱玲重新提出
补发美国居民身份证的申请书上得到证实。此补发表格填写于1991年5
月15日，申请人栏填写的是 Eileen Chang Reyher，1960年入籍美国证件
上的姓名为 Eileen Chang Reyher，1955年入境美国证件上的姓名为 Eileen
A Chang。[25] 尔后张爱玲在过世之前的所有正式文件，包括补发的居民身
份证、加州老年人身份证（senior citizen identification card），甚至张爱玲
立于1992年的遗嘱，出现的都是 Eileen Chang Reyher，而张爱玲过世后
的相关正式文件，包括死亡证明书、火化授权书，出现的也都是 Eileen
Chang Reyher。

　　然那吊诡怪异的"中名"Ai-Ling，却似乎从未真正彻底消失过。
1965年12月31日张爱玲在写给夏志清的信上提道："有本参考书 *20th
Century Authors*，同一家公司要再出本 *Mid-Century Authors*，写信来叫我
写个自传，我借此讲有两部小说卖不出，几乎通篇都讲语言障碍外的
障碍。他们不会用的——一共只出过薄薄一本书。等退回来我寄给你
看。"（夏志清编注，《张爱玲给我的信件》，页36）而这本参考书一直拖
到1975年才正式以《世界作家简介·1950—1970年：20世纪作家简介
补册》（*World Authors 1950—1970: A Companion Volume to Twentieth Century*

Authors）问世，书中九百五十九位作家中，仅三位有中国背景——张爱玲、韩素音与黎锦扬，其所采用的英文名字都颇为有趣（Wakeman, 297-299; 612-614; 847-848）。以《花鼓歌》（*The Flower Drum Song*, 1957）走红的黎锦扬，乃是以 Lee，C. Y.（Chin-Yang Li）的作者姓名出现在页847—848，Lee，C. Y. 只给人华裔或亚裔美国人的联想，Chin-Yang Li 则清楚带出原本的中文姓名。而出现在页612—614的 Han Suyin（pseudonym of Elizabeth Comber）则较为复杂。她本名周光瑚，父亲中国人，母亲比利时人，英文名字为 Rosalie Matilda Kuanghu Chou，后冠夫姓 Comber，改为 Elizabeth Comber。这本世界作家简介自是相当重视作家的族裔与文化背景，此二例除了英文自我简介外，作者的中文姓名拼音（黎锦扬之为 Chin-Yang Li）或是作者的中文笔名拼音（韩素音之为 Han Suyin），都成为举足轻重的身份辨识关键，而张爱玲的麻烦恐怕正在于她的英文名字就是她的中文名字。于是张爱玲出现在页297—299的英文自我简介，乃是用了 Chang，Eileen（Chang Ai-Ling）。看来 Eileen 还是必须依赖 Ai-Ling，从英文 Eileen 翻译成中文爱玲、再从中文爱玲翻译成英文 Ai-Ling，才得以双重厘清张爱玲的中国人身份，既有中国人的姓，又有中国人的名，没有华裔或混血的疑义。

新"出土"的名字

由 Eileen 到爱玲，再由爱玲到 Ai-Ling，兜兜转转，我们大抵应该已交代清楚张爱玲名字的由来与各种变化转换，从小名煐到学名爱玲，无字无号但有几个笔名可考，连可能的英文名字都已详查一番。然而2016年最新"出土"的张爱玲未完稿《爱憎表》，却向我们抛出了一个新的挑战，让张爱玲的名字"疑义"继续"移译"，没完没了。原本在2009年出版的《小团圆》中就已点出张爱玲有另一个学名的可能，只是彼时乃是镶嵌在小说女主角九莉与姑姑楚娣的对话之中，一闪而过：

> 乃德一时高兴，在九莉的一把团扇上题字，称她为"孟媛"。她有个男性化的学名，很喜欢"孟媛"的女性气息，完全没想到"孟媛"表示底下还有女儿。一般人只有一个儿子觉得有点"悬"，女儿有一个也就够了，但是乃德显然预备多生几个子女，不然怎么四口人住那么大的房子。
> "二叔给我起了个名字叫孟媛，"她告诉楚娣。
> 楚娣攒眉笑道："这名字俗透了。"（页110—111）

小说中的父亲乃德为女儿九莉在团扇上题字"孟媛"，九莉不察个中原委而兀自高兴，反倒是姑姑楚娣嫌题字俗气。就传统"伯（孟）仲叔季"作为兄弟姊妹长幼排行的次序而言，"孟"乃"列为首位"，"孟媛"就是大美女、大女儿，此亦九莉后来才理解到父亲"显然预备多生几个儿女"。[26]姑姑楚娣之所以对此嫌弃，恐不仅因为"孟媛"二字太显通俗，怕也是对"伯（孟）仲叔季"的老式排行心有不屑。而九莉之所以欢喜，乃是因为"孟媛"有女性气息，不像她的学名那么男性化，至于这个"男性化的学名"究竟为何，小说之中并未交代。

但到了《爱憎表》，同样的段落描写已从小说的第三人称，转换为散文的第一人称，验证了张爱玲父亲确曾以"孟媛"为其取"字"（一般而言"字"多为父辈所取，"别号"则为自取）。于是在张爱玲字孟媛的同时，张爱玲那神秘的"男性化的学名"也一并呼之而出：

> "叔叔给我取了个名字叫孟媛，"我告诉我姑姑。不知道是否字或号，我有点喜欢，比我学名"煐俣"女性化——我们是"煐"字排行，下一个字"人"字边。
>
> 我姑姑攒眉笑道："这名字坏极了。"
>
> 给她一说，我也觉得俗气，就没想到"孟媛"是长女，我父亲显然希望再多生几个儿女，所以再婚后迁入一座极大的老洋房。（《爱憎表》，页13—14）

此处我们无须惊讶于上下两段引文的大同小异，《爱憎表》本就改写自《小团圆》。完稿于1976年的《小团圆》因诸多考虑而决定不出版后，一直束之高阁，张爱玲在80年代末开始将"小说"《小团圆》慢慢改写为"散文"《小团圆》，先是完成了《对照记：看老照相簿》（亦曾一度被张爱玲命名为《小团圆》）出版，而原本只打算作为《对照记》附录的《爱憎表》（也曾一度被张爱玲命名为《小团圆》）决定独立成文，只可惜在张爱玲生前未能完稿。然这未完成的《爱憎表》却给出了一则我们研究"张爱玲"姓名学前所未见的新讯息：张爱玲的学名"煐俫"。若按《爱憎表》中所言"我七岁那年请了老师来家教读"（页6—7），想来早在张爱玲十岁插班进黄氏小学之前，其实已经有了学名"煐俫"。

我们当然可以问：为何张爱玲过去从未透露父亲曾为她取过学名"煐俫"？为何回忆起母亲帮她填写入学证时，只提"我的小名叫煐，张煐两个字嗡嗡地不甚响亮"？母亲知道她已有学名"煐俫"吗？还是母亲故意不参考小名，也不用父亲取的学名呢？张爱玲恋恋于她恶俗不堪的名字，却为何在此之前绝口不提这"男性化的学名"呢？但我们更想问的是：为何是"煐俫"？"煐俫"的出现又将如何改变我们对张爱玲"姓别政治"的理解？"小煐""煐俫""爱玲""孟媛"究竟有何不同？

首先，"煐俫"由何而来？从张爱玲提出的解释观之，当是从"字辈谱"而来："我们是'允'字排行，下一个字'人'字边。"如前所述，张爱玲家族在论字排辈上十分讲究，不仅男女都排行，二字名中一字遵循"字辈谱"，另一字则用同偏旁。如张爱玲祖辈的张佩经—张佩纶—张佩绶—（张佩綮）—张佩绪—（张佩绹）等，以第二字"佩"排辈，第三字均取自"纟"字部。[27]张爱玲父辈的张志沧—张志潜—张志沂—张志潭—张志澄—张志浩—张志淦—张志洪（字人骏）等，皆以第二字"志"排辈，第三字均取自"水"字部。其中最为奇特的，乃是张爱玲的姑姑张茂渊，"茂"没有遵循"志"字辈的排行，"渊"却是"水"字部。若将她的名字与她的五姑姑张佩綮、七姑姑张佩绹相比较，显然张茂渊父辈乃无分男女皆以"佩"字排行，也无分男女再加以同偏旁的另一字，为何到了张志沂、张茂渊这一代就改了规矩、不从老法呢？或张茂渊另有其他的名字吗？但就目前出现的资料而言，我们尚无法进一步揣测推想。

　　然张爱玲学名"允俔"的出现，再一次证实丰润张家排字论辈的惯例，女儿一样以"允"字加入排行，一样在下一个字强调"人"字部的同偏旁。于是张爱玲的小名"煐"变成了"俔"，小名"小煐"变成了学名"允俔"（虽然依旧是"嗡嗡地不甚响亮"）。但如此一说，不仅让人疑惑张爱玲姑姑张茂渊的"茂"字所由何来，也更让人疑惑张爱玲弟弟张子静的"子"字与"静"字又所由何来。"子"既非"允"字排行，"静"也不是"人"字边，然张爱玲父亲张志沂断不可能如此重"女"轻"男"，让女儿加入论字排辈，而将儿子屏除在外。其中的蹊跷究竟何在？若我们回到目前所依据的"丰润张氏世系简表"，张志沂之子张子静乃是与其兄张志潜之子张子美、张子闲一样，姓名中的第二个字都是"子"，难道张爱玲、张子静这辈乃是以"子"字而非以"允"字排行吗？若果真如此，那奇怪的便不是"子静"而是"允俔"了。

　　在不排除记忆有误的前提之下，我们能替"允俔"解套的方法之一，便是提出同一家族之内男女不同排行的可能。以前面所举的秋瑾为例，家中兄妹四人，兄誉章与弟宗章以"章"字排辈，而本名"闺瑾"的秋瑾则与妹妹"闺埕"一样以"闺"字排辈（陈象恭，页4）。以此观之，秋闺瑾改名秋瑾，便不只是去除"闺"所带来的女子内室联想，更是一举去除论字排辈的陋习。故若从秋瑾家族的男女不同排行看来，或许张印塘家族到了张爱玲、张子静一代，已让男女分别排行，女子用"允"字，男子用"子"字。然这个说法本身恐不靠"谱"，毕竟证诸张爱玲祖辈与父辈的惯例，论字排辈乃男女无别，并未出现过男女分别排字论辈的现象。

　　那究竟是"允俔"可信还是"子静"可信呢？所幸在"丰润张氏

世系简表"之外，我们尚有更多现代的参考数据可循，或可为张爱玲的学名"允馊"考据一番。张爱玲在《对照记》中曾自述："我祖父出身河北的一个荒村七家岇，比三家村只多四家，但是后来张家也可以算是个大族了。"（页46）而根据张志洪（即张人骏，张爱玲父亲张志沂的堂兄）的曾孙张守中的说法："张爱玲所说的七家岇，实则应是大齐坨。在京东一带，村庄的命名方式可谓'百里不同俗'，'坨'是丰润很有特色的地名，大齐坨世居张刘两大姓，张氏以耕读传家，读书应举的人较多。"（静冬）年逾八十的张守中曾花了三十余年的时间调查"丰润张家"的家族谱系，不仅亲自走访丰润大齐坨故里，更向上回溯到更早的山东省无棣县大山镇张家码头，并曾在张家码头遇到张氏家谱收藏人张洪升，得以亲见《张氏家乘》线装七大册，"曾祖张人骏、祖父张允方、父亲张象辉"，族谱中均记录在册。[28]根据张守中编著的《方北集》所提供的家族史资料，可约略整理出"丰润张家"由其往上数五代的"字辈谱"如下：

　　第十七代印（张印塘、张印桓等）

　　第十八代佩（张佩经、张佩纶、张佩绂、张佩萦、张佩绪、张佩纫等）

　　第十九代志（张志沧、张志潜、张志沂、张志潭、张志澄、张志浩、张志淦、张志洪等）

　　第二十代允（张允言、张允恺、张允亮、张允方等）

　　第二十一代象（张象昺、张象昶、张象辉、张象昱等）

　　第二十二代守（张守中等）

由此看来，张爱玲在《爱憎表》中所言的"允"字排行确有其事。按辈分而言，第二十代的张爱玲（张允嬫）乃第二十二代张守中的（堂）姑奶奶，而与张爱玲同为第二十代排辈的张允言做过大清银行总监督，张允亮之妻为袁世凯长女袁伯祯，皆是"丰润张家"第二十代中较广为人知者。

那当我们可以确认张爱玲的"允"字辈排行后，接下来便有三个问题需要回答，而这三个需要回答的问题，目前却也都没有确切的答案。第一个问题，若是张爱玲与弟弟张子静都是第二十代的"允"字排行，张爱玲的学名是"允嬫"，那张子静有另外的学名吗？"子静"是表字或别号吗？如果张"子静"漏了字辈排行，那为何同辈的张"子美"与张"子闲"也都漏了字辈排行，同时又都不约而同地用了"子"字排行呢？看来张子静名字所引发的问题，一点都不下其姊张爱玲，张子静可是从小名开始就无法确定是"煓"还是"魁"，更遑论其学名—大名—谱名之间可能存在的断裂与分歧。而张子静是否张子静"本名"的难以确认，却让我们确认到民国初年命名系统的大动荡与大混乱，几千年汉人稳固的命名系统遭逢前所未有的变革。首先是族谱（家谱、谱牒、家族世系表）的编修与传承已被视为封建宗法遗绪而逐渐式微甚至断绝，连同族谱的"辈谱制度"也一并受到动摇，丧失了原本在"命名"上的绝对权威性，二字双名或一字单名开始与"字辈谱"脱钩，甚至清末民初还出现"废婚废家废祖姓"的无政府与女权运动。[29]而更为关键者，乃是现代户籍系统对"单一名制"的推行，以户籍登记之姓名为本名，因而表字式微、别号落伍，彻底摧毁了原本的"多名制"（名、字、号等）。故本章所例举的张爱玲家族绝非特例，而是具体而微展现行之千年的"字辈谱"如何在新旧时代的交接中乱了套，有排行、没排行或排成什么行都难以确定，甚至连小名、小字、大名、学名、谱名（族名）、表字、别号都混淆不清。看在守旧人士眼中自是乱世乱象，在进步人士眼中则又可以是封建宗法终有松动与解放的希望。换言之，我们并不真正在乎张子静的"学名""谱名"或"本名"为何，我们真正在乎的是，名字本身的"不确定性"正是新时代所开启的松动父系宗法的一个新可能。

　　第二个问题，既然我们追溯张爱玲最早的学名乃"允偀"，那我们可以说"张爱玲本名张允偀"吗？如果"张爱玲本名张煐"的说法不成立，乃是因为"煐"是小名乳名，不是大名学名，那我们该如何面对"张允偀"这个新出土的张爱玲"学名"呢？就时间先后顺序来说，乳名"小煐"出现最早，"允偀"应是七岁那年延师来家教读时所取的学名，"爱玲"是十岁那年入读黄氏小学时所取的学名，最后出现的"孟媛"则是父亲为张爱玲所取的"字"。若现代意义上的"本名"指的是户籍学籍等正式文件上所使用的"正式的名字"，而在过去"正式的名字"即大名，大名又多与学名、谱名相同没有冲突，那张爱玲的问题便在于她有两个学名，一个入家塾的学名与一个入小学的学名。前者由父亲张志沂所取，后者由母亲黄逸梵所取；前者循家族"字辈谱"以"允"字排行，后者则将英文名字Eileen直接音译为中文；前者仍为私人领域，后者则属公共领域。换言之，若以现代"本名"的标准来看，登记在黄氏小学入学证上的"爱玲"才是"本名"，而非家塾中所使用的"允偀"。

　　若张爱玲的学名"允偀"不可以当成本名，那第三个问题便是张爱玲的学名"允偀"可以当成"谱名"吗？正如本章所一再重复强调的，所有父系宗法的魔鬼，都藏在"命名"的细节里，而"允偀"作为我们理解张爱玲"姓名学"的最后一个关键，正在于其与家谱、字辈谱的直接联结。家谱作为一种表谱形式，乃记载以血缘关系为主体的家族世系繁衍，中国汉人自古相信家有家谱犹如国有国史，国无史无以考兴衰，家无谱无以辨世系。而家谱立谱的依据，正是宗族或家族内定的"字辈谱"，以确定家族世系命名上的辈分序列，亦即所谓的论字排辈，取名字中的一个字作为"字辈"（"行辈"），可以是二字双名头一字或末一字，或一字单名的同部首，此乃一姓宗族"奠世系，序昭穆"之关键所在。"所谓'字辈'，即代表家族世系辈分的文字。字辈名所用的字，一般都是由祖宗或地方博学儒士所选定，并被写入家谱，具有'法定'的权威性。"（王泉根，页113）而此远在汉代就已形成的家族世系命名字辈序列，乃是"中国宗法制社会的特有产物，因之，透过字辈谱，可以认识中国宗法制社会的特有文化心理。例如崇拜祖先的意识，光宗耀祖、扬名显亲的观念"（页114）。故千年以来"辈谱制度"一直被视为保证家族血缘秩序永不紊乱的重要依归，这种序列由祖先确定，后裔按字排辈，一字一辈，世次分明，秩序井然地传承下去，即使家族分迁各地，支派浩繁，只要能确确实实按字辈谱取名，就可保证同宗血脉的一气贯通、世系相连。

而"字辈"亦称"桃字"，乃具体见证并实践了古代宗法制度（按血缘远近来区分嫡庶亲疏的等级，并以嫡长继承的父系家族组织来巩固封建统治），如何过渡并延续到后来以"宗桃继承"、祖先崇拜为中心的宗法家族结构。父宗曰宗族，"以父宗而论，则凡是同一始祖的男系后裔，都属于同一宗族团体，概为族人"（瞿同祖，页2）。然"宗桃继承"系男不系女，自然造成女性在族谱家谱、排字论辈上的"存而不论"。故"辈谱制度"的同宗血脉是男女有别的，只有男系才是同宗，才是承祀与继嗣的血脉，即便是有嫡亲血缘关系的女儿，也被视为终将由父姓到夫姓的非同宗"异姓"，不入族谱家谱，自是充满强烈的封建宗法观念与性别歧视。（王庆淑，页51）而"字辈谱"的"重男轻女"又可以有两个不同的层次。就第一个层次而言，传统中家族的男性一定要按辈取名，女性则限制不同，有些家族的女性也能按辈取名（如前所举例的张爱玲祖母李经璹和六姑奶奶李经溥），有些家族的女性则完全被排除在"字辈"之外（如张爱玲母亲本名黄素琼或张爱玲的姑姑张茂渊）。就第二个层次而言，就算部分传统女性在命名过程中进入排字论辈，但在嫁入夫家后，女人的名字便消失不见，"字辈谱"的纳入并不表示男女平等。前文已分析过张爱玲笔下的"张门李氏"，就算李经璹能和她的兄弟一样以"经"字排辈，但她永远不可能像其兄弟李经方、李经迈一样列入合肥李氏家谱，就连其早逝的弟弟李经远、李经进都在家谱之列，而李经璹只能进入丰润张家的夫家家谱之中，成为没有名字的"张门李氏"。

回到张爱玲的学名"煐"是否可为"谱名"一说，若按旧制，不论是"张爱玲"还是"张煐"都不可能列入丰润张家的家谱，即便按字排辈的"张煐"，也绝难成为列入族谱的谱名。那本节的最后，就让我们来看看与"张煐"同样作为丰润张家第二十代、同样以"煐"字排行、却在张爱玲出生之前早已过世的另一名女性——张煐淑，张守中的亲姑奶奶，张守中曾祖张人骏之女、祖父张允方之妹、父亲张象辉之姑。按《清史稿·列传二百五十五》上的记载，京师团练大臣王懿荣率兵抵抗八国联军失败后投井，"与妻谢氏、寡媳张氏同殉焉"（赵尔巽等，页1461）。此处的"张氏"据考证正是张人骏之女张煐淑。换言之，绝无可能列入丰润张氏世系家谱的张煐淑，最多也只能以"王门张氏"或"王张氏"列入夫家家谱，也只能以"寡媳张氏"列入清史。（静冬）这就是张爱玲的家族史，让张爱玲离家逃家叛家、深恶痛绝的父系宗法与辈谱制度，这同时也是中国行之千年的父系宗法命名系统。从张爱玲在《必也正名乎》中暧昧调侃的"张门李氏"，五十年后的《爱憎表》中一笔带过自己男性化却依照"辈谱制度"排字论辈的学名看来，张爱玲的"姓别政治"从不是敲锣打鼓扯开嗓子叫骂，而是在表面波涛不惊处暗潮汹涌。张爱玲母亲黄逸梵"暂且把英文名字胡乱译两个字罢"之举，却是在父系宗法命名系统（小煐、允侃、孟媛）之外，为女儿意外打开了一个跨时代、跨语际、跨文化的女性空间。"张爱玲"之命名不只是如学者所言，"这则中英互译的'正名'轶事，成为她后来译者角色的预言／寓言"（单德兴，页160），更是"翻译"作为逃逸与背叛的想象与政治实践，亦是"张爱玲"作为译者—异者—易者—忆者（母亲的逸之译与逸之忆），如何得以打出父系宗法"辈谱制度"雷峰塔之关键。

· 6 ·

当张爱玲遇见德里达

照理说处理完最新"出土"的张爱玲学名，比较过"张爱玲"与"张允侃"在父系宗法与辈谱制度上的叛离与归顺之别，"本名张爱玲"

的任务应可就此告一段落，但本章在此"添酒回灯重开宴"，却是想要借由当代法国哲学家德里达的引进带入，让张爱玲的姓名学考据得以最终上升到一个哲学思考的层次，亦即从"名字"到"名之为字"（名乃由文字所组成，名即语言）的批判思考。带入德里达的原因有二：一是德里达乃是当代最爱对自己姓名进行调侃与戏耍的哲学家；二是德里达能从对自己姓名的戏耍，成功扩大到对西方存有论之"本名"（the proper name；本属固有之名，专有名称）的批判思考。而直到本章的后半才带入德里达的原因也有二：一是张爱玲的绵里针主要针对"命名"作为中国父系宗法的细节魔鬼，而德里达的解构哲学却缺乏跨文化的精准，亦少跨性别的敏感；二是在对张爱玲"姓别政治"的详尽铺陈后，如何可能展开"名字"本身的"可译性"（translatability）与"重述性"（iterability）思考，就必须仰赖当代解构主义对"本名"的批判，将重音节由本章标题的"张爱玲"移转到"本名"上，以便能在避免陷入纯粹的名字考据狂热或推理快感的同时，扩大"本名张爱玲"的批判与思考战线。哲学家德里达与小说家张爱玲都已过世多年，不可能在人世相遇，但他们对"名字"的敏感与思索，却可互通有无、相互辉映，足以产生一次思考强度与美学感性上的邂逅，将本章对中国父系宗法"姓别政治"的批判，积极扩展到对"名无所本""字无所属"的哲学思考。

首先，我们来看看德里达如何谈论他自己的名字。晚张爱玲十年出生在法属阿尔及利亚犹太大家庭的德里达，乃当代最重要的解构主义哲学家，大名享誉国际。但一直要到他发表《割礼告白》（"Circumfession"）时，才真正向世人自我揭露那藏在他名字底下的秘密。文中他告白了他的宗教信仰（显然他并非一向被视为的无神论者），也告白了他的"本名"（出生证件上的名字）乃是Jackie而非Jacques。Jackie乃德里达父母仿效1920年代以卓别林（Charlie Spencer Chaplin）执导电影《寻子遇仙记》（*The Kid*）红遍全球的美国童星杰基·库根（Jackie Coogan）的名字而来。而这一"美国名字"更常被当成女性的名字使用，故德里达长大后赴法国求学，遂将自己的名字改为Jacques，一个更像法国男人的名字，一个更具知性风格的名字。（Peeters, 12-13; Bennington and Derrida, 325; Powell, 10-12）更重要的是，德里达在《割礼告白》中还告白了他的"犹太名字"Elie，一个在其出生后施行"割礼"时所取且充满伤痕的名字，一个从未被书写在任何正式文件之上却满溢幽灵的隐藏版名字（Derrida, "Circumfession", 96），隐隐指向他出生前三个月夭折的哥哥与在他之后夭折的弟弟，自杀身亡的朋友Elie Carrive，犹太先知以利亚（Élie, Elijah）和在家族中被称为Elie的叔叔Eugène Eliahou Derrida等。（页185）德里达的"美国名字"Jackie与"犹太名字"Elie的相继曝光，揭示了德里达在法国文化、美国文化、阿拉伯文化与犹太文化混杂交织中的成长经历，藏在名字里的幽灵，以及名字作为揭露／隐藏、在场／不在场的跨文化、跨性别、跨世代暧昧。

唯有通过书写，我们得以看到在"雅克·德里达"之中，如何不断开折（unfolding）出新的名字，无法被收束在"雅克·德里达"所表征的"存有"与"本我同一"（self-sameness）之中，美国名字Jackie与犹太名字Elie的相继浮出，都成为阻断"雅克·德里达"作为单一的稳固意义，都是"文本性"（textuality）的歧异冒现，不可遏抑，无法收束。[30]但精彩的不仅是德里达对自己名字的告白与反思，更是德里达从名字出发而开展出的一系列对"逻各斯中心论""在场形而上学"最犀利的当代批判。先以德里达所举的一个最简单的例子来看，法文首字母大写的Pierre与首字母小写的pierre有何不同？ Pierre乃是作为某男性的名字，强调此名对应此人的独一无二，此男性人名 Pierre 亦即文法上所谓的"专有名称"（le nom propre）；而 pierre 乃法文的"石头"之义，属文法定义下的"普通名称"（le nom commun）。（Derrida, Acts of Religion, 109-111）虽然 Pierre 与 pierre 都来自希腊字源 petros（石块、石头），但当 pierre 可以被翻译成中文"石头"、英文 stone 或德文 stein 时，Pierre 却不可以被翻译成英文的 Peter，如同 Pierre Bourdieu 不会是 Peter Bourdieu，或 Jacques Derrida 不会是 John Derrida 一样。换言之，"专有名称"预设了名字与指涉对象之间的同一对应与独一无二，不具有跨语言的"可译性"，而"普通名称"则是事物的通称，可以被翻译成各种语言。[31]

为了呼应本章既有的论述脉络，拟在此将法文的 le nom propre 姑且译为"本名"，并不时与文法上惯用的"专有名称"之翻译产生滑动。其理由有二：一是法文 nom 既是名字 name 亦是名词 noun，可用"名"表示之；二是 propre 与德里达一再使用的 propriété 乃指"本我同一"，可用"本"表示之。故此处"本名"已不再圈限于前文所强调的"正式的名字"或相对于改名、笔名的"本来的名字"，而终于可以进一步从"名字"扩大到"语言"，从专有、专属、名有所本扩大到无有、无属、名无所本的思考。而德里达乃是从最早期的著作《论文字学》（*Of Grammatology*）开始，就将"本名"（le nom propre; the proper name）视为"逻各斯中心论"的基石："本名"作为"本我同一的名字"，预设了"本属"的特质，专为己有，独一无二，乃是语言符号与指涉对象之间完美的贴合认同，无法分离，无法翻译，亦无法置换取代，我的名字就是我，意符就是意旨。而德里达的解构工程，正是要揭示所有的"本名"总已充满差异书写的痕迹，总已流变"通名"（普通名称），总已是不可译与可译之间的"双重束缚"（double contrainte; double bind）。

故对德里达而言，"本名"作为"本我同一的名字"给出的正是一种两难的不确定性。一方面"本名"具有"独异性"（singularity），凸显"现下存有"（the present presence），"词"（word）即"物"（thing）的合而为一；另一方面"本名"却必须在"重述性"中存活，不仅在命名之初就已饱含分类化与书写化的痕迹，以展现其作为与一切其他"本名"的名义差异（nominal difference），更能在主体不在场或主体已逝的情况下持续使用。前者所凸显的"独异性"乃纯粹的指涉、纯粹的不可翻译，在语言与表意之外；后者则是对可译与可读的要求，由专有名称流变为普通名称。由此观之，"本名"既在书写之外又在书写之内，既在语言之外又在语言之内，既在可译之外又在可译之内，此正是德里达所强调的"双重束缚"的两难与不确定性。

于是西方"在场形而上学"中不可翻译、不可重述的"本名"，被德里达吊诡地解构为必须建立在"可译性"与"重述性"之上的"本名"。正如德里达在《本名之战》（"The Battle of the Proper Name"）中所言："从本名在系统之中被抹去的那刻起，便有了书写，从本属消失出现的那刻起，便有了'主体'，亦即从本属的第一次出现、从语言的第一个黎明起"（页75）。故书写与主体的出现，正是"本我同一的名字"的解构，不仅我之为我乃依赖"命名"，我与我的关系亦践履于语言的不断重复陈述之中；名字作为指称，名字作为标记，都不断挖空我，将我置放在差异的关系联结之中，让我不断"溢出"我，让我的名字不断"译出"更多的名字，让"本我同一"不断偏离折曲为"本我非一"，"'我'乃是最正当与最不当的名字，独一无二与普世皆同的名字"（Stocker, 96）。如果说张爱玲爱自己"恶俗不堪"的名字，乃是因为对母亲的记忆与对世俗日常的依恋，那德里达在此提出爱自己名字的理由，则是名字永远不属于一己所有，德里达永远无法归属于德里达。

而德里达最厉害之处，便是把哲学思考上对"本名"的解构，放回到对自己名字的戏耍之中，具体展现"名无所本"的语言流变。例如在《格拉斯》（*Glas*，原意为"丧钟"）中大玩特玩姓氏游戏，像搬弄法国作家热内姓氏 Genet 的"不当"，其"不当"不仅是因为出生时父不详而采用了母亲的姓氏，遂被传统保守社会视为耻辱，更是因为 Genet 与 genêt（植物或花名）之间的类同联结，创造出 Genet 作为首字母大写的专有名称与 genêt 作为首字母小写的普通名称之间的滑动，一如热内喜用花名来命名角色，亦是让专属的姓氏变成了通称的花名（*Glas*, 34b）。德里达更是不惜拿自己的姓氏来要弄，例如"derrière les rideaux"（*Glas*, 84b），将自己的姓氏 Derrida 藏在 derrière 与 rideaux 之中成为颠倒字母排列的字谜（anagram），而"derrière les rideaux"之义也正是"在帘幕（面纱）之后"，既呼应该文乃是德里达对刚过世父亲的悼亡，让父亲的姓氏藏在文字的帘幕（面纱）之后，也同时呼应德里达对"真理作为揭示"（aletheia; unveiling）的批判思考。[32] 此亦为何美国后殖民学者、亦是德里达重要的译介者斯皮瓦克（G. C. Spivak），会将《格拉斯》一书读成德里达的"祭祖仪式"（an ancestral rite）（Spivak, 22）。她指出德里达自己的父亲加上黑格尔（G. W. F. Hegel）与尼采（Friedrich Wilhelm Nietzsche），乃书中最主要的三位祖先，德里达乃是在"d 字母起首的字词残骸"（the debris of d-words）中上下求索，变化出各种小写化、音素化 da 的文字迷题，而让带有自传性质的《格拉斯》成为"失去名字的永恒悼亡"（Spivak, 23–24）。[33]

但德里达最胆大妄为的"本名"解构，乃是将《圣经》中的"巴别塔"（Babel）读成一则有关上帝"本名"及其"翻译"的故事。上古部落"名族"（Shems，希伯来文的"名字"）想要修筑一座通天的高塔，且拟完工后在塔顶宣告他们的单一语言以一统天下。恼怒的上帝不仅摧毁了"名族"已完成的塔身，并打乱他们的语言，让他们彼此无法再用相同的语言沟通而终至散向四海八荒，也让原本理想中的高塔永无完工的一日。德里达巧妙指出，上帝成功混乱"名族"语言的方式，便是对他们说出自己的"本名"，而上帝的"本名"被名族翻译成Babel（希伯来文的"混乱"），遂带来了语言的分歧。换言之，上帝的"本名"为"名族"带来了双重（两难）束缚：一方面说我是上帝，你们用你们的语言翻译我的名字并遵守我的律法；一方面则说我在我的本名之外，我是超验的无所不在，你们无法用你们的语言翻译我的名字，因为我的名字本身便是混乱矛盾，永远溢出你们用世俗语言所建构的生命世界。故将上帝的"本名"翻译成Babel，便落入了既是且非的进退两难境地，既是将其翻译成"混乱"（一种翻译），也是将"混乱"当成一种混乱而不确定的翻译（无法翻译），再次让独一无二、本我专属的"本名"变成了可以不断译动的"普通名称"。（Derrida, "Roundtable on Translation", 102）德里达用上帝的"本名"来说明的，乃是所有"本名"的内在分裂——要求翻译也同时禁止翻译，而此"本名"的内在分裂所指向的，正是语言作为一种"本名"使用时的两难："可译性"与"不可译性"的同时存在。

但不论是自曝美国名字与犹太名字、借助文字游戏去解构自己的姓氏，还是以翻译的角度重新解读圣经故事，德里达所念兹在兹的乃是所有的"本名"都无法逃脱其在语言关系网络中的差异流变。而这些思考背后最主要的关键人物（斯皮瓦克所谓的"祖先"）之一，正是以"同名面具"（homonymic masks）撼动整个西方哲学史的尼采。尼采彻底抨击"本名"结构中独一无二的真确性、固定性与对应性，他是他的父亲、他的母亲，他是恺撒大帝、亚历山大大帝，他是"查拉图斯特拉"（Zarathustra），他是瓦格纳（Wilhelm Richard Wagner），他是酒神，也是被钉上十字架的耶稣基督。"弗里德里希·威廉·尼采"作为哲学家的"本名"，丧失了任何可能达成的整体一致性，"本名"所预设的"现下存有（在场）"，已彻底被差异系统所松动，被关系联结所牵扯，无法就其位、司其职。这里并不是预设在多重"面具"（persona最早即为祖先的蜡制面具）之下或复数的流动认同之后，存在着一个独一无二、永恒不变的尼采，这种预设仍是人本主义借由"本名"对单一确切主体的预设。这里的"面具"乃指向抹去本名之后才出现的书写主体，不断以分裂增生的"同名面具"来响应生命的复杂纠葛，不断以真实与伪装之间的吊诡循环来启动自我（作为透过语言的"字"我）呈现——一个永远无法确实掌握身份认同与属性、永远无法"如实呈现"的"字"我。

而德里达在《耳传记：尼采教诲与本名政治》（"Otobiographies: The Teaching of Nietzsche and the Politics of the Proper Name"）中更通过对尼采自传《瞧！这个人》（*Ecce Homo*）的解读，尝试带出哲学文集（corpus）与生命传体（corps, body）之间的巧妙联结，提出如何在解构本名的实践之中，重新看待作家的"署名"（signature）。如果说名无所本、本无所属，那"作家署名"又代表了什么？对德里达而言，"作家署名"乃是作品与生命之间的动态界限，乃是"本名尼采"的边界标记，等待一个聆听的耳朵，经由沟通而得以被听到、被读到。"署名"一如"本名"，让尼采在尼采死后还是以尼采之名被重述之，让尼采无法被固置标定为一家之言，让尼采永远无法外在于书写，也让尼采永远无法成为尼采作品与传记的最初唯一源头或最终仅存依归。

“本名”的跨性别翻译

那么我们“绕道”德里达对“本名”“署名”的长篇哲学大论后，究竟能对“本名张爱玲”的思索提出何种新解呢？在一探德里达的解构本名思考如何有助于我们重返张爱玲之前，我们应该先看看女性主义对德里达的可能批判与张爱玲对德里达的可能提点。诚如巴特勒在《攸关身体》（*Bodies That Matter*）中所言，当代对“本名”的哲学思考充满了男性中心的自以为是与异性恋架构的预设，因而避谈“父姓（祖姓）”，避谈“本名的运作”即是“父姓的运作”。（页 154）而“父姓”之所以可以世世代代绵延接续，关键便是通过婚嫁仪式交换女人，让女人从“父姓”转变为“夫姓”，女人姓氏的可变性，如是造就了“父姓”的永续性。巴特勒反讽男性哲学家要如此大张旗鼓、大费唇舌，辩称“本名”的“本我同一”（propriety）实乃“本我非一”（non-propriety），乃是根本看不到女人自始至终的“本我剥夺”（expropriation）：“本我剥夺乃女人的认同情境。认同的获取正来自姓名的转换，姓名作为转移与置换的地点，姓名总是如此暂时，差异于自身，满溢出自身，非—自我—同一。”（页 153）

此处巴特勒对德里达的批判火力，乃聚焦于德里达的避谈“姓氏”（祖姓、父姓、夫姓）。而德里达之所以避谈“姓氏”，不仅是因为法文的特殊表达（法文的 nom 既指名也指姓，而 surnom 则为昵称，不同于英文的 surname，而较近 nickname），更是因为德里达意图将法文 surnom

拆解为sur-nom（sur-name；sur-naming），以作为解构"本名政治"的核心操作概念。德里达的sur-nom，乃名字之上、之外、之后所不断溢出、不断增补、不断替代的名字，证诸西方姓名学的发展脉络，先有名再有姓，姓确实是附加在名字之上、之外、之后的名字。故sur-nom作为"溢名"或"添名"乃是命名的不断重复，不仅指"本名"必须不断重复与重复命名，更指最初的命名本身已是一种再命名，"姓"既是一种重复，也是一种遗忘，一个掩盖sur-naming本身的不断重复。换言之，"姓"所承载与具现的父系—父权体系，乃被德里达sur-naming的语言重复游戏拆解无踪，此亦为何巴特勒要特别强调德里达"本名的运作"，乃建立在"父姓的运作"之重复与遗忘之上。

故巴特勒乃是从女性主义政治批判的角度，来看当代"纯"哲学对"本名"所展开的语言思考与文字游戏的。不需要借助对自己姓名的戏耍或穿插藏闪，女人总是父权结构下的"本我非一"，或双重的"本我非一"。但相较于中国父系宗法的"命名"系统——一个由祖先崇拜—宗庙家祠—辈谱制度—宗祧继承所严密交织的千年系统，巴特勒笔下所批判的近现代西方父主—父系—父财共构之父权架构，显然是小巫见大巫。而张爱玲在自身家族命名的曲折繁复中，或在《必也正名乎》的命名考究中，都具体展现了中国父系宗法的严密细腻与动弹不得，一个"张门李氏"就足以道尽女人双重、多重的"本我非一"，一个"爱玲"就足以带出跨文化译名的逃逸路径，一个"允娴"就足以表达汉人命名辈谱分类系统的吸纳与排除。中国女性只有父姓、只有夫姓，没有女姓、没有母姓，即便母亲的姓氏也是母亲的父姓，即便"姓"字本身乃强烈携带了上古母系社会的造字痕迹（上古八大姓皆从女部）。

德里达对"本名"的解构，虽有跨文化与跨性（姓）别的敏感缺失，但还是可以对"本名张爱玲"提出两个关键的思考方向。第一个是"本名"二字的跨文化翻译，如何让中文的"本""名"与当代欧陆哲学对 the proper name 的批判思考相联结，以展开名字的"可译性"与"重述性"。第二个则是作家署名作为"本名张爱玲"的边界标记，如何得以让我们重返"张爱玲"作为书写文本与生命传记之间的动态界限。首先在德里达解构主义的启发之下，让我们先爬梳"本名"在中文语境中可能开展出的"造字"脉络，并尝试对"本名""名字""姓名"的用法，提出差异思考的可能。先从"名"开始，《说文》："名，自命也。从口，从夕。夕者，冥也。冥不相见，故以口自名。"（卷二上，页31）"名"在此的造字关键有二：一从夕，混沌暗黑或天地晦明中的无法识见、无法辨别；一从口，用自己的嘴巴发出声音，报出自己的名字。由此可见"名"之为"名"，所启动的可以是一系列同音异字的相互转换：冥—鸣—名—明。从"冥"到"明"的关键，在于自"鸣"其"名"。故"名"乃同时兼具"冥"与"明"的相反与相连，无"冥"则不须"鸣"，"名"出则"明"至，唯有冥而鸣之，才能鸣而名之，以臻名而明之。这与德里达所言西方哲学将"名"视为"保留给独一存有在场的独一称呼"（unique appellation reserved for the presence of a unique being）（Derrida,"The Battle of the Proper Name", 76），乃有异曲同工之妙。

但"名"在从夕从口之外，还有一个关键词"自命"，在幽冥晦暗中自称其名。此处的"自命"当非自己为自己命名，而是自己报出自己之名。"名"之"以口自名"，我口报我名，展现名与我之间的直接身体发声表达。故"自命"的重点之一在"名"作为语言发声与"存有"的展现乃同时发生，一如《圣经·创世记》中神说要有光，就有了光，而光与暗、天与地、陆与海就此分隔，世界不再幽冥晦暗。故"自命"的重点之二便在"自我"与"他者"的同时出现，若幽冥晦暗指向无差异区分的混沌，那"自命"作为最初的语言行动，则是打破混沌进入象征，开启人我区隔、差异区分的世界运作。换言之，"自命"乃是"字命"，"自"之吊诡矛盾，正在于"字"之无法"自有"与"自属"，亦即进入语言后永无专属、专有、专名之可能。故"自命"的重点之三，则是以黑暗中自己报上名来的场景调度，回避了命名系统所承载的父系宗法、敬宗收族的"意识形态召唤"（"光楣""祖荫""承祖"）与辈谱分类系统，亦即"自（字）命"之前"他命"（大写他者the Other作为语言的象征秩序）的重复与遗忘。

正如绪论所述，本名之所"本"，乃《说文》所言"木下曰本。从木，一在其下"（卷六上，页118），亦即在象形字的"木"（上有枝干、下有根系）下方中央加上一道线，来"指事"木之"根本"所在。这以一道线来"指事"树根之所在，自又可与张爱玲小时候的画画习惯穿凿附会一番。张爱玲曾言她画的人物总踩着一道代表地板或是土地的线，而母亲在欣赏她的画作之余，总是要求"脚底下不要画一道线"，张爱玲还曾为此做出了一长段的自我辩护：

> 生物学有一说是一个人的成长重演进化史，从蝌蚪似的胎儿发展到鱼、猿猴、人类。儿童还在野蛮的阶段。的确我当时还有蛮族的逻辑，认为非画这道线不可，"不然叫他站在什么地方？"也说是巫师的"同情魔术"（sympathetic magic）的起源，例如洒水消毒祛病，战斗舞蹈驱魔等等。（《爱憎表》，页9）

看来中国象形、指事的造字方式，与张爱玲画画的"蛮族逻辑"确有相通之处，树底下画一道线，或人脚下画一道线，标示的乃是树之所以能长、人之所以能立的"根本"之处。

故当我们将作为语言关系网络中差异区辨的"名"与强调本我固着、自体根植的"本"放在一起时，"本名"就已然出现了矛盾分裂：既以名为本，又名无所本，既凸显专属专有，又漂流离散，永远有一道线所标示出的"正当位置"，也永远溢出一道线所圈限的"本我同一"。也只有在此"双重束缚"的两难观照下，我们才有可能从张爱玲的姓名学考据中，带出有关名字"可译性"与"重述性"的哲学思考。此处名字的"可译性"指的不再只是前文所论Eileen的跨语际翻译为爱玲，或爱玲的跨语际翻译为Ai-Ling，也不再只是小煐—允倩—爱玲—孟媛—梁京—世民—范思平—霜庐—爱珍—Eileen Chang—Eileen A Chang—Eileen Ai-Ling Chang—Eileen Chang Reyher等各种名字的"移译"，而是回到"名字"本身的两难与置疑：既是形而上存有论的"名自"（称谓自身），也是打破形而上存有论的"名字"（名之为字，名乃语言关系网络中的差异书写）。"名字"遂成为当代哲学思考中"本体论"（ontology）与"解构文字学"（grammatology）的终极交锋。"张爱玲"作为"本名"之两难，既专属亦无法专属，这并不是指一般意义上的"同名之累"，尤其是证诸汉字命名系统中同名或同名同姓的高重复率，而是前面所言的尼采"同名面具"；不是笔名、化名、字号的微量或大量使用，而是作为独异生命在不同时间节点所不断裂解出的"同名面具"；不再"是其所是"，不再"名我固当"，而是彻底打破"本名"的"专属逻辑"，成为能不断流变的异者—译者—易者。因而"本名张爱玲"所开启的"可译性"与"重述性"，正在于张爱玲不属于张爱玲，所有有关张爱玲的"独异性"，皆出现在一再引述的重复与变化之中，在张爱玲生前如是，在张爱玲身后亦复如是，没有任何一个张爱玲的本尊或本质可供回归或膜拜。故在《私语》出现之前的张爱玲，不同于《私语》出现之后的张爱玲；在蕊秋出现之前的张爱玲，不同于蕊秋出现之后的张爱玲；小名煐的张爱玲，不同于学名允偄的张爱玲。张爱玲作为"本名"的同时，生前与身后皆不断裂解成重新"出土"的"同名面具"，不再"是其所是"，不再"名我固当"。

然在这层层的解构思考中，我们更不可须臾忘记"张爱玲"之为"女性"，其"本名"总已展现了一个更根本的双重"本我剥夺"：由父姓"张"到夫姓Reyher，由中国到西方之"本我剥夺"。20世纪英国女作家伍尔芙曾说"女人无祖国"，若对张爱玲而言，恐怕更根本、更基进的乃是"女人无本名"，女人在命名之初，就总已被"本名"所预设的"正当""正统""正宗"及其所建立的稳定象征阶序排除在外了。"张爱玲"作为"本名"的吊诡，正在于同时展现了"树状张爱玲"与"块茎张爱玲"的两难。前者指向父系宗法、辈谱制度，以"家族树"的系谱想象为原型，后者则指向"姓别政治"逃逸与异质联结的去中心开展，无祖先，无子嗣，无始亦无终；前者指向"张爱玲"作为汉人分类系统的命名，后者则指向"张爱玲"作为书写文本的差异痕迹。此乃"张爱玲"作为"本名"的双重"本我剥夺"（命名的"本我剥夺"与性别的"本我剥夺"）与双重"本我非一"（生命的"本我非一"与书写的"本我非一"）。

有了这层层的理解与掌握，我们便可进入德里达解构主义对"本名张爱玲"的第二个重要启示，亦即本章最后所欲探究的"作家署名"如何有可能成为书写文本与生命传记之间的动态界限。在当前的张爱玲研究中，一直存在着"传记化""自传化"文学文本的倾向，轻者以张爱玲生平传记资料作为阅读张爱玲文学文本的比对经纬或参考框架，重者则对号入座，以挖掘考据文学角色的现实对应人物为职志，热心提供各种角色人物的"对照表"以供参考。其所造成的主要困扰有二：一是方法陈旧，不见新意，固守传统文学研究对"作家""作品""反映时代""自我经验"的理解，更往往深陷在作家传记数据之中难以施展；二是强化了传统对"女作家"的研究模式，好像只要是女性创作就离不开身体、离不开亲身经验，而重重贬抑了书写作为女性身体与女性经验离散流变的可能。因而当前的张学研究迫切需要对"作家署名"进行哲学思考与重新界定，才有可能柳暗花明，开展出具当代理论敏感度的张学研究，而德里达借由尼采所进行的"作家署名"的解构思考，或许正是可以参考斟酌以进而培力的路数之一。

德里达最初的考虑，乃是西方哲学传统中男性哲学家身体的"存而不论"，只谈哲学概念，不谈哲学家的生命经验，故德里达一心想要找出，乃是尼采"文体"与"身体"之间的紧密联结。而张爱玲作为女性书写者，其所面临的问题或许正好相反，女性文学家身体的无所不在，几乎让所有的女性文学文本都被当成女作家的生命经验再现。换言之，尼采作为"作家署名"的重点放在"身体"上，而张爱玲作为"作家署名"的重点则应放在"文体"上。就其相同点论之，两者作为"作家署名"，都是在文本上签署了自己的"本名"，且此"作家署名"在其死后仍不断被"未来"所签署：一方面自传者用自己的名字述说自己的生命经验，另一方面自传者的当下显现乃同时指向时间的"到临"（to come）[34]。而书写文本的开放，乃是朝向他者的诉说，也将由到临的他者进行会签，因而尼采并不拥有尼采，张爱玲并不属于张爱玲。就其不同点论之，张爱玲作为女性的"作家署名"乃是双重的"本我剥夺"与"本我非一"，但其重点不在回返"本名"所允诺的乌托邦认同幻象，而是思考如何更加基进化语言书写作为符号的差异系统，如何让"本名"不断"溢出"与"译出"，让作为"本名"与"本人"的"张爱玲"，永远无法成为张爱玲文本的"最初起源"与"最终依归"。故"张爱玲"作为"作家署名"所开启的"文体"与"身体"之紧密联结，可以有两种截然不同的解读版本。一是"一切皆自传"的保守版本，径自将张爱玲的所有文本都读成张爱玲的自传材料或传记投射，并以此自传材料或传记投射作为张学研究最终确切的依归与准则。另一则是"一切皆文本"的基进版本，不是要"正本清源"，让文学的归文学，传记的归传记，或让经典的归经典，八卦的归八卦，而是视所有的"自传"皆"字传"，皆"生命—书写"，文学是文本，传记也是文本，经验也是文本，时代也是文本，"文本之外无他"，没有在流变、折曲、歧异之上或之外的不变"自我"、固着"经验"或本然"生命"。

如是观之，"张爱玲本名张爱玲"，谁说不是一句至为吊诡不当的话语？

1　如本书绪论所强调的，"基进"二字乃在"根本""基础"上做变革，为英文radical一词的中文翻译，呼应其拉丁字源radix所指向的根部。

2　《我的姊姊张爱玲》一书中所示张爱玲写给弟弟张子静的信件，乃以"煐"署名，可见该书页7—8。

3　此处的黄氏小学，按照张子静的说法，乃是上海的美国教会。但在晚近学者的考据文章中，清楚指出其非教会学校，乃是坐落在上海赫德路60号的黄氏女塾，可参见祝淳祥（页50）。

4　传统汉名中包括氏、姓、名、字、号等，但是现在"姓氏"统一为"姓"，"名字"统一为"名"，现代人的称呼只由"姓"和"名"组成。古代的"名"多用于自称或长辈直称，同辈之间则"以字行"，而近现代的"名字"其社会功能较近古代的"字"，乃公共领域的正式称呼，可指大名、学名、训名，多以入籍、入学为正式命名的分水岭。有关中国姓名学（命名制、多名制、行辈制）的文化历史研究，可参阅王泉根《华夏取名艺术》、萧遥天《中国人名的研究》、赵瑞民《姓名与中国文化》、陈建魁《中国姓氏文化》、刘学铫《中国文化史讲稿》第六章等。

5　可参见陈象恭编著《秋瑾年谱及传记资料》页4、符杰祥《国族迷思：现代中国的道德理想与文学命运》页72等。

6　张爱玲目前唯一可考的刻意"换名"，乃是为了要在美国洛杉矶"隐姓埋名"、躲避骚扰。林式同在《有缘得识张爱玲》中记载道，1991年7月他替张爱玲挑选了洛杉矶西木区罗彻斯特大道206号的公寓，此亦张爱玲最后的居所。而在公寓的信箱上，张爱玲用了一个对林式同而言相当越南的名字Phong，"她向伊朗房东解释换名的理由很妙：'因为有许多亲戚想找我借钱，谣言说我发了财。而Phong又是我祖母的名字，在中国很普遍，不会引起注意'"。（页35）

7　在张爱玲的《秧歌》里确实出现过一个叫"荷生"的乡下小贩，挑着担子卖黑芝麻棒糖（页7），但仅是过场人物，无足轻重。

8　有关张爱玲对命理之偏嗜，目前最精彩的一手资料与讨论分析，可见冯睎乾《在加多利山寻找张爱玲》的第二章《从占卜、命书看张爱玲的半生缘》，页199—234。

9　可参见冯祖贻《百年家族：张爱玲》页14—15所列的"合肥李氏世系简表"。冯祖贻明言此表乃参照吴汝纶《太子太傅肃毅伯文华殿大学士直隶总督赠一等侯李文忠公神道碑》与李鸿章年谱和传记资料，此表原不系女性，但为说明张爱玲的家世，故加入李鸿章的两个女儿"菊耦与经溥"。然蹊跷之处正在于此处小女儿用了大名"经溥"，大女儿亦即张爱玲的祖母却用了"菊耦"，一起排入她们原本并无位置的家族世系表。而《百年家族：张爱玲》有关张爱玲家族成员称谓的另一个比较严重的问题，则在于将张爱玲母亲的姓名"黄素琼"（后改名为"黄逸梵"）写成了"黄素莹"，乃是将小名"莹"误植入大名之中。

10　可参见冯祖贻《百年家族：张爱玲》页12—13的"丰润张氏世系简表"。表中所列张印塘配田氏、毛氏，妾李氏。此"李氏"嫁入张门后，为张印塘生下次子张佩纶、四子张佩绶、五子张佩绂，为张佩纶的庶母。据光绪版《丰润县志》记载，张印塘病逝后，李氏"二十余年，虽造次颠沛不改其度。食贫励志，抚孤有成。光绪间以节孝旌"，过世后被追封为四品恭人。

11　张爱玲对旧时代妇女作为"夫姓＋父姓＋氏"称谓的"姓别"批判，亦可见《怨女》中对佛寺香炉上密密麻麻刻满捐造香炉的女施主名字之描写，"'陈王氏、吴赵氏、许李氏、吴何氏、冯陈氏……'，都是故意叫人记不得的名字，密密的排成大队，看着使人透不过气来"（页81）。

12　除了张爱玲的小名"煐"、母亲黄逸梵可能的小名"莹"，连祖母李经璹可能的小名也呼之欲出：张爱玲祖父母共同创作的一些"联句"诗作，"前半为'幼'所写，指的当是'幼樵'，即张佩纶；而后半则由'慧'所写，这当是李菊耦之昵称"（南方朔，页37）。而当我们必须在诗作或日记中推敲张爱玲祖母与母亲可能的小名时，张爱玲则在文章中毫不避讳直书自己的小名，可见时代之差异转变。

13　张爱玲此处乃延续民国以降对于"别号"的嘲讽风潮。例如民国九年（1920）九月一日刊登于上海《民国日报·觉悟》上楚伧所写的《别号的累》，叙述某位"怀红抱绿斋主人"迎接搭船而来的诗人，但因诗人的名号过长，主人背诵中而不慎落水的窘境，小说结尾点出主旨："好名好姓不用，用起这种古怪名称来，怪不得……"（楚伧）

14　可参见冯祖贻《百年家族：张爱玲》页12—13的"丰润张氏世系简表"。

15 证诸清末报刊潮的兴起以及清末民初时局的动荡不安，以笔名发表文章或不断更换笔名以逃避追缉者时有所见，而中国现代文学作家的繁多笔名，乃20世纪世界文学史上绝无仅有的现象，像鲁迅、茅盾、沈从文、巴金等，毕生使用数十到数百个笔名，就连在《现代作家笔名录序》中用"亡命客的化妆逃难"来形容此现象的周作人本身，也有两百多个笔名。

16 详情亦可见陈子善《范思平，还是张爱玲？——张爱玲译〈老人与海〉新探》一文。

17 此篇文章乃以"春长在"署名，发表在1946年6月26日上海《香雪海画报》第一期，引文内容转引自陈子善《张爱玲用过哪些我们所不知道的笔名》。

18 此句出自江苏著名作家章品镇以"顾乐水"之笔名发表在江苏南通《北极》半月刊五卷一期（1944年9月）的《〈传奇〉的印象》一文："看张爱玲，看得真晚。是今年二月的事。'杂志社'社长邀请上海文化人赴苏春游的名单上高居首座的就是文载道与张爱玲。约张的原意是说读了《西洋人看京戏》，发现中间有着颇多的人情味。这篇文章是早就在《古今》上见到的，却没有看，原因是格于'有着这样名字的女人岂能写出好文章来'的想头。"（转引自陈子善《揭开尘封的张爱玲研究史》，页391）

19 此表可参见宋以朗撰文、廖伟棠图片翻拍的《张爱玲美国长者卡　公民入籍证照片曝光（图）》。

20 证件照片可参见宋以朗《宋淇传奇》，页209。

21 在《张爱玲私语录》编辑过程中，编者宋以朗为体贴不谙英文的读者，在信件中使用到英文字的地方，皆补上该字的中文意译，且放入括号紧随该英文字之后，却依旧难免造成一些阅读上的混乱（容易误以为是原书写者所为）。故本书对类似书信的援引，都尝试将引文中后来添加的中文翻译暂时删去，以呈现原始通信内容。

22 张爱玲第二任丈夫赖雅为美国现代文学的健将，布莱希特（Bertolt Brecht）的好友与经纪人，与张爱玲相恋结婚时已体弱多病。有关张爱玲与赖雅的生活景况，可参见司马新的《张爱玲与赖雅》（页69—83）、周芬伶的《哀与伤：张爱玲评传》

（页109—150）。

23 诚如当代女性主义法学研究者不断指出的，姓氏的性别权力关系作为持续存在的父权宰制现象，即便各国国情或有不同（如美国以从父姓与从夫姓为常规，日本多以夫的姓氏为家姓，韩国与台湾从父姓但从夫姓已非常规），但"从父／夫姓"乃清楚标示着"从属性"（子女从父、妻从夫），"维系了男性优越的性别秩序阶层，并且也是妇运的改革对象"（陈昭如，页280—281）。此处所谓"从属性"并非单纯的"归属"，而是意图凸显"命名"作为性别、阶级、种族差异区分下的"财产所有权"实践：买奴仆婢女为其命名、奴隶从主人姓、子女从父姓、妻从夫姓，乃一以贯之的历史歧视与压迫机制。就张爱玲的例子而言，虽然美国经历了1970年代的妇运法律改革运动，现今各州法律多已允许女性在婚后保留婚前姓（原本父姓），父母也可相互约定子女姓氏或命名，但在社会实践层面，子女仍以冠父姓为大宗，婚后冠夫姓亦属多数。1956年在美国与赖雅结婚后冠上夫姓的张爱玲，乃循彼时常规，但亦无法回避此父权姓氏宰制所强化的"从属性"。

24 经张凤查证，张爱玲1976年至1979年在哈佛瑞克利夫学院（Radcliffe College）访问时，档案卡片姓名栏写下的是Reyher, Mrs. Ferdinand（虽下有括号填上Eileen Chang），此乃彼时美国社会对已婚妇人最最保守的称谓方式，完全看不出原本的姓名，只以丈夫的姓名行之，成为某某夫人。可见张凤《张爱玲在哈佛大学》一文。

25 此申请表格的影印本照片可参见林式同《有缘得识张爱玲》，页46。

26 此或乃诗礼人家对多生养子女的期盼，在取"字"上并未直接展现传统封建社会的重男轻女与对传宗接代的重视，不像张爱玲在小说里通过角色命名来展现乡下劳动阶级的传统封建意识，如《秧歌》中金根与月香的女儿阿招（小名）："他们这孩子叫阿招，无非是希望她会招一个弟弟来。但是这几年她母亲一直不在家乡，所以阿招一直是白白地招着手。"（页13）

27 冯祖贻在《百年家族：张爱玲》所列的"丰润张氏世系简表"，主要根据《安徽按察使丰润张君墓表》、陈宝琛《清故通议大夫四五品京堂张君墓志铭》、劳乃宣《有清通议大夫四五品京堂前翰林院侍讲学士张君墓表》、张佩纶《涧于集》《涧于日记》及张子静回忆整理而成，可参见该书页12—13。然张印塘共六子七女，此简表在男系部分仅列出四子，女系部分只"加入"（家谱本不系女性）孙女张茂渊与曾孙女张爱玲，由此简表仅能判断丰润张家男系的排字论辈，而无从判断张家女子是否一样按照"字辈谱"排序。然张印塘七女中有两女——五女张佩萦、七女张佩纫——以孝烈入载《无棣县志·烈女志》，由此得以从她们的"名字"中看出同样的排行"佩"与同样的偏旁"纟"。亦可参见网站"丰润趣文化交流论坛"上《大齐坨张家的女人们》一文。

28 根据张海鹰在《张爱玲的祖籍及其显赫家世》中的说法，张人骏曾两次到山东省无棣县张家码头村寻根祭祖，可见河北丰润大齐坨张氏早年乃是从山东省无棣县大山镇张家码头迁来。清光绪二十七年（1901），时任山东巡抚的张人骏第一次回张家码头村探亲，捐银修缮张家祠堂。任两江总督兼南洋通商大臣期间第二次返乡祭祖，同行者包括其堂伯父张佩纶，亦即张爱玲的祖父。

29 可参阅洪喜美《五四前后废除家族制与废姓的讨论》、刘人鹏《晚清毁家废婚论与亲密关系政治》、陈慧文《废婚、废家、废姓：何震的"尽废人治"说》等精彩论文。

30 此处的"文本性"并非单指德里达对自己名字的有意识告白，更多是以"音素"（phonemes，亦即语言中区别意义的最小声音单位）形式所不断出现的名字。法国女哲学家西苏曾在《一位年轻犹太圣徒雅克·德里达的画像》（*Portrait of Jacques Derrida as a Young Jewish Saint*）一书中指出《割礼告白》中 Elie 与 Jackie 的尾韵重复，Elie 作为回声、交互指涉、双关语的无所不在，甚至德里达母亲的犹太名字 Ester 与 rester、desir 等词的"音素"交叠。

31 此处所谓"独一无二"并非指单一姓名只能为单一个人所使用，毕竟世界上同名或同名同姓之人甚多，此处的"独一无二"主要指名字与指涉对象之间关系的"本我同一"，Pierre 与这个叫 Pierre 的人之间关系的"本我同一"，此即"本名"最基本的操作方式。在人名作为专有名称的例子之外，德里达亦举例其他的专有名称之不专有，如在《白色神话》（"White Mythology"）一文中质疑"太阳"之为专有名称，企图解构亚里士多德对"专有式"与"隐喻式"的区分，展现作为"专有式"的"太阳"正是建立在"太阳"与光、真理的"隐喻式"联结之上而无法专有。（页242—245）

32 此处法文的 derrière 作为德里达的"姓氏解构"，也被其他学者以貌似无厘头之方式加以挪用，从其"后"开展出德里达与当代酷儿理论（queer theory）的可能联结，可参见Hite，"The Gift from（of the）'Behind'（Derrière）：Intro-extro-duction"。

33 曾有不少学者质疑德里达的"姓名游戏"乃是刻意行之，德里达的响应则是强调"本名"逻辑本身就会启动名字的游戏（Derrida, *The Ear of the Other*, 76）。

34 "to come"作为当代理论概念，中文翻译有"到临""到来""来临""临在""将临"等，本文暂采"到临"，以避免"将""来"所可能投射的未来性与"在"所隐含的存有状态。德里达将"future"（l'avenir）差异化为"to come"（à venir），以凸显前者在线性因果关系上可被预期、可被预测的终将到来，后者乃不可预见、出乎意外、产生裂变的"他者"（the Other）（再）到临，一个"没有弥赛亚的弥赛亚主义"（a messianicity without messiah）（Specters of Marx, 211）。

张爱玲的母亲本名黄素琼，后来自我改名为黄逸梵，不是为了谐音任何可能的女德楷模之为"懿范"，而是恰恰相反、背道而驰，她是将自己的英文名字Yvonne音译成为中文名字"逸梵"，就如同后来她将女儿的英文名字Eileen音译为中文名字"爱玲"一般，以置换原本传统的父系命名（即便是在自己的祖姓、父姓"黄"与女儿的祖姓、父姓"张"无法更动的前提之下进行）。如本书第一章所述，这个改名的举动既勇敢也时髦，勇敢地偏离宗法父权的既有命名系统，也是时髦地以英文名字行于世，一如1920年代许许多多的都会男女。虽现有的传记资料多以黄素琼称之，但为了尊重她的自我选择以及凸显改名的性别时代意义，本章将以"黄逸梵"称之。而暂时被放入引号的"黄逸梵"在本章接下来的铺陈中，不仅可以指向其姓名的双重与分裂（黄素琼与黄逸梵），也是尝试以引号可能带来的突兀感，来加强姓名本身可能的"去熟悉化"或真人实事的"去传记化"，更希冀借此开启"黄逸梵"作为符号"重复引述"（citationality）的基进思考可能，一个摆荡在真实与虚构之间的"重复引述"。

话说"黄逸梵"乃中国现代史上第一波

离婚潮的实践者，和她改名的行动一样既勇敢也时髦。她在1930年与张爱玲的父亲张志沂正式办理离婚，也让她的一对儿女张爱玲与张子静，成为中国现代史上的第一代离婚子女。此处所谓"第一波"与"第一代"并非否定千年来层出不穷的夫妻离异，只是在传统封建宗法制度中，不论是礼教上的"七出"（不顺父母、无子、淫佚、嫉妒、恶疾、多言、窃盗）还是法律上的"义绝"，皆是以捍卫"夫方"的父系利益与继嗣为主的"出妻""休妻"，即便是"和离"，也多是在父系宗族的关系网络里进行协商与议决（甚至私下强迫）。而现代"离婚"之彻底不同于古代的"和离"或"出妻""休妻"，不仅在于"离婚"所可能预设的现代性别平等观不同于后者所奠基的父系宗法传统，更在于两者所展现的不同"婚姻"预设。宗法婚是建立在"两姓"之间的关系联结，乃是通过"交换女人"（exchange of women）以建立两个祖姓之间的祭祀—继嗣责任与亲属伦常关系。正如《礼记·昏义》所言，"昏礼者，将合二姓之好，上以事宗庙，而下以继后世也"（卷六一，页999），故"无子"可堂而皇之成为"出妻"的事由。[1]而现代婚则是建立在"两性"之间的关系联结，性别相异（异性恋婚姻的预设）的两个个体经由法律程序的认可所建立的夫妻关系。

　　故相对于古代的"和离""出妻""休妻"，现代的"离婚"之所以现代，乃是"离异"于夫妻两性关系，终结其法律效力之同时，亦"离异"于传统宗法婚的预设与实践，让结婚与离婚成为个人与个人"两性"之间、而非家族与家族"两姓"之间的联结与终结。张爱玲的父亲与母亲在1915年结的是"两姓"的宗法婚（包办婚、盲婚），但在1930年离的却是"两性"的现代婚，在新旧两种制度与文化习俗的夹缝与夹击间更显复杂。故所谓第一波离婚潮，正是在文化观念与法律修订过程中所牵引出的大规模变动。张爱玲曾在《张看》的自序中提到，"我母亲也是被迫结婚的，也是一有了可能就离了婚"（页8）。而文中所谓"一有了可能"大抵指向北伐成功后，国民政府定都南京并修订颁行《民法·亲属编》（1930年12月26日公布，1931年5月5日施行），确保了女性的离婚权，此亦为何张爱玲在《国语本〈海上花〉译后记》中言道，"北伐后，婚姻自主、废妾、离婚才有法律上的保障"（页60）。[2]

在此我们可以简略回顾清末民初"离婚"的相关法律变革，以便精准掌握张爱玲母亲"黄逸梵"之所以可以顺利离婚的法律与社会条件。完成于清宣统三年（1911）的《大清民律草案》，首采大陆法系的离婚法思想，废除旧律之"七出""义绝"，而保留传统"两愿离婚"（"夫妻不相和谐而两愿离婚者，得行离婚"）的方式；并从大陆法系国家（主要从日本）引进"裁判离婚"，采列举规定，夫或妻欲离婚者，必须起诉为之。（戴炎辉、戴东雄、戴瑀如，页218；林秀雄，页127—128；徐慧怡，页10）[3]《大清民律草案》用"离婚"取代了传统的"出妻"，虽仍未脱男主女从、男宽女严的架构，但已赋予女性一定程度的离婚自主权，而其中最为进步的乃是明文规定"两愿离婚者于离婚后，妻之财产仍归妻"，保障了女性的"私有财产权"，离婚后可携出夫家。虽该法案因辛亥革命推翻了清政府而未得施行，但仍是民国初期大理院判例的主要法理依据。

然在北洋政府时期，即便女性在法律上已享有和男性一样的离婚权，大理院亦不乏"两愿离婚"或"裁判离婚"的判例，且出现聘财不能因离婚而追还、得协议子女监护方式（未协议者，由归其父任监护之责，但亲生母子关系依然存在）等进步思想；但保守传统的舆论却大肆抨击离婚之风盲目模仿，夫权主义与宗法利益蠢蠢复辟，整体社会氛围反倒不利于女性主动提出离婚，即便在1921年之后，"女性主动"在离婚诉讼中的比例已逐渐增高（卢惠，页41）。而至为关键的改变，则出现在国民政府北伐（1926—1928）期间与之后，尤其是1930年颁布的《民法·亲属编》，明文保障了结婚离婚自由（家长不得干涉）与男女平等原则，而夫妻离婚时，一切嫁妆（包括田土与房产）均能携出夫家。据上海市社会局公布的数据显示，民国二十年至二十一年（1931—1932）上海市离婚案共一千零五十四件，而其中的"协议离婚"案占八百七十四件（荒砂、孟燕堃，页529），远远多于"诉讼离婚"案。张爱玲父母的"协议离婚"（《私语》，页161），显然属于彼时由女方主动提出而占多数的"协议离婚"案件。同样的数据亦显示了上海离婚案（含协定和判决）的统计件数与离婚率：民国十八年（1929）为六百四十五件，离婚率（与当时总人口比）为0.48％；民国十九年（1930）为八百五十三件，离婚率为0.55％；民国二十年（1931）为六百三十九件，离婚率为0.4％。（荒砂、孟燕堃，页530）张爱玲母亲"黄逸梵"当是为人所不敢为，勇敢成为中国现代史上第一波摆脱封建婚姻的觉醒女性。

正如张爱玲在《小团圆》小说中的描述，女儿九莉在得知母亲蕊秋、父亲乃德离婚后，乃对着母亲含笑道"我真高兴"，并"同时也得意，家里有人离婚，跟家里出了个科学家一样现代化"（页94）。若按传统宗法父权的守旧思想观之，离婚乃女子丑行与家族耻辱，但20、30年代的"离婚"却成为"现代性"的重要展现，对离婚的赞同与支持乃成为社会进步与文明的象征，而反对离婚则被视为因袭旧道德礼俗，前者"新派"，后者"封建"。诚如杨联芬在《自由离婚：观念的奇迹》中所言，"离婚"一词虽古已有之，但"离婚"与"自由"的组合，却主要来自"五四"新文化运动所倡导的新道德。"离婚自由"作为"五四"新道德的重要命题，乃是由家族主义转向个人主义的重要生命实践，不仅凸显性别的平等自由，甚至还往往上纲到民族国家、救亡图存的话语（"人的解放""妇女解放""个性解放"等新文化身份与符号价值），更是继"恋爱"之后成为"二〇年代报刊媒介聚焦的公共话题及新文学热衷表现的题材"。（杨联芬，页15）

　　然而本章的重点并非单纯援引张爱玲母亲"黄逸梵"之例，以其作为探讨清末民初婚姻法与离婚法的千年变动，或是单纯以其再现彼时女性社会与法律地位的提升，或进一步阐释离婚与妇女解放的基进革命联结。本章另有所图，在简略回顾古代"和离""出妻""义绝"到现代"离婚"的父系宗法与法律变革之后，接下来则欲将探讨的焦点从文化与法律层面，转移到"真人实事"与"真实效应"（effect of reality）之间所可能开展出的"文本"思考。[4]换言之，本章不拟将重点放在"黄逸梵"离婚案的探讨、法律变革与文化批判上，本章真正想要发展的，乃是如何在已成"定案"的离婚事件与法律变革之中，找到得以重新开启矛盾情感、复杂想象、颠倒记忆与文本折曲的"悬案"可能。诚如《小团圆》小说中借由女主角盛九莉表述的：

> 她没想通，好在她最大的本事是能够永远存为悬案。也许要到老才会触机顿悟。她相信只有那样的信念才靠得住，因为是自己体验到的，不是人云亦云。先搁在那里，乱就乱点，整理出来的体系未必可靠。（页64）

就文本脉络言之，此处令盛九莉百思不解却不愿人云亦云的，乃是国家主义的优劣存废。突然爆发的战争打乱了盛九莉在香港的大学生活，但她对国家主义的困惑却也只能永远存为"乱就乱点"的悬案，无法建立清晰可辨、条理分明的思考体系。而此处成为"悬案"的，不仅是字面意义上所陈述的国家主义，也是"角色"盛九莉作为"作者"张爱玲（同样因"二战"日军轰炸而暂停香港求学生涯）的"悬案"，也将在本章中延伸为"角色"盛九莉母亲卞蕊秋作为"作者"张爱玲母亲"黄逸梵"的"悬案"。此"悬案"阅读的倾向，彻底有别于当前张爱玲自传研究的"拍板定案"倾向。如果说《小团圆》只是张爱玲自传的"悬案"，张爱玲只是盛九莉的"悬案"，"黄逸梵"只是卞蕊秋的"悬案"，那本章接下来的主要尝试，便也是对当前张学"自传"与"传记"研究的一个美学政治回应，一次企图将"定案"转为"悬案"的女性主义"文本"阅读。而"悬案"之为"悬案"，不是放入括号的存而不论，而是放入引号的重复变易，让所有企图封闭文本阅读的对号入座与拍板定案，都能持续以文本"延异"的方式悬而未决、未完待续。

故本章所欲展开的女性主义文本阅读，乃是希冀将暂时放入引号的"黄逸梵"，当成"文本表面"的交织，以探讨"性别文本化"与"文本性别化"的双重美学政治可能。换言之，在"黄逸梵"作为真人、离婚作为实事之外，我们如何有可能让"黄逸梵"成为"文本效应"，让"离婚"成为"文本事件"，让传记与书写、指涉与符号、意义与异译（译—异—易—溢—佚）的各种可能关系，得以从封闭朝向开放，从稳固朝向松动。若"黄逸梵"不只是《小团圆》卞蕊秋在文本之外稳如泰山的真实指涉，也不只是在不确定文学书写之外如假包换的本尊，而"黄逸梵"本身总已是真人实事的"多重"文本化、书写化与文学化（不只是将"真人实事"写成文字、写成文学因而被文本化，而是

"真人实事"本身，就总已是放入引号的"文本"），那本章将"黄逸梵"放入引号的企图，亦是将"张爱玲"放入引号的企图，便是让"张爱玲"作为作者、作为叙事者、作为读者（阅读母亲的故事）、作为女儿、作为离婚（1947年与胡兰成离婚）与再婚（1956年与赖雅再婚）的实践者，也能再次成为悬案。故本章所称的张爱玲，即便未加上引号，也总已是"张爱玲"的文本化，总已是"张爱玲"作为小说、散文、自传、书信等交织出的"文本表面"。[5] 故以"黄逸梵"来引动张爱玲研究的性别文本化，正是意图响应当前张爱玲研究一枝独秀、一以贯之的"同一逻辑"（the logic of the One and the Selfsame）。此逻辑倾向于将文学书写当成自传证据，汲汲于为小说人物找出实人实事以对号入座；或是将张爱玲在不同时期的不同语言、不同类型与篇幅的书写，一律读成"家族创伤"的"重复冲动"，一写再写、三写四写家族故事的过不去、完不了。此类考据、索隐或精神分析取径本身无可厚非，也不时能为张爱玲研究带来新的资料或视角，但其背后所默认的"同一逻辑"——不同文本中的类同角色，皆以传记指认方式回归到单一的实人实事而动弹不得；不同文本的类同叙事，皆以重复方式回溯到原初的创伤场景而万劫不复——乃是无视文学之以文字为中介，正在于给出"自"与"字"之间的最大滑动空间：离婚自由作为"字由"的可能、书写自由作为"字由"的可能、自传作为"字传"的可能、自我作为"字我"的可能，而得以重复在"发言"或书写的过程中，自我不断分裂为"说的主体"（the subject of enunciation）与"话的主体"（the subject of the enunciated），从而无法"一"以贯之，认"主"归"宗"。

故本章放入引号的"黄逸梵"乃是企图以"差异逻辑"取代"同一逻辑"。"同一逻辑"导引我们在不同的张爱玲文本中，看到母亲或离婚妇人角色背后那个呼之欲出且真确无误的"正宗""本尊"黄逸梵。而"差异逻辑"则反其道而行，不是将各种"黄逸梵"们的文本分身朝文本之外作为实人指涉的黄逸梵收拢归一，而是看到"黄逸梵"们的文本分身如何不断漂流离散、流变生成；不是将繁多化为单一，而是在所有可能的单一源头或真确指涉中，不断看到总已出现的分裂与双重（多重）。"本尊"不是源头，而是诸多"分身"重复引述所产生的"文本效应"；黄逸梵不是源头，而是"黄逸梵"们所给出的"真实效应"，充满变动转化之力而永远无法彻底定于一尊。张爱玲的文本无法取消文字作为中介的不透明性，无法在文本之外谈真人实事。张爱玲的文本也不单单是以文学"再现"现实生活中的母亲"黄逸梵"，更是让文学在"书写"中不断重复、不断引述、不断变易出"黄逸梵"们，而能暂时且变动地给出母亲"黄逸梵"的"真实效应"。若多化为一的"同一逻辑"乃是一种"中心化"的倾向，那一散为多的"差异逻辑"便是"去中心化"的启动。此处的"多"乃文本力量布置的折曲与扭转，而非单纯作为"一"的加总，"一"的加总仍是"同一逻辑"，"多折性"（multipli-city）才是以差异打破同一的离散与逃逸。而"中"与"宗"的可能滑动，更是本书所欲凸显的女性主义"无主文本"批判的关键所在，让作为文本解构的"去中心化"，得以不断导向"阳物理体中心"的"去宗心化"，让"黄逸梵"的不确定性，得以松动宗法父权对性别意识形态与语言文字的双重掌控，得以在"文本的离婚母亲"中，释放出无数"离婚母亲的文本"。

母亲是写在水上的字

在进入所谓张爱玲"自传性小说"《小团圆》的解构阅读之前，先让我们看一看张爱玲第一本散文集《流言》中所提到的母亲及母亲的离婚。1976年初《小团圆》正式完稿前，张爱玲在给邝文美和宋淇的信中言道："《小团圆》因为情节上的需要，无法改头换面。看过《流言》的人，一望而知里面有《私语》、《烬余录》（港战）的内容，尽管是《罗生门》那样的角度不同。"⁶然本章此处先从《流言》切入，并非依循线性时间的先来后到与文类的可能预设，将"早先"以"散文"形式发表的《流言》当成更贴近真人实事、更根据事实的"自传"，并由此来比对"后来"以"小说"形式发表的《小团圆》；而是企图从"头"去看"黄逸梵"的分裂与双重，从"头"去解构《流言》作为所谓最初、最原始、最真确的"源头"["源头"之可以成为时间意义上的最初，本就同时启动了"补遗"（supplement）的虚拟性，无后继的折曲变化便无所谓的本源，源头并非生而为源头，而是变成源头]。

母亲在《流言》中没有姓名，如同父亲、姑姑一样，乃是以亲属称谓的母亲行之，但此亲属称谓却从"头"便有了分裂与双重：

> 我母亲和我姑姑一同出洋去，上船的那天她伏在竹床上痛哭，绿衣绿裙上面钉有抽搐发光的小片子。佣人几次来催说已经到了时候了，她像是没听见，他们不敢开口了，把我推上前

去，叫我说："婶婶，时候不早了。"（我算是过继给另一房的，所以称叔叔婶婶。）她不理我，只是哭。她睡在那里像船舱的玻璃上反映的海，绿色的小薄片，然而有海洋的无穷尽的颠波悲恸。（《私语》，页157—158）

按照张爱玲的传记资料，张爱玲母亲黄逸梵与姑姑张茂渊于1924年联袂赴欧游学，张爱玲彼时年仅四岁，与此篇《私语》中的叙述并无出入。但重点不在于传记资料与散文叙事是否合一，而在于文学技巧是否精彩动人。此段追忆不仅用"明喻"的方式带出母亲"像"船舱玻璃上反映的海，更成功结合了"母亲"与"大海"的惯用文学与文化想象（法文的海洋mer与母亲mère发音相同）。出洋的母亲所将行经的大海，已微缩为竹床上的"船舱"，"颠波"一词不仅促发了情感状态的"悲恸"，更外在化为光线与颜色的颤动闪烁：大海的颜色成了母亲的绿衣绿裙，痛哭颤抖的身体"转喻"为绿衣绿裙上"抽搐发光的小片子"。重点不在于母亲离家出洋的那一天，是否真穿了一套绿色的衣裙，衣裙上是否真钉有绿色的小薄片，而在于"母亲"与"婶婶"的分裂与双重（不只是当时宗族家族名义上的"过继"，也是母女关系在亲疏远近上的难以调整与无法适应，推上前去贴近了的身体距离，带出的却是亲属称谓的亲等疏远，恐怕正是进退不得于亲密与疏离间的永恒踟蹰）；也在于"母亲"与"大海"的分裂与双重（母亲不是海，母亲只是要出洋渡海——母亲就是海，母亲就是海洋的颜色、光线与无穷尽的颠波悲恸）；更在于"无人称"叙事的开放与流动，让颠波悲恸的主词—主格—主体充满不确定性。谁在那里颠波？即将出洋的母亲，母亲身上的绿色小薄片，船舱玻璃上反映的海？谁在那里悲恸？伏在竹床上痛哭的母亲，站在母亲床前不知所措的女儿，多年以后以模糊回忆、以散文倒叙、以文字补遗的书写者？重点不在传记资料的"真实"揭露，而在文字叙述的时空压缩，在记忆与真实的贴挤，在情动主体的不确定性。

而母亲与大海的双重与分裂，也出现在叙述者"我"八岁那年从"天津的家"来到"上海的家"之过程，"坐船经过黑水洋绿水洋，仿佛的确是黑的漆黑，绿的碧绿"，"女佣告诉我应当高兴，母亲要回来了"。（《私语》，页159）此处我们要开展的，不是传统文学与文化想象中"母亲—大海"作为回归源起的"无差异"（undifferentiation），而是被大海带走、又被大海带回的母亲，"母亲—大海"所启动的一连串的"分离"运动：母亲与父亲分离，"父亲的家"与"母亲的家"分离，"我"与"父亲的家"分离，乃至最后"我"与"母亲的家"分离。八岁那年母亲回来后，"我们搬到一所花园洋房里，有狗，有花，有童话书"（页159），但一切的美好却终结于父母的协议离婚。再度出洋的母亲（母亲与女儿的再度分离），将女儿留在了"父亲的家"，"那里什么我都看不起，鸦片，教我弟弟做'汉高祖论'的老先生，章回小说，懒洋洋灰扑扑地活下去"（页162）。后来父亲再婚，与同样吸鸦片的后母一起搬回了民初样式的老洋房——"我"最初的出生地，一个"有太阳的地方使人瞌睡，阴暗的地方有古墓的清凉"的阴阳交界边缘（页163）。而与其相对的，乃是留有母亲空气的"姑姑的家"，然而当再度出洋的母亲再度回国与姑姑同住，决定收留被痛殴幽禁尔后逃离"父亲的家"的女儿后，"母亲—大海"作为"分离"运动而非传统"回归子宫"的合而为一、圆满安详，最终所推向的却是"我"与"母亲的家"的分离，"仰脸向着当头的烈日，我觉得我是赤裸裸的站在天底下了"，"母亲的家不复是柔和的了"。（页168）

而就算不与"大海"意象相连,在《流言》中作为血缘与家族亲属称谓的"母亲",也同时成为一种以推离为联结、以联结为推离的独特"分离"运动,重音节不放在"合"而放在"离"。一如本章所聚焦的"离婚",除了指向社会习俗与法律规范,指向张爱玲父母的传记材料外,亦是以"离"来分离"宗法婚"与"现代婚",以"离"来分离父亲与母亲,以"离"来分离母亲与女儿,以"离"来分离传记与书写、作品与文本。而母亲与女儿的"分离",不仅发生在母亲的出洋与母亲的离婚,更发生在母女的重逢与共处。"有两趟她领我出去,穿过马路的时候,偶尔拉住我的手,便觉得一种生疏的刺激性"(《童言无忌》,页8),"拉手"作为一种母女身体难得的接触与联结,触发的是陌生与疏离,然此生疏中尚有对母亲"罗曼蒂克的爱"所引起的刺激感。但当"拉手"变成"伸手"时,"三天两天伸手问她拿钱","那些琐屑的难堪,一点点的毁了我的爱"。(页8)"拉手"尝试拉近母女的距离,"伸手"却推离了母女之间可能的爱,折磨着时时得盘算经济状况入不敷出的母亲,也折磨着自觉拖累母亲、自觉忘恩负义的女儿。没有传统对母爱的理想歌颂,没有无怨无悔的付出,只有字里行间的残酷与辛酸,"能够爱一个人爱到问他拿零用钱的程度,那是严格的试验"(页8)。

而钱所引动的母女"分离"运动,更时时出现在女儿"拜金"与母亲"清高"的差异区分之上。母亲对钱的态度,决定了女儿对钱的态度,不是仿效,而是背反:

> 我母亲是个清高的人,有钱的时候固然绝口不提钱,即至后来为钱逼迫得很厉害的时候也还把钱看得很轻。这种一尘不染的态度很引起我的反感,激我走到对面去。因此,一学会

了"拜金主义"这名词，我就坚持我是拜金主义者。(《童言无忌》，页6)

于是从小开始，女儿记忆中的"抓周"拿的便是钱，"好像是个小金镑罢"(页6)。而女儿生平第一次赚钱(中学时代漫画投稿英文《大美晚报》)，便立即拿稿费买了一支小号的丹琪唇膏，却被母亲责怪，怪其未将那张作为稿费的钞票留下来做纪念。此处的母女皆"恋物"，只是母亲乃情感"恋物"(钞票不是钱，是女儿第一次赚得的漫画稿费，钞票是物质记忆的载体)，女儿乃商品"恋物"(钱就是钱，钱就是商品的交换价值)。此处的重点不在于张爱玲是否真的在中学时代就以漫画投稿《大美晚报》(即便有证可考)，或者真的就拿报馆给的五块钱买了一支小号的丹琪唇膏(虽无迹可寻，但在当前众多的张爱玲传记中，皆信誓旦旦以此为真人实事，所凭所据主要仍是此为张爱玲亲笔所写的散文，更用了第一人称的"我"来进行叙事)，也不在于母亲究竟有多清高、女儿究竟有多拜金；[7]重点在于围绕"钱"所展现的母女纠葛与差异区辨，乃是在散文形式与传记材料中，以文学技巧的"对衬角色"(foil character)进行铺陈，乃是女儿以母亲为对衬的"角色人物化"(characterization)。

而文学史上成功的"对衬角色"，往往不在于对衬角色与主角之间的截然不同，而在于两者的极度相似，以及在此极度相似中却有足以翻转"同一性"的关键差异。故我们此处对文学"对衬角色"的权宜援引，就必须是"差异逻辑"的双重援引，既是"对衬"所带出的相互差异(苹果与橘子的不同)，也是"对衬"本身的差异化过程(苹果如何不再是苹果)。换言之，传统文学研究的"对衬角色"，多带有在场的形而上学"同一逻辑"的嫌疑,对衬角色与主角作为分离独立的已完成个体,彼此之间的"对衬"乃是稳固地建立在彼此各自"是其所是"的基础之上,才得以出现主体与对衬体之间清楚的差异区分。而我们此处将"对衬角色"带入《流言》的阅读,不仅是要松动散文与小说、传记(被认为以事实为根据)与创作(被认为多乃作者虚构)、作品(封闭完成)与文本(开放交织)之间的楚河汉界,更是要彻底松动"对衬角色"的稳固基础,让"对衬角色"得以"对衬角色化"、性别文本化,让《流言》所启动的母女分离运动,不断得以裂变在书写过程中的自我(字我)认知与自我(字我)区辨之中。

而这样动态交织、不断解构建构的自我(字我)区辨,也精彩出现在母亲与女儿对颜色、对画图的相同喜好与偏执中:

> 我母亲还告诉我画图的背景最得避忌红色,背景看上去应当有相当的距离,红的背景总觉得近在眼前。但是我和弟弟的卧室墙壁就是那没有距离的橙红色,是我选择的,而且我画小人也喜欢给画上红的墙,温暖而亲近。(《私语》,页160)

喜欢画画也上过欧洲美术学校的母亲,以透视法的深浅远近为考虑,教导也同样爱画画的女儿,切记不要以红色为背景。而女儿反其道而行,为自己和弟弟的卧房墙壁选择了橙红色,要的正是没有距离的温暖与亲近。女儿不是不懂母亲的教诲,女儿的反其道而行正是因为听懂了母亲的教诲,只是母亲要的是空间深度,女儿要的是颜色本身所造成的空间无深度,此深深浅浅也依稀带出字里行间母亲与女儿从身体到情感的近近远远。而更进一步透过颜色的母女分离运动,也出现在颜色与文字的裂解与区辨之中：

> 因为英格兰三个字使我想起蓝天下的小红房子，而法兰西
> 是微雨的青色，像浴室的磁砖，沾着生发油的香。母亲告诉我
> 英国是常常下雨的，法国是晴朗的，可是我没法矫正我最初的
> 印象。（《私语》，页160）

没有出过国却对出洋赴欧的母亲充满思念的女儿，只能从"英格
兰"与"法兰西"中文翻译的"字面"去望文生"色"，而到过英格兰
也去过法兰西的母亲，乃是根据亲身的体验而执意纠正女儿的错误印
象。此处母女分离运动的启动，不仅在于颜色（也包含气味与湿度）的
分离（英格兰与法兰西的颜色差异，母亲与女儿的经验差异），更在于
绘画颜色与文字颜色之分离、"文字中的颜色"与"颜色中的文字"之
分离，不再只是用文字去捕捉颜色，而是在文字之中看到了颜色。母
亲的颜色用来画画，用来搭配衣服（绿衣绿裙或绿短袄上别上翡翠胸
针），用来装潢家居（蓝椅套配着旧的玫瑰红地毯）；而女儿的颜色不
仅用在绘画、衣饰与家饰，还用在以文字书写出的各种美妍丽色，以
及颜色带出的文字物质感性（文字本身可能的色彩），甚至进一步用在
"从作品中汲取理论"的"参差对照"，一整套宝蓝配苹果绿、松花色
配大红、葱绿配桃红的"文学理论"与创作实践。同样对颜色着迷的母
亲与女儿，却分离出颜色在日常生活、绘画实践、文学书写甚至理论批
评方面的差异路径。

故《流言》中母亲的"不当"（improper），不仅是母亲作为亲属
关系的"不当"（是母亲又是姊姊，母亲与父亲的离婚，母亲与母职

的疏离），也是母亲作为书写操作本身的"不当"（母亲从传记指涉转为"文本分离运动"的开启，母亲从对衬角色转为"对衬角色化"的差异过程）。唯有"不当"才得以松动"黄逸梵"作为真人实事的单一指涉，才得以带出"黄逸梵"作为母女分离运动的文本操作。张爱玲曾在《红楼梦魇》的自序中提到："以前《流言》是引一句英文——诗？ Written on water（水上写的字），是说它不持久，而又希望它像谣言传得一样快。"（页7）或许《流言》从跨文化、跨语际的双关语"书名"开始，就是一连串"不当"所启动的书写，既是书写"不当"（不当的父亲、不当的母亲、父亲母亲不当的离婚），也是书写本身的"不当"（语言文字的延异与补遗，无法各就各位、安分守己）；一如《流言》既是语言的字面意义化（水上写的字）与衍生含义（不持久），也是家族隐私的外扬传播、流传于世。一如《私语》以"夜深闻私语，月落如金盆"的诗句开场，"私语"既像是在编辑先生催逼下急不择言的私己告白，"所写的都是不必去想它，永远在那里的，可以说是下意识的一部分背景"（《私语》，页153），又总已是诗句"夜深闻私语"的"重复引述"（另一种语言文化的下意识），总已是文字"公开"的抛头露面。《私语》如是吊诡地给出了一种大"公"无"私"，既是《流言》所"公开"再现的"私密"家族故事，也是书写本身所必然启动"语言"中介的公开引述，无法为任何个人所独占私有。[8]

　　而《童言无忌》的开场也不遑多让，先视"自传"为不切实际的幼稚梦想来进行自我嘲讽，"当真憋了一肚子的话没处说，惟有一个办法，走出去干点惊天动地的大事业，然后写本自传，不怕没人理会"，"现在渐渐知道了，要做个举世瞩目的大人物，写个人手一册的自传，希望是很渺茫"。（页5）接着便是以"后设"方式反思对自己过分感到兴趣的作家与通篇"我我我"的身边文学。然后引号再次出现，来自一本没有提及书名和作者的英文书，而所引之言乃嘲笑对自身肚脐过分感到兴趣的人，竟也要其他人跟着一起瞪眼看。此处之有趣不仅在所引之言乃英文俗谚，实在无须引经据典加引号，更在于引用本身所导向的明知故犯："我这算不算肚脐眼展览，我有点疑心，但也还是写了。"（页6）此处我们看到的，不仅是书写者的幽默自嘲，更是在此自（字）我调侃中，有着如"流言"一般的跨文化、跨语际摆荡（written on water 与 gazing at one's navel），有着如"私语"一般的"重复引述"（"夜深闻私语"），让语言的"下意识"时时置换、不断交织着传记的"下意识"。

而与此文本自（字）我解构并行的，还有《流言》作为张爱玲第一本"散文集"所凸显的"生活的戏剧化"。张爱玲一方面强调生活的戏剧化不健康，另一方面却又委婉道出其在所难免的缘由：

> 像我们这样生长在都市文化中的人，总是先看见海的图画，后看见海；先读到爱情小说，后知道爱；我们对于生活的体验往往是第二轮的，借助于人为的戏剧，因此在生活与生活的戏剧化之间很难划界。（《童言无忌》，页12）

若"散文"作为文学文类的一种，多被当成平实真切、最为贴近"生活"的表达，那张爱玲此处则是要回到"生活"的源头，让我们看到源头本身的分裂与双重，亦即生活与生活戏剧化的难以划分。就此处的脉络文本而言，此段既是顺接前一段所提"衣服是一种言语，随身带着的一种袖珍戏剧"（页12）（衣食住行日常本身的戏剧化），也是开启后一段描写十二岁时对心仪学姊的月下告白："我是……除了我的母亲，就只有你了。"(《童言无忌》,页13)此学校女女恋爱的"情节",反复出现在张爱玲的小说与散文之中,也反复变易成姑嫂或亲如姊妹或表姊妹的好友。若更"追本溯源"到所谓张爱玲的第一篇小说,正是十二岁时发表在校刊上的《不幸的她》,讲的也正是女女恋爱的迷恋与无奈。但不论是记忆的源头或创作的源头,此源头总已分裂化与双重化为生活与生活戏剧化的无法划界。张爱玲作为十二岁女学生郑重而真挚的月下告白,乃是"因为有月亮,因为我生来是一个写小说的人"(《童言无忌》,页13),入戏的"我",同时也是出戏的"小说家",不仅是成人的"小说家"在追忆十二岁时的"我",更是"我"在十二岁做出郑重而真挚的回答时,"我"总已裂解为"我"与"小说家","我"在月亮下看到"我自己"告白的"场景"而深受感动(戏中戏,生活戏剧化中的戏剧化),"她当时很感动,连我也被自己感动了"(页13)。

而不论是经由"重复引述"或后设解构,《流言》与《流言》中的母亲之所以难以持久,不仅是因为"写在水上",更是因为"以字书写",语言文字本身无法定于一尊(作者"张爱玲"作为本尊、母亲"黄逸梵"作为本尊、"我"作为本尊、"生活"作为本尊)的流动性,离散四溢,终究无法区辨作者与书写者、作者意图与文本交织、自传下意识与语言下意识、生活与生活戏剧化。而《流言》最精心却又似最不经意的文本痕迹,更巧妙出现在《流言》对父母"离婚"的表述上。《流言》中,在以八个字正式宣告"父母终于协议离婚"前,"离婚"总已出现:

> 《小说月报》上正登着老舍的《二马》,杂志每月寄到了,我母亲坐在抽水马桶上看,一面笑,一面读出来,我靠在门框

上笑。所以到现在我还是喜欢《二马》，虽然老舍后来的《离婚》《火车》全比《二马》好得多。(《私语》，页160—161）

在这个生活与生活戏剧化难分轩轾的场景中，作家老舍的文学创作成为母女共同的阅读嗜好，或者说是由母亲"遗传"给女儿的阅读嗜好。而老舍小说中文学造诣不是最高的《二马》之所以雀屏中选，乃是因为有母亲坐在抽水马桶上的画面，边看边读，有女儿靠在门框上的记忆，边听边笑。在这个母女同处一室（厕所）的欢乐场景之中，分离运动的"惘惘的威胁"已悄悄经由老舍另一本小说的书名《离婚》爬了进来。老舍真有其人，老舍的《离婚》也真有其书，但《离婚》在此脉络文本中的出现，乃是启动了"离"作为分离运动的分裂与双重，既是"文本中的离婚"（下下段落以八个字昭告天下），也是"离婚中的文本"（早早放入书名号的重复引述）。9

·2·

娜拉出走之后：母亲的文学文本化

若《流言》乃母亲的散文文本化，那《小团圆》或可说是母亲的小说文本化。张爱玲曾在信中反复提及书写《小团圆》的多重动机。或是因为"朱西宁来信说他根据胡兰成的话动手写我的传记"，虽张爱玲已回信说"我近年来尽量de-personalize读者对我的印象,希望他不要写",但显然担心劝阻无效,还不如亲自出马为上。[10]亦有一说乃是以《中国现代小说史》奠定张爱玲文坛地位的夏志清曾捎来长信"建议我写我祖父母与母亲的事",张爱玲揣度"好在现在小说与传记不明分",遂决定采用小说的形式而非传记的形式。而《小团圆》完稿后,张爱玲也欣然给夏志清回信说"你定做的小说就是《小团圆》",但不忘提醒他要"soft-pedal根据事实这一点"。[11]此外,或尚有另一个重要的动机,张爱玲在通信中并未提及,那便是英文小说《雷峰塔》(*The Fall of the Pagoda*)与《易经》(*The Book of Change*)的出版无门,张爱玲再次本着"出清存稿"的逻辑,将这两本英文小说加上另一本写到一半放弃的英文小说《少帅》(*The Young Marshal*)改写为中文小说《小团圆》。然这并非说张爱玲乃根据真人实事,写下了《私语》(更早的英文版本乃 "What a Life! What a Girl's Life!")、《童言无忌》、《烬余录》等散文,尔后又根据这些带着自传色彩的散文写成了长篇自传式英文小说《雷峰塔》与《易经》,尔后又再将这些英文小说改写成中文小说《小团圆》;或者再包括后来小说《小团圆》决定无限期延后出版,又让张爱玲在80年代末、90年代初将其改写为散文《小团圆》(亦即后来出版的《对照记:看老照相簿》)与附录《小团圆》(亦即张爱玲生前未完稿的《爱憎表》)。此乃"同一逻辑"的思考理路,发表于后者,必定以发表于前者为"本",而所有散文与小说的最终"有所本",便是回归到张爱玲的传记、张爱玲"祖父母与母亲的事",即便张爱玲一心所盼的乃是de-personalize(去个人化)与soft-pedal(淡化)所谓的真人实事,不是怕门第之张扬或家丑之外扬,而是希冀凸显文学创作之苦心孤诣。而本章所欲凸显的"差异逻辑",便是企图重新打散所有归于"一"、复于

"本"的"重复冲动",在不否认传记资料的同时,且将目光转到散落在不同文本之间的差异痕迹,如何随着时代、情境、地域、语种、文类等各种变动,而展开不同的再脉络文本化过程、不同的织法纹路,甚或不同"间文本"的柳暗花明。

那就让我们先来看看《小团圆》在书写母亲的故事时,如何以后设方式交织跨语际的文学文本。《小团圆》中的女主角盛九莉,一直不放弃尝试在英美文学文本中找寻自己母亲卞蕊秋的类比形象。换言之,因为母亲作为"文本"的难以阅读(悬案而非定案),九莉必须借助其他文本的阅读来揣摩、来臆想、来建立文本之"内"(而非文本之"外")互为指涉的"文本间性"。在小说的第一章至少有三个互为指涉的英美文学文本。

首先,"后来看了劳伦斯的短篇小说《上流美妇人》,也想起蕊秋来,虽然那女主角已经六七十岁了,并不是驻颜有术,尽管她也非常保养,是脸上骨架子生得好,就经老"(页34)。[12]此文学文本出现的文本脉络,乃是九莉与好友比比谈起母亲可能的更年期,便顺着女人的保养话题来到了劳伦斯(D. H. Lawrence)1927年的短篇小说《上流美妇人》("The Lovely Lady")。劳伦斯小说中七十二岁的寡母驻颜有术,外表看上去有如三十出头,但她对儿子的强力掌控却造成了巨大的伤害(大儿子甚至因母亲对其恋情的横阻而身亡),更经由小说里中年未婚的二儿子与母亲关系的僵硬别扭——"他在美妇人的子宫里的时候一定很窘"(页34,在《小团圆》中乃直接以引言形式出现)——带出九莉对自身容貌(不"肖"母亲蕊秋)与自身身高的嫌弃,"她这丑小鸭已经不小了,而且丑小鸭没这么高的,丑小鹭鸶就光是丑了"(页34)。此处让我们看到的,不仅是作者—叙述者—角色人物之间可能交织出的"文本中的身体"（the body in the text）（身材过高，自觉容貌不妍），也是《小团圆》与《上流美妇人》文学文本之间可能交织的"身体中的文本"（the text in the body）。

而接着登场的，则是另外两个英美文学文本，一剧本一小说。"九莉发现英文小说里像她母亲的倒很多。她告诉比比诺峨·考沃德的剧本《漩涡》里的母亲莼洛润丝与小赫胥黎有篇小说里的母亲玛丽·安柏蕾都像。"（页35）先说考沃德（Noel Coward）1924年的剧本《漩涡》（*Vortex*），剧中也有一个年华老去的母亲，以社交名媛的身份不断结交年轻男友以养颜，婚外情不断，剧中母子关系的纠结不在僵硬别扭，而在过于亲昵。阿道司·赫胥黎（Aldous Leonard Huxley）小说《加沙盲人》（*Eyeless in Gaza*）中的母亲玛丽·安柏蕾（Mary Amberley）则是一个愤世嫉俗、操控性特强的妇人，结交小男友，尔后小男友竟与自己的女儿相恋。

《小团圆》里的九莉寻寻觅觅，一直想在英美文学文本中找到"适当"的角色来描绘、来认知自己的母亲蕊秋，却一再回到英美文学文本中"不当"的母亲形象，以尴尬暧昧的方式，安置自己母亲的"不当"。正如也斯（梁秉钧）在《张爱玲的刻苦写作与高危写作》一文中敏锐指出的，张爱玲所引用的这些文学文本，其中所刻画描写的母亲"都是自我较强操控儿女的角色"，"张爱玲写九莉的母亲，有意把她列在西方现代小说恶母亲的肖像行列中，作为借喻与互涉，这是文学多于纪实的手法"。（页95）也斯阅读张爱玲的精彩，一如张爱玲阅读《红楼梦》的精彩，在于强调"文学多于纪实"，在于凸显"间文本"之间的借喻与互涉，而非直接真人实事的对号入座。

但我们依旧可以继续往下追问，这些西方现代小说与剧本中的"恶母亲"，究竟何"恶"之有？三个文学文本的母亲都有过于强烈的自我，都有对于子女过于强烈的掌控（当然其中也交织着小说家、剧作家个人与母亲关系的传记资料），但除此之外，这些母亲之"不当"甚至"不伦"，乃主要来自"不安于室"，不仅是年龄、容貌的不安于室，更是欲望的不安于室：婚外情、婚外情生子（《上流美妇人》中的二儿子，乃母亲与意大利牧师的私生子）、滥交、姊弟恋（甚或移转后的母子恋）等。但我们还是可以眼尖地发现，这些英美文学文本中的母亲，若不是丈夫过世，便是瞒着丈夫在外偷情，却没有离了婚的母亲形象。反倒是张爱玲的文学文本中不乏寻觅第二春的离婚妇人，如《倾城之恋》中的白流苏，《红玫瑰与白玫瑰》里离婚后又再婚的王娇蕊，而《小团圆》除了女主角九莉母亲蕊秋外，尚有蕊秋的女友项八小姐（昔日的龚家四少奶奶）也是"离婚妇"。

故若回到《小团圆》文本，九莉在尝试阅读母亲蕊秋所牵引出的"间文本"中，除了以上所述的三个英美文学文本外，尚有一个更重要、更幽微、更隐而未显的"跨文化""跨语际"文学文本，没有提及作者，也没有提及书名，而是以毫不经意的方式惊鸿一瞥于对话之中，却比上述三个署上作者、书名或母亲角色名的文学文本更为举足轻重：

> 比比从来绝口不说人美丑，但是九莉每次说"我喜欢卡婷卡这名字"，她总是说：
> "我认识一个女孩子叫卡婷卡。"显然这女孩子很难看，把她对这名字的印象也带坏了。
> "我喜欢娜拉这名字。"九莉又有一次说。
> "我认识一个女孩子叫娜拉。"作为解释，她为什么对这名

字倒了胃口。(页35)

这个不经意出现、好似无心插柳的"娜拉",只是掺杂在上述的三个英美文学文本中一闪而过,在全书也仅此一次论及,未有后续。而小说中"娜拉"闪现后的对话,便直接带到九莉母亲蕊秋作为"离婚妇"的可能"性爱"生活:

> 比比便道:"她真跟人发生关系?"
> "不,她不过是要人喜欢她。"
> 比比立刻失去兴趣。(页35)

显然"娜拉"作为草蛇灰线的文本痕迹乃欲盖弥彰,表面上点名道姓的三个英美文学文本,其震撼力恐怕都远远不及这一闪而过的名字所可能带出的时代文化动量。

诚如沈雁冰(茅盾)在《离婚与道德问题》中所言,"离婚问题不是新问题……;'易卜生号'里的剧本《娜拉》是中国近年来常常听得的离婚问题的第一声"(页13)。其所指当是1918年《新青年》的"易卜生号",其中包括胡适的《易卜生主义》、袁振英的《易卜生传》、《娜拉》的中文翻译剧本等。[13] 而在此之前,鲁迅在1907年所撰的《摩罗诗力说》与《文化偏至论》中,就已评介过易卜生(伊孛生),1914年春柳社亦在中国首演《玩偶之家》(亦翻译为《娜拉》《傀儡家庭》)。而继《新青年》的"易卜生号"后,胡适又在1919年3月《新青年》发表了中国版娜拉的《终身大事》剧本,《新潮》《戏剧》《小说月报》等杂志,也都纷纷刊载易卜生的中译剧作。"娜拉"不仅成为"五四"时期男性知识精英所形塑、所投射的"新人性""新女性"典范，更在广大的社会实践层面，形成了反抗包办婚姻，出走夫权、父权家庭的"娜拉热"。[14]而其中与本章主旨最为贴近的，当数中国"娜拉热"所凸显的"离婚"问题。1922年4月5日《妇女杂志》八卷四号以"娜拉"而引发的"离婚问题号"，除了本段开头引用的沈雁冰（茅盾）《离婚与道德问题》外，尚包括瑟卢的《从七出上来看中国妇女的地位》、周建人的《离婚问题释疑》等。同年侯曜的《弃妇》、欧阳予倩的《泼妇》与1923年郭沫若故事新编的《卓文君》，皆是以"娜拉"为原型来阐释"自由离婚"的现代剧作。1925年鲁迅的《伤逝》、1928年潘汉年的《离婚》等，则是借小说探讨"离婚"作为妇女解放之道的可能与不可能。此前赴后继的创作与论述动量，当可见"娜拉在中国"所造成的"出走"旋风，不论是出走父家（逃婚）还是出走夫家（离婚），皆是对封建宗法社会的搏命反击。

那就让我们回到张爱玲的文本，先看看她对"娜拉在中国"曾有的回应。早在1944年4月张爱玲就在上海《杂志》发表过《走！走到楼上去》，文中提及她自己所编的一出戏，戏中写到有人拖儿带女去投亲却和亲戚闹翻了，只能怏怏走到楼上去，"开饭的时候，一声呼唤，他们就会下来的"（页97）。张爱玲乃是以嘲人亦自嘲的口吻，带出这一家人的走投无路，除了上楼、下楼或从后楼走到前楼外，别无选择，仿佛是另一种对1923年鲁迅在北京女高师的演讲稿《娜拉走后怎样》之婉转回应。鲁迅在演讲稿中指出离家的个人若不能拥有经济权，娜拉出走后只有两条路，"不是堕落，就是回来"。张爱玲依样画葫芦，寄人篱下与离家出走后的困境一般，也只有两条路，不是上楼就是下楼。而张爱玲也顺势在文中言道："中国人从'娜拉'一剧中学会了'出走'。无疑地，这潇洒苍凉的手势给予一般中国青年极深的印象。"（页97）然此处的"出走"显然已"去性别化"为"一般中国青年"或拖儿带女的一家子人。除此之外，不论是《倾城之恋》中的白流苏还是《红玫瑰与白玫瑰》里的王娇蕊，抑或本章第一节所探讨的《流言》中的离婚母亲，张爱玲对离婚妇人的角色刻画或形象塑造，皆未曾有"娜拉"原型的引用或影射，反倒是在完稿于1976年的《小团圆》中，"娜拉"以毫不经意的方式，一闪而过。[15]

然此欲盖弥彰的一闪而过，却让我们看到小说女主角盛九莉在诠释母亲卞蕊秋时，一如"张爱玲"在诠释母亲"黄逸梵"时一样，乃是以"娜拉"作为隐而未显的"间文本"，不仅是将"娜拉"从作为"人的解放""女性解放"的诠释角度，重新拉回"离婚问题的第一声"，更是将离婚女人、离婚母亲的"性"与"爱"放置到了前沿。[16]《小团圆》开辟了一个新的文字想象与书写空间，"娜拉"不仅指向出走、离家、离婚，更指向女性出走、离家、离婚后的"性爱"问题。若"五四"启蒙话语将焦点永恒放置在"个性解放"与反封建宗法上，以凸显个人主义与经济主权之重要，那张爱玲《小团圆》给出的却是"五四"启蒙话语所不曾触及的面向，亦即"娜拉"作为离婚妇女在"不是堕落，就是回来"之外的可能"性爱"，并且是一个从女儿的观看与叙事视角所带出的离婚母亲的"性爱"话题，这一点彻底有别于过往任何"娜拉型"的剧作与小说。《小团圆》里离婚母亲蕊秋的情史丰富但也情路坎坷，从英国留学生（后来的南京外交官）简炜、毕大使、香港的英国军官、英国商人劳以德、病理学助教雷克，到昔日教唱歌的意大利人、菲力、英国教员马寿、范斯坦医生、诚大侄侄、法国军官布丹大佐、英国医生等等，族繁不及备载。而离婚母亲蕊秋在面对女儿九莉时，也曾因情史过于丰富而愧然无法自持：

> 蕊秋哭道："我那些事，都是他们逼我的——"忽然咽住
> 了没说下去。
> 因为人数多了，这话有点滑稽？
> "她完全误会了，"九莉想，心里在叫喊："我从来不裁判
> 任何人，怎么会裁判起二婶来？"（页288）

虽然九莉不裁判、不妄议母亲的复杂情史，甚至质疑"别的都是她爱的人。是他们不作长久之计，叫她忠于谁去？"（页195），但终究还是既不舍又难堪地将离婚母亲蕊秋视为"身世凄凉的风流罪人"：

> 她逐渐明白过来了，就这样不也好？就让她以为是因为
> 她浪漫。作为一个身世凄凉的风流罪人，这种悲哀也还不坏。
> 但是这可耻的一念在意识的边缘上蠕蠕爬行很久才溜了进来。
> （页288—289）

"五四"话语的"娜拉"只是被当成勇敢离家出走的妻子或女儿，甚或扩大到一切中国新青年，"娜拉型"的话剧或小说虽成功凸显了婚姻制度的压迫与现实的残酷困境，但也鲜少触及"娜拉"之为母、"娜拉"之为女性在爱情、在性欲上的流离颠沛、漂泊离散，以及如何终究成为女儿（盛九莉阅读卞蕊秋，"张爱玲"阅读"黄逸梵"）眼中"身世凄凉的风流罪人"。但与此同时，我们也不要忘记"娜拉"作为《小团圆》的一个不显眼却关键的"间文本"，所展开的不是卞蕊秋向"黄逸

梵"的收拢合一，而是文本与文本之间持续的挪移与交织——"娜拉"作为文本、"卞蕊秋"作为文本与"黄逸梵"作为文本之间持续的挪移与交织。

而本章节的最后将暂时脱离张爱玲的文学文本，以晚近三篇追忆张爱玲母亲"黄逸梵"的"纪实"散文或"报道"文学为例——张错2016年所写的《张爱玲母亲的四张照片：敬呈邢广生女士》、林方伟2019年的《黄逸梵私语：五封信里的生命晚景》和石曙萍2019年的《娜拉的第三种结局：黄逸梵在伦敦最后的日子》——来探讨"黄逸梵"作为"真人实事"的建构方式（亦即"再现"作为一种虚拟创造的可能），为何与张爱玲以"真人实事"为材料所进行的文学创作相互交织、如出一辙，以及"黄逸梵"之为"真人实事"为何终究无法拍板定案，只能一而再、再而三地存为悬案。

首先让我们从张错的"纪实"散文着手。张错之文追忆2005年在马来西亚吉隆坡《星洲日报》举办的"花踪文学奖"活动中，遇见"黄逸梵"的生前挚友邢广生女士。1948—1949年间她们同在坤成女中任教而结为好友，并由她处获得张爱玲母亲的四张照片，但事隔十一年才以此为题撰文，以志此段因缘。《张爱玲母亲的四张照片：敬呈邢广生女士》一文包括当下此刻的散文叙事、十一年前的记事本简录、邢女士2006年的来信与回信内容引述、张爱玲《对照记》与《〈传奇〉再版的话》之引述，以及四张置于书前"黄逸梵"拍摄于20、30年代的照片。在这篇"有图为证""有文为证"的文章中，邢广生自是张爱玲之母"黄逸梵"海外生活（马来西亚到英国）的"人证"。该文充满"纪实"与"抒情"的动人笔触，提供了许多张学研究的新传记资料（如"黄逸梵"曾有法国律师情人，曾盘算将皇上赐的一百零八件瓷器卖给邵氏老板等）。然与此同时，邢广生信中还是可见不少与目前已知"事实"的出入，像来信中称"黄逸梵"为"黄一梵"（听觉记忆造成的书写错误？），回信才改回"黄逸梵"，或像来信中称"张爱玲出生于一九二一"而非众人所熟知的"一九二〇"等。但邢广生的来信显然满溢着对故交亡友的钦佩之情，对其离婚的勇敢与异地求生的努力最是佩服，"一梵的美和魅力叫人难以抗拒，同时极有智慧和坚强的意志力，否则她不可能在她那个时代、那种家庭背景成功争取到离婚"。[17]

然对学者出身的张错而言，邢广生对"黄逸梵"作为真人实事的陈述，必须重新回到张爱玲文本中对"黄逸梵"作为真人实事的陈述，以小心谨慎的方式加以一一比对与验证。例如比对《对照记》中提到母亲曾缠小脚与邢广生信中所言"一梵唯一的遗憾是缠过脚"，然其前提必须是邢广生从未阅读过1994年出版的《对照记》或相关报道。故张错也一再强调邢广生手边的《对照记》，乃是其在2006年接到邢来信后在回信中所寄赠的。又或是回到《对照记》去再度确认书中所记"一九四八年她在马来亚侨校教过半年书"（页20）。此处我们并非要猜疑邢广生所言是否属实，而是想由此揭露"真实"的建构过程，若"真实"并不等于"事实"，那《张爱玲母亲的四张照片》一文最有趣的地方，乃是张错依据邢广生所言与张爱玲所写而进一步形构出的两个"诠释角度"。一个是在文末引用张爱玲《〈传奇〉再版的话》中"蹦蹦戏花旦"之段落，而推论出"她好像在说她的母亲黄逸梵"（张错，页188）。而另一个镶嵌在"纪实"散文内文的"间文本"，则和张爱玲"虚构"小说内文的"间文本"如出一辙："她替易卜生和鲁迅的娜拉拟出一个答案，尽管不是理想的答案，中国的娜拉走出家庭，没有回家，但也没有堕落。她活得很有志气，或许有贫穷、有疾病、有寂寞、有思念，到了晚年求见女儿最后一面亦不得"；"但娜拉是勇敢的，像她常对女儿说湖南人最勇敢"[18]。（张错，页186—187）

而这样的"间文本"也不约而同地出现在2019年最新"出土"的"黄逸梵"晚年报道中。新加坡《联合早报》记者林方伟、专栏作家余云与旅英学人石曙萍先后撰文，追述"黄逸梵"1948年在马来西亚侨校教书与之后赴英直至1957年在伦敦病逝的情景。[19]"黄逸梵"生前挚友邢广生仍是最佳"人证"（2019年初林方伟访问到居住在槟城已九十四岁高龄的邢广生，但似乎林方伟等并未参考张错2016年散文集《伤心菩萨》中的相关文章与照片）；"物证"部分则主要以邢广生提供的五封来往信件为主，一封为"黄逸梵"亲笔写给邢广生，三封为"黄逸梵"病重时口述由他人代笔寄给邢广生，最后一封则为邢广生写给"黄逸梵"但未能顺利寄出的信，五封信件的日期皆落在"黄逸梵"1957年10月病逝伦敦的前大半年。而信件上的地址也促成后续对"黄逸梵"生前伦敦"生活场景"的探索，寻址访查的过程更进一步挖掘出"黄逸梵"的入籍英国证书、死亡证书、遗嘱与墓地所在，实为当前对张爱玲母亲"黄逸梵"晚年生活最为用心深入的报道。

以林方伟的《黄逸梵私语》一文为例，其交叉比对的考证之心与张错如出一辙，只是除了《对照记》与《〈传奇〉再版的话》外，更扩大到了《我的天才梦》（《天才梦》）、《道路以目》、《私语》、《小团圆》，甚至也包括张爱玲与邝文美的通信，张子静《我的姊姊张爱玲》与司马新《张爱玲与赖雅》等书。然林方伟与张错一样，不仅都以《〈传奇〉再版的话》中的"蹦蹦戏花旦"来诠释"黄逸梵"，更是同样用"中国娜拉"来总结"黄逸梵"的一生："黄逸梵特立独行，是一位不折不扣的中国娜拉。她在张爱玲四岁时，踩着小脚，毅然走出千疮百孔的旧式婚姻，成为第一代出走到法国追求自由生活的现代女性。"（页74—75）甚至连"黄逸梵"在给邢广生的信中提到手边印于1800年、自小喜读、尤爱其插画的弹词小说《梦影缘》（原信中误植为《梦姻缘》），也被林方伟解读为其乃"民国第一代出走留洋的娜拉"可能的女性意识启蒙读本。故以《黄逸梵私语》为题，与其说是"黄逸梵"的私语，不如说是从张爱玲的《私语》等文学文本重新再塑"黄逸梵"，一个摆荡在"蹦蹦戏花旦"与"中国娜拉"之间的"黄逸梵"。此时的"指涉"，总已是"文本间性"远远大于所谓"文本外指涉"（extra-textual reference）。[20]

而石曙萍《娜拉的第三种结局：黄逸梵在伦敦最后的日子》一文，更直接在文章标题中就点明"娜拉"作为诠释"黄逸梵"的原型与变化。对石曙萍而言，如果鲁迅认为娜拉出走后仅有两个结局，一个是堕落，一个是回家，那"黄逸梵"则给出了鲁迅不曾料到的第三种结局："流浪"。然该文即便成功挖掘出从未"出土"的"黄逸梵"文献档案资料（从入籍证明书到死亡证明书），走访了所有"黄逸梵"居住过的地址，却依旧声称"黄逸梵"之晚年与死亡仍旧留下甚多"悬案"。例如文中指出"黄逸梵"在英国国家档案馆中的入籍证书（1956年8月27日加入英国国籍），姓名栏写着Yvonne Chang，但过世前的遗嘱却署名Yvonne Whang，遂让石曙萍进一步质疑："这样一位现代娜拉，为何拖拖拉拉二十六年，仍对张太太的名分恋恋不舍？""保留夫姓，是因为内心对前夫一直余情未了？"（页87）甚至在文章结尾处推论出："在生命最后的日子里，她可能终于大彻大悟……于是她又决然地'离'了一次'婚'：在遗嘱上抛弃了前夫的姓，真正地离婚了，把用了多年的张太太的身份彻底抛下，签下了Yvonne Whang（黄逸梵）。"（页99）然此可能的"悬案"或许一点也不悬而未决，按照1915年的结婚习俗与法律规定，黄逸梵婚后自当冠了夫姓，而1924年首度入境英国的护照名字，自当是Yvonne Chang而非后来迁往英国定居惯用的Yvonne Whang。真正悬而未决的，或许反倒是"真人实事"本身的复杂性与诠释开放性。"真人实事"的不确定（不只是事实的可考不可考），乃来自诠释架构的不可或缺（必须以符号去思考、以文本来互涉），不论此诠释架构是指向"蹦蹦戏花旦"还是"娜拉"，总已是"黄逸梵"的文本化与互文化。

· 3 ·

是创作不是传记

在进行完以上聚焦"黄逸梵"作为性别符号、书写延异、文本痕迹的阅读之后，本章的最后将回到"文本"阅读本身所可能带出的两个主要理论脉络。其中之一乃是后结构主义对"文本""自传"的解构阅读，亦为当代哲学与文学理论研究领域学者最为耳熟能详者。另一个理论脉络则是企图回到张爱玲的"后设"文本《红楼梦魇》，端倪张爱玲作为"读者"、作为"评者"，如何经由阅读《红楼梦》来析论何谓"文学"、何谓"创作"、何谓"自传"。此二理论脉络文本，兼或有文学"理论"与文学"批评"、哲学与文学认识论甚至存有论上的潜在差异，但皆对文学文本提出了疑难，展开了阅读，并给出了精彩且吊诡的后设分析。

就让我们先从当代文本理论较不熟悉、甚或较不易辨识其思考基进性的《红楼梦魇》开始，一探张爱玲如何将《红楼梦》理论化、文本化。张爱玲曾言，自己在写小说和散文的同时，"不大注意到理论"，但在作品发表后引来正反批评环伺的情况之下，她还是以退为进地表态：

> 我以为文学理论是出在文学作品之后的，过去如此，现在如此，将来恐怕还是如此。倘要提高作者的自觉，则从作品中汲取理论，而以之为作品的再生产的衡量，自然是有益处的。但在这样衡量之际，须得记住在文学的发展过程中作品与理论乃如马之两骖，或前或后，互相推进。理论并非高高坐在上面，手执鞭子的御者。（《自己的文章》，页17）

此处张爱玲当是援引《诗经·郑风·大叔于田》的"执辔如组，两骖如舞"（卷四，页163），以此譬喻作品与理论的关系，正如马之两骖，前后交错推进，无有孰上孰下、孰轻孰重之别，切不可将理论当成高高在上、下指导棋的"御者"。[21] 其中更重要的关键，乃是强调作品先于理论，而如何"从作品中汲取理论"并以之为"作品的再生产"，便是阅读的重点所在。故不应服膺作品之外并凌驾于作品之上的"外来"理论，评论者亦不应在进入个别文学作品阅读之前，便默认了文学之功用、文学之价值之评判准则。虽说张爱玲此处的"理论"用语，较指向文学评论或批评，但其对"理论"作为"作品的再生产"之强调，则是企图在作品本身的纹路肌理中生发"理论"，且不惜带有"新批评"所倚仗的"细读"暗示。而张爱玲在《自己的文章》中所提出的辩解，与其说是作者意图的夫子自道（逢"自"便有"字"作为"惘惘的威胁"），不如说是张爱玲从作者的角度转换为读者，暗自尝试在所谓"自己的文章"中汲取理论。

张爱玲"从作品中汲取理论"的最精彩展示，无非便是"十年一觉迷考据，赢得红楼梦魇名"的《红楼梦魇》一书，而其中《三详红楼梦：是创作不是自传》一章，正是张爱玲以读者的角度在《红楼梦》中汲取文学理论的最佳示范：自传与创作之差异区分，在于前者根据事实而后者乃虚构。张爱玲的主要切入点乃是《红楼梦》长达二十多年在时间先后次序上的改写痕迹与歧异蹊跷之处，其基本预设乃是越改越好，越改越显成熟。举例来说，张爱玲认为1754年本之所以延迟元妃之死，"目的在使她赶得上看见母家获罪，受刺激而死"（页216），尔后更将抄家祸首从元妃血统关系较远的贾珍改为较近的贾政，以便"加强她受的打击"（页217）；或是为了一句"谐音趣话"，需要提前用到"鲍二家的"名字，但"鲍二家的"在另回已死，后文不能再出现，便"改写第六十四回补漏洞，将新寡的多姑娘配给丧妻的鲍二"（页217），遂造成文本中"鲍二家的"双包案。这些文本歧异的层出不穷，一人变两人、两人变一人的混淆不清（晴雯与金钏儿、麝月与小红），正是张爱玲声称《红楼梦》乃创作（精益求精、不断改写的虚构过程）而非自传（真人实事的照本宣科）之文本证据。

张爱玲《三详红楼梦》最精彩之处，不仅在于确认或推翻了过往红学名家之见，也不仅在于上下求索的考据证明或巨细靡遗的"细读"功夫，更在于以小说家之心，度小说家之腹，用自身的创作经验推想曹雪芹作为文学创作者的巧思安排与技巧发展，终能将《红楼梦》读成以大观园为象征的一个"长成的悲剧"（页220）、一个具有艺术统一性的虚构创作。然在此"是创作不是自传"的阅读中，张爱玲并不否认《红楼梦》中充斥着许许多多自传性的材料，不否认贾宝玉"大致是脂砚的画像，但是个性中也有作者的成分在内。他们共同的家庭背景与一些纪实的细节都用了进去"，只是一再强调"绝大部分的故事内容都是虚构的"（页220），一再强调"黛玉的个性轮廓根据脂砚早年的恋人，较重要的宝黛文字却都是虚构的。正如麝月实有其人，麝月正传却是虚构的"（页220）。换言之，不是说《红楼梦》没有真人实事，而是说《红楼梦》的重点不在真人实事，而在文学创作、在艺术处理、在作者曹雪芹不断改写的过程，由此得以识见他渐趋成熟的"天才的横剖面"（页7）。[22]

然张爱玲《红楼梦魇》对于"自传"的推定，本身还是充满各种可疑可议之处。《红楼梦魇》对所谓的"真人""实事""真人而非实事"的判断，主要依据脂砚、畸笏的眉批或不同版本的夹批，以及对张爱玲本身熟烂的《红楼梦》人物情节错综复杂的抽丝剥茧。例如麝月之实有其人，乃是根据庚本夹批与畸笏眉批，由此推定其乃"作者收房的丫头，曹雪芹故后四五年，她跟着曹家长辈畸笏住"（页190）。但张爱玲认为即便麝月真有其人（曹雪芹的妾、收房丫头），麝月在《红楼梦》中的"正文"（正传）却非实事，而是套用了早本已经出现的"红玉篦头"（页219）。同理可推，若是根据惯于批注"有是语""真有是事"的脂砚眉批，便可推断出黛玉乃是脂砚当年的小情人，那葬花、闻曲则是虚构，"否则脂砚一定会指出这些都是实有其事"（页197）。虽然我们可以质疑这样的推论是否过于信赖眉批、夹批作为真实之指涉，是否仍难免以偏概全（没有提及便等于没有此事，或曾用来处理虚构人物的情节便不能当成真人的实事，实事就必须配对真人，因而没有虚构人物与实事的联结可能），但无可厚非的乃是张爱玲对《红楼梦》在文学技巧、布局、造诣上日臻成熟的最大推崇，深恐考据沦为真人实事的挖掘，把"红学"变"曹学"，而看不到《红楼梦》作为虚构文学创作的伟大成就。

故张爱玲在《三详红楼梦》的结语中郑重写道"红楼梦是创作，不是自传性小说"（《红楼梦魇》，页220），乃是以普世化的方式同时处理作者与自传性资料的关系，以及对于作品中自传性资料的可能阅读方式：

> 写小说的间或把自己的经验用进去，是常有的事。至于细节套用实事，往往是这种地方最显出作者对背景的熟悉，增加真实感。作者的个性渗入书中主角的，也是几乎不可避免的，因为作者大都需要与主角多少有点认同。这都不能构成自传性小说的条件。书中的"戏肉"都是虚构的——前面指出的有闻曲、葬花，包括一切较重要的宝黛文字，以及晴雯的下场、金钏儿之死、祭钏。（页197）

此处张爱玲强调作者将自己的经验或个性带入作品乃在所难免，而在细节处理上的套用实事，乃是以自身熟悉的背景来增加真实感，皆不构成"根据事实的自传性小说"（页189），否则将看不到小说真正重要、真正精彩、真正高潮迭起的虚构"戏肉"。[23]

那张爱玲此处为《红楼梦》所做的辩解，到底是否也是一种自我的辩解呢？《三详红楼梦》改写定稿于1976年9月、10月，而被严重当成张爱玲"自传性小说"的《小团圆》亦补写完稿于1976年3月。张爱玲为《红楼梦》的辩解，就何种程度而言也可以是一种讲出自己委屈心事的方式呢？张爱玲是否也希望读者以其阅读《红楼梦》的方式来阅读《小团圆》，并有样学样推论出《小团圆》是创作、不是自传性小说呢？然或许不为她所欲见，从1976年《小团圆》手稿最初的两位亲密读者到2009年正式出版后的广大读者，都是弃小说精彩虚构的"戏肉"而聚焦于"自传"的根据事实，甚至还进一步将"自传性小说"读成了"自传—性—小说"。《小团圆》的第一位读者乃张爱玲的香港挚友邝文美，她在读完手稿后的回信结尾提到"你早已预料有一些地方会使我们觉得震动——不过没关系，连我都不像以前那么保守和闭塞"，"Stephen没听见过你在纽约打胎的事，你那次告诉我，一切我都记得清清楚楚"。[24] 而张爱玲在回信中所委婉表达的，正是她在《三详红楼梦》中所直截辩护的，"我写《小团圆》并不是为了发泄出气，我一直认为最好的材料是你最深知的材料"，而如前已述，在同封信中张爱玲也提及夏志清建议她"写我祖父母与母亲的事"，"好在现在小说与传记不明分"，尔后她也"请他soft-pedal根据事实这一点"。[25] 换言之，张爱玲一方面是对挚友邝文美说明撰写《小团圆》的缘起，也同像是通过她对夏志清"soft-pedal根据事实这一点"的叮嘱，婉转期盼挚友也能"淡化"自传资料"根据事实这一点"，如在小说女主角九莉的纽约堕胎场景中，能否不只是看到张爱玲本人对号入座的纽约堕胎经验。

《小团圆》的第二个读者宋淇（前信中的Stephen）则更是举足轻重，他不仅是张爱玲挚友邝文美的先生，更是张爱玲生前最重要的文学知己、评论家与经纪人。他在读完《小团圆》手稿后劝阻张爱玲不要出书的最关键原因，正在于小说中过多、过于露骨的自传资料，恐让张爱玲在台湾好不容易建立起的文学声誉毁于一旦：

> 这是一本 thinly veiled，甚至 patent 的自传体小说，不要说我们，只要对你的作品较熟悉或生平略有所闻的人都会看出来，而且中外读者都是一律非常 nosy 的人，喜欢将小说与真实混为一谈，尤其中国读者绝不理什么是 fiction，什么是自传那一套。这一点也是我们要牢记在心的。[26]

宋淇此处残忍但真诚恳切的提醒，对苦心孤诣细细指出《红楼梦》为创作而非自传性小说的张爱玲而言，恐非其所乐见。而宋淇接着再加码，指出此书若出版，定会有人大声张扬——盛九莉就是张爱玲，邵之雍就是张爱玲前夫胡兰成，"那时候，你说上一百遍：《小团圆》是小说，九莉是小说中人物，同张爱玲不是一回事，没有人会理你"。[27]

故宋淇主张《小团圆》应暂缓出版，并建议张爱玲可尝试将邵之雍改写成为钱而沦为双面间谍的地下工作者，以堵住"无赖人"的嘴。宋淇"淡化"根据事实的建议，显然不同于张爱玲在信中恳请夏志清"淡化"根据事实的建议，以及张爱玲在同年所写《三详红楼梦》"淡化"根据事实的阅读策略。前者是要以人物角色身份职别的变易来"淡化"（让当事人与读者皆无法直接对号入座），后两者则是回到文学阅读的基本训练本身去做"淡化"处理：如何在真人实事中看到真正的"戏肉"，在自传材料中看到虚构的威力。前者的无奈在于相信读者永远分不清小说与真实之别、虚构与自传之异，后两者的努力则在于期待读者能体谅作者需要借由真人实事来带出真情与真实感之同时，也能尝试读出字里行间真正重要的文学"戏肉"，或通过文字技巧所展现的文学虚构威力（不是纯粹的虚构，而是以真人实事为材料的虚构创造）。一如张爱玲后来在《谈看书》中所一再表达的立场，"在西方近人有这句话：'一切好的文艺都是传记性的。'当然实事不过是原料，我是对创作苛求，而对原料非常爱好，并不是'尊重事实'，是偏嗜它特有的一种韵味，其实也就是人生味"（页189）。故对张爱玲而言，真人实事作为"最深知的材料"或非常爱好的"原料"，乃是因为"真实比小说还要奇怪"，小说用几个有限的可能性去揣测，而真实却是千变万化无法逆料，"无穷尽的因果网，一团乱丝，但是牵一发而动全身，可以隐隐听见许多弦外之音齐鸣，觉得里面有深度阔度，觉得实在"（页189）。故一方面真人实事之为"真实"或"实在"，其作为"真实文本"的复杂变化，远远超过"小说文本"的虚构想象（真实乃是比小说更具虚构威力），但另一方面小说要借助真人实事的"传记性""自传性"材料或原料，才得以给出"事实的金石声"与"人生味"，两者之间的虚实造化、相生相灭，绝非任何"同一逻辑"所能排比出的单一认同与入座比对。

然而在当前的张爱玲研究中，有关自传性材料或根据事实的考掘，已是浩浩汤汤铺天盖地而来，如《小团圆》中各种角色与真人的对应，早已清晰列表、对号入座，完全服膺于宋淇最初的担忧与预料。因此本章意欲通过对张爱玲母亲"黄逸梵"作为性别符号与书写延异的探索，来挑动当前张爱玲"自传"与"传记"研究的神经，乃是弃宋淇而就张爱玲、弃自传而就创作、弃真人实事而就小说戏肉的一种尝试。然而当我们想要有样学样《三详红楼梦》如何解构自传的同时，也必须看到张爱玲式"自传解构"本身可能的盲点与洞见，而此盲点与洞见也许正是我们可以带入更多当代文本理论与之对话之处。首先，张爱玲将"自传性小说"等同于"自传"，将"自传"等同于"根据事实"的论述模式，当是回避了"自传性小说"本身既是"自传"亦是"小说"、既有真人实事亦是虚构创作的吊诡。张爱玲论《红楼梦》，不用"创作"与"自传"对比，而用"创作"与"自传性小说"对比，显然是要以更为坚壁清野的方式，将"自传性小说"本身所可能涉及的"创作"暂时存而不论，将重音节单独放在"自传"而非"小说"之上；或是以"自传性小说"来指那些只剩真人实事、照本宣科的劣等小说；但也更可以是借由"自传性小说"的说法，来暗讽那些专挑单拣真人实事下手的考据评者。

但与此同时，张爱玲也并未继续逼问、继续解构所谓真人实事的"真实"本身作为文字虚构的可能，亦即有无可能一反"先有真人实事，再进行文本的创造虚构"，而成为"真人实事本身总已是文本化的创造虚构"，就如同本章借由张爱玲母亲"黄逸梵"所展开的文本阅读，为何既是"文本的离婚母亲"，亦是"离婚母亲的文本"，"黄逸梵"作为（不）可能的"文本外指涉"，为何总已来自"文本互涉"。换言之，"自传性小说"的吊诡，不仅可在于自传已被写成了小说，更可在于自传总已被文本化，自传与小说都是语言文字构筑而成的文本交织。而我们也不要须臾忘记，《三详红楼梦》中张爱玲"解构自传"的目的，主要还是"建构作者"，以凸显《红楼梦》作者曹雪芹作为文学创作者的苦心孤诣，那历经数十载精雕细琢出的"天才的横剖面"。而对当代文本理论而言，真正更具虚构威力的乃语言文字本身，而非"作者"作为单独封闭、人本中心的固着点（不论是横空出世还是百炼成钢），"书写"（écriture）的开始正在于"作者"之为单一个人、单一声音的死亡。诚如巴特在《作者之死》（"The Death of the Author"）中所言，"断裂发生在声音失去了它的源头，作者进入他自身的死亡，书写开始"（页

142），"语言在说话，而不是作者；书写乃是透过非人称为先决条件"（页143）。故文学研究不宜过度聚焦"作者"的其人其事、其情其感、其思其见，而忽略书写中主词—主格—主体作为"语言空位"的无所不在。或如福柯所言，书写不指向个别作者由内而外的"表达"，而指向语言符号本身的相互作用，乃不断逾越语言符号本身的规则，不断创造出一个让书写主体不断消失的"开口"（Foucault, 116）。

显然对张爱玲而言，"解构自传"乃得见文学创作者的虚构威力，但对当代文本理论家而言，"解构自传"来自"自传"的"字我解构"，不在于创作者的巧思经营或高超的文学技巧，而在于语言文字本身总已将"自我"转为"字我"、作品转为文本、创作转为书写。那我们如何有可能在凸显"作者之死"与"作者功能"的同时，也还能留有余地谈论文学创作的修辞、布局与技巧呢？其关键或许便在于将张爱玲放入引号，暂离传统文学批评对作者与作者意图等"在场形而上学"的预设，而将张爱玲与张爱玲的文本打成一片，一如本章的努力正是将张爱玲母亲与张爱玲母亲的文本打成一片。允或如此，我们才有可能同时处理文学创作的"双重"虚构威力，一边探讨如何在"黄逸梵"性别文本化的过程中，拉出各种"间文本"的交织，包括传记资料、法律文件、离婚与"五四"话语、离婚女性的社会处境、历史变迁、身体与性等；另一边则同时处理"黄逸梵"在张爱玲文本中的"重复变易"，如何开折在文类（散文与小说）与媒介（文字与照片）的差异化过程中，穿梭游走于《流言》《小团圆》《对照记》等张爱玲文本（既是张爱玲所书写的文本，亦是张爱玲之为文本的被书写）中。正如一个貌似不经意的女子名"娜拉"，一边可以是张爱玲作为创作者在三个刻意援引的英美文学文本之间巧妙留下的草蛇灰线，另一边也可以是张爱玲作为创作者被卷入更大更广的跨语际、跨文化文本交织。而由此所启动的"娜拉"文本互涉与后续接力，尽皆在张爱玲作为创作者主词—主格—主观的掌控之外，且得以让女性主义文本阅读所一再强调的双重美学政治行动——"性别文本化"与"文本性别化"——持续发展、持续变化。

张爱玲并不先于文本存在，张爱玲也不是高高在上的"御者"或具有最终权威的作者，文本的开放不确定让每一次的书写行动都成为张爱玲"差异化"张爱玲的悬案过程，而非张爱玲"同一化"张爱玲的拍板定案。本章将张爱玲母亲"黄逸梵"放入引号的企图，便亦是将"张爱玲"放入引号的企图，让"张爱玲"与"黄逸梵"都能成为摆荡在真实与虚构之间的"重复引述"，而得以永远成为文本交织中充满基进不确定性的"悬案"。

1 古代婚姻乃是以捍卫祖宗嗣续为重，不能达成此目的的婚姻，自可解除。但"无子"并非"绝对的离婚条件"，因附带条件甚多（年龄限制、可纳妾、可立庶为长等），而历史上真正"以无子而出妻"的实际案例也甚为稀少。（瞿同祖，页162—163）故"无子"所凸显的，主要还是古代婚姻与祖宗嗣续的紧密关联，象征意义大于实际需求。

2 北伐成功作为让现代"离婚"成为可能的关键时间点，亦出现在张爱玲小说《小团圆》之中。小说女主角九莉听姑姑楚娣提及她与九莉母亲蕊秋在英国留学的往事，蕊秋与另一留学生简炜坠入爱河，甚至为其堕胎，却苦于无法离婚，"后来不是北伐了吗？北洋政府的时候不能离婚的"（页194）。然离了婚的蕊秋却最终没能和简炜结婚，"二婶那时候倒是为了简炜离的婚。可是他再一想，娶个离了婚的女人怕妨碍他的事业，他在外交部做事。在南京，就跟当地一个大学毕业生结婚了"（页77）。但九莉随后却推翻或扩充了楚娣的说法，"但是蕊秋回来了四年才离婚，如果是预备离了婚去嫁他，不会等那么久。总是回国不久他已经另娶，婚后到盛家来看她，此后拖延了很久之后，她还是决定离婚"（页78）。小说中所谓"四年"颇有蹊跷，若以张爱玲母亲"黄逸梵"1924年出国—1928年回国观之，其离婚时间或许有可能比现在认定的1930年还要往后延一些，但不论是早是晚，都绝对是在北伐成功、颁布施行民法前后，女性才有了真正的"离婚自由"。

3 《民律草案·亲属编》"裁判离婚"的相关修订，列举了甚为严苛且多双重标准的条文，如"夫妇之一造，以左列事情为限，得提起离婚之诉：一、重婚者；二、妻与人通奸者；三、夫因奸非罪被处刑者；四、彼造故谋杀害自己者；五、夫妇之一造受不堪同居之虐待，或重大之侮辱者；六、妻虐待夫之直系尊属，或重大之侮辱者；七、受夫之直系尊属之虐待，或重大之侮辱者；八、夫妇之一造以恶意遗弃彼造者；九、夫妇一造逾三年以上生死不明者"。条文内容转引自夏梅（页20）。

4 此处的"真实效应"最早乃法国思想家罗兰·巴特在1968年《真实效应》（"The Reality Effect"）一文中所提出之概念，后更从文学写实主义的讨论扩及历史书写本身的文本性，亦即将所谓文学"真实"与历史"真实"皆视为由"符码"（codes）所建构而成的"文本效应"，而非"文本"之外有任何可供明确指涉的"真实"存在。

5 将人名放入引号，乃是本章用来凸显文本建构与文本建构所带来的基进不确定
   性。故扩而言之，本章涉及张爱玲以及其传记文本中其他亲族的真有其人（如父
   亲"张志沂"、姑姑"张茂渊"等），亦是放入引号的人名文本化。但为了凸显本
   章所聚焦的"黄逸梵"，故暂不将其他文本化人名放入引号，除非有文本脉络上
   的特别处理需求。但不论放不放入引号，这些人名尽皆具有同样的文本建构性与
   基进不确定效应。

6 1976年1月3日张爱玲写给邝文美、宋淇的信件，见宋以朗《〈小团圆〉前言》，
   页6。

7 然《小团圆》中作为"黄逸梵"小说文本化的离婚母亲蕊秋，已不再清高，常经
   济拮据，甚至还在牌桌上输掉了女儿老师馈赠给女儿的"奖学金"。

8 此处诗句的"重复引述"亦是一种"重复变易"，乃是将杜甫《赠蜀僧闾丘师兄》
   的诗句"夜阑接软语，落月如金盆"，重新"脉络文本"化为"夜深闻私语，月
   落如金盆"，以"私语"代"软语"，直接呼应全文标题，也将"落月"更生动化
   为"月落"。此处诗句的"重复引述"以文字为主，有时也可以意象为主，例如
   《金锁记》中的描绘："天就快亮了。那扁扁的下弦月，低一点，低一点，大一点，
   像赤金的脸盆，沉了下去。"（页143）"重复引述"可以是创作者的刻意为之，也
   可以是语言文字"重复与差异"逻辑本身的启动，而本章的解读策略，乃是尽可
   能将前者往后者推动滑移，让前者有意识的旁征博引，也有一时半刻语言无意识
   的滑动可能。

9 老舍的《离婚》作为"离婚中的文本"，乃是从男性角色的观点带出婚姻的挣扎
   与无奈，幽默中带讽刺。

10 张爱玲在1975年10月16日写给好友宋淇、邝文美的信，见宋以朗《〈小团圆〉前
   言》，页5。

11 张爱玲在1976年4月4日写给好友宋淇、邝文美的信，见宋以朗《〈小团圆〉前言》，
   页8。

12 《小团圆》1976年的手抄稿并无任何注解，但在2009年正式出版时，加上了注解
   与注解编号。此处引文之所以略去注解编号，不仅在于注解本身可能的画蛇添足

（即便有帮助读者理解或提供进一步信息的用心良苦与体贴善意），甚至造成原作者加注的"后设"小说错误联想，也在于加注本身可能出现的错误。此处省去的注解编号2，乃是将劳伦斯的《上流美妇人》错误注解为《查泰莱夫人的情人》（*Lady Chatterley's Lover*），也斯是第一个指出此错误之人。

13 挪威剧作家易卜生（Henrik Ibsen）1879年的剧作 *Et dukkehjem*（*A Doll's House*）在中国有《娜拉》《傀儡家庭》《玩偶之家》等不同翻译名称。《新青年》"易卜生号"的《娜拉》剧本翻译者为胡适与彼时尚为北大学生的罗家伦。

14 诚如张春田在《思想史视野中的"娜拉"》中所归纳的，"'娜拉'负载了女性解放与个人主义的双重诉求，同时与反抗礼教、重估传统、伦理重建、社会流动、自由恋爱、现代日常生活等有效地关联起来，从一个侧面呈现出五四启蒙的'全息图像'"（页3）。然此"全息图像"在性别政治上的发展却先后有别，如许慧琦在《"娜拉"在中国》中指出，娜拉作为新"人"性的典范，"首先是为中国知识男性所发现、吸收并消融；几乎于同时，这群男性旋即以'（新女性）形象塑造者'自居，并配合着由他们首倡且随之风行的女子解放思潮氛围，将娜拉引导、定位为新女性形象，从此关键性地决定了该形象日后在中国的发展走向"（页117）。换言之，"娜拉"在中国的论述发展，乃是持续摆荡在"人的解放"（"去性别化"的觉醒）与"妇女解放"（"再性别化"的觉醒）之间。

15 此处另一个可能的"间文本"，则是张爱玲的《我看苏青》。以《结婚十年》成名的女作家与编辑苏青，乃是张爱玲友人之中最醒目、最自由的离婚妇人，然《我看苏青》最用心凸显（或部分自我投射）的，却是苏青作为"女作家"的职业文人身份。虽然文中也提到"离婚"，"她与她丈夫之间，起初或者有负气，到得离婚的一步，却是心平气和，把事情看得非常明白简单"（页81），提到了苏青"谋生之外也谋爱"（页89），却没有任何"娜拉"的原型参照。文中虽然也提到"出走"，指的却是女儿的"出走"父家（此亦为"五四"娜拉论述的重要转折点，由夫家转为父家），而非母亲的"出走"夫家：父母亲离婚，被父亲禁锢后的张爱玲，决定离开父亲的家投奔母亲，"这样的出走没有一点慷慨激昂"（页81）。反倒是苏青本人发表过一篇《论离婚》的杂文，直接点名"娜拉"出走的年龄之惑："十八九岁的娜拉跑出来也许会觉得社会上满是同情与帮助，廿八九岁的娜拉便有寂寞孤零之感，三四十岁的老娜拉可非受尽人们的笑骂与作弄不可了。"（页76）

16 诚如陈丽芬在《童言流言，续作团圆》中所言，"《小团圆》是个慢慢发现'母亲'的故事，而发现母亲也即是发现'性'"（页299—300）。

17 2006年1月9日邢广生写给张错的信件内容，转引自张错《张爱玲母亲的四张照片》，页181。

18 此句引自《对照记》："她总是说湖南人最勇敢。"（页22）

19 最早乃由记者林方伟以《传奇的传奇：张爱玲之母黄逸梵　闺密邢广生忆述　张母最后的南洋岁月》发表于《联合早报》2019年2月22日，后由《联合早报》专栏作家余云以《"不到位"的画家黄逸梵》为题发表，同年4月则由《上海文学》以"急景凋年烟花冷：张爱玲母亲黄逸梵晚景钩沉"为特稿，包括余云《前面的话》（页68—69）、林方伟《黄逸梵私语：五封信里的生命晚景》（页70—85）和石曙萍《娜拉的第三种结局：黄逸梵在伦敦最后的日子》（页86—99），后亦被选入2019年第七期《中华文学选刊》。石曙萍后亦以《从女工到画家：张爱玲母亲晚年在伦敦》发表于2019年8月10日《风传媒》，以《从"女工张逸梵"到"画家黄逸梵"：张爱玲母亲晚年在伦敦》发表于2019年8月《印刻文学生活志》一五卷一二期，页140—167。各版本大同小异，或有增补延伸，多所转载，作者三人共同表示稿费将用于支付"黄逸梵"在伦敦墓地展延租约之费用，本章暂以2019年4月号《上海文学》的版本为主。

20 若按照当代解构主义的严格说法"文本之外无他"，所有的"文本外"总已涵括在文本之内，都是变动权宜中的语言符号构成。

21 张爱玲在此的用法，乃是依《诗经》《楚辞》之表达将"骖"当成一乘"两马"，但依照《说文》"骖，驾三马也。从马参声"（卷一〇上，页200），"骖"又可指一乘"三马"，并发展出两马并驾为"骈"，三马并驾为"骖"，四马并驾为"驷"的说法，让原本用来"形声"的"参"，也同时成为表意的"参"。而"骖"在马匹数量与形声表意上的不确定，实可继续推演出"作品"与"理论"更为复杂的关系，甚至"御者"在作者、叙事者、评论者、读者等更多位置之间的犹疑置换。然本章的重点放在"自传"解构，故仅止于点出其中可能的蹊跷线索。

22 同样的抱怨也再次出现在张爱玲为《续集》所写的《自序》之中，"不少读者硬是分不清作者和他作品中人物的关系，往往混为一谈。曹雪芹的红楼梦如果不是自传，就是他传，或是合传，偏偏没有人拿它当小说读"（页7）。

23 "戏肉"为广东话的惯常表达，用以指戏曲中最精彩、最高潮的部分。

24 1976年3月25日邝文美写给张爱玲的信件，见宋以朗《〈小团圆〉前言》，页
    7—8。

25 1976年4月4日张爱玲写给邝文美、宋淇的信件，见宋以朗《〈小团圆〉前言》，
    页8。

26 1976年4月28日宋淇写给张爱玲的信件，见宋以朗《〈小团圆〉前言》，页11。

27 1976年4月28日宋淇写给张爱玲的信件，见宋以朗《〈小团圆〉前言》，页12。

第 三 章

文本里有

蹦蹦戏

花旦吗?

何人不知张爱玲笔下那个站在荒原之上、断瓦残垣中的"蹦蹦戏花旦",但又有何人确知那个"蹦蹦戏花旦"究竟是哪个?当"蹦蹦戏花旦"从"那个"(作为可以确指的单数)变成"哪个"(以口形声带出疑问不确定、尚待指认的复数)之时刻,不正也可以是当代张爱玲研究从"作品"转向"文本"之时刻?

英国女性主义学者雅各布斯(Mary Jacobus)写过一篇充满慧心巧智且批判力道十足的论文,以《此文本里有女人吗?》("Is There a Woman in This Text?")为标题,反讽学舌读者反应理论大将费希(Stanley Fish)的名著《此教室里有文本吗?》(*Is There a Text in This Class?*),而雅各布斯煞有介事却不无调侃之意的标题之为修辞问句,几乎成为20世纪末女性主义文本分析的口头禅。而此论文也不负众望,劈头就拿费希自己的举例还治其人之身,示现教室场景中两男(教授)一女(研究生)之间戏剧化的权力与欲望关系:这厢是受费希教授启发的女研究生,在另一个课堂对另一位男性教授提出"何谓文本""文本何在"的强烈质疑;那厢则是男性教授(们)借助女研究生作为回声筒与交易物所展开的文学诠释(权势)的隔空角力。该文不仅让"文本"里的女研究生跃然纸上，更活泼泼读出了其他"文本"中的女人，如弗洛伊德（Sigmund Freud）精神分析中的女病人等。论文最后且来到一个既具女性主义政治批判、又深谙当代后结构主义"去中心"文本理论的结语：我们不仅要看到"文本中的女人"（woman in the text），也要同时看到"女人中的文本"（text in the woman）——前者指向女人的文本"再现"，后者指向女人（阴性）作为语言构成的流变不确定；前者以女性人物或角色为中心，后者则以语言文字本身的"延异"（différance）去中心，以彻底松动任何人本中心或"阳物理体中心"的预设。

然"文本中的女人"或许易于寻觅与指认，但什么会是"女人中的文本"呢？女人作为社会、文化、生理、心理的性别分类，如何有可能被"文本化"而得以带出语言交织的开放不确定性呢？就让我们拿张爱玲最脍炙人口的那篇《再版的话》为本章的出发点，看一看"文本中的女人"与"女人中的文本"如何得以相互回转、反复交织。[1] 写于1944年9月14日的《再版的话》之所以有名，不仅因为其见证了张爱玲一夕间红遍上海滩的传奇（此亦为《传奇》的传奇——1944年8月15日出版的《传奇》，一个多月后旋即再版），也不仅因为其是张爱玲为她的第一本短篇小说集《传奇》以自序方式给出的一锤定音（《传奇》初版没有序，只有卷首题词），更因为此再版序中出现了张爱玲乱世时间感的经典表达——"个人即使等得及，时代是仓促的，已经在破坏中，还有更大的破坏要来。有一天我们的文明，不论是升华还是浮华，都要成为过去。如果我最常用的字是'荒凉'，那是因为思想背景里有这惘惘的威胁。"（《再版自序》，页6）——这一早已成为张迷朗朗上口、学者一再引述的文字段落，精彩见证了张爱玲在创作与生命哲学高峰的"世纪末视景"。

而此"世纪末视景"经典中的经典,又非其中"蹦蹦戏花旦"的末日寓言莫属。1944年夏张爱玲与友人相偕去看"在上海已经过了时的蹦蹦戏",进了戏院就被"胡琴的酸风与梆子的铁拍"震到了飞沙走石的西北寒窑,"天地玄黄,宇宙洪荒,塞上的风,尖叫着为空虚所追赶,无处可停留"。(《再版自序》,页6—7)而就在这蛮荒世界里,张爱玲给出了"蹦蹦戏花旦"作为文明劫毁后的唯一幸存者的寓言:

> 将来的荒原下,断瓦颓垣里,只有蹦蹦戏花旦这样的女人,她能够夷然地活下去,在任何时代,任何社会里,到处是她的家。(页8)

在此,"蹦蹦戏花旦"作为张爱玲末日寓言"文本中的女人",自是鲜活吸引了所有人的目光。批评家们迫不及待细数张爱玲的各种"戏曲情结",热心找出蹦蹦戏与张爱玲的地缘关系(童年在天津英租界度过的张爱玲,文中所记叙的蹦蹦戏正是天津朱宝霞剧团在上海的演出),更博学多闻地搬出张爱玲各种有关"地母""妇人性"的文字叙述加以附会,或干脆直接点名《传奇》再版序中的"蹦蹦戏花旦",究竟是小说正文里哪些女性角色的化身。周芬伶在《艳异》中首推白流苏为张爱玲笔下最具花旦气息的女人,"仿佛是戏台上走出来的花旦",举手投足间都像在唱戏(虽说是京戏);而七巧亦不差,"她一出场活脱是舞台上的泼旦"。(页225—226)亦有批评家以"花旦原型"表列所有张爱玲笔下能夷然存活、"到处是她的家"的女性角色,名单如七巧、长安、薇龙、川娥、霓喜、流苏等(张保华,页78—79),或流苏、七巧、霓喜、娇蕊、薇龙、殷宝滟、阿小、敦凤等(李今,页55)。各家排列大同小异，一时间蹦蹦戏花旦大爆炸，仿佛谁都是也谁都不是唯一正宗的蹦蹦戏花旦。

· 1 ·

蹦蹦戏花旦：弃妇还是荡妇？

　　然而本章在此想要探问的，不是张爱玲笔下哪些女性角色或是或似"蹦蹦戏花旦"，或给出个比对相似度高低的排行榜，而是回到《再版的话》这篇不到两千字的序言之中，瞧一瞧文中究竟有几个"蹦蹦戏花旦"。但那个张爱玲笔下最著名的"蹦蹦戏花旦"，难道还有哪个之分吗？在再版序里显然就已出现至少两个蹦蹦戏的旦角，一个是由"评剧皇后"朱宝霞领衔担纲的"弃妇"，一个是由不知名旦角出饰的"荡妇"；"弃妇"是正戏，"荡妇"是正戏之前的玩笑戏。那能在蛮荒世界夷然地活下去的，究竟是"弃妇"还是"荡妇"呢？若就蹦蹦戏作为评剧前身的传统剧目而言，张爱玲在序中虽未曾言明，但显然"弃妇"演的是脱胎于《白兔记》的《井台会》（又名《咬脐郎打围》《李三娘打水》《刘智远投亲》）"李三娘"，一出母子相认然后合家团圆的戏码；"荡妇"演的则是刘公案系列中的《黄爱玉上坟》（或《旋风告状》），一出谋杀亲夫而被清官（既是清朝的官，也是廉洁的官）揭穿的戏码。那"蹦蹦戏花旦"究竟指的是与子相认的"李三娘"还是上坟的小寡妇

"黄爱玉"呢？或以上皆非，尚另有所指呢？

这个问题显然在许多批评家眼中全然不成问题，他们毫不犹豫，铁口直断，"蹦蹦戏花旦"指的当然就是"李三娘"。他们深信唯有"李三娘"在逆境中所展现的执着与韧性，才能够让人在断瓦颓垣里夷然存活。（李清宇，页141—148）而饰演李三娘一角的"评剧皇后"朱宝霞，又首创唱腔"十三咳"，荡气回肠，才能让战乱时期的张爱玲深切体会"李三娘的顽强"，到处都是她的家。（侯福志，页197）故即便是在明明知晓"青衣旦"与"花旦"在戏曲行当上的区别，前者端庄贤淑，后者活泼俏皮，评者似乎还是坚持要把"蹦蹦戏花旦"的角色编排给"青衣旦"李三娘，并辩护此并非张爱玲在戏曲知识上的任何可能错误，反倒是出于慧眼独具，能遵循生活逻辑、"突破行当规范做出的独特判断"（张保华，页77）。在这些评者眼里，荒原上的"蹦蹦戏花旦"舍"李三娘"其谁！

但我们真能回避"花旦"本身所蕴含的"美丽、俏皮、浑身都是戏"（周芬伶，《艳异》，页225）吗？我们真能如此斩钉截铁地将其指派给寒窑苦守、忍辱负重的苦情弃妇"李三娘"吗？然我们在此汲汲追问"蹦蹦戏花旦"的身世由来，除了想把一篇不足两千字的序言弄得"像迷宫，像拼图游戏，又像推理侦探小说"（《红楼梦魇》，页10），更重要的恐怕还是企图展开女性主义的文本阅读，探问如何在其中析剔出至少两个蹦蹦戏旦角所占据的两种截然不同的"宗法父权"位置，以及这两个位置的截然不同，又如何可以左右我们对"蹦蹦戏花旦"作为末世寓言的理解。夏志清最早便在《中国现代小说史》中提及张爱玲对中国传统戏曲的喜好，并循此发展出张爱玲在小说造诣上的"苍凉"美学风格，也最早精准评点张爱玲所援引的地方戏曲本身所内藏的"封建

道德":

> 　　她喜欢平剧，也喜欢国产电影；还常常一个人溜出去看绍
> 兴戏、蹦蹦戏。那些地方戏的内容是所谓"封建道德"，它们
> 的表现的方式——不论曲调和唱词——是粗陋的，单调的，但
> 是她认为它们同样表现人生的真谛。……中国旧戏不自觉地粗
> 陋地表现了人生一切饥渴和挫折中所内藏的苍凉的意味，我们
> 可以说张爱玲的小说里所求表现的，也是这种苍凉的意味，只
> 是她的技巧比较纯熟精巧而已。"苍凉""凄凉"是她所最爱用
> 的字眼。（页 297）

　　夏志清在张爱玲对中国戏曲的喜好与援引中，成功看到了其如何从旧戏的"封建道德"拉出"苍凉"的底韵，但显然此处的"封建道德"与"苍凉"都还是没有性别差异的。

　　而我们接下来对"蹦蹦戏花旦"暧昧不确定的宗法父权位置之阅读，既是要针对"封建道德"进行性别批判，也是要一探"封建道德"如何让"粗陋地表现了人生一切饥渴和挫折"的中国旧戏更显苍凉，一个以性别批判再次定义的"苍凉"，一个没有致命女人，只有弃妇、怨妇、荡妇、寡妇的"世纪末视景"。首先让我们来看看"李三娘"的宗法父权位置。与《荆钗记》《杀狗记》《拜月亭记》并列元代四大南剧的《白兔记》，讲的是五代后汉开国皇帝刘知远与原配李三娘悲欢离合的故事。而张爱玲在上海剧院里所观赏的，正是《白兔记》中李三娘与儿子井台相会的蹦蹦戏版本，故其焦点便由"糟糠之妻""弃妇"的夫妻关系，转到了"贫娘"与英豪小将的母子关系。戏中母子离散多年，彼

此不识，小将认亲的关键，在于一一详细盘查了"贫娘"的家世。"你父姓甚名谁？你母何人？你兄何人？"（《再版自序》，页7）李三娘一一回答，就连嫂子的来历也交代得清清楚楚，小将当下才认了亲娘。可见李三娘得以由剥而复、由贫娘转亲娘的关键，正在于家族世系上的名分与地位，经父母兄嫂世代亲等的关系位置确认后，才得以延伸到母子与夫妻关系的再次重新确认。表面上母子的得以相认，取决于李三娘的记性好坏，正如张爱玲不无调侃地感叹道："黄土窟里住着，外面永远是飞沙走石的黄昏，寒缩的生存也只限于这一点；父亲是什么人，母亲是什么人，哥哥，嫂嫂……可记的很少，所以记得牢牢的。"（页7）然李三娘"寒缩的生存"，恐不仅来自西北黄土高原艰苦困顿的生存环境，更来自为人女、为人妻、为人母在宗法父权结构中地位的封闭狭小，卡在娘家（李姓）与夫家（刘姓）之间的进退两难。

而此处张爱玲之生花妙笔，乃是让戏台上的李三娘把所有的"我"都唱成了"哇"，哇父、哇母、哇兄、哇嫂，一个不忘、一字不漏地背诵给英豪小将听。就第一个层次而言，以"哇"代"我"给出了蹦蹦戏作为民间小戏的方言口音，生动活泼。就第二个层次而言，"我"变成"哇"也成功呼应了戏台上各种声音的交叠与声量的倾轧。先是胡琴的惨伤，"风急天高的调子，夹着嘶嘶的嘎声"，接着便是劈头砸下的梆子打拍声"侉！喀哇！喀哇！"，死命敲着竹筒"故意压倒了歌者"（《再版自序》，页7）。[2]于是剧中人只能扯开嗓子"声嘶力竭与胡琴的酸风与梆子的铁拍相斗"，这"侉""喀哇"与"哇"的此起彼落，当是最能传神且传声戏台上的粗野热烈。而任何"我"的宣称，只能混杂在各种交叠的声音与互相倾轧的音量中，成为一个大声喊出却只能化为梆子打拍声的"哇"。更有趣的是，"哇"除了拟声外，还兼具视觉文本上的一"口"加两"土"。此纯粹来自书写文字的"视觉"联想，不仅背离了前面所言以"听觉"为主的方言口音或梆子打拍，也彻底背离传统"哇"作为"象声字"的诠释脉络（嚎哭声、叫喊声、呕吐声、靡靡之音）或作为语尾"助词"的表达。黄土窟里住着的李三娘，一开口说"我"，满口满脸的飞沙走石，口一张立即土上加土的"哇"当是最能"会意"传神。[3] 而不论是作为方言乡音的"哇"、作为梆子节拍声的"哇"还是视觉另类象形上的"哇"，怕都难以不指向李三娘作为主体"我"的泯灭，满身土气土样，满口土言土语，尽皆打成一片乱哄哄的混沌未明。"在西北的寒窑里，人只能活得很简单，而这已经不容易了。"（页7）看来张口只能"哇"来"哇"去的贫娘，恐怕才是中国苍凉旧戏之中最深的苍凉。

那相对于苦守寒窑、只能把"我"唱成"哇"的李三娘，张爱玲序言中的另一个"蹦蹦戏花旦"又是何等人物？出自刘公案系列的《黄爱玉上坟》，讲的是一出红杏出墙、谋杀亲夫的戏码，丈夫的冤魂化作旋风，拦道向路过的官员告状，终将上坟的小寡妇拘捕下狱。在蹦蹦戏的舞台上，张爱玲先是用妆容来展现荡妇的冶艳风骚，"阔大的脸上塌着极大的两片胭脂，连鼻翅都搽红了，只留下极窄的一条粉白的鼻子，这样装出来的希腊风的高而细的鼻梁与她宽阔的脸很不相称"（《再版自序》，页7）。[4] 相对于前文描写扮演李三娘的北方少女"黄着脸，不搽一点胭脂粉，单描了墨黑的两道长眉"，荡妇在妆容上的"不安于室"（脸颊与鼻翅的井水河水相犯，古妆与希腊风的沆瀣一气），当是与弃妇在妆容上的"墨守成规"形成强烈对比。而荡妇春情的欲海无边，更由其特殊的面容长相来带出"性欲"与"兽性"的联结："水汪汪的眼睛仿佛生在脸的两边，近耳朵，像一头兽。"（页7）

然这个不守妇道的小寡妇在蹦蹦戏的戏台上，却是出落得如此幽默娇憨、可耻又可爱。官员追问她丈夫"有一天晚上怎样得病死的"，小寡妇"百般譬喻"，官员仍旧一头雾水，逼得小寡妇只好唱道："大人哪！谁家的灶门里不生火？哪一个烟囱里不冒烟？"（页8）顿时惹得满场观众喝彩大笑。然小寡妇这个走投无路的机智告白，依旧还是一个"譬喻"，将男女性器比作烟囱与灶门，或本想以此推托丈夫乃房事猝死，反倒又像是招供了自己的性欲炽热、红杏出墙。然荡妇的性欲不导向生殖繁衍，只导向纵欲狂欢，让自身彻底背离宗法父权结构所设定的"寒缩的生存"，翻转了冷与热，让寒窑变热灶，但也终究难逃宗法父权机制的追捕与严惩。当塞上无情的风，化成前来索命的冤魂旋风，又怎吹不熄灭不掉荡妇的灶火？张爱玲这篇短短不到两千字的再版序言，如此这般风、火、水、土相生相克，精彩编排了两个女人一冷一热截然不同的生存境遇在宗法父权结构内外的放逐、收束与惩治。

　　那文明劫毁的蛮荒世界中，究竟是哇父哇夫哇子的弃妇，还是无父无夫无子的荡妇得以遗世独立呢？虽说张爱玲在描写完荡妇以烟囱灶门色喻房事性交后，下一段紧接着就写到蛮荒世界里的"蹦蹦戏花旦"，但只怕还等不到天地劫毁，风流美艳、活泼俏皮的荡妇恐怕早已被宗法父权的清官绳之以法了。而严守名分与地位的弃妇贫娘，怕也只能苦守"寒缩的存在"，难有四处为家的洒脱自由。若弃妇与荡妇都是也都不是那个荒原之上的"蹦蹦戏花旦"，那接着我们有没有可能在"出场"的蹦蹦戏花旦所导向的不确定性中，也同时找一找"没有出场"的蹦蹦戏花旦呢？找完了"文本里的女人"，是否也可找一找"潜文本里的女人"呢？且让我们回到《再版的话》之创作时间点。据推算张爱玲应是在1944年7月初去上海新世界二楼红宝剧场观赏天津朱宝霞剧团演出的蹦蹦戏（段肇升），而《再版的话》完稿于1944年9月14日，与此创作时间点与写作心境上最贴近的两个"蹦蹦戏花旦"候选人，却又都吊诡地并未出现在同年8月出版、9月再版的《传奇》小说集之中。1944年1月《万象月刊》开始连载张爱玲的小说《连环套》，刊出六期，7月自动腰斩。《连环套》里像极了蹦蹦戏花旦的霓喜（周芬伶，《艳异》，页282），自然不可能在《传奇》里出场亮相，即便她的俗艳让荡妇版的蹦蹦戏花旦呼之欲出——"嘴里有金牙齿，脑后油腻的两绺青丝一直垂到腿弯里，妃红衫袖里露出一截子黄黑，滚圆的肥手臂。"（《再版自序》，页7—8）张爱玲的《连环套》一直要到1976年才以"古物出土"的方式收录在《张看》之中再度面世。而另一个可能的候选人则是1944年7月才在《杂志》月刊刊完的《红玫瑰与白玫瑰》里的娇蕊，然而娇蕊也不在《传奇》之中，因为一直要到1946年的《传奇》增订本，才收录了《红玫瑰与白玫瑰》。如果李三娘或黄爱玉不是"蹦蹦戏花旦"的正主，那霓喜或娇蕊恐怕也不可能是"蹦蹦戏花旦"的最终依归。霓喜与娇蕊的"不在场"或"延后出场"，只是让我们得以将"蹦蹦戏花旦"作为单数与复数的可数性，再次推向了"蹦蹦戏花旦"作为不可数的"复数性"（多折性，multi-pli-city），推向文本与文本的折曲、时间与时间的凹陷。在1944年先于《再版的话》出现的霓喜与娇蕊，成为"前—蹦蹦戏花旦"不在场的在场，那后于《再版的话》出现的娇蕊（1946）与霓喜（1976），则又成为"后—蹦蹦戏花旦"在场的不在场，以错乱时序的方式不断改写我们对"蹦蹦戏花旦"的认知与感受。看来1944年在《再版的话》中出现的"蹦蹦戏花旦"，还真能大胆热烈地往前、往后、往上、往下，一而再、再而三地"再版"下去。

故霓喜或娇蕊作为"蹦蹦戏花旦"可能的"隐藏版"、"再版中的再版"、文本中的文本间性，最终导向的也依旧还是"都是也都不是"的不确定性。这种由"文本"所带出的"基进"不确定性，即便有一日我们可以在张爱玲"尚未出土"的文字资料里，看到作者张爱玲清楚说明《再版的话》中所写荒原上的蹦蹦戏花旦，究竟是李三娘、黄爱玉，还是霓喜与娇蕊，亦或尚有他人，都无法封闭或推翻《再版的话》作为文学文本的语言交织、文本中有间文本所带出的不确定性。"作者的话"也只是一种"再版的话"，一种后遗式的增补书写，并无任何定于一尊的话语权威性或最终决断力。而证诸当前过于倾向以传记资料或书信内容来盖棺论定的张爱玲研究，或是只谈文学风格、意象、技巧而不解构语言文字本身的张爱玲研究，最缺乏的或许正是这种文本的不确定性、文本的开放与自由——一种得以让作者成为作者功能、作品成为文本、阅读成为书写的基进性。故当我们追问那个"蹦蹦戏花旦"究竟是哪个的同时，不在于埋首"作品"之中死命挖掘出正确无误的最终解答，而在于打开"文本""间文本"的千头万绪，在语言文字的交织中看到"蹦蹦戏花旦"的流变离散。

有了这样的理解，我们可以再一次回到"蹦蹦戏花旦"的末世寓言，展开另一回合文本之为开放自由（字游）的阅读可能。张爱玲写"只有蹦蹦戏花旦这样的女人，她能够夷然地活下去"（《再版自序》，页8），但若我们无法确定"蹦蹦戏花旦"到底是怎样的女人，恐怕也无法确定"夷然地活下去"到底是怎样的活法。

"夷，平也，从大从弓，东方之人也"（《说文》卷一〇下，页213），在此最初的字源探询之中，"夷"总已分裂为"平"与"东方之人"的两个诠释路径。若就从大从弓的"东方之人"切入，"夷"专指古代中原地区华夏民族对东方部落的称谓，如"东方曰夷"；或泛指盘踞中国边区野蛮未开化的部落，如四夷八蛮；而在近代则更延伸指向外国异邦，如英夷、法夷、夷馆、夷船等。故若以此路径切入蹦蹦戏花旦的"夷"，应可成功反转中原中心与中国中心的"华夷之辨"，而得以凸显蛮荒世界中"蛮荒之力"之必要。而此"蛮荒之力"之背离礼教宗法，更可以出现在"夷"作为野蛮未开化的"华夷礼隔"，到"夷"作为傲慢无礼的字义延伸。以此诠释路径观之，在张爱玲礼失而求诸野、求诸女的荒原背景之上，"夷"显然给出了"蛮荒之力""鄙野之（女）人"的丰富联想。

但若是从夷者"平"也的路径切入，则又是另一番风景。"夷"可指向古代锄具，如《管子·小匡》"恶金以铸斤、斧、锄、夷、锯、欘，试诸木土"（卷八，页20），由此延伸除草为夷草，削平乃夷为平地，或更具暴力导向的彻底铲除如夷定天下、夷诛九族。都是"夷"，却从锄草到砍头无所不包。而与此同时，"夷"者"平"也，亦可顺利延展到"平"之为教化修养，心平气和才能"君子如夷"，一如段玉裁在《说文解字注》中所强调，"夷，平也。此与君子如夷、有夷之行、降福孔夷传夷易也同意"（页498）。此处的"夷"乃平和、平静、平易，彻底翻转前一路径野蛮未开化之"夷"解。故若按常情常理而言，"夷然"多指平静，但衬之以"蹦蹦戏花旦"寓言的蛮荒背景，却又不可能不带出另类"夷然"的联想。于是就在"夷"之处，我们同时可以看到礼教君子与无礼蛮夷作为对反与重叠的可能。四夷八蛮是夷，言和色夷也是夷，而更夸张的是，若我们把"夷"作为平也、安也之意再往下推，竟也就到了"夷"与"怡"的音意相通。"既见君子，云胡不夷"乃指心平气和所带出的和颜悦色，又是再一次彻底翻转"华夷礼隔"所导向的野蛮未开化或傲慢无礼。那"夷"究竟是野蛮还是文明、平和还是暴力？蹦蹦戏花旦"夷然地活下去"，究竟是鄙野、粗俗、漠然、傲慢还是平静、喜悦、祥和？"夷"的多义（多异、多译、多溢），势必将牵带出不同神情样貌的蹦蹦戏花旦。若"君子如夷"同时预设了稳当的男性性别与德行修养的双重叠合位置，那在荒原之上能够"夷然"存活的蹦蹦戏花旦，则既可以是被放逐在礼教宗法文明世界之外的"女人"，也可以是不断松动"阳物理体中心"语言世界的"阴性"，在任何时代、任何社会、任何文本里走窜，无处是家，无处不是家。如此这般的蹦蹦戏花旦或许才有可能同时带出"文本中的女人"与"女人中的文本"。

　　一如《再版的话》之为文学文本，让典出《再版的话》之"蹦蹦戏花旦"得以不断"再版"，那"夷"所启动的"犹夷"（犹疑的古字）又如何得以继续"不决"与"不绝"呢？而当代以文学批评来"补遗"蹦蹦戏花旦最精彩的论述，则非王德威的"后夷民""后遗民"莫属。按其所言，"后夷民游走华夷边缘，杂糅两者的界限，稀释、扭曲'正宗'中华文化，但也增益、丰富中华文化的向度"（王德威，《华夷风起》，页40）。其精彩之处，正在于让"夷"的位置有了历史化与政治化的细腻，游移且犹疑在"正宗"文化的边缘，充满既增又减、既是又不是的暧昧。而此"夷"更可转成同音的"遗"以继续补遗，"尹雪艳、一把青、金大班这些人鬼魅似的飘荡台北街头，就像张爱玲写的蹦蹦戏的花旦，在世纪末的断瓦残垣里，依然，也夷然地唱着前朝小曲。但风急天高，谁付与闻？"（王德威，《落地的麦子不死》，页41）此处张爱玲的"蹦蹦戏花旦"又已"再版"为白先勇笔下的尹雪艳、一把青、金大班，台北成为上海的"再地引述"（re-site and re-cite），被胡琴、竹筒梆子与声嘶力竭的唱腔所震出来"无时间性"的末日荒原，突然有了前朝小曲的配乐，蹦蹦戏花旦一个华丽转身，就精彩成为时间的"遗民"、文化的"夷民"。

然本章此处所要凸显的，并不是"蹦蹦戏花旦"乃白先勇笔下女性角色的"原型"，或李三娘式的弃妇、黄爱玉式的荡妇乃"蹦蹦戏花旦"的"原型"，甚或霓喜、娇蕊作为"原型"或以其为"原型"的各种回归。此处所展开的文本阅读，乃是企图将"原型"（archetype）打回"原构"（originary formation），看到"原构"作为形构过程之前、之后、之上、之下无边延异（易、译、溢）的间文本，看到"原构"如何总已分裂为双重或多重，总已布满补遗的书写痕迹，进入无处是家、无处不是家的漂泊离散，彻底无法回归收束到一个最原初、最稳定、最真确、最正宗的"原型"。于是一个"蹦蹦戏花旦"的修辞，可以让我们如此上下求索、不亦乐乎；一个"夷"字的暧昧，可以让我们这般犹疑不决、怡（夷）然自（字）得。文本阅读所开放的不确定性，不是选项太多、信息太少而无法确定，而是如何看到字中有字，文本中有文本，各种分裂与双重的折曲、贴挤、变形、替代与置换，从而无法斩钉截铁、无法拍板定案真确与正宗的单一源头或原型。与此同时，文本阅读所开放的自由（字游），亦可以是对宗法父权制度所设定的"性别位置"与"阳物理体中心"语言结构所设定的"言说位置"之双重裂变，让性别政治文本化、文本理论性别化，让"文本中的女人"与"女人中的文本"得以不断交织、不断"再版"。

书写中看不见的纤维

在前一段有关"蹦蹦戏花旦"的文本阅读中，我们不难瞥见多位文本理论家的身影混迹其中，巴特、福柯、德里达、克里斯蒂娃，不一而足。但此文本阅读并非将"外来"文学理论"套用"于文学作品（一种最常见的谬论责难），而是让同为语言文本的理论与文学再度交织，外翻内转，不断变化出花旦的蹦蹦戏码，一再"再版"《再版的话》。而本章接下来的重点，则是尝试分析在巴特、福柯、德里达、克里斯蒂娃等文本理论家的身影之中，如何有可能也看到张爱玲的混迹其中，去思考张爱玲本身为何以及如何就是一位超级厉害、当仁不让的文本理论家，我们为何以及如何可以同时用张爱玲与诸位文本理论家的理论，交织出张爱玲文本的交织。容或张爱玲并不专擅当代各种文学理论的术语或套式，也不曾直接援引任何文本理论的大师或派别，但其对语言文字的敏感、对文化"再地引述"的了然，都让她尝试用自己的话语，表达出与当代文本理论异曲同工之睿智与妙趣。

首先让我们来看看张爱玲是如何描绘语言中"看不见的纤维"的。她的早期散文《洋人看京戏及其他》，尝试以充满惊讶眩异的洋人眼光来看中国的光怪陆离，而话剧里穿插的京戏口头禅，就成了她切入京戏世界在中国之所以根深蒂固的关键。她以风靡上海的话剧《秋海棠》为例，指出其中最动人的台词乃引用自京戏："酒逢知己千杯少，话不投机半句多。""烂熟的口头禅，可是经落魄的秋海棠这么一回味，凭空添上了无限的苍凉感慨。"（《洋人看京戏及其他》，页109）此时舞台上的苍凉，已不再是西北高原上飞沙走石的黄昏，也不仅是中国旧戏所内藏的人性饥渴与挫折，而是回到语言本身一说再说、"重复引述"所造成的时空压缩的回味与感伤：

> 中国人向来喜欢引经据典。美丽的、精警的断句，两千年前的老笑话，混在日常谈吐里自由使用着。这些看不见的纤维，组成了我们活生生的过去。传统的本身增强了力量，因为它不停地被引用到新的人，新的事物与局面上。但凡有一句适当的成语可用，中国人是不肯直截地说话的。（页109）

张爱玲在此巧妙点出中国人引经据典的习性，能让千年以降的断句、成语、笑话或口头禅，经由"引用"而不断进入新的人、事物与局面之中，成为"活生生的过去"，没有过去的过去，完不了的过去。此处"看不见的纤维"一方面好像是专门用来说明带着口头禅性质的京戏，如何得以让"历史仍于日常生活中维持活跃的演出（历史在这里是笼统地代表着公众的回忆）"（页109）；而另一方面也同时带出了语言本身借由熟烂口头禅所启动的"重复引述"，话剧引用京戏，京戏引用鼓儿词，一句"酒逢知己千杯少，话不投机半句多"不断穿越历史，不断"再版"，不断被"引用"到不同的脉络文本（con-text），不断成为"活生生的过去"。

而此"看不见的纤维"不正也可以和本书绪论所言英文text、法文texte与翻译成中文的"文本"互织锦绣？那么接下来的挑战便是我们如何可以从语言"看不见的纤维"，继续对张爱玲《再版的话》已然展开的文本阅读。《再版的话》无京戏但有蹦蹦戏，无"酒逢知己千杯少，话不投机半句多"的口头禅，但有作为"活生生的过去"之成语表达。例如，在形容好友炎樱为《传奇》再版所设计的新封面时，张爱玲未能免俗地用到了"事过境迁"的成语：

> 书再版的时候换了炎樱画的封面，像古绸缎上盘了深色云头，又像黑压压涌起了一个潮头，轻轻落下许多嘈切喊嚓的浪花。细看却是小的玉连环，有的三三两两勾搭住了，解不开；有的单独像月亮，自归自圆了；有的两个在一起，只淡淡地挨着一点，却已经事过境迁——用来代表书中人相互间的关系，也没有什么不可以。[5]

在此张爱玲以典雅精致的文字，转译《传奇》新封面的视觉图像，增添听觉与文字节奏韵律上的敏感细腻。而此处文字的意象，一路从绸缎上的云头转到喊嚓的浪花，再转到玉连环的分合，最后转到张爱玲最著称的月亮意象，既呼应《再版的话》一开头的"开一扇夜蓝的小窗户，人们可以在窗口看月亮，看热闹"（页6），亦呼应《传奇》小说集里无处不在的月亮，尤其是《金锁记》中那个最有名的"三十年前的月亮该是铜钱大的一个红黄的湿晕，像朵云轩信笺上落了一滴泪珠，陈旧而迷糊"（页140）。但就在这文字意象的层层转译中，出现了一个陈言老套的"事过境迁"，既用来形容小玉连环的关系位置，也用来形容书中人物的相互关系，都有一种关乎时间流变、关乎境遇不再的淡淡哀伤。

然"事过境迁"作为语言文字"看不见的纤维"，其"看不见的纤维"之中是否还有"看不见的纤维",文中有本、本中有文,是为文本呢?接下来我们可以尝试从三个相互交织的面向,去展开"事过境迁"的时间考掘。第一个是"事过境迁"作为成语、作为"活生生的过去"所带出的时间"多折性"。如前所述,《再版的话》写于1944年9月14日,文本中叙述的乃是1944年7月初在上海所看的天津蹦蹦戏。文章一开头便充满个人生命经验的时间急迫感与兴奋感,"呵,出名要趁早呀!来得太晚的话,快乐也不那么痛快",接着又用惊叹号搭配字词的重复,"快,快,迟了来不及了,来不及了!"(页6),然后马上便转进时代的仓促与破坏。然就在迫不及待中却猛然出现了"荒凉"与"惘惘的威胁",让叙事的"线性"时间绷紧在急促加速却朝向最终崩毁的隐忧中前行。

同样的线性时间与线性时间的崩毁,也出现在文本对"蹦蹦戏"的描绘中。脱胎于冀东民间歌舞"秧歌"的"蹦蹦戏",在民国初年以新的小戏姿态脱颖而出,时人称为唐山落子,后定名为评剧。30年代初,天津蹦蹦戏朱宝霞剧团第一次进入上海造成轰动,乃是蹦蹦戏的全盛时期,尔后战争迭起,也为蹦蹦戏带来了灭顶之灾。蹦蹦戏四大名旦之首的朱宝霞,在1944年7月1日—7日重回上海新世界二楼红宝剧场演出,只可惜此番的"卷土重来"已是强弩之末(段肇升),此亦为何张爱玲在《再版的话》中清楚言道,她和友人联袂去戏院观看的,乃是"在上海已经过了时的蹦蹦戏"。但此依线性时间发展而判定的"过了时"(既是蹦蹦戏作为特定民间小戏的"过了时",同时也可是整体中国传统戏曲作为旧戏的"过了时"),却在蹦蹦戏舞台上有了惊人的时间翻转。一方面中国传统戏曲舞台本就强调时间的虚拟性,即便脱胎于元代《白兔记》的《井台会》,讲的是五代十国时期的后汉故事,或即便脱胎于公案小说的《旋风告状》，讲的是清朝乾隆年间的故事，但在蹦蹦戏的舞台之上，戏曲的无时间性已成功取消了线性时间的朝代背景；另一方面，张爱玲的文本更是进一步将西北高原的地理位置，推向了天地玄黄、宇宙洪荒，将无时间性的戏曲舞台，推向了历史时间彻底终结、线性时间彻底崩毁的末日荒原。

紧接着无时间性舞台与无时间性荒原之后，《再版的话》却又在顷刻之间翻转出另一种时间性的吊诡，以及此吊诡所暗含的伤心与快乐的置换。第一人称的"我"在文中不禁想起"威尔斯的许多预言"，暗暗带出英国作家威尔斯（Herbert George Wells）的科幻小说预言以及那本写于第一次世界大战终结、修订于第二次世界大战爆发时的《世界史纲》（*The Outline of History*，1920 年出版，1939 年修订），"从前以为都还远着呢，现在似乎并不很远了"，因而觉得非常伤心；但尔后"我"又舒朗了起来，"然而现在还是清如水，明如镜的秋天，我应当是快乐的"（《再版自序》，页 8）。故此心境的转换乃同时带出文本中的另一种时间性：季节递嬗。从文章前面的暑夏，"她家里谁都不肯冒暑陪她去看朱宝霞"（页 7），进到"过了时"的蹦蹦戏剧院，再进到无时间性的舞台上时间终结的荒原，再带到大战前后出版与修订的科幻小说与历史末日预言，最终拉回到写作当下的秋天，呈现了文本叙事上繁复的时间"多折性"，既有线性时间的急促加速与崩毁隐忧，也有时间"过了时"推到尽头的彻底无法翻转，更有由季节递嬗所带来的时间的循环与轮回。

然而就在接下来的结尾段落，炎樱的封面出现了，描绘炎樱封面的成语表达"事过境迁"也出现了。就第一个语意层次而言，"事过境迁"本身就是一个充满幽微时间感性的成语，情事已过，情境不再，都是由于时间流逝、无法驻留所造成的淡淡哀伤或漠然，而"过"与"迁"

在文字视觉形式上的"辵"字部，又平添怎也留不住的走之又走，物换接着星移。就第二个语言后设性的层次而言，"事过境迁"作为"成语"的时间性，正是张爱玲所谓"看不见的纤维"所给出的"活生生的过去"，不是过去—现在—未来的线性次序，也不是由夏到秋的季节更替，而是过去与当下的时间凹折、古今贴挤，借由成语的"引用"而不断进入新的人、事物与局面之中，不断进入新的"脉络文本"之中。扩大来说，语言文字不也如时间一般，必须不断"事过境迁"，不断将其作为固定意义的"点"（即便其语意表达的正是时间的无法留驻），不断置换为交织的"文本表面"（Kristeva, 36），而得以展开"脉络文本"的不断"再地引述"？因而在《再版的话》中，"文本中的时间"不是只有线性时间与线性时间的终结（末日）、时间性（文明）或非时间性（荒原）的交替，还有更复杂的"活生生的过去"作为语言文字的重复引述。甚至更吊诡地说，"事过境迁"作为文本中"看不见的纤维"，有可能同时松动"蹦蹦戏花旦"所带出的"末日寓言"。文本中由夏而秋的季节更替，若再搭配上"事过境迁"作为语言的"重复引述"，那文中的"末日"或许就并非表面上如此西方、如此线性的历史终结，反倒更像张爱玲常说的"中国人觉得历史走的是竹节运，一截太平日子间着一劫，直到永远"（《中国人的宗教》，页36）。竹节运的历史时间没有尽头，重复引述的语言不致枯竭，在由夏而秋、由剥而复的循环再生中，看来明天的太阳将依然升起，真正的末日终究无期。

故如果《再版的话》在"叙事时间"上的"多折性"，给出了复杂的线性与非线性之为"文本中的时间"，那"事过境迁"作为成语引用上的"重复引述"，则同时带出了"时间中的文本"。那我们如何有可能从"事过境迁"作为"看不见的纤维"中再拉出"看不见的纤维"，继续开折出"时间中的文本"之折曲与层叠呢？首先，"事过境迁"不仅是成语引用上"看不见的纤维"，恐怕也是文本再版过程中"看不见的纤维"。《传奇》中《再版的话》在后来的再版中，已改名为《再版自序》，而"事过境迁"作为《再版的话》结尾部分的成语表达，更彻底消失在后续的《再版自序》之中：《再版的话》的最后两段在再版为《再版自序》时遭到彻底删除（连附加的说明皆无）。删除的原因已如前述，最后两段乃是对炎樱所设计的新封面有所描绘与发想，而后来的选集版本都换成不同的封面设计，扣紧原先《传奇》再版封面的描绘与发想，自是已然"事过境迁"、无法再用。

其实在《传奇》的三个版本中，就已出现三个不同的封面。《传奇》初版的"蓝绿封面"由张爱玲本人操刀，"我第一本书出版，自己设计的封面就是整个一色的孔雀蓝，没有图案，只印上黑字，不留半点空白，浓稠得使人窒息"（《对照记》，页6）。《传奇》再版的封面由好友炎樱设计，正如《再版的话》末两段所述，乃是从绸缎云头、嘈切浪花到相连或脱解的细小玉连环之意象转换，成功从描红的生动图案转化为精彩的文字临摹。而《传奇》增订本的封面亦为炎樱所设计，也是我们最为眼熟的著名封面，"借用了晚清的一张时装仕女图，画着个女人幽幽地在那里弄骨牌，旁边坐着奶妈，抱着孩子，仿佛是晚饭后家常的一幕。可是栏杆外，很突兀地，有个比例不对的人形，像鬼魂出现似的，那是现代人，非常好奇地孜孜往里窥视。如果这画面有使人感到不安的地方，那也正是我希望造成的气氛"（《有几句话同读者说》，页7）。[6]看来"事过境迁"在作为"看不见的纤维"之成语引用外，也可指向张爱玲《传奇》封面的"事过境迁"，以及此封面的"事过境迁"所造成的"事过境迁"作为成语引用段落本身的消失于无形。

谈完了"封面"的事过境迁，我们还可以谈"序言"的"事过境迁"，来持续开展"时间中的文本"之折曲与层叠。不论是《再版的话》还是《再版自序》（改换了标题、删减了内容），都可视为张爱玲第一本小说选集《传奇》的"序言"，而此"序言"却给出了时间顺序上的另一重吊诡与矛盾。《传奇》初版时没有"序言"，只在第一页正面中央印上孔雀蓝色的两排竖行字："书名叫传奇，目的是在传奇里面寻找普通人，在普通人里寻找传奇。张爱玲"（陈子善，《〈传奇〉初版签名本笺证》，页5）。第一页的反面印有"目录"，与其相对的乃是张爱玲占满整页的"卷首玉照"，仿佛是将"序"（preface）翻转成了"前一脸"（pre-face），无文字的"序"却有照片的"脸"，抛头露面地放在全书最前端。[7]《传奇》再版时，张爱玲写了《再版的话》当作序言，但此再版的序言，不是再序而是初序，一如1944年8月15日出版的《传奇》，因1944年9月25日《传奇》的"再版"而成了"初版"，都充满了"初"与"再"作为时间先后的吊诡与"后遗式"（après-coup）的增补痕迹。

这篇"序言"的"后序"变化则更是精彩混乱。1946年11月出版的《传奇》增订本，没有扉页题字，也没有《再版的话》，只是将《有几句话同读者说》放在最前面充当序言。该文先是气急败坏地自我辩驳文化汉奸之毁，接着交代增订本新收录的《留情》《鸿鸾禧》《红玫瑰与白玫瑰》《等》《桂花蒸 阿小悲秋》五篇小说，并言明以"偷渡"两首个人诗作的散文《中国人的日夜》为跋。在《有几句话同读者说》一文的最后，也再次依前例《再版的话》提到炎樱所设计的"时装仕女图"的新封面，而《传奇》再版的旧封面以及描述旧封面的《再版的话》，也就"时过境迁"不再出现在《传奇》增订本之中。但后续在1954年由香港天风出版社出版的《张爱玲短篇小说集》中，除了改头（书名）换面（封面）外，也连带出现了先后有"序"的混乱。《张爱玲短篇小说集》根据的乃是《传奇》增订本，但抽出了原本充当序言的《有几句话同读者说》（该文怕又是犯下细细描绘增订本新封面之过，而要一直等到张爱玲过世十年之后，才在《沉香》中重新面世），而放入了双序言。一篇是张爱玲为《张爱玲短篇小说集》重新添写的《自序》，交代因旧作《传奇》与《流言》在香港被盗印而决定重出《传奇增订本》为《张爱玲短篇小说集》，也再次重提初版时"在传奇里面寻找普通人，在普通人里寻找传奇"的类同愿望，并以《论语》"如得其情，哀矜而勿喜"为结。

然有趣的是，《张爱玲短篇小说集》抽去《传奇》增订本旧序、添加新序的同时，又将《传奇》再版时的序言《再版的话》改为《再版自序》，紧靠着放在新添的《自序》之后。而不论是1968年台湾皇冠文化出版社根据香港天风版出版的《张爱玲短篇小说集》（后改为《张爱玲小说集》），还是之后又拆分为《倾城之恋：张爱玲短篇小说集之一》与《第一炉香：张爱玲短篇小说集之二》，皆依循香港天风版的双序言版本，重复将1954年的《自序》排在前，将1944年的《再版自序》（《再版的话》）排在后。双序言的排列方式，固然有其字面上的顺理成章，先排《自序》，再排《再版自序》，但《再版自序》中再版的是《传奇》，而不是《张爱玲短篇小说集》或《倾城之恋》与《第一炉香》，且写于1954年的《自序》却排在了写于1944年的《再版自序》之前而非之后，此处"自序"颠倒排列所造成的时间"秩序"错乱，可见一斑。[8]

但就算没有这些《自序》与《再版自序》的时间次序错乱，回到

"自序"形式的本身或许就已然蕴含了次序错乱的可能：最后写的自序，放在全书的最前方，既是书写次序也是阅读次序的"从尾到头"，更是全书题旨与结构上的"由后而先"，将最后写的"后见之明"，放在最前头当成具有整体规划效力的"先见之明"。由此观之，"自序"的必然乱序，乃内在于书写的"事过境迁"，既预告了书的完整结构性，也将此完整结构性以"补遗"的方式加以建构与解构：增补了自序，让书的结构更完整，却也同时打开书在结构上随时可出现的匮缺，随时可经由书写不断补遗的匮缺，书写行动乃是让书所默认的完整结构与整体再现出现了无法封闭、无法完整、无法自我完成的"延异"。自序既是书完整结构的一部分，也是书的"域外"（the outside）与"补遗"，自序所给出的乃是书写"延异"过程中无法抹去的"字迹"。[9]

而若回到中文造字的脉络文本，"序"者"绪"也（一如"文"者"纹"也），"序"乃"绪"之假借字，而"绪"乃"丝端也"（《说文》，卷一三上，页271），抽丝者得绪而可引，"丝绪"即为"思绪"，"绪论"即为"序论"，一时间我们又可以开开心心回到文本之为织品、重复引述之为"看不见的纤维"之理论联结。如此说来，张爱玲的"自序"不也总已是"字绪"，既是在文字散乱如丝之中找到头绪与思绪，而"绪"中又有"絮"（"绪"又同"絮"），茫茫只见丝纤维繁多而绵延、延续而重复。此"序—绪—絮"的相连交织，不总是书写所启动的"延异"，文中有本，本中有文，是为文本？由此观之，张爱玲在"序言"上的千头万绪以及其可能造成的次序混乱与文本错置，或许并不能从强力介入的"编年"动作去重新排序、彻底更正，像是努力考证出张爱玲的编年史，或像是以编年方式重新整理张爱玲的相关选集（如皇冠文化出版社在2001年重编的《张爱玲典藏全集》系列与2010年

《张爱玲典藏新版》系列的出版，便是企图更正早先出版的《张爱玲全集》系列在创作与发表时间上的时序大混乱，以及分类范畴上的文类大混乱）；抑或就算能够真正将"自序"与"再版自序"按发表时间先后重新排序，也无法改变"自序"本身所蕴藏的时间吊诡与"自序"之为"字绪"的书写字迹，只因所有"井然有序"的张爱玲之中，都有"千头万绪"的张爱玲，一如所有"文本中的时间"，都有"时间中的文本"作为"看不见的纤维"反复交织。

· 3 ·

感情公式的重复变易

　　谈完《再版的话》中"时间的文本性"与"文本的时间性"后，我们如何可以重新回到本章开头所提问的"文本中的女人"与"女人中的文本"呢？从过了时到乱了序，从末日观到竹节运，前节对《再版的话》所展开的文本阅读，当然不可能纯粹只是为了满足"逻辑推理"的乐趣，或"字"溺"字"恋于语言游戏而已。本书自绪论便强调"文本"的"本"，除了"指事"木之根柢所在之处，更指向水有源、木有本的本源（祖宗）、本宗（祖籍）、本家（同姓同宗）。而前节谈到的"序"乃"绪"也，除了头绪、情绪、思绪，亦指向"世系"（"系唐统，接汉绪"），皆有文字之中"宗法父权"作为"看不见的纤维"之呼之欲出。而宗法父权作为文化机制所奠基的"阶序"位置，强调的正是长幼有序、男女有别，"乱了序""忘了本"可是比"过了时"还要危险。那我们如何可以更进一步将张爱玲的"文本理论"——语言中"看不见的纤维"与重复引述中"活生生的过去"，联结到女性主义对宗法父权的政治批判呢？如何得以同时在宗法父权作为"文化再现"机制与"语言表意"机制的双重性之中，进行双重火力、双重裂变的"去中心"与"去宗心"呢？宗法父权的"文本化"与文本理论的"性别化"，究竟能给出如何不一样的女性主义文本阅读，甚至不一样的张爱玲呢？

且让我们再回到张爱玲那篇《洋人看京戏及其他》的文章，看看除了引经据典、套用成语外，还有哪些"看不见的纤维"组成了"活生生的过去"。在一一细数"最流行的几十出京戏，每一出都供给了我们一个没有时间性质的、标准的形势——丈人嫌贫爱富，子弟不上进，家族之爱与性爱的冲突"后，张爱玲给出以下的结论：

> 历代传下来的老戏给我们许多感情的公式。把我们实际生活里复杂的情绪排入公式里，许多细节不能不被剔去，然而结果还是令人满意的。感情简单化之后，比较更为坚强，确定，添上了几千年的经验的分量。（页113）

看来除了"混在日常谈吐里自由使用着"的"美丽的、精警的断句，两千年前的老笑话"在不断被"重复引述"外，历代传下来的老戏也能以穿越千年的方式，将实际生活中纠结的复杂情绪，简化、标准化为跨时间性质的"感情的公式"，而得以不断地被"重复引述"。

而此处与《传奇》中《再版的话》最为贴切的"感情的公式"，当是文中所提京戏——《红鬃烈马》。张爱玲以极其幽默尖俏的语句，来嘲讽薛平贵与王宝钏十八年之后的夫妻小团圆，以及王宝钏十八天之后的死亡：

> 《红鬃烈马》无微不至地描写了男性的自私。薛平贵致力于他的事业十八年，泰然地将他的夫人搁在寒窑里像冰箱里的一尾鱼。有这么一天，他突然不放心起来，星夜赶回家去。她的一生的最美好的年光已经被贫穷与一个社会叛徒的寂寞给作践完了，然而他以为团圆的快乐足够抵偿了以前的一切。他不给她设身处地地想一想——他封了她做皇后，在代战公主的领土里做皇后！在一个年轻的，当权的妾的手里讨生活！难怪她封了皇后之后十八天就死了——她没这福分。（《洋人看京戏及其他》，页110）

虽然《再版的话》写到蹦蹦戏的舞台上，李三娘含泪相认的是她的儿子英豪小将，而不是她离家数十载已然成为皇帝的自私丈夫。但在受封为皇后之前，李三娘与王宝钏一样死守寒窑，虽然没有像王宝钏那样冻成"冰箱里的一尾鱼"，其"寒缩的存在"也早已是"飞沙走石的黄昏"、满口黄土"哇"来"哇"去的主体难成。

李三娘在中国旧戏"感情的公式"中所凸显的，不是皇后，不是贫娘，而是"弃妇"；而将此"弃妇"公式发挥到最淋漓尽致的，又非《传奇》小说集《倾城之恋》中的白流苏莫属。对张爱玲而言，白流苏的"弃妇"形象可上溯至《诗经》："拙作《倾城之恋》的背景即是取材于《柏舟》那首诗上的：'……亦有兄弟，不可以据……忧心悄悄，愠于群小。觏闵既多，受侮不少。……日居月诸，胡迭而微？心之忧矣，如匪浣衣。静言思之，不能奋飞。'"（《论写作》，页236）虽然此处张爱玲的重点是在说明自己笔下的悲伤，乃是属于《诗经·邶风·柏舟》中的"如匪浣衣"（卷二，页75，"堆在盆旁的脏衣服的气味"），但也间接带出《倾城之恋》乃是以中国文学史上第一个《诗经》弃妇形象作为"感情的公式"之重复引述。[10]尔后张爱玲针对《倾城之恋》舞台剧演出所写的《罗兰观感》，则更进一步地将白流苏与戏曲中的"弃妇"李三娘相提并论，并以"井边打水的女人"来开展古今叠映的可能，让"感情的公式"也成为一种"看不见的纤维"，通过不断的重复引述，敏感细腻地重复交织为"活生生的过去""贴身的人与事"。张爱玲在文章一开头就提到观看女演员罗兰排戏时的惊喜诧异，"完全是流苏"，接着便说道："《倾城之恋》的故事我当然是烂熟的；小姐落难，为兄嫂所欺凌，'李三娘'一类的故事，本来就是烂熟的。然而有这么一刹那，我在旁边看着，竟想掉泪。"（《罗兰观感》，页94）《诗经·邶风·柏舟》当中"亦有兄弟，不可以据"的弃妇（卷二，页74），在此已白话并简化为"小姐落难，为兄嫂所欺凌"。李三娘一类作为熟烂的"感情的公式"，乃是孕蓄着"几千年的经验的分量"，让看排戏的"原作者"张爱玲也不禁落下泪来，不是因为如此熟烂而疏离而看破手脚，而是因为如此熟烂而伤感而落泪而不能自已。[11]

　　然而此处我们要看到的，不仅是张爱玲《倾城之恋》的故事乃取材于《诗经》的弃妇形象与其后《白兔记》李三娘一类一脉相承的戏曲，或仅限于戏曲演出与小说创作在文类与展现形态上的差异比较，而是要看到张爱玲如何在"感情的公式"里开展出"当代性"（co-temporality）的可能思考，从而得以在"文本中的女人"里给出"女人中的文本"之交织可能。在《罗兰观感》一文的最后，张爱玲写道：

> 流苏与流苏的家，那样的古中国的碎片，现社会里还是到
> 处有的。就像现在，常常没有自来水，要到水缸里舀水，凸出
> 小黄龙的深黄水缸里静静映出自己的脸，使你想起多少年来井
> 边打水的女人，打水兼照镜子的情调。我希望《倾城之恋》的
> 观众不拿它当个遥远的传奇，它是你贴身的人与事。（页96）

此段引文一开头，便是将"古中国"以碎裂化的方式打散在"现
代社会"里，没有传统与现代的新旧断裂，只有整体与局部转换中的新
旧并置。接着就以"井边打水的女人"来串联"古中国"与"现代社
会"，即便住在配有自来水的现代公寓里，遇上战乱停水，还是得用水
缸储水舀水，一时间今夕何夕，仿佛又回旋于古代"打水兼照镜子的情
调"之中。

而此临水照镜的身体姿态所可能带出的文化记忆，正是前文所言
熟烂的"感情的公式"。"井边打水的女人"所交织折叠的，有《白兔
记》与儿子在井台相会的李三娘，有《传奇》中《再版的话》蹦蹦戏舞
台上"挑着担子汲水去"的李三娘，更有《倾城之恋》里离了婚回到腐
旧家庭的白流苏，以及那用水缸储水以应战时不便的"女作家"张爱
玲。而此"井边打水的女人"之穿越古今与穿越文本，最终指向的乃是
一种"远"与"近"的翻转，不是"遥远的传奇"，而是"贴身的人与
事"。《传奇》之为"传奇"，本就有着小说（唐传奇）与戏曲（元明传
奇）之间暧昧的双重性，而《罗兰观感》更以多重暧昧的方式，展现
《倾城之恋》作为现代小说如何交织杂糅着旧戏曲"感情的公式"，而

在搬上新的话剧舞台后又如何重新召唤此公式中的古中国与井边打水的女人。此小说与戏曲"间文本"所开展出的重复引述的不确定性，同时带来由"远"翻"近"的触身感，一种更具身体与情感亲密性的"活生生的过去"。

然而问题来了，《诗经》弃妇—戏曲李三娘—小说白流苏—话剧罗兰—"女作家"张爱玲这一连串可能的"重复引述"，究竟是加强还是弱化了宗法父权对女人的掌控呢？这些引经据典作为"看不见的纤维""活生生的过去"，难道只是为"传统的本身增强了力量，因为它不停地被引用到新的人，新的事物与局面上"（《洋人看京戏及其他》，页109）吗？或那些令人潸然泪下的"感情的公式"，难道永远只能在重复引述中不断"添上了几千年的经验的分量"（页113）吗？有评者道《白兔记》中的李三娘与《倾城之恋》中的白流苏在人物形象上的共通性，正在于皆为"逆境中的弃妇"（李清宇，页143），但白流苏真的只能是现代版的李三娘吗？接下来且让我们再以《倾城之恋》为例，看看小说中的白流苏是如何变为"弃妇"，如何"小姐落难，为兄嫂所欺凌"，以及"重复引述"的感情公式如何有可能在重复中产生变易。

小说一开场便以白公馆夜里突如其来的门铃声，打断黑沉沉破阳台上传来的胡琴声，一阵骚动中得知六小姐白流苏的前夫病逝，兄嫂们七嘴八舌逼她回去奔丧。流苏的三哥更搬出天理人情、三纲五常的大道理来劝说，"你这会子堂堂正正的回去替他戴孝主丧，谁敢笑你？你虽然没生下一男半女，他的侄子多着呢，随你挑一个，过继过来。家私虽然不剩什么了，他家是个大族，就是拨你看守祠堂，也饿不死你母子"（《倾城之恋》，页189）。"封建道德"的乌云压顶，白流苏自是不从，却引来三哥的高声恫吓，"你生是他家的人，死是他家的鬼，树高千丈，叶落归根——"（页189—190），执意要赶她回夫家。

接着便是兄嫂们轮番上阵，当面锣对面鼓地羞辱于她，逼着白流苏心中呐喊"这屋子里可住不得了……住不得了！"（页192）作为穷遗老的女儿，作为离婚七八年的女人，此刻的白流苏当是彻底落得六亲无靠。就像张爱玲后来的评点，"像流苏这样，似乎是惨跌了，一声喊，跌将下来，划过一道光，把原来与后来的境地都照亮了，怎么样就算高，怎么样就算低，也弄个明白"（《罗兰观感》，页95—96）。但白流苏作为《诗经》弃妇或《白兔记》李三娘的重复引述，最终在逆境中走出了完全不一样的人生。她当初的离婚乃是因前夫家暴而主动争取，并非被动遭休离；离婚时争取到的赡养费应算丰厚，虽然后来跟兄长一起投资失利而被盘光。然而一无所有的白流苏没有自怨自艾，也没有回到宗法父权的机制中披麻戴孝做寡妇、守祠堂，而是豁出去进行了一场感情的豪赌，与多金的浪荡子范柳原展开尔虞我诈的"华美的罗曼斯"（张爱玲，《关于〈倾城之恋〉的老实话》，页103），并以结婚作为庸俗人生的修成正果。无怪乎连张爱玲自己都忍不住称赞，"流苏实在是一个相当厉害的人，有决断，有口才，柔弱的部分只是她的教养与阅历"（页103）。相对于《诗经·邶风·柏舟》中"日居月诸，胡迭而微？心之忧矣，如匪浣衣。静言思之，不能奋飞"的弃妇（卷二，页75），白流苏乃是以双重弃妇（离婚后又夫殁）的身份展翼奋飞，一下飞到香港，一下又飞回上海，逃离腐旧的家族，打败潜在的情敌萨黑荑妮公主，成为范柳原"名正言顺的妻"。这败部复活的辉煌战绩，乃是在重复引用"感情的公式"的同时，也改写了"感情的公式"之可能发展与结局想象。

显然张爱玲在语言套式与感情公式的引用之中，给出了差异变化的基进可能，让我们不只看到"重复引述"，也同时看到"重复引述"中所启动的"重复变易（变异、变译）"（iterability）。[12]若白流苏是合着节拍来到现代的《诗经》弃妇或戏曲李三娘，那重复中戛然而止的裂变，已然给出与中国旧戏封建道德分道扬镳、不再相关的态势：

> 阳台上，四爷又拉起胡琴来了。依着那抑扬顿挫的调子，流苏不由得偏着头，微微飞了个眼风，做了个手势。她对着镜子这一表演，那胡琴听上去便不是胡琴，而是笙箫琴瑟奏着幽沉的庙堂舞曲。她向左走了几步，又向右走了几步，她走一步路都仿佛是合着失了传的古代音乐的节拍。她忽然笑了——阴阴的，不怀好意的一笑，那音乐便戛然而止。外面的胡琴继续拉下去，可是胡琴诉说的是一些辽远的忠孝节义的故事，不与她相干了。(《倾城之恋》，页195—196)

白流苏看似亦步亦趋合着抑扬顿挫的调子，笙箫琴瑟的古乐也好，胡琴咿咿呀呀说不尽的苍凉的故事也罢，但只见她忽然"不怀好意的一笑"，便把那"忠孝节义"的封建道德彻底抛诸脑后。古之美女"一笑倾城"乃是宗法父权赞誉与惩戒的一刀两刃，今之白流苏则是以"不怀好意的一笑"，为自己打开了宗法父权的逃逸路径。

由此观之，《倾城之恋》在给出千年感情公式可能的"重复引述"之时，也是再一次对引经据典作为"看不见的纤维"之挪用变换。小说标题明显引用"倾国倾城"之典故，却也同时充分呈现了"倾"作为"文本表面"的复杂交织，松动了其作为单一稳固意义的"点"之可能。首先，《倾城之恋》成功戏耍于"倾"作为"倾慕"与"倾覆"在意义上的暧昧不确定性。"倾国倾城"典出汉朝李延年诗作"北方有佳人，绝世而独立，一顾倾人城，再顾倾人国。宁不知倾城与倾国，佳人难再得"，乃指美女绝色之貌；而《倾城之恋》也不忘写到白流苏充满自恋的容貌："然而她不由得想到了她自己的月光中的脸，那娇脆的轮廓，眉与眼，美得不近情理，美得渺茫。"（页209—210）与此同时，"倾城之貌"的"倾"却又可指向美女之惑主亡国，"商惑妲己、周爱褒姒、汉嬖飞燕、唐溺杨妃"，原本是令满城倾羡的花容月貌，后来却成了让城池倾覆、文明劫毁的红颜祸水，历史成王败寇的代罪羔羊。

　　然而《倾城之恋》对"倾城倾国"之引经据典，乃是将"倾"的暧昧不确定性继续往下推，在重复中"变易—异—译""倾"作为"倾慕"与"倾覆"的既有文化表意。先就"倾覆"而言，《倾城之恋》将古代皇朝王国的毁灭，化为一对乱世平凡男女的聚散，借由第二次世界大战日军对香港的无情轰炸，炸出了这对乱世鸳鸯的一点真心，"成千上万的人死去，成千上万的人痛苦着"，仿佛只是为了让白流苏从难堪委屈的情妇，得以修成"名正言顺的妻"，得以与范柳原在战争的断壁残垣中"执子之手，与子偕老"。全小说的戏肉似乎就在那句"也许就因为要成全她，一个大都市倾覆了"（页230）。不再是美人的花容月貌，迷惑了君王，带来了邦国的毁灭危机，而是由高转低、由古转今、由雅转俗，在一个离婚妇人一心想要抓住浪荡子的心机算计中，战争如事件发生的始料未及，反倒成了白流苏赢得豪赌的最大关键。此将"倾城"改写为小眉小眼的乱世聚合，以"什么都完了——烧完了、炸完了、坍完了"（页208）来重写"天荒地老"的爱情神话，当是反讽中有着最难以言喻的辛酸。

　　而《倾城之恋》在改写"倾"作为"倾覆"的同时，也改写了

"倾"作为"倾慕"的可能。在原本的典故套语之中，美人"倾城"之貌，乃是让全城的男人，从君主到贩夫，都为之疯狂，重点在异性恋关系上的倾心爱慕。但在《倾城之恋》的版本中，"倾慕"却开展出另一个从男女情愫转为女女同性之间的佩服与起而效之的角度，个中关键已不是女人的花容月貌，而是女人在宗法父权的桎梏之下、六亲无靠的绝境当中，能否淬炼出自觅出路的勇气与手段。白流苏从允赴香港幽会范柳原的那一刻起，就已然下定决心，"如果赌赢了，她可以得到众人虎视眈眈的目的物范柳原，出净她胸中这一口气"（《倾城之恋》，页202）。尔后兄嫂们的态度果然转变，"只怕她当真嫁到香港的阔人，衣锦荣归，大家总得留个见面的余地，不犯着得罪她"（页202）。而《倾城之恋》最终的志得意满，正是败部复活的白流苏已然成为其他女人倾慕效法的对象。"四奶奶决定和四爷进行离婚，众人背后都派流苏的不是。流苏离了婚再嫁，竟有这样惊人的成就，难怪旁人要学她的榜样。流苏蹲在灯影里点蚊烟香。想到四奶奶，她微笑了。"（页230，当然又是一个"不怀好意的一笑"）故就"感情的公式"而言，当"遥远的传奇"重复引述为"贴身的人与事"之当下，白流苏已然从《诗经》、从《白兔记》中出走，那些"辽远的忠孝节义的故事，不与她相干了"。就引经据典作为文本中"看不见的纤维"而言，"倾城"典故的重复引述，带出的却是不断变易中的"倾城"，既是城市因战争倾覆之为成全，也是离了婚再嫁让姑嫂倾慕之惊人成就。

然而在《倾城之恋》重复引述并重复变易"倾"之为"倾覆"与"倾慕"的同时，我们还可以在"倾"作为"文本表面"的交织之中，看到另一个古今叠映的可能："顷"与"倾"的相通。古汉语"顷"同"倾"，都有偏斜不正之意。除此之外，"顷"亦作古代土地面积的丈量单位，百亩为顷。但对我们而言更为关键的，乃是"顷"作为时间感性所可能给出的重复变易。"顷""旋""俄"在古汉语中皆为表达时间短暂的副词，《助字辨略》卷三："顷，犹云间也。"故"顷"与"久"乃为相对的反义字（段德森，页715）。然而在《再版的话》、在《传奇》、在《倾城之恋》中，原本与"久"相互对反的"顷"，却总已成为"久"之中而非之外的"惘惘的威胁"。"荒凉"不是忧古怀古思古，也不只是今昔对比，"荒凉"乃是看到"顷"与"久"、"瞬逝"与"永恒"在时间现代性中的相互撞击与贴挤。"时代是仓促的，已经在破坏中，还有更大的破坏要来"，此破坏不仅指向战争所造成的断壁残垣的"倾城"（颓圮倾覆之城），也更指向时间不断灰飞烟灭的"顷城"（时间废墟之城）。《倾城之恋》之为《顷城之恋》，不正是天长地久只在顷刻之间，不正是让"荒凉"有了时间的现代感性，而得以呼应波德莱尔（Charles Baudelaire）对"现代性"时间变易最有名、最传神的表达——"稍纵即逝、难以捕捉、变易无常"（the ephemeral, the fugitive, the contingent）吗？

最后就让我们回到《传奇》中《再版的话》的最后，那已然因"事过境迁"而在所有后来《再版自序》中彻底消失的最后。在细细描绘完好友炎樱为《传奇》再版所设计的新封面后，张爱玲将此文字的"描红"延伸到生命的临摹、书写本身的自喻：

> 炎樱只打了草稿。为那强有力的美丽的图案所震慑，我心甘情愿地像描红一样地一笔一笔临摹了一遍。生命也是这样的罢——它有它的图案，我们惟有临摹。所以西洋有这句话："让生命来到你这里。"这样的屈服，不像我的小说里的人物的

那种不明不白，猥琐，难堪，失面子的屈服，然而到底还是凄哀的。[13]

　　此处张爱玲一笔一笔临摹的，既是炎樱的封面草稿，也是以文字成功转换视觉图像。"那强有力的美丽的图案"也在书写行动的顷刻之间，从"封面"转换到了"生命"自身。她引用西洋俗谚自喻身为"作者"的她，只能以带着凄哀底韵的"屈服"方式，因"震慑"而不得不被动地临摹生命的样貌。就字义表达与主题意旨而言，此段文字自可被视为张爱玲作为"作者"的夫子自道，将小说书写视为对生命的被动屈服。但吊诡的是，在此凸显书写之为被动、之为屈服的文字表达中，也同时是张爱玲以"作者—权威"（author-authority）对遣词用句的主动调度与意象经营，充满强烈的掌控意图。而与此同时作为具震慑力之"它者"的生命，却只能停留在语言文字的"譬喻"层次与"题旨"层次被理解、被接收。

　　那我们如何得以反转既有的"譬喻"与"题旨"阅读，回到语言本身的多折不确定呢？什么会是"它者"中的"它者"，"屈服"中的"屈服"，"看不见的纤维"之中"看不见的纤维"呢？若生命"它有它的图案"，那"它"之中确实还有图案。"它，虫也。从虫而长，象冤曲垂尾形。上古草居，患它，故相问无它乎。"（《说文》卷一三下，页285）"它"就是虫的象形，后又再加上虫字部来画蛇添虫，虫旁有它是为蛇。而"它"又可指向异者、别者，英文的other，法文的autre。"它有它的图案"乃是以"它"作为"生命"的第三人称单数代词，不是人称化、性别化了的"他"或"她"，而是"人"之外、"性别"之外的"非人"称、"无人"称。张爱玲曾在《对现代中文的一点小意见》中追本溯源，

"当初为了翻译的需要，造了中性的'它'字……结果还是动物与无机体，抽象事物统称'它'"（页22）。此显然乃作为"作者—权威"的张爱玲之所以用"它"来代称"生命"之缘由。但"它有它的图案"在指向生命自有自的图案之表意外，却也无法回避中性人称代词"它"本身的象形图案作为双重非人称、无人称的书写字迹。

而《再版的话》作为不足两千字的序言，还有和"它"一样在作者意图与意识之外非人称、无人称的书写字迹吗？我们在本章的最后还可以再做一个小小的尝试，尝试从语言的文法句构去思考跨语言的"重复变易"。如前所述，张爱玲在《再版的话》第一段结尾，生动地采用了欧化语法的"祈使句"（imperative）——"快，快，迟了来不及了，来不及了！"（页6）——来双重表达"出名要趁早"的时间急迫感，既是语意的迫不及待，也是祈使语气的箭在弦上，更有长短句与重复语所形成的节奏变化及惊叹号来助阵。而在最后一段的结尾，张爱玲则将西洋俗谚"Let life come to you"，翻译成了"让生命来到你这里"。若第一段结尾的祈使句乃是以动词"快"为起头，那最后一段结尾的祈使句则是用使役动词"让"来开场，然两者皆在祈使语气的运用上，出现了暧昧的"主词"省略与"动作"语态。"快，快，迟了来不及了，来不及了！"，按照文法规则而言，其所省略的乃是第二人称代词"你"，然而就上下文而言，此又是作者张爱玲对自己而非对读者的催促与提醒，省略的反倒更像是第一人称代词"我"。

而"让生命来到你这里"的中英互译则更为复杂。先就英文而言，在"Let life come to you"的句子结构中，显然出现了两个动词与两个受词：祈使动词let＋名词作为受词的life＋原形动词come＋第二人称代名词作为受词的you。然而在双动词与双受词之外，什么是被省略的主词呢？若以"You may let life come to you"思之，被省略的当是第二人称单复数代名词；但若以"I wish you may let life come to you"思之，则被省略的乃第一人称与第二人称之双代名词，分别属于独立子句与附属子句的主词。而翻译为中文的"让生命来到你这里"，其作为欧式语法的可能佶屈聱牙，不在于英文祈使句的主词省略与无法确定，而在于将生命当成具有主动能力的对象。英文句法结构中，除了祈使句外，主词多重要不可或缺，但"让生命来到你这里"却十分贴合中文惯于省略主词的习惯。奇怪的是，一个被省略看不见的主词，被动地"让"（屈服于）"生命"主动地"来到"，仿佛"生命"自己会动作而不受他人操纵掌控，这不也正是《再版的话》从题旨到字义（易—异—译）所欲揭露的书写"自喻"吗？而此一必须经由语言文字中介才得以表达的"自喻"，不也正是转"自"为"字"的"字喻"吗？"让生命来到你这里"的题旨，必须经由语言不透明性的中介而得以表达。语言与生命一样，"它有它的图案"，"让生命来到你这里"的中英互译（易—异—溢）揭露了跨文化语言的差异与重复，更彰显了语言本身的不透明性。《再版的话》最后一段中"我""我们""我的小说"作为可能的主词主格主体，正在认真地一笔一笔临摹那令人震慑、使人屈服的"强有力的美丽的图案"。而与此同时，"它有它的图案"作为语言从字词、语意到语法结构的"无人称"，开放的乃是主词受词、主动被动的基进不确定性，"我""我们""我的小说"也同时是一字一句经由语言中介所形成的受词受格受体。如此，"让生命来到你这里"才得以同时给出生命作为祈使迫力（life as imperative）在题旨再现与语言延异、人称与无人称、意识与无意识上的双重潜力与动量。[14]

我们以张爱玲来穿针引线当代的文本理论，也在当代的文本理论里穿凿附会张爱玲，一心端倪"看不见的纤维"如何重复引述为"活生生的过去"，一再瞧见"感情的公式"如何重复变易为"贴身的人与事"。而所有文本分析的重点，不在于拍板定案那个"蹦蹦戏花旦"究竟是哪个，也不在于苦心孤诣找出"夷""文""本""序""倾"或"它"的最终意涵，而是让《再版的话》继续"再版"，展开对双重"去中心"与"去宗心"的"去宗国化"阅读。这既是对宗法父权作为性别与文化机制（"宗国"作为以宗为中的家族—宗族—国族连续体）的质疑与批判，也是对宗法父权作为语言"阳物理体中心"（"宗国"作为以中为宗、以国为界的语言霸权与宰制阶序）的松动与解放。此"去宗国化"的双重阅读，不仅是意识形态的批判（弃妇与荡妇、苦守寒窑与红杏出墙），更是以语言为中介的书写无意识、无人称，在书写者意识与意图掌控之外"让生命来到你这里"的生成流变，从书写者的主观主格主词，"事过境迁"到书写者被生命、被语言、被时间所牵制的"屈服"。唯有在此"屈服"的顷刻之间，我们或许得以视见"文本中的女人"与"女人中的文本"之交织，为何总已是"文本中的张爱玲"与"张爱玲中的文本"之交织。

1　《再版的话》为最早《传奇》再版时之序言篇名，尔后在皇冠文化1968年出版的《张爱玲短篇小说集》、1991年的《张爱玲全集》、2001年的《张爱玲典藏全集》中皆改称《再版自序》并沿用此篇名，而2010年的《张爱玲典藏新版》，则又改为《〈传奇〉再版自序》。本章所采用的版本乃《张爱玲全集》中收录于《倾城之恋：张爱玲短篇小说之一》的《再版自序》，但正文行文统一用最初的篇名《再版的话》，在直接引述时采此《再版自序》的页码。

2　"蹦蹦戏"名目之由来，有一说正来自最早所使用的"竹板（节子板）击节"，可参见余甲方《中国近代音乐史》，页131。张爱玲此处刻意强调"竹筒"，或可说正正凸显了"蹦蹦"之为戏曲板腔体的形式。

3　在此，"土上加土"所强调的乃是李三娘在黄土高原上的生存处境，并不拟回归"圭"作为"瑞玉也，上圜下方"的雅正诠释，也不拟将其归属于作者张爱玲的巧思安排，仅旨在凸显拟声字的"哇"如何意外带出另类象形兼会意的"哇"，而得以更为贴近文本、更为传神。

4　若将此处用戏妆创造出来的"希腊风的高而细的鼻梁"当成一种可能的线索，牵引出的难免会包括《传奇》增订本中《留情》里的敦凤，"她那没有下颏的下颏仰得高高地，滴粉搓酥的圆胖脸饱饱地往下坠着，搭拉着眼皮，希腊型的正直端丽的鼻子往上一抬，更显得那细小的鼻孔的高贵"（页11—12）。然这一假（戏妆）一真间，自然也有着角色心性与际遇的截然有别。

5　当初《再版的话》改称《再版自序》时少了最后的十来行，而此删除的部分在目前的各种繁体字选集版本中皆未出现。此处引文正来自己遭删除的结尾部分，乃引用庄信正《张爱玲来信笺注》中的原文抄录，可见该书第117页。此结尾部分的删除乃出自张爱玲本身的意愿，正如她在回给庄信正的信中解释道："又，上次信中忘了提，承影印的序最后一段，原来是我自己删的，因为是关于传奇再版本封面，封面早换了。又让你百忙中费事复印，真过意不去。"（庄信正，页116）

6　此"时装仕女图"乃吴友如《飞影阁画报》里的《以永今系》，只是将原本画中挂在墙上的女子肖像，放大转化为从栏杆外探身而入的现代女子（徐祯苓，页144）。

7　可参阅拙著《张爱玲的假发》第三章《"卷首遗照"及其他》对此"卷首玉照"

的详尽探讨。

8   当然"后序"混乱中尚可包括作为"跋"的《中国的日夜》，究竟算新作还是旧作、正文还是跋文，甚至"散文"还是"小说"的文类归属，亦多争议。

9   此亦为何德里达在《播散》(*Dissemination*)的《著作之外——序言》("Outwork, prefacing")中，乃用"序言"或"序言式"(the prefatory)来谈哲学"专有"(proper)的不可能（尤其是黑格尔哲学）：哲学无法看到、无法处理"序言式"所指向的语言的"域外"与"边缘"，只能以补遗的方式，在"序言"之中不断发生而无法越出"序言"、无法给出书的整体再现。

10 《柏舟》有两首。《诗经》中的弃妇形象，除了此处提及的《邶风·柏舟》，尚有《卫风·氓》《邶风·谷风》等。

11 显然张爱玲认为老戏"感情的公式"所召唤的，往往不是所谓戏剧上的疏离或间杂效果，而是一种因熟"烂"而"滥"情的反应，创造出一种因"感情的公式"而得以相互呼应而出的历史"穿越剧"。一如她在《洋人看京戏及其他》中所言，"切身的现实，因为距离太近的缘故，必得与另一个较明彻的现实联系起来方才看得清楚"（页113），而京戏"狭小整洁的道德系统"并非用来产生疏离效果，反倒是让台下的看客、小说的读者眼冷心热地因"烂"而"滥"。

12 此处 iterability 的翻译，主要参考其字源结构与其作为当代解构主义的概念。就字源而言，iterability 乃是拉丁文 iter（again）加上梵文 itara（other），故尝试翻译为"重复变易"。而在德里达的相关著作中，亦强调所有的记号都只一次发生，但也都同时被带入"再次—记号"(re-marking) 的重复可能，亦即他在《签名　事件　脉络》("Signature Event Context") 中所强调的"重复变易逻辑"(the logic of iterability)，让书写本身具有创造转化的重复性或复述性。而此"重复变易"所允诺的"民主到临"(democracy to come)，正是德里达在《文学的行动》(*Acts of Literature*) 中谈文学之为文学行动的最大特色，不可剥夺、不可挪占的"民主到临"不在未来，而是持续对当下此时提出要求与质疑，不断质疑文学之为文学的律法，让文学得以不再是其所是。而本章在此正是尝试以"重复变易"所可能给出的开放自由（字游），来基进化文学文本作为性别政治批判与打开性别美学想象的关键。

13 此段引文亦来自《再版的话》结尾遭删除的段落，转引自庄信正，页117。

14 本章此处对祈使语气的分析，乃是受德里达对卢梭（Jean-Jacques Rousseau）文本祈使语气解构阅读之启发，而螳螂捕蝉、黄雀在后，亦是受哈维（Irene E. Harvey）对（解构卢梭文本中祈使语气的）德里达文本中祈使语气的解构阅读之启发。

"姘"字有何需要不断加以练习之处？

"姘，除也。汉律：'齐人予妻婢奸曰姘。'从女，并声。普耕切。"（《说文》卷一二下，页264）在此简短精要的解释中，至少包含了三个部分可供分析。第三部分最为简单明了，处理"姘"的部首（女部）与发音（并声，普耕切），眼见为实，耳听为虚，无争议之处。然第一与第二部分却似乎有着表面上可能出现的诠释差异，恐需进一步加以会通。第一部分将"姘"作"除"解，乃同"屏"与"摒"，为弃除之意。第二部分讲的则是汉代法律，平等之民（齐人）不得与妻婢私合，指的乃是封建宗法社会明显的阶级之分，士以上皆可有妾，妻之婢女可纳为收房丫头，但庶人不得有妾，与妻婢私合则有罚。秦代《仓颉篇》视所有男女私合为姘，而《说文》此处所引的《汉律》，则将"姘"更进一步特定阶级化与罚则化。[1] 故第二部分之"姘"乃取"合并"之义，与第一部分"姘"之"弃除"之义有异，此即段玉裁在《说文解字注》中特别强调"姘"的"此别一义也"（页631）。[2]

然"姘"之为"弃除"与"姘"之为"合并"，难道真的如此对立不容吗？若就表面文章打圆场，男女私合无名无分，自是被封建宗法弃除于外、不计算在内的，"合并"与"弃除"于是可以一先一后指向同一件事的发生与结果，而非彼此相别义。但本章所跃跃欲试的，却是练习如何维持而非抵消"姘"作为"弃除"与"合并"之间的矛盾与张力，并将其理论化为文本"变译"（变易、变异、变溢）的动态过程。此处的"变译"乃指跨历史、跨文化、跨语际的翻转调动所造成的语言与文化的转变与多义不确定性，以凸显语言与文化在"译—异—易—溢—佚"（翻译—差异—变易—余溢—散佚）之间的滑动与创造。正如本章的标题乃是以"姘"易"拼"，表面上似乎是采用了"姘"与"拼"的同音异字，企图展开"别字"可能带出的趣味幽默或反讽；但若"姘"可同"摒"，"摒"又可同"拼"，"姘与拼古字通也"，现代作为同音异字的"姘"与"拼"，倒又可以是古代文字递变过程中的同音同字，女部与手部的一分为二，二合为一。[3]而"姘"与"拼"皆从"并"声，形声的"并"亦可以是象形的"竝"，"从二立"，两人相从相随，或队列齐步、比肩同行，给出的正是"姘"与"拼"之间另一个可能的并立相连。换言之，"拼"字练习可以是"姘"字练习，但"姘"字练习又可以不只是"拼"字练习，"拼"只有连合或舍弃（亦是"合并"与"弃除"之间的张力）；而"姘"除了斩断联结或建立联结之外，尚有宗法典律对男女私合性行为之惩戒，尚有封建体制通过阶级所掌控管制的婚姻形式，更有沿至当代对"姘"字暗含"不当"的道德评断与循此道德评断所可能展开的人身攻讦。"姘"字练习比"拼"字练习之更为多音多义（译、易、异、溢），乃在于其更有可能生动打开与开打语言文字、宗法习俗、法律规范、阶级地位、道德评断在单一字词上的交织，而得以给出"姘"作为"文本表面"的极度繁复化。此即法国理论家克里斯蒂娃在《词语、对话与小说》（"Word，Dialogue and Novel"）

中所一再强调的，即使小到单一字词，都可以是"文本间性"的交织，都可被视为"文本表面"。（页36）

而本章所欲展开的"姘"字练习，将以张爱玲1944年12月发表于《苦竹》第二期的短篇小说《桂花蒸　阿小悲秋》为例，思考如何在语言的"拼"字练习中也看到性别的"姘"字练习。小说女主角丁阿小，在上海租界洋主人家帮佣，上海话滑溜，但识字不多，偶替洋主人接电话或与洋主人沟通时，则是一口勉强凑合的"洋泾浜英语"（Pidgin English）。而阿小与阿小男人之间的关系，更常被视为张爱玲笔下"姘居"的另一代表，不像正式夫妻关系那般郑重，却是"活泼的，着实的男女关系"（《自己的文章》，页22），勤勤俭俭过着小日子。"姘居"一说出自张爱玲《自己的文章》，原本乃是谈论《连环套》中的霓喜与霓喜的男人们，然在《苦竹》第二期刊出《桂花蒸　阿小悲秋》的同时，也转载了原本发表于1944年7月的《自己的文章》，让"姘居"的诠释方向获得了更新、更有力的支持。但"姘居"作为主题诠释的方向，往往仅及于人物角色与情节发展，而未能与《桂花蒸　阿小悲秋》作为借由语言文字中介的文本产生进一步交织的可能。故本章的企图乃是以"姘"之为"文本表面"为出发点，尝试以《桂花蒸　阿小悲秋》展开"性别文本化"与"文本性别化"的女性主义阅读，同时谈"语言姘合"与"男女姘合"，以及此二姘合所可能带出的动态"变译"（变易、变异、变溢）。主要处理的文本除了《桂花蒸　阿小悲秋》外，亦包括该小说的张爱玲自译英文版本与他译英文版本，以便能从"语言姘合"作为语言文字的变译能力与"男女姘合"作为性别关系的变译能力，进一步推向"翻译姘合"作为跨语际实践的变译能力，以求同时得见语言文字、男女关系、翻译实践在"变译"之中求生求存、活泼且着实的强悍生命力。

开口说话：中文的英文，英文的中文

蔡康永曾在悼念张爱玲的文章中提到一个小插曲，他自小总无意识地用上海话来读张爱玲，直到有一天与朋友交谈，才赫然发现朋友居然是用普通话在读张爱玲。而这出现在两位张迷之间的"惊人"发现，正是通过《桂花蒸 阿小悲秋》中的一小段文字得以揭露："嗄？那你怎么念《桂花蒸 阿小悲秋》里讲的话？你怎么念阿小的儿子呆看天空时，喃喃自语的'……月亮小来……星少来……'？"（蔡康永，页101）对许许多多只会说普通话的读者而言（包括本书作者），恐怕不仅没有办法用上海话传神地念出"月亮小来！……星少来！"；更可能对中文字面的认知理解也出现障碍，不问不查便无法明了其乃指"月亮有点小，星有点少"。而文本中阿小儿子百顺的这句自言自语，也立即招来母亲阿小的口头数落："什么'月亮小来，星少来'？发痴滴搭！"（张爱玲，《桂花蒸 阿小悲秋》，页134）此刻马上又蹦出另一个只能用上海话念来才传神才到位的"滴搭"，亦即"做什么"。[4] 而这样交织在《桂花蒸 阿小悲秋》文本中的上海话（或广义的吴语）更是错落有致，"娘姨"是女佣人，"姆妈"是母亲，而作为上海话詈词的"瘪三"，也反复被用来当成对自己小孩的昵称。于是阿小催促着百顺"还不快触祭了上学去"（页118，"触祭"乃"吃"，贬义詈词）；或是当阿小送串门子的姊妹出门，百顺也跟在后面嘟囔"阿姨来白相呵"（页128，"白相"乃"玩耍"）。这些上海话词语的此起彼落，乃生动活泼地带出了阿小之为"苏州娘姨"以及上海之为小说无须言明的时空背景。

而在《桂花蒸　阿小悲秋》中与上海话一样错落有致、生动传神的，则非洋泾浜英语莫属。[5]教育程度不高的阿小，却早已练就一身为洋主人哥儿达接电话的本领，撇着洋腔洋调使命必达。"哈啰？……是的密西，请等一等。"（页118）此处的中式英语之所以生动传神，正在于将"洋泾浜英语"中最常见的"Missy"（而非惯用的"Miss"），翻译成了中文"密西"（而非惯用的"密斯"），以破中文对破英文，一看便知乃"洋泾浜"。或是阿小为洋主人挡掉不想接听的电话时谎称"哥儿达先生她在浴间里"，英文人称代词的性别倒错，显而易见。而小说叙事者也不无调侃地补上一句，"阿小只有一句'哈啰'说得最漂亮，再往下说就有点乱，而且男性女性的'他'分不大清楚"（页121）。然而阿小却从不放弃以荒腔走板的"洋腔"，奋奋兴兴、红红火火进行着各种支离破碎的表达，"她迫尖了嗓子，发出一连串火炽的聒噪，外国话的世界永远是欢畅、富裕、架空的"（页122）。这既是她跻身参与外国话世界的兴奋片刻，亦是出于生活与工作需要的恬不知耻、无所畏惧。

那究竟什么是洋泾浜英语？洋泾浜英语究竟展现了何种跨语言、跨文化、为求沟通（交易）不择手段的生猛活力？甚且pidgin一词本身究竟如何展现了洋泾浜英语的错综复杂、莫衷一是呢？让我们先来看看张爱玲在《编辑之痒》中如何定义并列举"洋泾浜英语"：[6]

　　"浜"这俗字音"邦"，大概是指江边或海边的水潭。上海人称Pidgin English为"洋泾浜英文"——洋人雇用的中国跑街仆役自成一家的英语，如"赶快"称chop-chop，"午餐"称"剔芬"（tiffin），后者且为当地外侨采用。我小时候一直听见我父亲说"剔芬"，直到十几岁才知道英文"午餐"是"冷吃"（lunch）不是"剔芬"。"芬"想必就是"饭"，"剔"不知道是中国何地方言。这一种语言是五口通商以来或更早的十八世纪广州十三行时代就逐渐形成的，还有葡萄牙话的痕迹。（页91—92）

诚如张爱玲所言，洋泾浜英语最早来自做生意时的沟通需要，不论是"十八世纪广州十三行"还是"五口通商"，洋泾浜英语乃是掺杂了粤语、上海话、葡萄牙语等的英语，一如pidgin一字本就多被视为粤语发音的葡萄牙语ocupaçao或英语business。[7]故凡指向无共通语言前提下所进行的跨文化交易过程中语言的权宜表达，就都是Pidgin Language，常被翻译成"皮钦语"（乃是以粤语发音的pidgin循英语发音译为中文）或"别琴语"（循沪语发音译成中文）。

故整体而言，"皮钦语"在中国的历史发展，多可上溯至16世纪的葡萄牙—中国沿海交易、17世纪末的英国—中国贸易等，夹杂中文、英文、印度语、葡萄牙语，词汇有限，发音本土化（尤其是先后加入粤语与沪语的发音与句法），听起来幼稚可笑，却又多能使命必达。而随着英语的流通，皮钦英语在20世纪已逐渐式微，并从原本贸易买办的流通语，转而成为外国人家中仆佣所使用的沟通语言（Strazny, 200-201）。而"皮钦英语"之所以又被称为"洋泾浜英语"，乃是19世纪中叶后以上海黄浦江支流洋泾浜（英、法租界的界河）来重新命名，更增添了"皮钦英语"从广州到上海的历史移动痕迹，从买办流通语到外国人仆佣沟通语，自然亦是张爱玲在《编辑之痒》一文中提到的上海地区"洋人雇用的中国跑街仆役自成一家的英语"。然而有趣的是，文中张爱玲谈论洋泾浜英语时所举的chop-chop与tiffin两例，却又似乎多有暧昧。Chop-chop作为"赶快"（或"速速"的粤语发音），指向的乃是汉语（粤语）的英语象声字（以英文字母拼出汉语或粤语的发音），而此类由汉语直译（音译或意译）而成的英文，也早已从过往跨文化声腔的异国猎奇，正式成为被字典收录的当代英语单词，一如chop-chop早自1897年就被当成"皮钦英语"而收录于辞典（Barrère and Leland, 236）。直到今日最为通行的牛津英文辞典亦复如是，或如《桂花蒸　阿小悲秋》中提到洋主人留在冰箱里的"杂碎"炒饭，其汉语直译chop suey亦已成为当代英文辞典收录的正式单词。

　　虽然chop-chop与上文所提及阿小讲英语时用的"密西"与人称代词的男女不分相比，显然后者更被视为"洋泾浜英语"的代表，但前者作为中文的英（音）译或"外侨"英语的入境随俗，至少还常被归类为"洋泾浜英语"，而张爱玲所举的第二个例子tiffin，却带出更多争议的空间。此例之生动，在于tiffin一词乃是循父女情感的闪回记忆而出，父亲口中的"剔芬"原来应是"冷吃"，一如《小团圆》女主角九莉忆及幼时父亲偶尔伸手揉乱她头发时叫她"秃子"，"多年后才悟出他是叫她Toots"（页97）。对张爱玲而言，出自父亲口中的tiffin之为"洋泾浜"，乃是中国地方方言的由中转英，成为上海彼时外侨的习惯用语，而张爱玲父亲受此影响也称"午餐"为tiffin。张爱玲多年以后所悟出的道理有两层：第一层是英文的"午餐"是lunch（中文音译为"冷吃"），不是tiffin（中文音译为"剔芬"）；第二层是原本以为是英文的tiffin，其实是洋泾浜英语的"中文英（音）译"（"芬"想必就是"饭"），亦即父亲口中像是英文的tiffin，其实是中国地方方言的英（音）译。而《小团圆》中亦涉及父女情感记忆的Toots之例却正好相反，父亲口中被误听成中文"秃子"的，其实是英文toots（甜心宝贝）这一昵语。

但麻烦的是，若我们回到世界殖民语言文化史一探究竟，就会发现tiffin多被归类为"英—印语"（Anglo-Indian）而非"洋泾浜英语"。在按英—印语历史发展而来的权威辞典《霍布森－乔布森》（*Hobson-Jobson*）中，tiffin乃属"英—印"词汇，从英文俚语tiff（小酌）而来，本指小酌时搭配的餐点，后用来指"午餐"。虽说有人主张tiffin乃阿拉伯语，亦有人主张tiffin有可能是中文"吃饭"之意，却不被《霍布森－乔布森》辞典所采信，反而详尽指证早在1785年的英文文献中，就已出现tiffing作为吃或喝的餐饮表达记录（Yule and Burnell, 700）。此处我们并非要就此论断张爱玲的猜测是否错误，而是透过此例再次看到所谓的皮钦语或洋泾浜英语在"根源"与"路径"上的错综复杂，比比皆是"寻向所志，遂迷不复得路"。而除了张爱玲在《编辑之痒》中列举的洋泾浜英语外，我们亦可回到《桂花蒸　阿小悲秋》中再举一例。"瘪三"在小说中多次出现，乃阿小在他人面前用以亲昵称呼自己的儿子百顺（同乡的老妈妈亦称其子"瘪三"）。如前所述，"瘪三"乃上海话詈词（亦可用作昵语），指流浪汉、乞丐、无业游民。但此上海话詈词的背后，却也同样有着洋泾浜英语的复杂"根源"与"路径"。学者考据此语最早源自上海街头无赖向洋人讨钱所喊的begsir（beg sir），或来自上海买办称无钱之人所创的empty cents，再转成"瘪的生斯"或"毕的生司"，又因"生"与"三"在吴语中发音相同，洋泾浜英语如此翻来覆去，遂出现了"瘪三"一词（Lu, 16）。[8]

换言之，在阅读《桂花蒸　阿小悲秋》的文本时，我们不仅要在中文的书写表面，读出上海话的此起彼落（即便无法直接用上海话来念），或看出洋泾浜英语的翻来覆去，也要在中文之中读出中式英文的英翻中，有时是文法错误，有时是用法特殊，有时是发音失准（掺和了粤语或吴语发音的英语发音），有时是中国人的洋泾浜，有时则是外侨的洋泾浜，字字句句都是超级精彩的多声道"语言姘合"。但在《桂花蒸　阿小悲秋》中穿插藏闪的，除了显性的上海话与洋泾浜英语外，还有更多隐性的"中文的英文"与"英文的中文"。像是洋主人哥儿达在电话中敷衍打发女友李小姐："当心你自己。拜拜，甜的。"（页133）此处"当心你自己"应是英文句子 Take care of yourself 的蹩脚意译，一如在此句中"甜的"之为 Sweet、Sweetie 之昵语。蹩脚中文不仅能带出洋泾浜英语的蹩脚（阿小英语的中文翻译），也能偶尔带出直接由英文翻译过来的洋式中文的蹩脚（哥儿达英语的中文翻译），以凸显洋主人虚情假意的敷衍。诚如评者所言，"这也可以印证中英兼擅的张爱玲习惯在对话里仿真'非驴非马'的语言，从而营造与别不同的风格"（谭志明，页182）。如果"洋泾浜"所指向的乃上海场景中无所不在的"中式洋文"，那此处蹩脚翻译所带出的，不也正是另一种上海场景中无所不在的"洋式中文"吗？例如此句中的"拜拜"，虽最早乃英语 Bye-bye 的中文音译，但早已成功融入中文语境，变成中文的日常口语，而不再强调或凸显其原本的"洋腔"。

　　但此句最无疑处有疑的，乃是"你"而非"妳"的用法。阿小的洋泾浜英语分不清男性女性，叙事者还不忘添上一句，特别强调她如何将"他"误用为"她"，而此处男性洋主人用"你"来称呼电话另一端的李小姐，则出现了至少两个可能的细微差异。张爱玲曾在《对现代中文的一点小意见》中表达了对于"她"与"妳"的不以为然：

　　　　最初提倡白话的时候，第三人称只有一个"他"。创造

"她"字该是为了翻译上实际的需要，否则有时候无法译。西方各国"他""她"二字不同音，无论在对白或叙事中，一听、一望而知是指谁。都译为"他"，会使人如坠五里雾中。此后更进一步，又造了个"妳"字，只有少数人采用，近二十年来才流行。偶有男女大段对白，而不说明是谁说什么，男方口中的"妳"可以藉此认出发言人是谁，联带的上下几次的人都清楚了。（页19）

故就第一个层次而言，张爱玲在此尝试解释"她"与"妳"作为性别化人称代词的出现，乃跨语际翻译的实际需要，且与白话文运动的提倡息息相关。但矛盾的是，若以英文为例，男女第三人称代词之有别，促成了中文"他"之后又有"她"的出现，但英文男女第二人称代词原本就无别，却在中文之中又出现了"你"与"妳"的区分，好似原本男女不分的中文，突然之间矫枉过正，出现了过度区分的倾向。张爱玲甚且表示，当"妳"流行起来后，"女人似乎也喜欢'妳'字，几乎称她'你'就带侮辱性，仿佛她不够女性化"（页19）。而就第二个层次而言，张爱玲也曾抱怨出全集时"妳"的阴魂不散：

> 我出全集的时候，只有两本新书自己校了一遍，发现"你"字代改"妳"，都给一一还原，又要求其余的几本都请代改回来。出版后也没看过。夏志清先生有一次信上告诉我还是都是"妳"，我自叹"依然故妳"。（页22）

那此处洋主人哥儿达口中由英文译为中文的"你"，究竟是从英文习惯第二人称代词的男女不分，还是从中文（白话）习惯的暗贬或错用？究竟是编辑忘了改，还是被作者及时还原？为何在"依然故妳"的张爱玲全集里，此处仍是用"你"代"妳"的幸存，而此幸存却又巧妙地保存了英文第二人称原本的男女不分？看来洋主人哥儿达一句"当心你自己。拜拜，甜的"之中，既有由英语直译过来的蹩脚中文，也有已然中文化的英语，更有夹在字里行间的中英文在人称代词上性别藏闪的不确定性。

如果这些动态的"语言姘合"让我们看到"中式洋文"与"洋式中文"的相互交织，那《桂花蒸　阿小悲秋》还有更多语言见微知著的"变译"。像是一句"冰箱的构造她不懂，等于人体内脏的一张爱克斯光照片"（页131），将冰箱比作内脏的譬喻已是精彩，而英文 X-ray 直接音译为"爱克斯光"也毫不违和，甚且"爱克斯光"作为最初中文化的英文翻译名词，更带着时髦、洋化的现代气息，非常贴合阿小所身处的上海租界。或是文中写到哥儿达的风流好色，甚至不惜"给半卖淫的女人一点业余的罗曼斯"（页124），此处将 romance 直接音译为"罗曼斯"亦甚为普遍，且更是大量贯穿于张爱玲的各种文学文本之中。或让我们再举一例：小说最后一段描写被风卷到阴沟边的小报，"在水门汀阑干上吸得牢牢地"（页137），此处的"水门汀"自是英文 cement 的直接音译，典型洋泾浜英语的代表，一个带有时髦、洋化气息的都市生活用语，亦为张爱玲文本的惯用语。但此句除了"水门汀"之外，"阑干"一词亦有蹊跷，此乃"栏杆"的古语表达，如李白《清平调》中的"解释春风无限恨，沉香亭北倚阑干"。弃"栏杆"而就"阑干"，乃是让充满古典诗意想象的建筑形式"阑干"与洋泾浜英语所凸显的现代建筑材料"水门汀"，"并"在一起比肩而行、齐步而走，正是《桂花蒸　阿小悲秋》中所一再出现的"语言姘合"特色。更有甚者,"牢牢地"中的"地"则又是另一个中文"欧化语法"的显影,英文副词语缀-ly的还魂。一句"在水门汀阑干上吸得牢牢地",让楼下阳台上贴着小报的水泥栏杆,又中又西、又摩登又古雅,既是再现元素上的精彩排比(公寓、阳台、水泥、栏杆、小报、秋风),也是语言构词上的绝妙姘合。[9]

　　然《桂花蒸　阿小悲秋》中不仅有中文、英文、洋式中文、中式洋文的姘合,更有白话与文言的姘合。这厢以古典语词"鲜华"来形容大圆脸小眼睛、打扮得像大学女生的阿妈秀琴,"好像她自己也觉得有一种鲜华,像蒙古妇女从脸上盖着的沉甸甸的五彩缨络缝里向外界窥视"(页122);那厢写到阿小"归折碗盏"(页122)或"杯盏"(页133),用的都是带有旧小说古典色彩的文言语词。或这厢的阿小"一壁搓洗,一壁气喘吁吁的说"(页124);那厢阿小的男人则"旋过身去课子"(页129),或是躲到阳台上"负手看风景"(页131)。就连叙事者形容洋主人硬起声的态势,也用了类似《红楼梦》的句子"丁是丁,卯是卯的"(页133)来形容,更别说那些散在文本中的各种话本套语、成语、惯用语、谚语等。[10]

　　而更有趣的,则是文中还不时冒出一些吴语方言,带出官话中某些已经消失、却依旧出现在吴语小说《海上花列传》与《九尾龟》等中的古词,既是古典语,又是上海话,仿佛是要再次证明吴语方言更为贴近古汉语,而官话则较多满蒙方言的混杂。例如,阿小高声叱喝着儿子,"她那秀丽的刮骨脸凶起来像晚娘"(页118),此处不用"继母",而用了吴语"晚娘"。或是阿小向秀琴解释洋主人款待女客的固定菜单,"一块汤牛肉,烧了汤捞起来再煎一煎算另外一样。难末,珍珠米"(页122—123)。"珍珠米"自是彼时上海人口中的玉米,但"难末"却是上海话中的惯用转折语，"上海话中较老而又保持到现今的连接词"（钱乃荣，页324），用来表示"于是，然后，这下"。或是阿小嘲笑洋主人的新中国女友，"连哥儿达的名字都说不连牵"（页123），"连牵"又是一个吴语小说的惯用词，表示流畅连续。《桂花蒸　阿小悲秋》对古雅文言词语（亦是吴语方言化的古语）的运用，自是有着高度的自觉与风格策略，但小说中更借由一封乡下姆妈的来信，极力嘲讽文话套式书信的拙劣，不仅文白夹杂，错误百出，更任由阿小的男人用句点胡乱断句，着实贻笑大方。

　　当然我们也不要忘记，1944年12月在《苦竹》第二期发表的《桂花蒸　阿小悲秋》，正是写于《连环套》（1944年1月起在《万象月刊》连载六期后，于7月自动腰斩）之后，而与《桂花蒸　阿小悲秋》同期在《苦竹》转载的《自己的文章》，原发表于该年5月《新东方》杂志，正是部分回应迅雨（傅雷）《论张爱玲的小说》的褒贬。[11] 而迅雨在赞赏之余最不留情面的批评要点，正是针砭张爱玲小说中不知节制、如细菌般蔓延的古典套语：

　　　《倾城之恋》的前半篇，偶尔已看到"为了宝络这头亲，却忙得鸦飞雀乱，人仰马翻"的套语；幸而那时还有节制，不过小疵而已。但到了《连环套》，这小疵竟越来越多，像流行病的细菌一样了——"两个嘲戏做一堆"，"是那个贼囚根子在他跟前……"，"一路上凤尾森森，香尘细细"，"青山绿水，观之不足，看之有余"，"三人分花拂柳"，"衔恨于心，不在话下"，"见了这等人物，如何不喜"，"……暗暗点头，自去报信不提"，"他触动前情，放出风流债主的手段"，"有话即长，无话即短","那内侄如同箭穿雁嘴，钩搭鱼腮，做声不得"……
这样的滥调，旧小说的渣滓，连现在的鸳鸯蝴蝶派和黑幕小说
家也觉得恶俗而不用了，而居然在这里出现。岂不也太像奇迹
了吗?（页14）

而张爱玲在《自己的文章》中也毫不闪躲地做出回应，她强调《连
环套》之所以"袭用旧小说的词句"，乃是"迁就的借用"，用"一种
过了时的词汇"，来表达上海人心目中五十年前浪漫香港的双重时空距
离，但也自承有时难免陷于刻意做作，并谦言"我想将来是可以改掉
一点的"（页24）。然紧接着《连环套》之后创作的《桂花蒸　阿小悲
秋》，写的是当下上海的"姘居"，而不是五十年前香港的"姘居"，但
依旧文白掺杂，套语如珠。例如形容起阿小的脸红，"她整个的脸型像
是被凌虐的，秀眼如同剪开的两长条，眼中露出一个幽幽的世界，里面
'沉鱼落雁，闭月羞花'"（页120），显是毫不避讳迅雨笔下恶俗滥调之
讥，依然故我，在新与旧、中与西、高与低之间，进行着各种"姘"字
练习的文学实验。

而《桂花蒸　阿小悲秋》中最为神秘的"语言姘合"，乃出现在最
为显著的小说标题与引文中。《桂花蒸　阿小悲秋》以炎樱的散文（诗）
做开场引文，"秋是一个歌，但是'桂花蒸'的夜，像在厨里吹的箫调，
白天像小孩子唱的歌，又热又熟又清又湿"（页116），以歌对调，又以
歌的重复成功带出深夜转白昼的温度与湿度变化。[12]然此引文之蹊跷，
不仅在于小说以所谓作者好友的真人实文开场，混淆了虚构与纪实、小
说与散文的既有分界，更在于"炎樱"作为真名实姓，本身就已是跨
语际的多重"变译"。[13]"炎樱姓摩希甸，父亲是阿拉伯裔锡兰（今斯里

兰卡）人，信回教，在上海开摩希甸珠宝店。母亲是天津人，为了与青年印侨结婚家里决裂，多年不来往。"（《对照记》，页56）Fatima Mohideen不叫"摩希甸"而叫"炎樱"的原委，乃出自张爱玲的命名创举：

> 我替她取名"炎樱"，她不甚喜欢，恢复了原来的名姓"莫黛"——"莫"是姓的译音，"黛"是因为皮肤黑。——然后她自己从阿部教授那里，发现日本古传说里有一种吃梦的兽叫做"獏"，就改"莫"为"獏"，"獏"可以代表她的为人，而且云鬟高耸，本来也像个有角的小兽。"獏黛"读起来不大好听，有点像"麻袋"，有一次在电话上又被人听错了当作"毛头"，所以又改为"獏梦"。这一次又有点像"獏母"。可是我不预备告诉她了。（《双声》，页63，注1）

"炎樱"之名一波多折，从日本古传说中的小兽到中国古神话中的丑妃，文字旁征博引之魔力，可见一斑。

然从"炎樱"到"獏梦"，除了展现好友与张爱玲的亲密友谊之外，也间接说明了张爱玲一直为好友扮演着中国文字与文化的翻译者与诠释者（甚至命名者）。在《炎樱语录》里张爱玲将好友对自己矮小丰满身材之自嘲"Two armfuls is better than no armful"，逗趣地妙译成"两个满怀较胜于不满怀"（张解释此翻译乃根据"软玉温香抱满怀"）。（页119）在《气短情长及其他》中也写到獏梦有同学姓赵，一日问起"赵（趙）"字怎么写，张爱玲将其拆为"走"字与"肖"字为其解说，"'肖'是'相像'的意思。是文言，你不懂的"（页72）。而积极学习中文的炎樱，识不得几个现代中文方块字，更遑论文言，却又常语出惊人闹笑话，"中文还不会，已经要用中文来弄花巧了！"（页72）而我们在此绕了一圈说明炎樱的不识中文，正是要凸显《桂花蒸　阿小悲秋》开场的引文本身已有"语言姘合"的痕迹，即由炎樱所写的英文翻译成的中文，"炎樱"是此处的刺点，否则无法从诗意流畅的引言文字表面，看到任何所谓英翻中的痕迹。而此段引言为英翻中的另一个脉络提示，则出现在《苦竹》第二期的内容编排之上，在此不仅有《桂花蒸　阿小悲秋》的首刊，也有《自己的文章》的转载，更有张爱玲翻译炎樱的文章《生命的颜色》。而由胡兰成在1944年11月创立的《苦竹》封面，一如张爱玲《传奇》再版与增订本的封面，都由炎樱所设计，创刊号中也有张爱玲翻译的炎樱文章《死歌》。诚如单德兴所言，"一九四〇年代张爱玲的译作对象大都是挚友炎樱（Fatima Mohideen）的作品"（页162），当又是另一支持引文为英翻中的参考资料。若彼时炎樱为张爱玲、胡兰成设计视觉封面，那此段原本或不应出现在现代小说中的引文，或许也可被视为另一种文字封面，不是"画"龙点睛，而是以最简短的文字给出小说从听觉到触觉、从厨房到日常的叙事基调。[14]

然我们兜了一圈说明炎樱不识中文，又兜了一圈说明炎樱的中文创作都是张爱玲的翻译，两人"四手联弹"、合作无间，主要的企图无非是要再次回到由英文翻成中文、有着身体感官强度的开场引文，一探端倪。炎樱的署名让我们得以猜测此段引文恐怕原本乃是以英文书写而成的句子，而此段引文中的引文，引号中的引号"桂花蒸"，也恐怕正是整篇小说最婉转幽微、最不疑处有疑的"语言姘合"。[15]小说题目以"七言"的古法为之，前三字与后四字之间以空格断开，以示停顿或区隔主标副题，"颇具唱词的一份跌宕与节奏感"（康来新，页45）。[16]后四字

"阿小悲秋"之为"语言姘合",乃在巧妙颠倒了中国抒情文学传统的"悲秋"主题,不是文人骚客、才子佳人的劳心者(如宋玉、杜甫、欧阳修、李清照、林黛玉等),而是"一个文墨不通的劳力者,从乡间到城市谋生的小小女子丁阿小"(康来新,页44)。阿小之为阿小,除了"生得矮小"(《桂花蒸 阿小悲秋》,页117),"瘦小得像青蛙的手与腿压在百顺身上"(页136),恐更是以年幼的排行称之,看来其不仅不通文墨,甚至连名字都阙如。而小说对上海租界日常的铺陈,除了夜晚一场蒸热至极后骤至的暴雨,阻挡了阿小与阿小男人所欲的一夜温存,次日清晨节气顿时入秋转凉外,并无传统"悲秋文学"的抒情言志特质或任何感伤基调,"阿小悲秋"四字的姘合张力,不正在于雅与俗、高与低的置换、贴挤与突兀吗? [17]

　而小说标题前三字的"桂花蒸"既雅致又通俗,八月桂花香,俗称桂月,而"桂花蒸"当然不是蒸桂花,而是形容入秋后暑热不减反增的"秋老虎"天气,正如小说中一再出现对天气闷热蒸腾的抱怨,"过了八月节了还这么热"(《桂花蒸 阿小悲秋》,页116)。[18]但蹊跷的乃是炎樱引文段落中的"桂花蒸"以引号突出显示,不谙中文的炎樱断无可能熟稔"桂花蒸"的典故,想必是张爱玲再次双重的"中文化"(翻译成能同时与中国文学、中国文化相应的中文)翻译,一如前文所举"两个满怀较胜于不满怀"的巧妙逗趣,乃是以"软玉温香抱满怀"为本的双重"中文化"翻译。那我们或可好奇地探问炎樱所使用的英文原文为何,而张爱玲又是如何巧妙地将其翻译成既雅致又通俗的"桂花蒸"的呢?我们当然可以大胆臆测炎樱所使用的英文或为Indian summer,一个既通俗又充满文学地理联想的短语,或换成世界各地其他各种约定俗成用来形容"秋老虎"天气的英文短语也成,如gypsy summer、old woman's summer、poor man's summer 等，然重点不在于答案是否可寻可觅可确定，而在于引号所带出的"桂花蒸"总已是一个不可考的中英翻译，一个语言姘合的谜题。

·2·

姘居的年代

在《桂花蒸 阿小悲秋》中穿插藏闪的，有中文、英文、洋泾浜英文、中翻英、英翻中、洋式中文、中式洋文与各种文白交织、方言俚语的转进拉出；而本章之所以用"姘"而不用"拼"，除了凸显其既离且合（既弃除偏离原有固定的词语意义和语法脉络，且创造联结新的动态"变译"），凸显其脱规矩、不合法，甚至可能招致的文化贬抑与道德责难，更是企图与小说所欲展现的和语言一样活泼、深具变译能力的日常"姘居"相互环扣。在过往的批评文献中，对《桂花蒸 阿小悲秋》的诠释有两个主要的方向。第一个方向较为"去历史化"，强调阿小之为"地母"原型，"丁阿小于是成了原始类型的女子，具有'大地之母'的生猛、善感与永恒性"（康来新，页45），不仅以强烈的母性情感养护儿子百顺，甚至对平日专挑她毛病的洋主人也不遗余力地包容捍卫，而证诸小说中的表述则是"她对哥儿达突然有一种母性的卫护，坚决而厉害"（《桂花蒸 阿小悲秋》，页132）。[19]第二个方向则较为"政治化"，凸显阿小之为劳动阶级的悲哀，如何在殖民与阶级的双重压迫下存活，并以上层社会／下层阶级、物质生活／道德价值、殖民者／被殖民者来开展辩证。[20] 若"地母"之解读过于仰赖神话原型，而阶级之争辩也易流于概念先行，那本章所欲尝试的，乃是从上海城市现代性的"脉络文本"，重新历史化与政治化"上海女佣"的出现，以阿小与阿小男人的关系，作为一种新形态城市空间男女社交、婚姻形态、家庭组合、经济生活所给出的各种"姘合""变译"可能。

首先，就让我们从阿小作为"上海女佣"的劳动身份开始谈起。张爱玲曾在《写什么》中自我调侃，朋友问到她是否会写无产阶级的故事时，她迟疑了一会回答道"不会。要末只有阿妈她们的事，我稍微知道一点"，后来才从别处打听到，"原来阿妈不能算无产阶级"。（页133）此处不仅让我们看见阿妈乃是张爱玲生活经验中少数能紧密接触到的劳动阶级妇女，也让我们看见文章中隐含的对奉无产阶级为圭臬的左翼文学之不以为然。而在《我看苏青》一文中，张爱玲也对自家的阿妈做出了动人的描绘："我们家的女佣，男人是个不成器的裁缝，然而那一天空袭过后，我在昏夜的马路上遇见他，看他急急忙忙直奔我们的公寓，慰问老婆孩子，倒是感动人的。"（页92）而附录在《我看苏青》之后的《苏青张爱玲对谈记》，则更直白带出张爱玲家中女佣的工作样态："我们的阿妈早上来，下午回去，我们不管她的膳宿，不过她可以买了东西拿到这里来烧。"（页80）而其中一段更记述曾见一个阿妈打小孩的场景，令张爱玲感受深刻、久久难忘："小孩大哭，阿妈说：'不许哭！'他抽抽噎噎，渐渐静下来了。母子之间，僵了一会，他慢慢地又忘了刚才那一幕，'姆妈'这样，'姆妈'那样，问长问短起来，闹过一场，感情像经过水洗的一样。骨肉至亲到底是两样的。"[21]

看来不论是在空袭过后急忙奔走探视妻小的裁缝老公，还是哭闹一场后又缠在母亲身旁团团转的小孩，在张爱玲眼中这劳动阶级的夫妻与骨肉亲情，不通过言辞达意，反倒更为直截诚挚，不似中产阶级的多所矫饰。当然此处我们并非要对号入座，将张爱玲实际生活中的女佣视为阿小的原型（小说中阿小的男人确实也是个不成器的裁缝），然后就此拍板定案，而是要看到张爱玲如何在生活经验中，得以敏感捕捉劳动阶级家庭的情感表达模式，以及如何在小说的文学实验中，得以铺展此感情模式的表达。然张爱玲与张爱玲家（姑姑、母亲与张爱玲的家）中的女佣，并非少数特有的案例，而是随着清末民初上海城市现代性一路发展所带来的蓬勃社会文化现象。诚如《申报·劝恤婢女说》所言，"合城内外，洋场南北，岁有百金，家三四口者，无不雇用佣妇，大抵皆自乡间来"；又云"妇女贪上海租界佣价之昂，趋之若鹜，甚有弃家者，此又昔之所未见也"。[22] 而这批源源不绝、从乡下奔赴上海寻找帮佣工作的阿妈或娘姨群体，更可被视为上海最早的职业妇女，"这支气势浩荡的劳动娘子大军，相信其历史远要悠长过上海的纺织女工和有'湖丝阿姐'之称的缫丝女工"（程乃珊，页47），即便其暧昧的阶级地位，并未如纺织女工或缫丝女工一般，获得严格定义下左翼文学的青睐。

与此同时，我们也需要进一步区分张爱玲笔下的"婢"与"佣"，才得以清楚感知阿小之为苏州娘姨、上海阿妈的特有历史与社会处境。中国封建传统的婢女俗制乃通过人口买卖或嫁娶习俗所建立，如《小艾》中的小艾乃被迫"卖身为奴"的婢女，《郁金香》中的金香乃陪嫁丫头。故婢女丫鬟乃金钱交易或婚姻交易的私产，不论是否受到压迫，皆无人身自由可言。然早期的上海女佣则有着非常不一样的身份地位，可以通过协助人家做家务劳动获得薪酬，可以自由选择或转换东家，不是婢仆，而是女佣，尤其是在租界洋人家"走做"的娘姨，月薪更是较一般为高，不仅能够养活自己，甚至还可赡养家人。[23]故相较于那些被压迫、被欺凌或被收房做小的婢女丫鬟而言，《桂花蒸　阿小悲秋》中的阿小乃月资雇佣，"劳资双方彼此利用，有离职的知识与自由"（高全之，《张爱玲学》，页118），不再是封建社会主仆关系的绝对权力宰制与隶属。阿小与哥儿达的"雇佣"关系十分清楚，不包吃，不包住，名义上三千块一个月。阿小显然拥有作为"雇佣"劳动阶级的人身自由（移动、居住、择偶）与经济独立，即便洋主人口带揶揄"阿妈，难为情呀！"（《桂花蒸　阿小悲秋》，页119），责其连数字也抄不清楚，但亦不敢轻举妄动，"用着她一天，总得把她哄得好好的"（页120）。

　　而小说对这群"劳动娘子大军"的细腻描绘，乃是从"头"说起。对门的黄脸婆阿妈"半大脚，头发却是剪了的"（《桂花蒸　阿小悲秋》，页116—117）；"黄头发女人"的阿妈秀琴，打扮得像个大学女生，"壮大身材，披着长长的鬈发，也不怕热"（页122）；而阿小虽然梳的是较为传统的辫子头，但"额前照时新的样式做得高高的；做得紧，可以三四天梳一梳"（页117），经济实惠又时髦。为了凸显阿小作为上海大都会的劳动阶级女性身份，小说一再强调其趋时的现代感，即便是战时限水，阿小也不临水（酱黄大水缸里的储水）照镜，"女人在那水里照见自己的影子，总像是古美人，可是阿小是个都市女性，她宁可在门边绿粉墙上粘贴着的一只缺了角的小粉镜（本来是个皮包的附属品）里面照了一照，看看头发，还不很毛"（页117）。阿小作为都市女性的经济时髦，就连洋主人哥儿达也不得不同意，"这阿妈白天非常俏丽有风韵的"（页136）。[24]而阿小身边固定来串门子的阿妈、阿姐们，都是阿小的乡下熟识，经阿小热心引介找到邻近的工作。这群阿妈勤勤恳恳，话完东家（东家娘）长来话西家短，倒也颇有些"地域同乡垄断性同业群体"的小小格局。

但除了雇佣关系与同乡同业关系外，《桂花蒸　阿小悲秋》中以白描、暗写手法处理最深刻的，乃是男女亲密关系的时代"变译"。评者早已指出阿小与阿小男人乃"大都市中男女的性关系"（水晶，《在群星里也放光》，页52）、"都市男女狭邪的性关系"（严纪华，页57）。但若上海大都会不仅是这对"男女性关系"的陪衬背景，那什么会是"都市现代性"对男女亲密关系的历史与社会建构呢？小说中阿小听到自家的姊妹秀琴谈起"办嫁妆"，心中嘀咕不悦，"阿小同她的丈夫不是'花烛'，这些年来总觉得当初不该就那么住在一起，没经过那一番热闹"（《桂花蒸　阿小悲秋》，页125）。[25]表面上没有"花烛"是遗憾少了说媒、办嫁妆、迎娶、入洞房的一番热闹，实际也是点出不合法（国法家规）、没名分的尴尬，尤其是对好强爱面子的阿小而言，秀琴为办嫁妆所发的唠叨，反倒变得像是对阿小没有明媒正娶的示威。故阿小这厢才骂完儿子百顺留级难为情，那厢便自我伤感了起来，"她看看百顺，心头涌起寡妇的悲哀。她虽然有男人，也赛过没有，全靠自己的"（页128）。[26]三言两语的描绘，清楚交代了阿小与阿小男人的空间距离，男人宿在店里，阿小则带着儿子租下闷热如蒸笼的亭子间，独自抚养照顾。

而阿小的没有婚姻名分，不仅与正在筹备"老法"结婚的小姐妹秀琴形成对照，也与洋主人楼上刚搬进来以"新法"结婚的夫妻相互比衬。但小说对阿小与阿小男人的关系铺陈，却是异常温柔体贴，不带任何武断的道德价值评判，反倒是举棋不定是否该返乡订亲的秀琴在一旁嫌东嫌西，反倒是楼上的新婚夫妻大吵大闹要跳楼。儿子百顺晓得"阿爸来了姆妈总是高兴的，连他也沾光"（《桂花蒸　阿小悲秋》，页128），阿妈客人们也晓得"阿小的男人做裁缝，宿在店里，夫妻难得见面，极恩爱的"（页128），而纷纷起身告辞。但阿小的高兴不形之于色，而是化为闲话家常的不在意。串门子的阿妈阿姐散去后，"阿小支起架子来熨衣裳，更是热烘烘。她给男人斟了一杯茶；她从来不偷茶的，男人来的时候是例外。男人双手捧着茶慢慢呷着，带一点微笑听她一面熨衣裳一面告诉他许多话"（页129）。此处的"热烘烘"已不再只是小说从开场便一再铺陈的天气闷热难耐而已，或此时熨衣裳的热上加热，而更是一说一听、一熨一笑间蒸蒸然而起的心头暖意与身体欲望。但当阿小提到秀琴如何在她面前骄矜摆出一副没有金戒指不嫁的排场时，阿小的男人也只能无奈地应一声"唔"。

> 狡猾的黑眼睛望着茶，那微笑是很明白，很同情的，使她伤心；那同情又使她生气，仿佛全是她的事——结婚不结婚本来对于男人是没什么影响的。同时她又觉得无味，孩子都这么大了，还去想那些。男人不养活她，就是明媒正娶一样也可以不养活她。谁叫她生了劳碌命，他挣的钱只够自己用，有时候还问她要钱去入会。（页129）

此处的狡猾不是真的狡猾，反倒更像是迫于经济困窘的无奈逃避，然男人还有退路来同情阿小，阿小则是委屈难掩，细细思量到了头也只能推给生来的劳碌命，只能扎扎实实赚钱养活自己和儿子，甚至偶尔还要接济男人金钱去入会。

但阿小的男人连带儿子，却也都因为阿小没有经过明媒正娶的一番热闹，而不被乡下的家人所承认，"乡下来的信从来没有提到过她的男人，阿小时常叫百顺代她写信回去，那边信上也从来不记挂百顺。念完了信，阿小和她男人都有点寂寥之感"（《桂花蒸　阿小悲秋》，页130）。但就算一时的伤心寂寥难掩，并无碍于阿小和阿小男人的"极恩爱"。全书最动人的一句情话，乃是男人站在阿小身后低声说道"今天晚上我来"（页131）。此句情话之所以如此动人，不仅在于阿小嫌烦似的绕个弯回答"热死了"（指她和百顺住的亭子间逼仄闷热如蒸笼），在于接下来冰箱的隐喻（突突跳着的心，寒浪与热泪），也在于男人临走前阿小适时补上的一句"百顺还是让他在对过过夜好了"（页131）（心中已有安排儿子留宿他处的盘算），更在于阿小下工后急于赴约的一再受阻。首先是阿小错以为洋主人还未离家而苦守胶着，又以为有人打错电话而锐声喝斥电话那头苦苦等着她的男人，直到好不容易将儿子百顺托给了对门的阿妈，却又被一场夜里突如其来的大雷雨挡住了去路，逼着她惊惶遁逃，终究还是退回了洋主人家已然上锁的小厨房。

欲望如天候般蒸腾，却硬生生被大雷雨浇熄，开场引文"又热又熟又清又湿"的秋歌，此刻顿时也有了肌肤之亲的联想，然逼仄的亭子间平日容得下一对辛苦的母子，今夜却容不下一对想要温存的男女。回到小厨房的阿小，闷闷无语：

> 她把鞋袜都脱了，白缎鞋上绣的红花落了色，红了一鞋帮。她挤掉了水，把那双鞋挂在窗户钮上晾着。光着脚踏在砖地上，她觉得她是把手按在心上，而她的心冰冷得像石板。厨房内外没有一个人，哭出声来也不要紧，她为她自己突如其来的癫狂的自由所惊吓，心里模糊地觉得不行，不行！（页135）

此段描绘先从被大雷雨泡湿了的鞋袜侧写，再将白昼热之蒸腾剧烈翻转为夜之冰凉（由砖地的冰凉到心的冰凉），一热一冷、一期待一落空之间，突如其来的暴雨带出的乃是突如其来的"癫狂的自由"。阿小一路走来，走出了自己迁徙的自由、工作的自由、身体的自由、择偶的自由、未婚生子的自由，但莫不是小心翼翼如走钢索，积极向上，努力挣钱，决不让过多的情绪来搅局。然而今夜一连串的挫折沮丧，却把此刻孑然一身的她逼到了癫狂的深渊边缘。身边没有了儿子、没有了男人、没有了同乡姊妹，甚至没有了吆喝的洋主人，也就没有了牢牢拴住现世的安稳妥当。但阿小没有放声痛哭，没有歇斯底里，而是迅速回到日常的实际与稳妥，当机立断到对门接回了儿子，将棉被铺在大菜台上，下面垫了报纸，便也将就睡下。夜里被楼上新婚夫妻的吵闹声惊醒，也只是幽幽然"想起从前同百顺同男人一起去看电影"（页136）一家三口的和乐亲密，便又在雨声中沉沉睡去。

然小说《桂花蒸　阿小悲秋》中温柔处理的一家三口，却又可以是彼时道德挂帅下社会舆论口诛笔伐的对象。自清末民初"这支气势浩荡的劳动娘子大军"从乡下进城后，这些阿妈、娘姨、女佣们从穿着打扮到身体欲望，皆成为社会道德新一波的监控对象。上海竹枝词曾道，"侍儿心性爱风华，奔走街头笑未暇。寄语阿郎来订约，松风阁上一回茶"（顾炳权，页55），写的正是这群衣饰入时的村妇变佣妇，下了工结伴游街，甚至利用茶馆与相好的男人幽会。彼时社会舆论更是将其数落得面目全非："乡间妇女至沪佣工，当其初至时，或在城内帮佣，尚不失本来面目。略过数月，或迁出城外，则无不心思骤变矣。妆风雅，爱打扮，渐而时出吃茶，因而寻拼（姘）头，租房子，上台基，无所不为，回思昔日在乡之情事，竟有判若两人者。"[27]在道德家的眼中，上海女佣最初的堕落总来自善于模仿的趋时装束打扮，接着便是出外吃茶、搭识相好，最终落入"寻姘头、租房子、上台基"的不幸下场。

此处的"台基"指的是19世纪下半叶在上海、苏杭和天津等地陆续开设、专供男女幽会的"小客寓"，又称"花客栈"或"转子房"，取自"借台演戏，仅租基地"之由，乃是都会城市空间中最早出现的情人旅馆。显然大城市里的"台基现象"并不被视为社交自由、自主择偶风潮下的新兴城市配套空间，而是被当成男女任意勾宿滥交、严重破坏传统婚姻制度的堕落渊薮（徐安琪，页18）。而当代学者对"台基现象"诚恳且持平的历史剖析，或许正提醒我们需要认真审视阿小与阿小男人所可能带出的时代"变译"，一种得以冲击封建宗法传统婚姻的"姘居"关系：

> 这种现象的复杂性是在于，首先闯入这一禁区的，是一批处于社会低层的人士，这从小台基的简陋和兴旺，可以知道它们的常客大都是被上层社会所贱视的阶层。十九世纪后期随着城市化和商业化的发展，农民进城谋生的日益增多，大量单身男女流入城市，造成夫妻关系的空隙和寻求爱情的渴望。在传统的小农生活中，男耕女织，足不出户，就可以自给自足，生活范围狭窄，眼界短小，家庭稳定，夫妻关系稳固。农民进城市谋生，扩大了生存空间和社会交往，生活方式的变化，城市生活的刺激，单身男女的情感饥渴，促使他们突破礼教的约束，追求婚外情的，自由恋爱的，出入公共场所找寻娱乐和消遣的日渐其多，台基成为"露水鸳鸯"的栖身之地。（刘志琴）

这些在上海等大城市涌现的简陋而兴旺的小台基，让我们看到了城乡移民中劳动阶级单身男女的辛苦求存，在协助解决上海等大城市迫切需要的劳动力之同时，也必须解决自身的情感与欲望。缩小范围来说，城市现代性造成了上海女佣的"离根"（disembedding），脱离农村既有的亲属人际网络，只身入城，已婚的难以维系既有婚姻，适婚的难以循旧有礼俗安排嫁娶（或小说中阿妈秀琴对回乡下成婚的百般不愿），加之城市匿名性与经济独立所可能带来的礼教松脱，从而出现新的社交空间、新的择偶模式与新的男女关系之"姘合"变化。

此处我们乃循张爱玲的"姘居"用法，而非当代普遍使用的"同居"，除了在于过去"同居"一词的运用过于广泛（"同居"即同住，家族乃"同居共财"的亲属团体）之外，亦在于"姘居"所潜在蕴含的不合礼法的道德价值评断。"姘"之为男女私合，自古有之，但"姘"的城市现代性，却也可以同时牵带出新国族论述的革命话语。在辛亥革命前后与共产主义革命前后，"姘居"都曾经成为拒绝甚至反抗封建婚姻制度的身体实践，自由恋爱、自由择偶、未婚同居都成为某种新形态的家庭革命，甚至一度蔚为城市现代性的时髦风潮。鲁迅与许广平，郁达夫和王映霞，以及丁玲、萧红等女作家的以身试法，甚至张爱玲本人与胡兰成的关系也被部分人士视为没有花烛、没有名分的"姘居"。然这些革命话语却不曾落到阿小们这群上海女佣的身上，"姘居"作为革命话语的可能，只能围绕在知识分子或中产阶级身上。而对这群用劳力换来经济独立、用身体拼搏出择偶自由的上海阿妈们，"姘居"只能是自甘堕落的寻"姘头"、找"搭脚"、上"台基"，只能成为保守道德火力全开的批判对象，责其甘愿屈从于城市现代性之诱惑，终至成为城市罪恶渊薮的堕落象征。[28]

而张爱玲正是抛弃了革命话语，抛弃了传统保守道德，想要一探现代婚姻形式骤变中的各种"姘合"可能，不仅尝试详尽铺陈辛亥革命所造成的封建婚姻的裂变与各种浮动中新形态婚恋自由的主张，更对战争所造成的婚姻、家庭的流离失所多所着墨。像是短篇小说《等》所呈现的因应战时需要、分居两年以上重婚无罪的重庆模式等，都让我们得以瞥见婚姻如何从传统"合两姓之好"的"姓别政治"，过渡到老法、新法、非法（不合法）的男女关系与各种复杂的"性别政治"。《倾城之恋》中的白流苏与范柳原，若非一场突如其来的战争造成了香港的陷落，到头来也可能就只是一对"姘居"的男女。而张爱玲对"姘居"最全面的铺陈，则非《连环套》莫属，即便该小说连载六期后便中断了：

> 现代人多是疲倦的，现代婚姻制度又是不合理的。所以有沉默的夫妻关系，有怕致负责，但求轻松一下的高等调情，有回复到动物的性欲的嫖妓——但仍然是动物式的人，不是动物，所以比动物更为可怖。还有便是姘居，姘居不像夫妻关系的郑重，但比高等调情更负责任，比嫖妓又是更人性的。走极端的人究竟不多，所以姘居在今日成了很普遍的现象。营姘居生活的男人的社会地位，大概是中等或中等以下，倒是勤勤俭俭在过日子的。他们不敢大放肆，却也不那么拘谨得无聊。他们需要活泼的，着实的男女关系，这正是和他们其他方面生活的活泼而着实相适应的。（《自己的文章》，页22）

然"姘居"作为彼时普遍的现象，落在张爱玲笔下却又各有千秋。《连环套》中和霓喜先后"姘居"的人中，雅赫雅是个中等的绸缎店主，窦尧芳是个药材店主，就连后来仅沾着点官气的英国小吏，也比阿小的男人有较高的社会位阶与经济能力。而霓喜与阿小的最大差别，乃在于霓喜仍是"男主女从"的"姘居"模式，而阿小的自食其力与经济独立，让她与她的男人（小说中自始至终没有名姓）更有公平的相处与相对的自主，因此也得以在勤勤俭俭、聚少离多的日常里，有着活泼着实的"极恩爱"。[29]

诚如张爱玲所言，在中国"姘居"作为普遍的文化现象甚至多于外国，却鲜少被认真处理，"鸳鸯蝴蝶派文人看看他们不够才子佳人的多情，新式文人又嫌他们既不像爱，又不像嫖，不够健康，又不够病态，缺乏主题的明朗性"（《自己的文章》，页23）。《桂花蒸　阿小悲秋》显然是张爱玲继《连环套》腰斩之后的又一认真尝试，改变了角色的身份职业与权力欲望关系，摆脱了古典小说姜婢的依赖随附阴影，而得以呈现出更具城市现代感性的上海女佣一日生活与更温柔体贴的一家三口相处日常。城市现代性为来自乡村的上海女佣，提供了一个更为自由开放的工作环境与生存空间，阿小不是革命女性，也不是依附于男人而渐渐变得疑忌的自危自私者（如霓喜），"她自己仅仅是需要找人搭伙过日子，并没有反叛封建礼教的意识，但是她确确实实地踏出了封建牢笼的第一步，这是实实在在的"（高丽君，页14）。如果"综观《传奇》一书，和谐美满的婚姻关系，几乎绝无仅有！"（水晶，《在群星里也放光》，页54），那《桂花蒸　阿小悲秋》便是难能可贵的一个婚姻关系之外的"极恩爱"案例，即便有如此之多工作的辛劳、经济的磨难与空间的困窘，即便阿小依旧不能忘记没有"花烛"的委屈与失面子。

而与此同时，《桂花蒸　阿小悲秋》也给出了阿小与洋主人在种族与阶级之外的对比。若阿小和阿小的男人属较为健康的"姘居"，那小说中对洋主人生活与交友的描绘，则趋于张爱玲笔下"高等调情"作为时代变易中另一种类型的男女"姘合"。哥儿达先生爱食生鸡蛋，在阿小眼中"简直是野人呀"（页119），而他的绝活不仅是"一大早起来也能够魂飞魄散为情颠倒的"（页119），更在于"只要是个女人，他都要使她们死心塌地欢喜他"（页121）。他和众女友间的"高等调情"有手段有原则，讲究时间与金钱的经济算计，必得银货两讫、毫不亏欠：

> 他向来主张结交良家妇女，或者给半卖淫的女人一点业余的罗曼斯，也不想她们劫富济贫，只要两不来去好了。他深知"久赌必输，久恋必苦"的道理，他在赌台上总是看看风色，趁势捞了一点就带了走，非常知足。（页124）[30]

而也只有在这种潜在的对比之上，我们才有可能对小说中一再凸显的"整齐清洁"有更深一步的理解。身为女佣的阿小成日忙着清理打扫，有形而下的，也有形而上的，有字义的，也有隐喻的。"她们那些男东家是风，到处乱跑，造成许多灰尘，女东家则是红木上的雕花，专门收集灰尘，使她们一天到晚揩拭个不了。"（页122）甚至到头来哥儿达"越来越烂污"，染上了病，"弄得满头满脸疖子似的东西"（页125），连被单都弄得稀脏。小说倒并非要以此为道德警惕，而是在"姘居"与"高等调情"的对比间，更凸显前者的健康与活泼。

小说三次提到（搭配时间的转换）楼下少爷搬椅子乘凉与吃了一地的柿子核、菱角花生壳，最终乃归结到"阿小向楼下只一瞥，漠然想道：天下就有这么些人会作脏！好在不是在她的范围内"（《桂花蒸　阿小悲秋》，页137）。此处的"作脏"除了贴合阿小的职业本分正在于"她的范围内"之打扫清理维护，也将"整齐"带往一个新的"感性分配共享"秩序，一个对既有宗法秩序的可能"变译"。阿小的能耐在于能不断将自己范围内的混乱作脏，重新整理安排出秩序。但就如所有的家事劳动一般，没有一劳永逸的"整齐"，也没有除之不去的"作脏"，只要是在管辖负责的范围之内，阿小雇佣型家务劳动所启动的，不也正是重复中的变易、变易中的重复？张爱玲曾言："上海人是传统的中国人加上近代高压生活的磨练。新旧文化种种畸形产物的交流，结果也许是不甚健康的，但是这里有一种奇异的智慧。"（《到底是上海人》，页56）而从乡下来到上海帮佣落户的阿小，不一样也是在传统与现代的挤压中，实践着上海各种畸形文化的"变译"？她的"姘居"生活不为卫道人士的舆论批判所恐吓，也不搅和伟大理想的革命话语，却是出奇地健康，活活泼泼地实践着由生存磨练而来的"奇异的智慧"。

·3·

翻译的姘合

本章截至目前所展开的"姘"字练习，不论是在语言文字上的操作还是在男女关系上的变易，乃是运用并凸显"姘"的字中之字（字的双重与分裂），"姘"的弃除与合并，"姘"的跨语际与跨时代"变译"。而本章的最后一节，则将从"姘"字练习的文本翻译，更进一步推向翻译文本的"妍"字练习。诚如德里达在《何谓"适当"的翻译?》("What Is a 'Relevant' Translation?")中所一再强调的,任何一个字都有千丝万缕的神秘微弱联结,任何一个"译动身体"(translative body)都涉及语言边界的岗哨检查与穿越,没有"逐字"(word-to-word)的翻译,只有"字逐"(字的放逐、旅行与劳动)的过程。而该文最精彩的部分,莫过于德里达以文章标题中"适当"(relevant)一词的字中有字为例,展开其从拉丁字源到德语、英语、法语的出离与回归,并进入莎士比亚《威尼斯商人》(William Shakespeare, *The Merchant of Venice*)以一磅肉是否等值于借款、以法文的relève是否等值于英文的relevant的质疑,展开关乎翻译是否(不)可能的哲学思辨。而本章的最后一节,就将有样学样进入张爱玲自译《桂花蒸 阿小悲秋》的英文版本"Shame, Amah!",选出几个字的字中有字,一探文本翻译与翻译文本之间更多音多义(译、易、异、溢)的"妍合"可能。

张爱玲自译的"Shame, Amah!"收录于聂华苓1962年编辑的《中国女人书写的八个故事》(*Eight Stories by Chinese Women*),尔后亦有澳大利亚译者帕顿(Simon Patton)的翻译版本"Steamed Osmanthus/Ah Xiao's Unhappy Autumn",收录于孔慧怡(Eva Hung)2000年编辑的《留情与其他小说》(*Traces of Love and Other Stories*)。然本章此段论及翻译文本的重点,却不是放在中、英文版本或不同英文版本之间较为传统取向的"比较"研究。当前以张爱玲文本为核心的翻译研究方兴未艾,但仍多是以"适当原则"去进行不同文本之间的比较,或论及信达雅,或进行量化分析,或尝试评比跨语际翻译的好坏优劣,或凸显文化情境与预设读者的转换,仍多是以"原文"(the source text)与"译文"(the target text)的交叉比对为方法,较少触及翻译可译性与不可译性的哲学思考。[31]若以《桂花蒸 阿小悲秋》与"Shame, Amah!"为例，评者多只在人名翻译、情节发展、角色人物刻画上做出交叉比对。例如丁阿小变成了Ah Nee，儿子百顺变成了Shih Fa（皆较易发音），洋主人哥儿达先生变成了Mr. Schacht，其原本的国籍不明，也被清楚界定为德国人（犹太裔），甚至英文版本还暗示Ah Nee的丈夫恐另有他人，远在澳洲打工，并有Shih Fa乃收养而非亲生等细节改动。

　　显然目前这些围绕《桂花蒸 阿小悲秋》的翻译研究多遵循"适当原则"所规范出的"可译性"，乃是一整套建立在"合宜—属性—财产—正当性"（proper-property-propriety）联结之上的"可译性"，并再以此"可译性"为出发点，探讨不同语言、不同版本间的异同。但对德里达而言，翻译的吊诡正在于"无不可译无可译"（一切皆可翻译，一切亦皆无可翻译），永远在最适当透明的可译与最幽邃晦明的不可译之间摆荡，字逐而非逐字于"间介权宜"（the economy of in-betweenness）（Derrida, "What Is a 'Relevant' Translation?", 178）。而此"间介"所指向的不只是两种或多种语言之"间"的空间区隔想象（与可能的交叉比对模式），更是语言（单一或多种）在时间意义上的流变生成、创造变化，在时间意义上的"去脉络文本化"（de-con-textualize）与"再脉络文本化"（re-con-textualize）。而也只有在此时间而非空间的意义之上，我们才有可能更进一步理解本雅明（Walter Benjamin）在《译者的职责》（"The Task of Translator"）中所强调的"余生"（英文、法文的survival，德文的Überleben），不是让原文残余幸存（依旧是原文），而是让原文有了"来生"（原文不再"是其所是"），既是死亡也是新生文本身体的创造。而"余生"之所以可能，正来自语言文字本身的"余溢"（excess），因翻译所启动的"余溢"让原文的存活被强化、被翻新，出现不断持续存活与死而复生的双重吊诡（Derrida,"What Is a'Relevant' Translation?", 199）。

那就让我们来看看《桂花蒸 阿小悲秋》与"Shame, Amah!""间介权宜"中所可能启动的语言"余溢"与文本"溢译"（因"译"而产生的"异"与"溢"本身，就总已是语言与理论概念由同音字所展开的"翻译"）。首先让我们来端倪张爱玲自译的英文小说标题"Shame, Amah!"。此英文标题的新颖有趣，不仅是撷取中文小说里原有的对话"阿妈，难为情呀！"（页119），将其转换为英文标题，也不仅是小说作者与译者乃同一人，自当有更多改动标题或情节内容、人物角色的自由，抑或更强调自译作为再一次小规模的文字创造，而是"Shame, Amah!"的英文标题，为何可能在"翻译姘合"的语言创意上而非字面意义上更"忠于原文"。我们可先用另一位译者帕顿对《桂花蒸 阿小悲秋》的英文直译标题"Steamed Osmanthus/Ah Xiao's Unhappy Autumn"为例：此英文标题以分隔号从中切开，而分隔号前后的翻译皆有问题。前半部的问题将造成对"桂花蒸"的错误理解，将形容八月（桂月）气候的闷热蒸腾，当成了蒸熟了的桂花之直喻，"桂花蒸"成了"蒸桂花"；后半部的问题则是将"悲秋"直译为unhappy autumn，也完全失去了原中文标题中国抒情传统的"悲秋文学"意味。《桂花蒸 阿小悲秋》作为中文标题的此地无银三百两，正在于其字中有字、文中有文的"余溢"，仅就中文字义表面去进行英文直译，恐是封闭了语言文字的"溢译"（溢出翻译）与"译溢"（翻译溢出）的创造性可能。

接着我们便可以问，难道张爱玲自己更换的英文标题"Shame, Amah!"就能带出更多"溢译"与"译溢"的可能吗？本章第一节已就《桂花蒸 阿小悲秋》中文标题所可能涉及的"语言姘合"做出讨论，并从小说开场由炎樱署名的引文中加上双引号的"桂花蒸",猜测推想原中文标题作为"隐藏版"英文翻译的可能暗示。但显然张爱玲并没有将翻译成中文的"桂花蒸"再反向翻译回英文,而是选用了"Shame, Amah!"这一新标题表面上简单直截,让英文读者易于掌握,但其所涉及的"语言姘合"与文化翻译,其实并不亚于原中文标题的丰富与多层次。此处的惊叹号当是直接引自小说内文洋主人对阿小的抱怨,轻责其连个电话号码都记不清楚,既是加强语气的用法,也可以是某种视觉形式上与小说中洋主人边说边"竖起一只手指警戒地摇晃着"(又是"地"作为-ly与"着"作为进行式的欧化语法)的动作遥相呼应。而"Shame,Amah!"除了有祈使句句构与惊叹号的加强外,更带出了shame与amah在跨文化理解上可能的惊异之感。首先,amah一词究竟有何惊讶诧异可言? amah乃是小说中"阿妈"的英文音译,虽然在中文语境里,"阿妈"在吴语、闽语、客赣语等江南方言中亦指母亲或祖母、外祖母(阿嬷),但小说清楚指向的乃是女佣,并无任何语义上的暧昧或摆荡。

但"阿妈"由中文变成英文amah时,却精彩带出了跨语际翻译上的暧昧摆荡。amah在英文中被当成借词译语,但其所借或所译的源头却不是中文,而是葡萄牙文或受葡萄牙文影响后的"英—印"语。根据《牛津英文辞典》,葡萄牙文ama乃指保姆、奶妈或女仆(Hickey 574)。那究竟是"阿妈"变译成了amah,还是ama(amah)变译成了"阿妈"呢?当然我们可以假想另一种相对复杂的语言"变译"路径:最早开辟海上帝国的葡萄牙人来到中国南方,将南方方言中的"阿妈"直接借用为葡萄牙语ama,而在葡萄牙之后占领印度的英国人,又将印度—葡萄牙语的"阿妈"ayah直接借用为英文amah(英文loan-word本身既指不经由意译转介的直接借用语词，同时也是德文 Lehnwort 借用语词本身的间接意译），绕了一圈后又回到中国南方，成了洋腔洋调的"洋泾浜英文"amah（Jayasuriya, 84）。但麻烦的是葡萄牙语的 ama，又可回溯至拉丁字源的 amma，亦即母亲之义，并在 1839 年作为"印—英"单词，收录于牛津英文辞典，表示东亚或印度地区的奶妈、女仆之意。这译来译去之间所涉及的帝国殖民文化流动与地理区域变译，确实让 amah 一词的暧昧摆荡，得以爆破任何原文（原字）与译文（译字）之间稳固确定的起承转合、先后有序。而若回到《桂花蒸　阿小悲秋》的上海语境，所谓外国"阿妈"与上海"娘姨"的用法之间亦有细致的差异，取决于聘雇的主人是本国人还是外国人。诚如鲁迅在《阿金》中所言，"她是一个女仆，上海叫娘姨，外国人叫阿妈，她的主人也正是外国人"（页170）。以此观之，女佣阿小作为"苏州娘姨"，更清楚的称呼乃是在外国人家里帮佣的"阿妈"，此亦正是小说中洋主人对阿小的称呼。看来"阿妈"一词，不论是对葡萄牙语的借用、印—英语的译词，还是上海洋泾浜的中式英语，都与西方帝国殖民历史与洋人租界文化有着千丝万缕的瓜葛，早已不是原汁原味、原样原貌的当地方言俗称。

　　若 amah 的跨语际翻译，让我们看到了简单单词中的不简单，那另一个出现在英文标题中的单词 shame 呢？英文 shame 虽然不像 amah 一样有着跨语际"根源—路径"上兜来转去的暧昧不确定性，却也有其从古英文到现代英文"由内转外""由遮而显"的变迁转换。古英文的scamu 或 sceomu 乃指罪恶或羞辱感，身份、地位或声誉的丧失（古日耳曼语、古北欧语、古德语等皆类同），多被认为乃来自古印欧语系的字根 skem-（掩盖遮蔽）。而现代英文中的 shame 则转而强化古北欧语的 kinnroð（脸颊泛红），凸显的乃是 shame 作为"脸红"的外在身体反应。若依文献所载，希腊时代就曾将shame区分为坏意义上的"耻辱、不名誉"（aiskhyne）与好意义上的"谦虚、脸红"（aidos），那显然现代英文中的shame乃是从前者往后者的移动。[32]虽然此处我们无须回到潘乃德（Ruth Benedict）1946年的《菊花与剑》（*The Chrysanthemum and The Sword*），以文化本质化的方式，将西方文化与东方（日本、中国）文化二元对立成"罪感文化"（guilt culture）与"耻感文化"（shame culture）的差异，但shame作为中文"难为情"的英文翻译，确实有着由重而轻、由内转外、由隐而显的画龙点睛之妙。

《桂花蒸　阿小悲秋》原本就对阿小的脸皮薄、爱面子极尽描绘，即便中文翻译成英文时在情节内容上多有删节，对此一再出现的描绘重点却详尽保留，甚至更通过生动的英文去强化其好面子、争面子、护面子的方方面面，将shame放入标题，自是更形凸显小说所寄寓的人情互动与面子文化。小说中洋主人稍有揶揄或轻责，阿小便"脸上露出干红的笑容"（页119），张爱玲自译的英文版中用"crimson"，不当名词当动词，传神表达Ah Nee的脸色转为绯红。当洋主人对阿小孩子吃剩的面包起疑心时，"苏州娘姨最是要强，受不了人家一点点眉高眼低的，休说责备的话了。尤其是阿小生成这一副模样，脸一红便像是挨了个嘴巴子，薄薄的面颊上一条条红指印，肿将起来"（页120），英文版本用了"blush"与"red welts"来传达Ah Nee的脸红，夸张得有如被打了巴掌而出现的肿块瘀伤，皆是将shame内翻外转，将内心的好面子要强，外显在面颊上的红，一点眼色就足以伤到脸面红肿。而动不动就脸红的阿小甚至在接听李小姐电话时，也为电话彼端那个死皮赖脸贴上来的女人红了脸，"笑着，满面绯红，代表一切正经女人替这个女人难为情"（页121），英文则是用"flushed with embarrassment"（Chang，

"Shame，Amah！"，97）来强调shame之为"难为情"而非耻辱或不名誉。一如阿小在外人面前骂儿子，"才三年级。留班呀！难为情哦！"（页128），责其还"有脸"提老师，英文用"Aren't you ashamed?"与"It's a wonder you still have the face to say 'Teacher,' 'Teacher.'"（Chang，"Shame，Amah！"，104）来表达。"难为情"的不只是阿小、阿小的儿子或李小姐等人，更是整个中国（尤其是上海）面子文化所赖以维系的人际互动，一整套建立在"界面—间脸"（inter-face）之间敏感幽微的人情世故。看来这个由小说内文对话信手拈来的英文标题，除了带出amah的语言丰富性外，也同时以shame的语意变化与文化会通，成功为《桂花蒸 阿小悲秋》的"情面"互动画龙点睛，以另一种复活语言"译溢"与"溢译"能力的方式，更贴近小说在"语言姘合"上所展现的丰富多译性。

接下来我们还可以继续通过另一个单词的字中有字，来展开《桂花蒸 阿小悲秋》与"Shame，Amah！"所可能启动的"翻译姘合"：中文"阳台"与英文veranda的对应。若就建筑形式用语而言，小说中洋主人的高楼层公寓"阳台"，英文翻译当是采用balcony更为贴切。在帕顿翻译的"Steamed Osmanthus/Ah Xiao's Unhappy Autumn"中，不论前阳台还是后阳台，都一律采用balcony，而张爱玲其他小说与散文文本不断出现的"阳台"，在他人所译的英文版本中也几乎一律翻成balcony。例如：安道（Andrew F. Jones）翻译的 *Written on Water*（《流言》）用balcony，金凯筠（Karen S. Kingsbury）翻译的 *Half a Lifelong Romance*（《半生缘》）也用balcony，就连最新的英文翻译作品 *Little Reunions*（《小团圆》）用的也还是balcony。但甚为吊诡的乃是张爱玲在其英文自译或直接以英文进行创作的文本中，一以贯之用veranda来指称"阳台"。例如：张爱玲早期自译的"The Golden Cangue"(《金锁记》)，姜家新式洋房的楼上阳台，用的英文即 veranda 而非 balcony。在 *The Rouge of the North*（后来改写成中文《怨女》）中，不论是回廊、戏台二楼还是公寓阳台、顶楼都用 veranda（48，49，51，52，157，etc.）。在 *The Fall of the Pagoda*（后由赵丕慧翻译成中文《雷峰塔》）与 *The Book of Change*（亦由赵丕慧翻译为中文《易经》）的英文书写中，也都用 veranda（Chang，*The Fall of the Pagoda*: 25，110，112，114，170，etc.；*The Book of Change*: 3，52，86，190，193，etc.）来指称平房的回廊、公寓阳台或公寓顶楼的公共空间，而不用 balcony。

那 veranda 与 balcony 究竟有何区别？到底是张爱玲误识误用，还是其他翻译者粗心大意？严格说起来，veranda 与 balcony 在建筑形式的用语上有着明显的差异。veranda 或 verandah 多指底楼建筑外侧的回廊，balcony 则多指建筑物二楼以上凸出于室外的平台，四周多以栏杆维护。若以此观之，金凯筠细心顾及建筑形式上的差异，在 "Love in a Fallen City"(《倾城之恋》)中将白公馆二楼的阳台翻译为 balcony，而将 "Aloeswood Incense: The First Brazier"(《第一炉香》)中姑母梁太太香港半山腰的白房子四周围绕着的宽绰"走廊"，翻译为 veranda，实乃恰如其分。[33]那为什么反倒是张爱玲本人，总是不分底楼和楼上，不分回廊、走廊、阳台、戏台、屋顶，都一律采用 veranda 呢？或者更精确地问，张爱玲笔下最常出现的公寓阳台，为何不是 balcony 而都是 veranda 呢？一种简单的辩护方式，当是强调在英文中 porch, decks, patio, gallery, platform, corridor, veranda, balcony 这些半户外、半室内空间常常混用，而翻译为中文后的门廊、走廊、回廊、阳台、露台、骑楼更是多有互通，不必在建筑形式上去吹毛求疵。而另一种不简单的辩护方式，则是促使我们回到建筑的多样化与语言的杂语化（creolization），回到上海租界与语言租界的"华洋杂处"，认真质问为何 veranda 乃是比 balcony 更丰富生动的翻译姘合，为何 veranda 在牺牲了建筑用语精确性的同时，却更能带出帝国殖民历史与语言变译能力的多彩多姿。

接下来就让我们来看看 veranda 一词的字中有字与其所指向的跨文化字源的最终不确定性。我们可以先从英文牛津字典的定义着手，veranda（verandah）乃指房屋地面层外围的有顶平台，该单词出现于18世纪早期，来自印地语的 varandā，葡萄牙语的 varanda（围栏、栏杆）（*Paperback Oxford Dictionary*, 820）。此解释本身就呈现了"兵分两路"的态势，veranda 的字源可以是印地语，也可以是葡萄牙语，那究竟是葡属印度殖民史文化语言互动中印地语影响下的葡萄牙语，还是葡萄牙语影响下的印度语，则似乎无解。对部分学者而言，牛津英文辞典所表列的近千个印度起源的英语单词中，veranda 乃与 rajah, curry, coolie, pundit, jungle 等同样被视为17、18世纪进入英文的印度单词（Krishnaswamy and Krishnaswamy, 169）。然《简易英语维基》（*Simple English Wikipedia*）在强调 veranda 乃带有印度字源的英文单词时——源自波斯文 bar-Amada（导向户外之处），后乃结合梵文 vahir（户外）与 andar（室内），沿用为孟加拉语，再进入英文——也同时遵循牛津字典的解释而不排除 veranda 来自葡萄牙、古西班牙语 varanda（baranda；或现代西班牙语中的 barandilla）的可能，并认为此皆为印度语的影响所致，亦即殖民贸易互动中受印度文化影响的葡萄牙、西班牙语。但另一本1886年处理英国—印度跨文化语言互动的权威辞典《霍布森-约伯森》，却推翻了 veranda 来自波斯文、梵文的可能；且大量引用早期葡萄牙人在印度探险叙事中就已然出现 veranda 的案例（Yule and Burnell,

736—738），甚至援引在印度脉络之外的西班牙文—阿拉伯文传教士辞典中出现的veranda用法（页22），而推断veranda在波斯文、梵文之外的葡萄牙文、西班牙文字源，即承认当前英文、法文中所使用的veranda主要来自印度。

从印—英语汇到葡—西语汇再到葡—西语汇影响下的印—英语，关于veranda的字源考掘可谓众说纷纭、莫衷一是（Dalgado, 359）。而veranda字源的歧路亡羊甚至也被当成字源学研究的"试金石"，亦是对跨文化交易、跨语言繁复互动的最佳隐喻（Lerer, 261）。同时，在字源上莫衷一是的veranda，其在建筑形式的源流上亦莫衷一是。若循印—英语汇的脉络，veranda强调的乃是19世纪殖民样式洋楼之回廊，或说是英国殖民者因对印度热带炎热气候的不耐，而在住宅前外加一圈回廊以遮强光，也助通风凉爽；或说是结合了英国维多利亚时代的红砖乡村建筑与印度热带建筑的拱廊。而若循葡—西语汇的脉络，veranda带出的乃是葡萄牙北方各省自中世纪以降的本土传统建筑，也包括了西班牙的部分滨海地区（Oliver, 424）。但不论是英式殖民建筑还是更早的葡式建筑样式，veranda都随欧洲殖民帝国主义的扩张而遍及世界各地，成为最具景观意义与权力表征的"殖民治理的空间技术"（Meier, 114）。

故若回到张爱玲笔下的veranda，除了极少数地方专指上海或香港的"外廊式殖民地风格建筑"（colonial veranda architecture），多指向洋房二楼或公寓楼上的"阳台"，乃是将veranda当成balcony使用。然我们兜兜转转字源学和建筑史的来龙去脉，想要凸显的恐怕正是为何veranda较balcony更生动复杂，携带更多欧洲殖民帝国历史的语言变译痕迹——一种能让原文与译文、正本与副本无法区分的基进不确定性。而在当前的张爱玲城市空间研究中，"阳台"多被认为最能凸显上海居室空间的日常性与建筑修辞的边缘性：阿小的后阳台视角被当成"底层人眼中观照的上海"（吴晓东，页140）；"黄昏的阳台"更是结合了室内户外、白天黑夜的过渡性时刻，构成张爱玲笔下"阈界"（liminal space）的特定美学范畴（黄心村，页108）。而当"阳台"变成veranda时，乃是再一次"去脉络文本化"与"再脉络文本化"，更形强化了"间介权宜"所启动的空间—叙事—语言的暧昧不确定性。通过veranda一词的字源学与建筑学考掘，得以"溢译"与"译溢"任何有关"本真性"（authenticity）与"本源性"（originality）的默认，无法导向任何语言的"对等"比较，而得以带出跨语际翻译实践的反复与多重，带出新脉络文本化的生成，带出"变译""姘合"动态过程中的新"文本生产"。

　　而本章最后还想要处理两个张爱玲自译英文版中有关"语言—翻译姘合"与"翻译—男女姘合"的衍生问题。第一个乃是在本章第一节已详尽处理的《桂花蒸　阿小悲秋》中一再出现的洋泾浜英语，那在小说由中译英的过程中，洋泾浜英语是否也牵带出更华洋杂处、更不伦不类的难题呢？小说中阿小第一次撇着洋腔接电话，"哈啰？……是的密西，请等一下"（页118），在张爱玲的英文自译中果然"洋泾浜"得厉害，"Yes，Missy，please waita minute."（Chang，"Shame，Amah!"，94）看来原本的中文乃是对洋泾浜英语的模仿，密西乃Missy，唯waita的声口较无法由中文带出，却在英文中恢复了活泼生动。相比而言，帕顿翻译的同一个句子，"Hel-lo. Ye-s Mis-s. Plea-se wai-t a moment"（Chang，"Steamed Osmanthus/Ah Xiao's Unhappy Autumn"，62-63），就仅仅以重复使用单词内的分音节来表达可能的结巴不顺畅，显然已彻底失去了洋泾浜英语的生动妙趣。

　　或是像阿小口中重复出现的"不用提"，张爱玲用"Don't mention"

（Chang，"Shame，Amah！"，97），当是较帕顿中规中矩且符合英文文法的"Don't mention it"，更贴近原本用蹩脚中文"不用提"来取代"不客气"时所暗示的阿小的破英语。中文可用"她"代"他"来表达阿小错用英文人称代词，但此处乃是通过英文本身，来带出阿小直接省略宾语的不合语法。但颠倒过来思考，"Shame，Amah！"中英语流利的洋主人 Mr. Schacht 一句"Take care of yourself. Bye bye，sweet！"（页110）说得顺理成章，但中文版本中哥儿达先生的"当心你自己。拜拜，甜的！"（页133），反似蹩脚得没有必要。然而，若是《桂花蒸 阿小悲秋》需要以蹩脚中文来反衬"原话语"为洋泾浜英语而非标准英语，那"Shame，Amah！"作为英文版的最大问题，便出现在英文使用上的分裂：Ah Nee 的电话对话使用的是洋泾浜英语，但她和其他姊妹间的交谈使用的却是标准英语，即便甚为简单直截。

此"兵分两路"或许来自翻译上的考虑，全篇若插入过多洋泾浜英语，势必造成阅读上的障碍，但让单一角色出现语言分裂的现象，也无法避免一连串不必要的猜想：为何 Ah Nee 只有在讲电话时英文才出问题？难道是在外国人家帮佣的阿妈奸巧，明明英语说得顺溜，却在接电话时装出一副英语不好的样子吗？若 Ah Nee 用标准英语说话时，乃是暗自对应到她与阿妈姊妹间所用的乃是普通话或上海话，那 Ah Nee "假"（假借）英文的中文与洋主人"假"（假借）英文的英文又有何分别呢？与此同时，"Shame，Amah！"中却又有着对英文里中文发音的极度敏感，除了对洋泾浜英语的声口模仿，也巧妙处理了英文版本中潜在的中文对话。例如以斜体的 *hong*（Chang，"Shame，Amah！"，108，音译中文的"（洋）行"）或 Wei（页111，音译中文的"喂"），来带出前者乃 Ah Nee 与同为中国人的 Miss Li 在电话中以中文而非英文交谈，后者乃是 Ah Nee 的男人久候不耐，打来的电话乃是说着中文。而此两处的细腻处理，皆在帕顿翻译中被彻底忽略。然而，张爱玲这样让英文里有中文或中文声口的用心，似乎依旧无法避免 Ah Nee 在洋泾浜英语与标准英语间的分裂，虚虚实实间透露出跨语际翻译过程中始料未及的姘合吊诡。

而自译英文版的第二个问题，则是围绕本章第二节已详尽剖析的男女关系，那《桂花蒸　阿小悲秋》在张爱玲自译为英文的过程中，"姘居"是否也出现了或进步或保守的姘合转变呢？英文版极为明显的差异，乃是张爱玲对阿小一家三口的改写，不仅去除了楼上大吵大闹的新婚夫妻之为对照，也省去了阿小与男人"极恩爱"的各种描绘，反倒暗示儿子非亲生（Chang，"Shame，Amah!"，104），丈夫另有其人，远在澳洲打工（页107）。原本小说中因为没有明媒正娶而自轻自谑的"寡妇""晚娘"，到了英文版本中却成了一人独留上海却有姘头的"已婚妇人""养母"，对于其中所涉及的感情（与姘头的关系）或伦理考虑（为何要收养小孩），也都按下不表。我们在此并非想要追问或考据张爱玲改写的缘由，或是归因于中文译为英文所涉及的文化背景转换与读者预设，而是希望在性别政治力道相对较弱的英文版本中，重新看到《桂花蒸　阿小悲秋》在男女"姘居"关系上的基进态度，一个视其比正规婚姻制度更健康、更活泼着实的基进态度，一段已然消失在英文版本中上海阿妈的情欲生活史。如是观之，"Shame，Amah!"乃是再一次展示了语言姘合与性别姘合的另类交织，绝非仅是传统意义上由中文短篇翻译而成的英文短篇。《桂花蒸　阿小悲秋》与"Shame，Amah!"不是原文与译文意义上的"互文"，而是"互文"的"互文"，满布"文本表面"的穿插藏闪，以语言的不透明与不确定，造就了书写与阅读的流动开放。

　　本章从"姘"的说文解字开场，尝试凸显"姘"作为"文本表面"的弃除—合并张力，并以此串联"译—易—异—溢—佚"的同音滑动，让流动的"溢译"与"译溢"来取代稳固的"意义"，让文本交织的意外，来取代任何"斩钉截铁的事物"。与此同时，"姘"所带出的宗法婚姻的阶级控制与道德惩戒，让原本似乎只局限于"人物角色"与"叙事主题"的分析，也有了性别、语言与文化的"文本"繁复性与"政治"批判力。张爱玲的文学书写是"活"的，这不仅指她以生动活泼、活灵活现的语言（多语多音）与意象来描摹日常人情世态，从上海话到洋泾浜英语，从古典词语到欧化语法的无缝接轨，也必然包括语言无意识本身的历史与文化痕迹，如何在书写的过程中被启动、被揭露、被开展、被串联。因此，我们对张爱玲文本的阅读，就不会只局限于书写者"意识"层面的文学实验，而得以同时丰富感受语言文字的历史动态过程与各种字中有字的书写痕迹，精彩得见语言文字、男女关系、翻译实践在"变译"之中求生求存、活泼且着实的强悍生命力。一场完不了的"姘"字练习，依旧热热闹闹在张爱玲的文本里穿插藏闪。

1 《仓颉篇》之说引自《广韵》卷二，页247。而《广韵》此处亦载录男女之"妍"的另一解释："齐与女交，罚金四两曰妍。"（卷二，页247）乃指男子斋戒期间不得与女子发生性行为，否则课以罚金。

2 此处段玉裁注之原文为："礼，士有妾，庶人不得有妾。故平等之民与妻婢私合名之曰妍。有罚。此妍取合并之义。""妍"尚有他解，如"嫔，古作妍"，或"妍"同"妍"，乃指女子聪慧。但本章所欲展开的"妍"字练习，乃聚焦于"妍"之为"弃除"与"合并"的吊诡张力。

3 可参考萧统编，李善注《文选》（下册）卷四八，页1219。

4 "滴搭"可解释为滴滴搭搭，指做事拖拉不爽气，但就此处的上下文而言，或许"滴搭"（迪搭、跌嗒）作为昔日上海话的结尾词亦相当传神。

5 一般用法并不严格区分"英语"和"英文"，然本章对Pidgin English的翻译统一为"洋泾浜英语"，以凸显其原以口语沟通为主，而文中用到"英文"之处则较为强调其作为文字的书写形式。

6 《编辑之痒》初载于1993年12月28日《联合报·联合副刊》，主要针对该年《皇冠》12月号连载的《对照记》中所出现的错误，起因乃是编辑一时手痒更动了原文的用字，其中一例便是将张爱玲原文的"张家浜"改成了"张家滨"。故此处张爱玲乃是从"浜"谈到了"洋泾浜"。

7 Pidgin一词的由来尚有诸多猜测，例如来自希伯来语的"贸易交换"pidjom等，可参见Velupillai, 23–24。

8 "瘪三"作为洋泾浜英语的多层次翻译，显然未能出现在《桂花蒸 阿小悲秋》的两个英文翻译版本之中。不论是张爱玲自译的版本还是他译的版本，"瘪三"都被翻译成英文tramp，仅能保有"流浪汉"的单一意涵（另一"荡妇"的意涵此处便不适用），而较无跨文化语言交织的痕迹。

9 《桂花蒸 阿小悲秋》尚有其他的欧化语法，例如在小说中频频出现的"着"——"丁阿小手牵着儿子百顺"（页116），"她猜着他今天要特别的疙瘩，作为补偿"（页117），皆是"着"作为动态助词、强调进行时态（tense）的欧化语法。

10 可参见《红楼梦》第四十三回："我看你利害。明儿有了事,我也丁是丁卯是卯的,你也别抱怨。"(曹雪芹等,册二,页1060)。

11 张学学者惯于将张爱玲《自己的文章》视为对迅雨批评文章的回应,但迅雨的文章发表于《万象》5月号(5月1日出刊),而张爱玲的文章发表于《新东方》5月号(5月15日出刊),时间间隔甚为接近。倒是学者邵迎建将此回应文的来龙去脉分析得最为清晰且合于情理:刊于《新东方》1944年5月号第四、五期合刊的《自己的文章》,主要乃是响应《新东方》1944年3月号胡兰成《皂隶、清客与来者》一文中对《封锁》精致却缺乏"时代的纪念碑式的工程"之评语,只在《自己的文章》的后半才回应了迅雨的批评,应是五月初才看到《万象》所刊迅雨文章后才立即添加的部分。(邵迎建,页345—347)

12 本书主要采用的张爱玲全集版本,所有引言都用双引号标示,故此段引文以前后加上双引号、"桂花蒸"三字加上单引号的方式出现。

13 当然我们亦可将此"炎樱"与引文当成纯属虚构,而非实有所指。但就彼时张爱玲小说创作上所可能展开的实验性而言,实有所指或许比纯属虚构更具实验性。此或可与发表于《桂花蒸 阿小悲秋》之前的《殷宝滟送花楼会》相提,其"后设"文学的实验跃然纸上,小说中第一人称叙事者本人就叫"爱玲",由她来转述女同学告知的情史,亦是一种戏耍纪实与虚构的叙事实验。

14 或许对其他批评家而言,此段我们殷切细评的开场引文,恐只不过是一个天真荒谬的"发痴滴搭","像极了是一首儿歌:不知所云"(水晶,《天也背过脸去了》,页81)。至于此引文乃炎樱专为张爱玲此篇小说所作,或张爱玲引用炎樱既有的创作文本,甚或此挂名炎樱的引言实则出自张爱玲之手,皆未能由当前"出土"的相关资料去评断,然亦无碍于此处的分析。

15 当然我们也不需完全放弃另一种可能的诠释路径:一切皆是张爱玲自导自演自写的移花接木,"炎樱"乃刻意错误导引的真人名姓。但即便如此,引号中的引号"桂花蒸"依旧呈现出启人疑窦的语言不确定性。

16 此选集与简析所采用的小说题目乃《桂花蒸阿小悲秋》,省略了前三字与后四字之间的空格。此外,原简析中的"跌宕"误植为"跌岩",引文中已更正。

17 高全之在《张爱玲与王祯和》一文中，指出王祯和的《来春姨悲秋》正是受张爱玲《桂花蒸 阿小悲秋》之影响，并进行了两篇小说的比较。

18 当然"桂花蒸"中的"桂花"二字，在上海俗语里尚有另一层妓女、舞女、歌女的情色联想，如阿桂姐、桂花寨老，可参见汪仲贤（页27—28）与孟兆臣（页144）的研究，但本章的诠释脉络较为偏重"桂花蒸"三字作为"秋老虎"的跨文化翻译。

19 水晶是第一个指出阿小的个性中有着"'地母'的胚芽"之批评家（《天也背过脸去了》，页79），更早的一篇则为《在群星里也放光》，并为后续的批评者所遵循，如康来新、邵迎建、严纪华等。

20 高全之曾对此批评倾向做出严正的回应，强调《桂花蒸 阿小悲秋》中紧张的乃是主仆关系，不是殖民者与被殖民者的二元对立，可参见高全之《张爱玲学》，页118。

21 《苏青张爱玲对谈记》原刊于1945年3月《杂志》月刊一四卷六期，对谈时间为1945年2月27日，地点为张爱玲公寓。本书采用的张爱玲《我看苏青》版本，乃收录于《余韵》（《张爱玲全集14》），页75—95，但该版本并未附录此对谈记录，此处引文乃参考原《杂志》版本，页78—84。

22 ［清］马建忠撰《适可斋记言》，转引自周武、吴桂龙《晚清社会》，页383—384。

23 此外尚有更多跨文本的精彩比较。如水晶在《在群星里也放光》中比较阿小与鲁迅《祝福》、吴祖缃《樊家铺》里的帮佣妇（页49—51），以凸显张爱玲如何不循30年代左翼论调的绳墨，刻画阿小个性的不彻底，"遂有如'抽刀断水'，显得暧昧，不容易界定"（页51）。后又在《天也背过脸去了》里比较《桂花蒸 阿小悲秋》与法国小说家福楼拜（Gustave Flaubert）的女仆小说《一颗简单的心》（"A Simple Heart"）（页71—72）。或阮兰芳以鲁迅《阿金》、张爱玲《桂花蒸 阿小悲秋》和王安忆《富萍》这三个文学文本进行比较，观照进城女佣的不同生活状态，并认为阿小是其中适应力最强者。

24 此处乃对比于哥儿达夜里返家，看到"卸了装"的阿小与儿子睡在厨房大菜台上的模样。

25　此引文中的"热闹"，在另外两个版本中皆改为"热情"，可参见《短篇小说卷二：1944年作品》(《张爱玲典藏全集6》，页16) 与《红玫瑰与白玫瑰》(《张爱玲典藏2》新版，页210)。

26　此处"寡妇"的用法，当指阿小与男人分居两地，赚钱养家照顾儿子的工作一肩挑起，但若配上小说他处的"晚娘"用法，则又显暧昧。阿小对待儿子的方式，既有传统的训斥与溺爱，也充满现代的情感劳动自觉，"样样要人服侍！你一个月给我多少工钱，我服侍你？前世不知欠了你什么债！"(《桂花蒸　阿小悲秋》，页118) 有一回叱喝儿子时，"她那秀丽的刮骨脸凶起来像晚娘"，虽说此处叙事用的是"晚娘脸孔"的套式表达，但也可说是同时带出另一种亲属身份的暧昧不确定：没有明媒正娶的阿小，不是寡妇却有寡妇的悲哀，不是晚娘却用晚娘的脸孔训子。

27　1877年《申报》专栏"津门纪略"，转引自邓伟志、胡申生，页44。

28　除了道德控诉之外，对阿妈性欲流动的呈现亦有尖刻嘲讽的处理，如鲁迅笔下的"阿金"，便被写成一个豪放女阿妈，公开主张"弗轧姘头，到上海来做啥呢？"(页170)

29　《连环套》乃张爱玲描写"姘居"最直接明显的小说，相较之下《桂花蒸　阿小悲秋》的描写已较为简略。除了本章另外提及的《倾城之恋》外，张爱玲其他小说皆未深入探讨男女"姘居"的可能样态，如《心经》中对许峰仪和女儿同学段绫卿的同居按下不表，《金锁记》结尾也仅暗示长安与长安男人之间没有婚姻的暧昧关系。

30　虽然小说中对洋主人哥儿达的职业并未着墨，但白天必出外上班（洋行？）一事倒可确定，并不像部分评者以哥儿达居所"有点像个上等白俄妓女的妆阁"的形容，就判定"哥儿达是一个从事不名誉贱业的牛郎（男娼）"(水晶，《天也背过脸去了》，页77)；或直指其乃住在上海的白俄，"阿小所以洞察哥儿达为男妓"(高全之，《张爱玲学》，页118)。

31　此类翻译研究中具政治性与东方主义批判的，乃着眼于《桂花蒸　阿小悲秋》与 "Shame, Amah!" 两者在读者预设上的差异。例如梁慕灵指出，中文版本中对哥儿达先生房间"逆转的东方主义观看"，到了英文版本时则大量删减，由原本的七百多个中文字的描写简化为三十多个英文单词的描写，"这里可见张爱玲在面对中国读者和西方读者时，对揭露东方主义观看上的差异"（页120），甚是用心。

32 此处有关 shame 的字源变化，主要参考《在线字源辞典》（*Online Etymology*）。

33 而有趣的是，英译小说集 *Love in a Fallen City*（《倾城之恋》）中所收录的"The Golden Cangue"（《金锁记》），乃是张爱玲最早收录于夏志清所编《20世纪中国短篇小说》（*Twentieth-Century Chinese Stories*）的自译版本，而非金凯筠的翻译版本，此张爱玲英文自译版本中也果真只有 veranda，没有 balcony。

试问除了华丽、苍凉、荒凉、参差对照之外，我们还能经由什么不同的词语选择，来再次接近张爱玲的感性世界呢？

"狼犺"是一个张爱玲不常用却十分传神的身体姿态词语，其最显著的出处乃是《小团圆》第九章的结尾。话说小说女主角九莉在乡下看戏，临时被迫中途离席，只得站起身来奋力往外挤。小说中写道："这些人都是数学上的一个点，只有地位，没有长度阔度。只有穿着臃肿的蓝布面大棉袍的九莉，她只有长度阔度厚度，没有地位。在这密点构成的虚线画面上，只有她这翠蓝的一大块，全是体积，狼犺的在一排排座位中间挤出去。"（页265）此段叙述文字若有特异之处，当是吊诡地同时结合数学名词与古典用语"狼犺"。一边是看戏的乡民们，只有地位而没有长度阔度厚度；一边是穿着臃肿肥大的九莉，没有地位只有长度阔度厚度。而就在乡民作为"密点"所构成的虚线画面中，九莉以一大块翠蓝亮丽的"体积"想要在一排排"密点"中挤出去的画面，自是显得如此突兀笨拙。

而"狼犺"作为描述空间中大块体积笨拙移动的表达，也曾出现在张爱玲的《谈看书》之中。"西方电影戏剧也从来没有表达出

第 五 章

狼 犺

与

名 分

来，总是用小女孩演小仙人，连灰姑娘的教母也没扮出成年妇女的模样，再不然就是普通女演员，穿上有翅膀的小仙人服装，显得狼犺笨重。"（页168）对张爱玲而言，有着透明蝉翼而又能轻盈飞行的小仙人，连小女孩扮演都嫌粗拙，更遑论穿上小仙人服装的成人女演员。而承载"蠢大笨重"之意的"狼犺"，也曾被张爱玲用来形容过站不停的恼人公交车："公交车偏就会乘人一个眼不见，飞驰而过，尽管平常笨重狼犺，像有些大胖子有时候却又行动快捷得出人意表。"（《一九八八至——？》，页68）此处"狼犺"与"快捷"彼此对反，公交车可如胖子一般不可预期，看似笨重迟缓，奔驰而过却异常灵敏迅速，霎时了无踪影。此外当然也有虚晃一招的"狼犺"。《少帅》中译本描写到少帅与周四小姐密会偷情的场景："在一个乱糟糟的世界，他们是仅有的两个人，她要小心不踩到散落一地的棋子与小摆设。她感觉自己突然间长得很高，笨拙狼犺。"（页39）原著英文的表达甚为简单——"She felt herself lumbering in sudden tallness."（页131）虽英文的 lumbering 本就有缓慢笨拙之意，但译者郑远涛以"狼犺"一词带出，显然是受到《小团圆》小说中采用"狼犺"这一生动表达的影响，反倒也巧妙地呼应了中文"狼犺"最早所指向的身材高长。

那"狼犺"究竟何意？为什么我们可以尝试以其作为进入张爱玲世界的另一个新感性入口？"狼犺"最早见于《世说新语》，亦作狼伉、狼亢，一般解作"傲慢，暴戾"（罗竹风，卷五，页59）。而习见于明清小说的"狼犺"则写法各异，如狼抗、榔槺（糠）、埌坑等，最著名的莫过于《红楼梦》第八回写到宝玉口衔通灵宝玉出世，"怎得衔此狼犺蠢大之物等语之谤"（曹雪芹等，册一，页236）。日本学者香坂顺一在《白话语汇研究》中则对"狼犺"一词做了目前为止最为深入的探讨，借由各种地方县志的引述分析，证明"狼犺"乃宋元以来普遍使用的口语词，南北通用。然"狼犺"作为沿用至今的古典词语，我们仍可就其意义与衍生义的演变，铺陈出至少三个层次的游移背反。若依《说文》，"犺"乃"健犬也"（卷一〇上，页205），该是精悍矫健之兽，为何如今却成了肥拙迟缓之形容词？此其一也。若依《广韵》中所言"躴躿身长皃"（卷二，页55），那"狼犺（躴躿）"乃指长人，尔后用法显然已转为臃肿肥重不灵活，由身高过长转成体重过重，此其二也。若依《吴下方言考》"今吴谚谓物之大而无处置放者曰狼抗"，[1]"狼犺（埌坑）"既是大而无用、徒占位置，又是物大难容、无处置放，既是徒占地位，又是无地位，此其三也。

然本章对此古典词语"狼犺"的爬梳与探讨却是企图另辟蹊径，希冀通过此词语在张爱玲三个文学文本中的差异浮现，创造出"狼犺"与宗法身份、性别位置的论述新联结，以此串联本书的宗法父权批判。本章聚焦的三个张爱玲文本，分别为书写于1946年的《异乡记》（2010年出版）、最早发表于一九四七年的《华丽缘》，以及成书于1976年却延迟到2009年出版的《小团圆》。[2]本章对此三个文学文本进行差异比较，主要的用意有二。

第一是尝试凸显"文本译异"的概念。过去对此三个文学文本的互文诠释，基本上乃循写作的先后次序，视"纪实"的《异乡记》第九章为《华丽缘》之本，而《华丽缘》又为《小团圆》第九章之本。此追"本"溯"源"之举着重于找出不同版本之"相同"处，以资验证改写的痕迹与"自传""纪实"之"本源"所在，或甚至不辞劳苦一一考据文本背后的"真人实事"来加以比对。而本章所欲尝试凸显的"文本译异"，却是企图松动、质疑所有投射在"本源""本文""自传""纪实"

上的原初固定意义与真理追寻，强调"文本"（text）之所以有别于"本源"或"本文"，正在于变动不居的"译—异—易—溢—佚"，在各种改写、重写、修订与关系互文中交织折曲、转化异动，没有范围固定、僵止不动、原地踏步的"本文"或"本源"可供回归、索引或索隐。[3]换言之，"只有文本，没有本文（本源）"，此三个文学文本的"译异"乃是通过改写之"译"，来产生文本之"异"，"译"必有"异"，求异而不求同，正是本书"无主文本"的最大企图。

正如本书自绪论起便一再强调的，张爱玲的"文本性"正在于如何由"文有所本"的"真人实事"走向"文无所本"的创作虚构与书写虚拟，所有的真人实事总已是"无穷尽的因果网，一团乱丝"（张爱玲，《谈看书》，页189），所有的"本源""本文""自传""纪实"总已是"文本"。或者更吊诡地说，所有的"实事文本"恐怕都比"创作文本"还要奇怪，还要"千变万化无法逆料"（页189），如何有可能当成独一无二的真凭实据，如何有可能在其间确立任何模拟再现、索隐考据的唯一固定比对关系，而不被介于其间的语言文字所牵引拉扯？就张爱玲的文学书写而言，困难的不是如何在"创作文本"中索隐考据出"实事文本"，而是"实事"本身总已可能是"文本"与"脉络文本"（context），"像七八个话匣子同时开唱，各唱各的，打成一片混沌"（张爱玲，《烬余录》，页41）。而所有基于语言文字的书写表达，总已是"创作"而非自传或传记材料，不是不能对号入座，而是对号入座开启不了、也无由回避文本的不确定性与事件性（书写作为事件的不可预期，阅读作为事件的不可预期）。故本章此处从《异乡记》《华丽缘》《小团圆》三个文学文本出发进行的探讨，亦是对当前张爱玲研究"自传说"的一个婉转回应："自传"不只是真人实事，"自传"总已是千变万化的"文本译异"，求异不求同，书写与阅读总让所有稳固确定的"意义"，都已分花拂柳化为流变离散的"译异"。正如本书第二章《母亲的离婚》所尝试的，把张爱玲的母亲"黄逸梵"放入引号的企图，正是将"张爱玲"放入引号的企图，本章意欲让张爱玲阅读《红楼梦》不忘一再强调的"是创作，不是自传性小说"（《红楼梦魇》，页255），不仅能同理可推，适用于张爱玲研究的所有文本阅读，更能基进地解构"创作"本身之为"无主"的语言文字构成。

　　第二个用意则是尝试凸显"名分溢易"的概念，以创造出"狼犺"与宗法名分之间的不当张力、扭曲与转换变动，以及介于其间无法收束的溢出与歧异。从西周的宗法封建制度起，"为了便于统治的从属关系能够巩固，以血统的嫡庶及亲疏长幼等定下贵贱尊卑的身份，使每人的爵位及权利义务，各与其身份相称；这在当时称之为'分'"（徐复观，页19）。尔后"名分"更成为儒家思想千年以降的核心，君臣、父子、夫妇等关系称"名"，关系所对应的责任义务称"分"，而"名分"便是人际关系之间的分辨与对应，清楚标示出宗法地位与伦理规范，"名不正则言不顺"，"必也正名乎"。而"名分溢易"的概念，则是对此宗法秩序发出了"异议"之声，在貌似大一统的宗法"感性分配共享"中出现犹疑蠢动、没有地位或拒绝入座入列的"狼犺"身体，跌跌撞撞，踉踉跄跄，却给出了裂变千年宗法秩序的潜力。此处"名分溢易"的"溢"指向身份、认同、地位的焦虑、溢出与不确定，而"易"则指向新旧时代与古今制度的更迭与变革，"溢""易"相生，无法再安稳妥当地各"旧"各位，各司其职。[4]如果第一个企图的"文本译异"所欲彰显的乃是"文无所本"，那此处"名分溢易"所欲彰显的便是"名无所分"，不是传统意义上的"有名有分、有名无分、无名有分、无名无分"（还是在名分逻辑中的排列组合），而是基进"异议"上的挑战名分、游移名分、裂变名分。"狼犺"作为张爱玲辞典中一个既古老又新颖的生动表达，有体积重量，有身体姿势，或能提供一个有别于20世纪40年代"苍凉""华丽""参差对照"的70年代新感性入口，让我们得见不一样的张爱玲，不一样的美学感性书写世界。

·1·

千里寻夫《异乡记》

《异乡记》的"出土"也是因缘使然。张爱玲遗产执行人宋以朗在《异乡记》出版时所写的序文《关于〈异乡记〉》中言道：

> 二〇〇三年我自美返港，在家中找到几箱张爱玲的遗物，包括她的信札及小说手稿。手稿当中，有些明显是不完整的，例如一部题作《异乡记》的八十页笔记本。这是第一人称叙事的游记体散文，讲述一位"沈太太"（即叙事者）由上海到温州途中的见闻。现存十三章，约三万多字，到第八十页便突然中断，其余部分始终也找不着。(页108)

而这本有头无尾的八十页手稿，却因几个关键因素而举足轻重了起来。第一当然是所谓"非写不可"的缘由。张爱玲曾言:"除了少数作品,我自己觉得非写不可(如旅行时写的《异乡记》),其余都是没法才写的。而我真正要写的,总是大多数人不要看的。"[5]《异乡记》虽为残篇遗稿,但显然在张爱玲的心中有独特的分量与位置。第二则是《异乡记》的"出土",证明张爱玲确有亲近底层老百姓的"下乡经验"与"农村生活经验",不似过往评论惯于责难张爱玲"平生足迹未履农村,笔杆不是魔杖,怎么能凭空变出东西来!这里不存在什么秘诀,什么奇迹"(柯灵,页428)。[6]第三则是此手稿经考证后被断定,乃张爱玲"在一九四六年头由上海往温州找胡兰成途中所写的札记了"(宋以朗,《关于〈异乡记〉》,页109)。尔后张爱玲许多小说的段落与描写,皆以《异乡记》为"蓝本",包括《秧歌》《赤地之恋》《半生缘》《怨女》《小团圆》等,甚至被认定为《秧歌》的原型(宋以朗,《宋淇传奇》,页218)。[7]而此"蓝本说"更顺利发展成"自传说",诚如宋以朗在《异乡记》序言中所言:

> 就前一点而言,《异乡记》的自传性质是显而易见的,甚至连角色名字也引人遐想。例如叙事者沈太太长途跋涉去找的人叫"拉尼",相信就是"Lanny"的音译,不禁令人联想起胡兰成的"Lancheng"。又如第八章写参观婚礼,那新郎就叫"菊生",似乎暗指"兰成"及其小名"蕊生"。(《关于〈异乡记〉》,页109)[8]

而张爱玲研究者、亦是《异乡记》的手稿校订者止庵,则更进一步发挥此"自传说",并由此质疑张爱玲文本的"文类"(genre)归属问题。他在《〈异乡记〉杂谈》一文中，先以疑问句探问《异乡记》究竟是散文、随笔、游记，还是未完成的小说；接着进行《异乡记》与《华丽缘》之间的比对，强调两者"性质相当，乃纪实作品，所以说是'散文'而非'小说'"：

> 所写内容并非虚构——外人大概根本不知道作者曾有温州之行——还可能将文中的"我"当作小说的第一人称叙述者了，以为就像张爱玲著《殷宝滟送花楼会》中的"我"。那实际上还是一个人物，虽然那里"我"被殷宝滟径直称作"爱玲"。而《华丽缘》以及《异乡记》中的"我"，其实是作者自己。

评者止庵在此的推论甚是有趣。张爱玲《殷宝滟送花楼会》中的"我"（"爱玲"）乃"小说"第一人称叙事者，而《异乡记》与《华丽缘》中的"我"（"沈太太"）则是张爱玲本人，即使《殷宝滟送花楼会》与《异乡记》《华丽缘》一样都有"真人实事"可考。[9]止庵推论的前提显然是纪实／虚构、散文／小说的两组平行对立关系："小说"乃虚构，"散文"乃纪实，故纪实"散文"的第一人称叙述者就一定是作者张爱玲本人，截然不同于虚构"小说"的第一人称叙述者，即使名唤"爱玲"也一定不是张爱玲本人；《异乡记》证明了张爱玲确有温州之行，故《异乡记》与《华丽缘》乃纪实"散文"，而非虚构"小说"。然接下来论证的自我矛盾却又甚为明显，一方面强调"沈太太"的用法（而非"胡太太"或"张小姐"）乃"我"必要的身份掩饰，另一方面又必须解释《异乡记》中的其他"人物"为何也没用真名，如"闵先生"，"据胡兰成著《今生今世》，真名叫斯颂远"，而不得不承认"倒近乎小说写法了"，但还是强调"文中的地名，多半都是真的"。[10]

那我们究竟该如何看待宋以朗与止庵笔下《异乡记》这个自传性质显而易见，用假人名、真地名却近乎小说的纪实散文呢？不论是"蓝本说"还是"自传说"，自是对当前的张爱玲研究贡献甚多，也无可以厚非之处，我们也都接受《异乡记》乃1946年初张爱玲由上海往温州找胡兰成途中所写的札记；但"文本译异"求异不求同，本章想要端倪的乃是三个文学文本之间的差异流变，而非满足于或止步于可供指认的相同背景与纪实线索。以下我们将尝试进入《异乡记》的文本，重点不放在小说／散文、虚构／纪实的二元判定，而放在书写本身所可能启动的"译—异—易—溢—佚"，为何无法被"文类"（散文、小说、随笔、游记）所圈限、所框定，为何文学创作的文字书写本身总已是"文本译异"的流变。

《异乡记》第九章的起头"这两天，周围七八十里的人都赶到闵家庄来看社戏"（页158），出现了两个关键词，一是"闵家庄"，一是"社戏"。"闵家庄"之为"虚构"，显然来自文本中的"闵先生"（原名斯颂远，原地为斯宅），但也同时带出此"闵姓"村落的亲属连带，合村同姓皆本家。那何谓"社戏"呢？"社"原指土地神或土地庙，"每年于一定时间做的戏叫作'年规戏'，社庙里每年做的年规戏就叫作社戏了"（乔峰，页10）。[11]而在现代文学中对"社戏"描摹最生动的，莫过于祖籍绍兴的鲁迅。鲁迅1922年的《社戏》一文，细腻描绘了从外祖母家平桥村坐船到赵庄看"社戏"的经过，"最惹眼的是屹立在庄外临河的空地上的一座戏台，模糊在远处的月夜中，和空间几乎分不出界限，我疑心画上见过的仙境，就在这里出现了"（页143）。而夜里看社戏的描绘也出现在鲁迅1926年发表的《无常》之中，"也如大戏一样，始于黄昏，到次日的天明便完结。这都是敬神禳灾的演剧"（页37）。在1936年的《女吊》中，鲁迅更细心区分了给神鬼看的"社戏"与给人看的"堂会"：

> 我所知道的是四十年前的绍兴，那时没有达官显宦，所以未闻有专门为人（堂会？）的演剧。凡做戏，总带着一点社戏性，供着神位，是看戏的主体，人们去看，不过叨光。但"大戏"或"目连戏"所邀请的看客，范围可较广了，自然请神，而又请鬼，尤其是横死的怨鬼。所以仪式就更紧张，更严肃。……"大戏"和"目连"，虽然同是演给神，人，鬼看的戏文，但两者又很不同。不同之点：一在演员，前者是专门的戏子，后者则是临时集合的 Amateur ——农民和工人；一在剧本，前者有许多种，后者却好歹总只演一本《目连救母记》。（页319）

虽然许多戏曲史的相关介绍，惯将"大戏"等同于"目连戏"或视"目连戏"为"大戏"的一个著名戏目，此处鲁迅则是经验老到地细数"大戏"与"目连戏"在演员组成与演出剧本上的差异之处。

有了这些"社戏"的历史背景准备，就让我们来看看张爱玲在《异乡记》里如何描写社戏。在第九章的后半，"我"夜里躺在床上听到了对门的"绍兴大戏"：

> 对门的一家人家叫了个戏班子到家里来，晚上在月光底

下开锣演唱起来。不是"的笃班",是"绍兴大戏"。我睡在床上听着,就像是在那里做佛事——那声调完全像梵唱。一个单音延长到无限,难得换一个音阶。伴奏的笛子发出小小的尖音,疾疾地一上一下,吹的吹,唱的唱,各不相涉。歌者都是十五六岁的男孩子罢?调门又高,又要拖得长,无不声嘶力竭,挣命似的。(页160)

如前所述,"绍兴大戏"采用专门演员,乃祭神鬼的社戏性质,演出时间始于黄昏至次日天明,一如此处"在月光底下开锣演唱起来","歌者都是十五六岁的男孩子罢"。然更有趣的是,此处特别强调请来的戏班子唱的是"绍兴大戏",而非"的笃班"。就戏曲史的发展与类别而言,此细节乃同时带出了性别差异与可能的城乡差距。何谓"的笃班"?"的笃班"发源于浙江绍兴府嵊县一带,前身为说唱艺术"落地唱书",乃浙江地方戏曲,整个乐队只有一个人,一手敲尺板,一手敲笃鼓,的的笃笃地演唱,故名"的笃戏"或"小歌戏"。1916年后进入杭州、上海等地,为了与"绍兴大班"有所区别,改称"绍兴文戏"。1930年起,女班大批涌现,至1930年代末期,逐渐取代男班,称为"女子文戏"(周来达,页1)。一如陈定山在《春申续闻:老上海的风华往事》中所言,"的笃班"亦名"莺歌戏","二十三四年间,才风行起来,改名越剧"(页223)。

换言之,此处已隐然浮现两种地方戏曲的"性别差异",以男班为主的"绍兴大班"(以演出绍兴大戏等社戏剧目为主)与逐渐发展成全女班的"的笃班"(从"小歌戏""绍兴文戏"到"女子越剧"的名称转换与反串男角),但两者都可称为"绍兴戏",虽前者为四百多年的老剧种，后者则颇为年轻、不足百年。无怪乎评论家在阅读《异乡记》发出感慨之余，亦难免有所混淆。例如迈克在《异乡的苍凉与从容》中言道："由男班唱绍兴大戏也是一奇。根据资料，自从三十年代初全女班的笃班进入上海，逐渐演变成今天越剧的模式，男班就没落了，胡涂戏迷如我，甚至以为本来就是清一色女艺人，直到早几年中国唱片公司出版《创业先驱篇》光盘，才第一次领略男身前辈的丰采。却原来迟至四十年代中，大城市以外还有得看……"评者此处显然错将男班"绍兴大戏"视为女班"的笃班"或越剧的前身，并以此凸显城乡差距（大城市上海早已是清一色女艺人，而讶异于张爱玲文中40年代乡下居然还有男班唱绍兴大戏）。然此处并非苛责评者对地方戏曲在剧种沿革与剧目差异上的可能误识，而是想要先行埋下伏笔，待转进下一个文本《华丽缘》时，能以更敏锐的方式察知《异乡记》中的"绍兴大戏"为何在《华丽缘》中由黑夜瞬间转为白昼，由男班全然翻转为女班。

·2·

才子佳人《华丽缘》

那张爱玲1946年温州之行在乡下看到听到的，究竟是"绍兴大戏"还是"的笃班"？除了满足考据的好奇心外，我们为何需要对此加以区分辨别呢？张爱玲看的是"绍兴大戏"或是"的笃班"有何差别吗？

先让我们来瞧瞧胡兰成在《山河岁月》中的说法:"爱玲去温州看我,路过诸暨斯宅时斯宅祠堂里演嵊县戏,她也去看了,写信给我说:'戏台下那样多乡下人,他们坐着站着或往来走动,好像他们的人是不占地方的,如同数学的线,只有长而无阔与厚。'"(页108)胡兰成笔下的"斯宅",提示了《异乡记》中"闵先生"的真名为斯颂远,而张爱玲在给胡兰成信中提及在斯宅祠堂里看的乃是"嵊县戏",亦即发源于浙江绍兴府嵊县的"的笃班"。若我们一径把《异乡记》当成显而易见"自传"性质的"纪实"散文,那此处的"自传""纪实"显而易见出了点纰漏:《异乡记》特别强调听的不是"的笃班"而是"绍兴大戏",而胡兰成说张爱玲信中写的是"嵊县戏",亦即"的笃班"。然我们与其去猜测此乃张爱玲的前后矛盾、戏曲知识不足,胡兰成的记忆失误或另有隐情,甚或去猜测张爱玲在乡下或有可能两种地方戏曲都先后听过(在写给胡兰成的信上只提了斯宅祠堂里演的嵊县戏,而在《异乡记》里只写了夜里躺在床上听到的绍兴大戏),毋宁尝试将此表面上可能的不一致,往"文本译异"的方向推进思考,以说明为何在《异乡记》第九章的"文本脉络"中出现的地方戏,必须是"绍兴大戏",而在《华丽缘》的"文本脉络"中出现的地方戏,则必须是"的笃班"。由此带出两个文本的差异,正是建立在张爱玲作为创作者的精心巧思之上,由此得以给出两种不同的文字布局,让文本之"内"的前后呼应,重于且大于文本之"间"的前后呼应。

以《异乡记》第九章来说,"我"在月夜里听戏,"笛子又吹起来,一扭一扭,像个小银蛇蜿蜒引路,半晌,才把人引到一个悲伤的心的深处"(页160)。此处所欲营造的亘古苍凉氛围,更经由"绍兴大戏"拉出古今映照的时间向度:"搬演的都是些'古来争战'的事迹,但是那声音是这样地苍凉与从容，简直像一个老妇人微带笑容将她身历的水旱刀兵讲给孩子们听。"（页160）此处"古来争战"所呼应的，正是前面段落才刚描写到的日本兵刁难乡民，只是戏里的水旱刀兵像老妇人讲给孩子们听的故事，而现实生活中的兵荒马乱，则是孙八哥讲给闵先生小舅子听的亲身经历，一前一后、一古一今完美呼应。《异乡记》第九章短短两千余字，以听社戏为始，再以两个听不懂戏文而跑去墙根撒尿的年轻人为结，带出的正是从古到今战乱兵灾的民间苦难，以及历经苦难后所呈现的苍凉与从容。

到了《华丽缘》，则是完全不同的布局与企图，其中最明显的不仅是以"的笃班"置换了"绍兴大戏"，更是从"战争"主题转到了"爱情"主题，在"古来争战"所给出的亘古苍凉中，加进了红焰焰击鼓催花的华丽情缘，更臻"参差对照"的美学成就。《华丽缘》于1947年4月首刊于《大家》月刊创刊号，乃张爱玲抗战胜利后的一篇"试笔"新作，1982年修订于美国洛杉矶，1987年收入《余韵》出版。1982年的修订版仅做了极小部分的文字改动，其中较为显著的乃是删去了首刊版的第一行："（这题目译成白话是'一个行头考究的爱情故事'）"（页10）。[12] 此首刊版的开场句子甚为独特，既非副标，又置入括号，以幽默诙谐的方式将《华丽缘》白话翻译为"一个行头考究的爱情故事"，也就是说要将叙述的重点放在舞台上"戏文"的爱情故事，从行头到生旦、从化妆到唱腔的娓娓道来，而不放在舞台下第一人称"我"的人生故事，即便此"戏文"是通过第一人称的"我"来观视、来听闻、来描述的。

如同《异乡记》一般，《华丽缘》主要描写正月里在榴溪乡下"闵少奶奶"送"我"去听"绍兴戏"的经过，但叙述中以多处细节交代了此"绍兴戏"乃"的笃班",而非"绍兴大戏"。其一,演戏的时间乃白昼而非黄昏黑夜,"下午一两点钟起演。这是我第一次看见舞台上有真的太阳,奇异地觉得非常感动"(页101)。其二,演出班子"乐怡乐团"乃全女班,男角皆为女演员反串,"老生是个阔脸的女孩子所扮,虽然也挂着乌黑的一部大胡须,依旧浓妆艳抹,涂出一张红粉大面"(页101)。而老生是反串,小生当然也不例外,"小生只把她的脖子一勾,两人并排,同时把腰一弯,头一低,便钻到帐子里去了。那可笑的一刹那很明显地表示她们是两个女孩子"(页108)。其三乃是暗示"的笃班"在上海等大城市蹿红,到浙江乡下演出乃"衣锦还乡":"而绍兴戏在这个地方演出,因为是它的本乡,仿佛是一个破败的大家庭里,难得有一个发财衣锦荣归的儿子,于欢喜中另有一种凄然。"(页104)其四则是直指此"绍兴戏"乃"淫戏","我看看这些观众——如此鲜明简单的'淫戏',而他们坐在那里像个教会学校的恳亲会"(页110),部分呼应了彼时对"的笃班"("小歌班""莺歌班")的负面世俗印象,"其实词句淫鄙,并不句句押韵,亦无准绳板眼。稍为文雅的人,无不掩耳却走"(陈定山,页223)。[13]

而《华丽缘》花费笔墨最多的,正是这偷情调情的淫情浪态。此才子佳人的"淫戏",不仅通过春情荡漾的双肩耸抬、媚眼横抛,或花枝招展地一个逃一个追,在锣鼓声中绕台飞跑来展现,更以舞台上会移动的绣花床帐达到高潮:

> 那布景拆下来原来是用它代表床帐。戏台上打杂的两手执着两边的竹竿,撑开那绣花慢子,在一旁侍候着。但看两人调情到热烈之际,那不怀好意的床帐便涌上前来。看样子又像是

不成功了，那张床便又悄然退了下去。我在台下惊讶万分——如果用在现代戏剧里，岂不是最大胆的象征手法。（页106—107）

然这厢表兄表妹云雨交欢后，小生又在庙中惊艳，看上了另一位小姐。《华丽缘》仿佛要以最稀松平常的语言，一笔带过作为"戏肉"的最深沉哀凄："有朝一日他功成名就，奉旨成婚的时候，自会一路娶过来，决不会漏掉她一个。从前的男人是没有负心的必要的。"（页110）显是嘲讽才子佳人的浪漫缠绵，背后是一夫多妻的宗法配置，只要一路娶过来无所遗漏，便无负心可言。

这是轻描与淡写，还是哀莫大于心死呢？《异乡记》描绘了下乡的百般辛苦，却也满心殷切，每有慨叹比兴，总是回到张爱玲最熟悉的苍凉笔法。而《华丽缘》曲笔写爱情的艳丽、虚幻与屈辱，借才子佳人的淫戏为托寓，幽幽带出幻灭后的凄哀。此华丽中现苍凉的写法，主要围绕在"颜色"与"光线"的参差对照之上。就"颜色"讲，《华丽缘》开头第一段末尾描写到隆冬时节淡黄田地上的新搭芦席棚，贴满了大红招纸，纸上写满了香艳的女艺人名，"那红纸也显得是'寂寞红'，好像击鼓催花，迅即花开花落"（页100）。而接下来的叙事乃不断借由他人之口，强调此次请来的班子，虽是普通的班子，但行头光鲜讲究。果然小生一亮相，先是"白袍周身绣蓝鹤"，打个转身，又将行头翻成了"柠檬黄满绣品蓝花鸟的长衣"（页102）。表面上第一段表兄妹的才子佳人，"一幕戏里两个主角同时穿黄，似乎是不智的"（页102），而第二段庙里姻缘的才子佳人，"这一幕又是男女主角同穿着淡蓝"，但由鹅黄到淡蓝的颜色转换，"看着就像是灯光一变，幽幽的，是庵堂佛殿的空气了"（页109—110），既说明了艳遇新场景的所在地，也带动了观者心境的幽微转折。

而"光线"更让华丽光彩的面料成了参悟虚实的时间道场，"绣着一行行湖色仙鹤的大红平金帐幔，那上面斜照着的阳光，的确是另一个年代的阳光"（《华丽缘》，页101）。《异乡记》用"争战"贯穿古今，《华丽缘》则是用"那静静的亘古的阳光"（页105），将一切的真实化为如梦如烟的恍惚幻境：

> 我禁不住时时刻刻要注意到台上的阳光，那巨大的光筒，里面一蓬蓬浮着淡蓝的灰尘——是一种听头装的日光，打开了放射下来，如梦如烟。……我再也说不清楚，戏台上照着点真的太阳，怎么会有这样的一种凄衰。艺术与现实之间有一块地方叠印着，变得恍惚起来；好像拿着根洋火在阳光里燃烧，悠悠忽忽的，看不大见那淡橙黄的火光，但是可以更分明地觉得自己的手，在阳光中也是一件暂时的倏忽的东西……（页104—105）

且说演戏的舞台不完全露天，"只在舞台与客座之间有一小截地方是没有屋顶"（页100），阳光便从这一小截地方洒了下来。而出现在戏台上的真太阳，浮动着淡蓝灰尘，已是虚实难辨，张爱玲还要更进一步由此思索艺术与现实的相互叠印，有如在阳光中燃烧的一根洋火，小小火光悠忽难辨，就连拿着洋火的手也分不清是否真实，成了阳光下"一件暂时的倏忽的东西"。原本1947年版只有"暂时的"一个形容词，1982年版又加上了另一个形容词"倏忽的"，想是要更加凸显其间的幽微难辨。若"做戏"是艺术而"太阳"是现实，此处"太阳"还是"太阳"，而"火光"成了艺术，那在太阳下拿着火光的"自己的手"，就成了艺术与现实彼此叠印的虚实难辨。

然我们此处想要追问的，不只是《华丽缘》如何通过对"颜色"与"光线"的捕捉，以美学感受上的虚实变化，让华丽中透出苍凉，更是《华丽缘》如何让艺术与现实之间变得恍惚，台上台下、戏里戏外、自传与虚构相互叠印。我们没有忘记《异乡记》是1946年初张爱玲由上海往温州找胡兰成途中所写的札记。我们也没有忘记胡兰成处处留情，张爱玲抵温州时，他身边早已有人。我们没有忘记《华丽缘》首刊于1947年4月的《大家》创刊号，不久后张爱玲便寄出了给胡兰成的诀别信，两人于同年离婚，从此恩断义绝。当然我们更不会忘记，那潜藏在文本之中更形幽微隐约的联结：《异乡记》里的"绍兴大戏"与《华丽缘》中的"的笃班"，都与胡兰成有深厚的地缘关系：胡兰成正是浙江绍兴嵊县三界镇胡村人，亦即"的笃班"主要发源地之人。

我们甚至还可以大胆猜测，张爱玲文本中最神秘不可觅的《描金凤》是否也与《华丽缘》有所关联？1946年前后上海报刊盛传张爱玲正在赶写长篇小说《描金凤》，尔后便再无此作品的任何消息，就连张爱玲过世后，遗稿中亦未有发现。《描金凤》究竟是未写成、改了题目还是原稿遗失，至今依旧是个谜。但若就时间点的巧合观之，传说中的《描金凤》或许有可能也是以《异乡记》为蓝本，张爱玲向有更改小说名称的习惯，也喜欢不断调整创作的篇幅或拆开另起，并一心一意不忘"出清存稿"，《华丽缘》说不定也有着《描金凤》的痕迹或影子。张爱玲在发表于1944年8月、9月、10月上海《天地》的《谈音乐》中最早提到《描金凤》："弹词我只听见过一次，一个瘦长脸的年轻人唱'描金凤'，每隔两句，句尾就加上极其肯定的'嗯，嗯，嗯'，每'嗯'一下，把头摇一摇，像是咬着人的肉不放似的。对于有些听众这大约是软性刺激。"（页220）但我们也不要忘记，《描金凤》不仅是弹词的曲目，更是"的笃班"（后来称为"越剧"）著名的剧目之一（陈定山，页223）。《华丽缘》将"绍兴大戏"换成了"的笃班"，细细铺陈不止一段才子佳人淫戏，《华丽缘》或有可能也曾是《描金凤》一个"暂时的倏忽的"开头或段落。

然而在《华丽缘》将《异乡记》的"古来争战"译异为"一个行头考究的爱情故事"，将乡下人的"苍凉与从容"译异为舞台上"华丽的人生"之同时，我们当然也不要忘记在此华丽与苍凉中所埋下的政治伏笔：祠堂中的"总理遗像"。话说"总理遗像"最早出现在《异乡记》第十二章。"墙壁上交叉地挂着党国旗，正中挂着总理遗像。那国旗是用大幅的手工纸糊的。将将就就，'青天白日满地红'的青色用紫来代替，大红也改用玫瑰红。灯光之下，娇艳异常，可是就像有一种善打小算盘的主妇的省钱的办法，有时候想入非非，使男人哭笑不得"。（页176）[14]在此"总理遗像"与"国旗"出现的场所，乃是闵先生与沈太太借宿的"县党部"，虽诡异娇艳，倒也较合于情理。然在《华丽缘》中，"总理遗像"却是以十分怪异唐突的方式，叠印在祠堂里搭出的小舞台之上：

　　我注意到那绣着"乐怡剧团"横额的三幅大红幔子，正中的一幅不知什么时候已经撤掉了，露出祠堂里原有的陈设；里面黑洞洞的，却供着孙中山遗像；两边挂着"革命尚未成功，同志仍须努力"的对联。那两句话在这意想不到的地方看到，分外眼明。我从来没知道是这样伟大的话。隔着台前的黄龙似的扭着的两个人，我望着那副对联，虽然我是连感慨的资格都没有的，还是一阵心酸，眼泪都要掉下来了。（页106）

这段描绘给出了十分巧妙的调侃、嘲讽与心酸自怜。话说祠堂里居然供奉着孙中山遗像（已从《异乡记》"总理遗像"的尊称转为直呼其名），两边还挂着遗言对联。而孙中山遗像与遗言之所以突然在戏台上暴露出来，乃是因为原本遮在前方作为布景的大红幔子被撤掉了，而这被撤掉的大红幔子正是前文已讨论过的那绑在竹竿上的活动绣花床帐，在表兄妹调情的高潮，"那不怀好意的床帐"一回回涌上来又退下去。换言之，这才子佳人的"淫戏"，乃是在孙中山遗像与遗言对联前搬演，眉来眼去，欲拒还迎，最后还拉拉扯扯象征性地入了帐上了床——孙中山遗像与遗言成了才子佳人"淫戏"的另一种道具布景。如果我们不想一本正经地把张爱玲视作爱国人士，像是批评家所言——"她牵挂国事，不置身事外，所以见到孙中山遗言会悲恸，但是从未以政治先知者的傲慢来煽动读者，夸饰或强销自己的政治理念"（高全之，《张爱玲学》，页201），那我们究竟可以如何看待这出现在祠堂而非县党部的"孙中山遗像"？如何看待文本中"我"作为第一人称叙事者面对遗言对联时那种泫然欲泣的情感反应呢？

首先，让我们来看看何谓"祠堂"。"祠堂"亦即"宗祠"，乃是供奉祖先神主牌位、进行祭祀的场所。中国传统宗族制度强调尊祖、敬宗、收族，而其具体落实的方式便是建宗祠、修宗谱、置族田、立族长、订族规。《异乡记》在闵家庄看社戏，《华丽缘》在榴溪乡下祠堂搭舞台，此间的"文本译异"或可被读成由"社"转"宗"、由"外"转

"内"、由"祭神（鬼）"转"祭祖"的书写变易。如本书绪论所详述，中国古代"祖"与"社"同源，"古人本以牡器为神，或称之祖，或谓之社"（郭沫若，《释祖妣》，页53）。而"最原始的祖或社即在郊野，除地为墠或封土为坛，又在墠坛之上，立'且'以为神祇或祖神"（凌纯声，页1）；后"祖"与"社"分开，亦即"宗"与"社"分开，"祀于内者为祖（宗庙），祀于外者为社"（郭沫若，《释祖妣》，页52）。而所谓"牡器"、"且"与"示"部，皆为男性生殖器的象征，乃是以此为本延续祖宗崇拜、父系宗法的千年传统。

那此处我们必须追问的是，为何《华丽缘》祠堂里出现的不是列祖列宗的牌位，而是孙中山遗像呢？这里我们或可从"国族—宗族—家族"的现代联结与置换来展开思考。孙中山在论及民族主义时，极力主张将家族主义改造为国族主义，以便能向内团结国人，向外抵御列强，"合各宗族之力来成一个国族"（页676）。故其遗像出现于祠堂之内，不论是纪实也好、虚构也罢，或都可解读为既是对封建族权的一种反动，亦是对千年宗法制度的一种挪用与延续，更可以是祠堂"宗族"空间的"民族"主义化、"中山化"的迹象。其吊诡之处，或可呼应彼时国民政府新版婚礼，将"国旗""党旗"与"总理遗像"置于最高位置一般，不再遵循传统婚礼对父系家族祖先的强调，而以国族威权取代了宗族与家族威权（Glosser, 88）。

而在祠堂里供奉"总理遗像"亦有另外两个具体而微的历史脉络可寻，一是"兴学"，二是"军用"。民国时期部分祠堂扮演了旧式宗族塾教与新式学校间的桥梁，转而利用祠堂的库房、回廊、后殿等为教室。抗战时期军队驻扎乡下，或在祠堂墙面书写"国民公约"等宣传标语，或直接将祠堂占为军用的，亦不在少数，如"祠堂祖宗牌位移到后堂去了，正中墙上还有神龛的遗痕，挂着一面国旗，一面中国国民党党旗，交叉在总理遗像上"（孙淡宁，页394）。或如作家汪曾祺在《鲍团长》中更为精细的描绘："保卫团的团部在承志桥的东面。原本是一个祠堂。房屋很宽敞。西面三大间是办公室。后墙贴着总理遗像，像两边是'革命尚未成功，同志仍须努力'。总理遗像下是一张大办公桌。南北两边靠墙立着枪架子，二十来支汉阳造七九步枪整齐地站着。一边墙上有三支'二膛盒子'。"（页345）当是把军用祠堂里孙中山遗像的摆设与配置，铺陈得最为淋漓尽致。

然不论是为教还是为军，祠堂里出现了"总理遗像、遗言或遗嘱"，乃是祠堂作为传统收族敬宗、祖宗崇拜空间的现代"译异"，从"宗族"到"国族"的摆荡。但《华丽缘》并非只是"纪实"此时代动荡下的变迁或挪用，而是同时给出了细心安排的时代嘲讽，将古代才子佳人的淫戏，镶嵌在民国"宗族"与"国族"的更迭替换与滑动联结之上，正是讥其旧瓶装新酒、换汤不换药。第一人称叙事者在看到"革命尚未成功，同志仍须努力"的"伟大"对联的同时，也看到穿着黄色戏服的一对表兄妹在其前方扭成一团——宗法制度保障了才子可以偷情多情滥情，有朝一日功成名就，名正言顺坐拥三妻四妾。那革命究竟推翻了什么？若"革命尚未成功"，什么又是迫切需要继续加以推翻的呢？"同志"是将女人"包括在外"的男性集团吗？但在这一连串的问题之后，我们当然也可以用同样的方式加以自我怀疑，难道这些真是此处叙事者泫然欲泣的缘由吗？整体而言，《华丽缘》仍是以"一个行头考究的爱情故事"为重头戏，用颜色、用光线、用华丽的词语，去铺陈艺术与现实间悠悠忽忽、如梦如烟的叠印，而"祠堂里的孙中山遗像"作为政治伏笔的一部分，最多只能点到为止或欲言又止，恐怕非得等到三十年后《小团圆》的再次"文本译异",此政治伏笔或才得以全然开展成对国族宗族的最深沉批判。[15]

·3·

二美三美《小团圆》

从《异乡记》到《华丽缘》仅一年光景,而从《华丽缘》到《小团圆》却走了近三十年。如同《华丽缘》的书写背景一般,《小团圆》的第九章依旧是乡下过年唱戏,依旧是祠堂里精致的小舞台,而"的笃班"的指涉已更为清晰直接:"乐师的笃的笃拍子打得山响"(页262)。但《华丽缘》的第一人称叙事早已改为《小团圆》的第三人称叙事,重头戏已不是戏台上"一个行头考究的爱情故事",而是戏台下女主角九莉婉转愁肠的伤心情事。已有许多批评家指出此二文本在语言风格上的转变以及文字篇幅上的改变:"《小团圆》第九章的地方戏写得到喉不到肺,近于一个简洁的精华本。对照之下十分有趣,两次的手法虽然迥异,删掉枝叶后要表达的却一模一样……"(迈克)然本节所要进行的"文本译异",却是尝试凸显此二文本之差异而非一模一样之处,不仅仅是表面上华丽苍凉的文字不再,转趋平淡,以简短的平实对话取代大段大段如前所述借由"颜色"与"光线"描绘出的亘古苍凉,更在于《小团圆》给出了完全不一样的文字布局,展现出完全不一样的世态人情；其中最关键的或许便是三十年的时间，已让张爱玲不再需要摆出华丽苍凉的文字姿态，不再需要托寓戏台上的才子佳人寓言，而已能直捣宗法的黄龙、直指父权的幽灵。

但在进入《小团圆》第九章之前，我们或须先了解两件事。第一件事是完稿于1976年的《小团圆》，一直延到2009年才正式出版，过去皆认为其乃张爱玲在确定两本完稿于60年代的英文小说 *The Fall of the Pagoda* 与 *The Book of Change* 出版无望之后，将此两本英文小说改写而成的中文小说。然随着张爱玲《异乡记》在2010年的出版，英文未完稿小说 *The Young Marshal* 与中文译本《少帅》在2014年的合集出版，我们才得以看到《小团圆》小说其实也有《异乡记》与 *The Young Marshal* 的段落改写痕迹。而与此同时，张爱玲也将其发表于1947年的《华丽缘》改写成了《小团圆》的第九章。第二件事则是为何原本已经改写进《小团圆》的《华丽缘》，又在1982年进行个别修订，但大抵保持首刊版的文字，仅做极小部分的异动，并于1987年收录于张爱玲选集《余韵》之中？此一进（改写进《小团圆》）一出（从《小团圆》抽出，回复单篇）的关键也有二。一是完稿于1976年的《小团圆》，在好友兼文学经纪人宋淇不宜出版的劝阻之下搁置多年，虽几经改写皆不成功。二是唐文标主编的《张爱玲卷》于1982年出版，其中收录了张爱玲1947年发表的《华丽缘》。[16] 于是在《小团圆》出版无望与盗版《张爱玲卷》已先行出版的双重压力之下，张爱玲看来似是被迫将早年发表但未收录于任何张爱玲选集的"佚文"《华丽缘》加以修订，以备"重新出土"。

若此推论可以成立，那张爱玲当是完全没有打算、也完全未能预料作为读者的我们，能在她身后各种阴错阳差的因缘之下，同时读到《异乡记》《华丽缘》与《小团圆》。换言之，当我们看到《小团圆》与张爱玲其他中英文创作之间有许多重复或改写的痕迹时，恐不宜过度推向"生命创伤"的诠释，或刻意强调其一写再写、永难修复的"重复冲动"。以《华丽缘》的改写为例，何时并入《小团圆》，何时脱离《小团圆》，皆充分展现了张爱玲处理其"存稿"的清晰头脑与精明算计，不论是短篇改长篇，散文变小说，还是英文改中文，中文转英文，进进出出，一本"出清存稿"的账目清清楚楚。(《小团圆》的账目亦是清清楚楚，张爱玲在80年代末、90年代初决定将出版希望渺茫的小说《小团圆》，部分改写为散文《小团圆》，包括1994年出版的《对照记：看老照相簿》与过世前仍在进行的未完稿《爱憎表》)。[17] 此处之所以要先详加说明，正是希冀当代张学研究能不拘泥于一写再写的"重复冲动"，而能看到张爱玲每一次精打细算的改写以及经由改写所不断启动的"文本译异"，更能够看到每一次的文字再书写仿佛都能找到不一样的感性出口，找到当下新的美学实验形式与生命体悟。

接下来就让我们看看《华丽缘》与《小团圆》第九章所可能出现的"文本译异"。先来看最为表面的人名与关系称谓变动。《异乡记》与《华丽缘》中的闵先生与闵少奶奶，变成了《小团圆》中的郁先生与郁太太；《华丽缘》中才子佳人的"淫戏"戏文，到了《小团圆》，姑母变成了舅母，表妹改成了表姊。以表姊置换表妹，或是想要翻转原先戏文中表兄妹恋情的男大女小，但真正需要在此处稍加解释的，反倒是以舅母置换姑母。此为《华丽缘》中一个原本未曾言明的内在矛盾：老生父亲明明交代小生儿子去投靠"姑母"，但"姑母"家里的小姐却是"表妹"，究竟是"姨母"误植为"姑母"，还是"堂妹"误植为"表妹"呢？若按传统宗法秩序而言，表兄妹恋的亲上加亲乃大受推崇，而同宗同姓的堂兄妹恋则在禁制之列，那为何《华丽缘》将"姨母"写成了

"姑母"呢？最可能的答案恐怕还是得由张爱玲自己来说个分明。1979年5月11日发表于《联合报·联合副刊》的《表姨细姨及其他》一文中，张爱玲以评者林佩芬对《相见欢》中伍太太的女儿称母亲的表姊为"表姑"而不是"表姨"的细节阅读表达了赞赏，亦对自己的未加注解感到抱歉。文章中张爱玲转述了林佩芬的细心推论，"可见'两人除了表姊妹之外还有婚姻的关系——两人都是亲上加亲的婚姻，伍太太的丈夫是她们的表弟，荀太太的丈夫也是'亲戚故旧'中的一名'"（《表姨细姨及其他》，页27—28）。同时，张爱玲也不忘现身说法自己家族的"亲上加亲"，以至于所有的"表姑"都是"表姨"，"我母亲的表姊妹也是我父亲的远房表姊妹"，但为了避讳"姨"（避与姨太太混淆）而统称"表姑"。而在《华丽缘》中不加解释的"姑母"（想必也是"姨母"），到了《小团圆》直接改为"舅母"，一方面避开了"姨"又合理化了"表姊"，当是更加体谅20世纪70年代读者对传统宗法交表婚的越发不熟悉，亦是考虑到《小团圆》对宗法家族各种称谓与关系联结的超级敏感度。

那接下来就让我们看看为何《小团圆》的文本译异，乃是以一整个长篇小说的篇幅去铺陈《华丽缘》点到为止或欲言又止的宗法批判，尤以宗法婚"糟哚哚，一锅粥"的妻妾制为批判核心的。《小团圆》不仅是表面上简单将《华丽缘》的"有朝一日他功成名就，奉旨完婚的时候，自会一路娶过来，决不会漏掉她一个"（页110），改写成了"考中一并迎娶，二美三美团圆"（页265），而是详尽铺陈了二美、三美、四美等的先后出现。不再借由古装戏文里的才子佳人淫戏，而是直接一一点名小说中现代人物邵之雍的情史与妻妾：他的第一个乡下太太，"他们是旧式婚姻，只相过一次亲"（页176），后来得痨病逝世；上海"有神经病的第二个太太"（页239）陈瑶凤，南京有姨太太章绯雯（后皆登报离婚），有浪漫女作家文姬的一夜情，华中办报有十六岁的看护小康，而战后逃亡到温州一路相陪的，则是郁先生已逝父亲的姨太太、"在乡下办过蚕桑学校"（页268）的辛先生辛巧玉，甚至连"住在那日本人家的主妇也跟他发生关系了"（页271）。

虽然我们也都同意小说人物邵之雍乃是以"胡兰成"为原型，而邵之雍的妻妾与红粉，也都早已在热心考据者笔下，一一与《今生今世》中的"群芳谱"比对确认。但我们在此更想做的，也是本书所一再强调的，乃是张爱玲在评《红楼梦》时所言的"是创作，不是自传性小说"："黛玉的个性轮廓根据脂砚早年的恋人，较重要的宝黛文字却都是虚构的。正如麝月实有其人，麝月正传却是虚构的。"（《红楼梦魇》，页255）若我们循张爱玲的理路，将《小团圆》当成创作而非自传，那我们阅读分析的重点便不止于邵之雍的"实有其人"或回到胡兰成生平与情史的按图索骥，而是更为在乎、更欲凸显《小团圆》如何通过文字中介所"虚构"的小说布局与"虚拟"的文字书写，展现出小说人物盛九莉与邵之雍之间复杂的情感纠葛。《华丽缘》中的叙事者置身事外作壁上观，但也不无"后设地"指出，榴溪乡下人虽也常有"偷情离异"事件，却一径"把颜色归于小孩子，把故事归于戏台上"（页111）。而《小团圆》之所以可以大量精简戏台上的故事，正是因为已能用长篇小说的篇幅细细铺陈、娓娓道来九莉与之雍间的恩怨情仇。《小团圆》念兹在兹的，正是传统宗法婚姻"妻妾制"的尴尬、残酷与恐怖。

故《小团圆》在第九章乡下听戏之前，九莉与邵之雍的感情已然出现裂痕。"自从他那次承认'爱两个人'，她就没再问候过小康小姐。十分违心的事她也不做。他自动答应了放弃小康，她也从来不去提醒他，就像他上次离婚的事一样，要看他的了。"（页246）然原本醉心于一男一女恋爱自由的九莉，潜意识里却充满忧惧不安，深恐不知不觉地就加入了之雍妻妾成群的队伍："在黯淡的灯光里，她忽然看见有五六个女人连头裹在回教或是古希腊服装里，只是个昏黑的剪影，一个跟着一个，走在他们前面。她知道是他从前的女人，但是恐怖中也有点什么地方使她比较安心，仿佛加入了人群的行列。"（页256）与此十分相似的段落最早出现于 *The Young Marshal* 未完稿英文小说："She found herself walking in a procession of muffled women. His wife and the others? But they had no identity for her. She joined the line as if they were the human race."（《少帅》，页144）。郑远涛的中文翻译为："她发现自己走在一列裹着头的女性队伍里，他妻子以及别的人？但是她们对于她没有身份。她加入那行列里，好像她们就是人类。"（页51）英文小说中神秘不可辨识的头部裹缠，已在《小团圆》中文小说中清晰化为"回教或是古希腊服装"，而不论是英文还是中文小说，都凸显了一种内在矛盾：妻妾成群是一种恐怖，但比此恐怖更恐怖的，乃是此恐怖居然也可给出一种归列人群或复归传统的安稳，一种贯穿古今中外的超稳定结构。

而这种内在矛盾在《小团圆》第九章后更形激化，九莉与之雍终于再次相会，之雍喜孜孜大言不惭地又在炫耀情事，一方面或是对其自身的风流倜傥、患难真情极度自我感觉良好，一方面也是对九莉的开明不忌妒甚或可能的欣赏能力感到满意，只当凡事皆可直言，不必隐瞒："他显然以为她能欣赏这故事的情调，就是接受了。她是写东西的，就该这样，像当了矿工就该得'黑肺'症？""只觉得心往下沉，又有点感到滑稽。"（页270）而这种难过心伤又无法爆发的折磨，更在某日必须留宿在辛巧玉母亲家时达到了顶峰。九莉被迫暂时睡在屋角一张挂着蚊帐的小木床上，思前顾后，才又惊觉此乃之雍与巧玉云雨交欢的那张床：

> 也不想想他们一个是亡命者，一个是不复年青的妇人，都需要抓住好时光。到了这里也可以在她母亲这里相会，九莉自己就睡在那张床上。刚看见那小屋的时候，也心里一动，但是就没往下想。也是下意识的拒绝正视这局面，太"糟哚哚，一锅粥"。(页271)

《华丽缘》中云雨交欢的"淫戏"，主要以"那不怀好意的床帐便涌上前来"（页107）来暗示，在《小团圆》中戏台上的床帐依旧是"一时涌上前来，又偃旗息鼓退了下去"，且又添加上了精神分析的脚注，"这床帐是个茀洛依德的象征，老在他们背后右方徘徊不去"（页264），当是以相当细密的方式呼应《小团圆》第七章描写到九莉梦中出现棕榈树一环一环的淡灰色树干，"这梦一望而知是茀洛依德式的，与性有关。她没想到也是一种愿望，棕榈没有树枝"（页226）。但《小团圆》中真正最"戏剧化"的云雨交欢，不是借由同一床帐，而是借由同一张床，去残酷铺陈小说中一再出现的南京谚语"糟哚哚，一锅粥"。当然我们也不要忘记，张爱玲的"母语"正是"被北边话与安徽话的影响冲淡了的南京话"（张爱玲，《"嗄？"？》，页108）。

然《小团圆》更深的幻灭，出现在九莉最后向之雍的摊牌。他们二人走在城外正黄色的菜花田边，九莉幽幽说道："你决定怎么样，要是不能放弃小康小姐，我可以走开。"之雍则是以一种令九莉无法理解的疯人逻辑给出了回答："好的牙齿为什么要拔掉？要选择就是不好……"

（页273）逼得九莉终于悟出她与之雍未来关系的渺茫与绝望：

> 等有一天他能出头露面了，等他回来三美团圆？
>
> 有句英文谚语："灵魂过了铁"，她这才知道是说什么。一直因为没尝过那滋味，甚至于不确定作何解释，也许应当译作"铁进入了灵魂"，是说灵魂坚强起来了。
>
> 还有"灵魂的黑夜"，这些套语忽然都震心起来。
>
> 那痛苦像火车一样轰隆轰隆一天到晚开着，日夜之间没有一点空隙。一醒过来它就在枕边，是只手表，走了一夜。（页274）

这里已然不再是《华丽缘》中不可承受之"轻"，阳光中一蓬蓬淡蓝色的灰尘，悠悠忽忽，如梦似幻，而是过了铁的灵魂，异常沉重，而轰隆隆不分昼夜、不绝于耳的痛苦，借由火车与手表声响的贴合而得以成功表达。《小团圆》已不需要看着祠堂里孙中山"革命尚未成功，同志仍须努力"的对联泫然欲泣，它已将九莉的内在矛盾（恐怖与安稳的叠合，加入队伍与逃离队伍的焦虑）化为直截了当的痛苦告白："并不是她笃信一夫一妻制，只晓得她受不了。她只听信痛苦的语言，她的乡音。"（页277）故与其说《小团圆》中的"他乡，他的乡土，也是异乡"（页267）呼应了《异乡记》，不如说九莉与之雍最终的分道扬镳，乃是带出了"他乡，他的乡土，也是异乡"的多重诠释与性别反讽：恐怕以保障男人妻妾特权为宗旨的宗法婚姻，终究也只能是女人永远的"异乡"。

此"缘"非彼"圆"

《异乡记》千里寻夫，月光下听到的绍兴社戏亘古而苍凉；《华丽缘》台下看戏台上心情，才子佳人的故事像翻行头一般，却也难逃三妻四妾的老套因循；而《小团圆》为追求恋爱自由不顾名分的勇往直前，终究踢到宗法婚姻的铁板，本欲视而不见、存而不论的妻妾制，在一对一爱情幻灭之后，转而成为如鲠在喉、如芒在背的痛苦存在，新翻成了旧，自由变桎梏，终究让灵魂过了铁。本章此节就让我们回到《华丽缘》与《小团圆》第九章文字铺陈十分相似的"结尾"，看一看从前者的"跌跌冲冲，踉踉跄跄"八个字到后者的"狼犺"两个字所可能涉及的"文本译异"，为何既是文字风格上的异动，亦是性别意识上的转变。

先来看《华丽缘》的结尾。话说闵少奶奶抱着孩子来接"我"，"我"不得不站起身来"一同"挤出去。离去前描写到剧场里一位"深目高鼻的黑瘦妇人"水根嫂，亲热大方地跟着她的儿女四处称呼"林伯伯""三新哥"：

> 男男女女都好得非凡。每人都是几何学上的一个"点"——只有地位，没有长度、宽度与厚度。整个的集会全是一点一点，虚线构成的图画；而我，虽然也和别人一样的在厚棉袍外面罩着蓝布长衫，却是没有地位，只有长度、阔度与

厚度的一大块，所以我非常窘，一路跌跌冲冲，跟跟跄跄的走了出去。（《华丽缘》，页111）

而《小团圆》第九章的结尾一样热闹：郁太太抱着孩子来了半天，九莉只好站起身来往外挤，"十分惋惜没有看到私订终身，考了一并迎娶，二美三美团圆"（页265）。接着同样描写一个"深目高鼻的黑瘦妇人"，站在过道里张罗孩子们吃甘蔗，"显然她在大家看来不过是某某嫂，别无特点"（页265）。接着便是本章一开场便引用的段落：

> 这些人都是数学上的一个点，只有地位，没有长度阔度。只有穿着臃肿的蓝布面大棉袍的九莉，她只有长度阔度厚度，没有地位。在这密点构成的虚线画面上，只有她这翠蓝的一大块，全是体积，狼狈的在一排排座位中间挤出去。（《小团圆》，页265）

我们可以先看表面上的差异处理。先就穿着来说，《华丽缘》强调大家都穿着厚棉袍，外面罩着蓝布长衫，《小团圆》却只九莉一人穿着臃肿的蓝布面大棉袍，尤为凸显。《小团圆》更在第八章交代了"这翠蓝的一大块"之缘由：姑姑楚娣不赞成九莉下乡却也无法拦阻，"只主张她照她自己从前摸黑上电台的夜行衣防身服，做一件蓝布大棉袍路上穿，特别加厚。九莉当然拣最鲜明刺目的，那种翠蓝的蓝布"（页261）。在《异乡记》中我们早已熟悉"我"圆滚滚的身影，尤其是半路停下来上茅厕解手时的狼狈，"冬天的衣服也特别累赘，我把棉袍与衬里的绒线马甲羊毛衫一层层地搂上去，竭力托着"（页169）。臃肿肥大的穿着不仅带出了正月气候的寒冷，也带出了女性在外遮形蔽体的自我保护策略，只是《小团圆》中的九莉还是忍不住选了"鲜明刺目"的翠蓝色。然《小团圆》第九章中的郁太太先前也穿着"翠蓝布罩袍"，再次出现时安排她抱着孩子站在后排，只让九莉一个人和"只有她那翠蓝的一大块"，在一排排座位中挤出去，而不似《华丽缘》中众人都穿蓝布罩衫而"我"乃是与闵太太"一同"挤了出去。显见《小团圆》更欲展现九莉在穿着装扮上的与众不同，凸显其臃肿难堪却又无比醒目的尴尬离场。

此外便是《华丽缘》"水根嫂"与《小团圆》"某某嫂"的差别。虽说两人皆被形容为"深目高鼻的黑瘦妇人"（《小团圆》还加上了"活像印度人"），但《华丽缘》人前人后打招呼、话多聒噪的"水根嫂"，给出的是一种表面的热络敷衍与可能的假意礼数，亦即下句所言恐非全然正面表述的"男男女女都好得非凡"，当然也同时呼应前一段"会有这样无色彩的正经而愉快的集团"（页110）之评语；而《小团圆》中的"某某嫂"，却倒像是一个没有声音、别无特点的众多女人之一。剪了发的"水根嫂"有形有款，梳着旧式发髻的"某某嫂"则像一个传统妇女的通称、一个无个体性的代号，随时填入先生的名字即可表明身份与地位。但只要她是"某某嫂"，即便"活像印度人"，也能完美融入乡亲们的世界，"某某嫂"既是她的称谓，也是她随之而来的地位与名分。

那在表面服饰、发饰与人物角色的差异之外，两个结尾都用到的数学表达有何不同之处吗？回答这个问题前，先让我们看看前已提及胡兰成在《山河岁月》中写到张爱玲去温州路上写给他的信。前面的分析着重于张爱玲在斯宅祠堂看的是"的笃班"而非"绍兴大戏"，此处则想凸显胡兰成从张爱玲信中所言戏台下的乡下人仿佛是几何学的点、不占面积的存在所得到的开悟启发。"她这一语使我明白了人身是如来身"（胡兰成，《中国文学史话》，页97），这不仅仅是"用简单的数学观念来建构他的美感逻辑"（黄锦树，页139），恐怕也是风流人物轻松说得的禅机了悟，彻彻底底的"去性别化"。

那张爱玲究竟是如何以抽象的数学用语来"译异"性别思考的呢？《华丽缘》强调"整个的集会全是一点一点，虚线构成的图画"，有秩序、有规矩、有地位，而"我"的窘迫显然来自"一大块"所启动的"译—异—易—溢—佚"，无法圈限在点与点、虚线与虚线所构成的画面之中。所以若地位来自"点"的固着与确定，那有长度、宽度与厚度的"一大块"无法不"溢出""点"的固着与确定而造成尴尬危机。然而此处形成对比的"点"与"一大块"，可以是乡下人与城里来的"我"之间的龃龉或无法融入，也可以是"群体"的各就各位、各司其职与"个体"的鹤立鸡群、格格不入。虽然说在数学上"点"多被当成最小单位，由点到线到面，在此却成了"群体"作为密点集合的表达。《小团圆》显然更为凸显九莉"这翠蓝的一大块，全是体积"，在密点构成的虚线画面上，显得如此突兀难堪；而其前前后后对宗法婚姻妻妾制的反复思量，与挥之不去对"名分"的焦虑不安，更让此处的"地位"有了具性别政治的联想。"地位"不是数学用语，故亦有评者表达了对"只有地位，没有长度阔度"的困惑不解。[18] 按常理推之，有长度阔度厚度的体积，该是较能占有"地位"与空间的，此处却反其道而行，越是臃肿，越是庞大，越是有长宽高，越是没有地位。故此处的"地位"显然应非空间位置的面积或体积占有，而较似"点"所代表的固着与确切，不得溢出与异动。

也或许只有在此思维逻辑中，我们才能看到"地位"与"名分"的可能联结，才能看到"狼犺"的真正出场。张爱玲曾在《天才梦》里写道，"在待人接物的常识方面，我显露惊人的愚笨"（页242），也曾在《对照记：看老照相簿》里坦承，"事实是我从来没脱出那'尴尬的年龄'（the awkward age），不会待人接物，不会说话"（页54）。[19]然"狼犺"绝对不单指身体手脚或待人接物的笨拙，也绝对不只是"跌跌冲冲，跟跟跄跄"的同义字，它经由《小团圆》对宗法婚姻、对"多妻主义"、对身份地位的反复思量，已然成为一个"名分溢易"的身体姿势，无法如"点"一样，在一排排的座位上各"旧"各位。九莉的狼犺来自穿着臃肿，来自中途离席，更来自相较于周遭他人，在名分地位上的尴尬模糊。有名有分的郁太太不狼犺，没有自己姓名却依然有名有分的"某某嫂"也不狼犺，只有九莉如此狼犺，无法遵循宗法秩序的"感性分配共享"。不论是面对古今中外蒙头裹面的妇女队伍，还是乡下在宗祠看戏的乡亲父老，九莉都是要加入却难加入、要离开而难离开、地位尴尬模糊的"狼犺"。

· 5 ·

前世今生《小团圆》

张爱玲自小从自己"盲婚"的父母与宗族亲友身上看到的，便是那在新旧交接乱世中依旧顽抗存活的宗法婚姻与妻妾制。而张爱玲的恋爱与婚姻，不仅没能逃脱她从小最害怕、最憎恶的妻妾成群，反而自投罗网，让宗法婚姻以加倍的重量压向她自身，让"灵魂过了铁"。然《小团圆》对宗法婚姻与妻妾制的感受与批判，却也不是一蹴而及，在此我们可以看看《异乡记》《华丽缘》《小团圆》书写前后的其他文本，借此端详张爱玲对宗法婚姻不同阶段的思索与处理手法。在《异乡记》与《华丽缘》之前，张爱玲早已善于处理女人在宗法婚姻中有名分的稳妥与没有名分的焦虑。发表于1944年上海《杂志》的短篇小说《等》，一开场就写到高先生"老法的姨太太"如何殷勤体贴、一路周到，却得不到同样在推拿诊所等候的一群太太们的好眼色，只因这些太太们早已被姨太太或可能出现的姨太太搅得心神难安。这厢是丈夫在内地的奚太太，拉住人就抱怨重庆政府鼓励公务员讨小老婆，"现在也不叫姨太太了，叫二夫人！"（页105）；那厢则是被先生和小老婆气坏身子的童太太，气到甚至叫女儿"一辈子也不要嫁男人"，但也终究只能是"一大块稳妥的悲哀"（页109）。而《等》在张爱玲自译的英文版本中，题目已变成"Little Finger Up"，并注解"翘起小拇指"乃姨太太的手势，来凸显姨太太执妻职之得意，更以十分中国宗法婚姻制度的术语"扶正"，来作为英文版中英对照的中文题目。[20]同样地，发表于1945年2月上海《杂志》的《留情》，虽然一开场有米晶尧与淳于敦凤的结婚证书为凭，守寡数十年的敦凤嫁给大她二十多岁的米先生似是修成正果，但作为小老婆的身份，也因米先生欲探望病重的原配妻子而憋屈，无从发作，只得在舅母杨老太太面前不断数落米先生，丝毫不留情面。表嫂杨太太背地里也在奚落敦凤"做了个姨太太，就是个姨太太样子！口口声声'老太婆'，就只差叫米先生'老头子'了！"（页28），但当着敦凤的面，还是好言好语劝道，"要我是你，我不跟他们争那些名分，钱抓在手里是真的"（页28）。名分的不确定，显是让"生在这世上，没有一样感情不是千疮百孔的"（页32）这句话更添凄凉感叹。

相较于收在《传奇》增订本中的《留情》与《等》，1944年收在《流言》里的《借银灯》，则是通过评介电影《桃李争春》与《梅娘曲》，再次对"多妻主义"中的双重标准表达了异议："这两部影片同样地涉及妇德的问题。妇德的范围很广，但普通人说起为妻之道，着眼处往往只在下列的一点：怎样在一个多妻主义的丈夫之前，愉悦地遵行一夫一妻主义。"（页93—94）一语道破女性在"一夫多妻"与"一夫一妻"新旧交接时代的婚姻困局。然在1945年的《双声》中，张爱玲借由与好友炎樱的对话，带出对"多妻主义"理念上认同而质疑其实践可能的模棱两可：

张：关于多妻主义——

獏：理论上我是赞成的，可是不能够实行。

张：我也是。

獏：幸而现在还轮不到我们。欧洲就快要行多妻主义了，男人死得太多——看他们可有什么好一点的办法想出来。（页57）

此处张爱玲所谓理论上的赞同，显然带有一种恋爱自由至上的理想，开明又开放，却又确知其不可行。接着獏梦（炎樱）就把话题岔开到欧战后的欧洲，以调皮捣蛋的口吻，寓言欧洲即将风行多妻主义，即便此回应战后女多男少的"多妻主义"与中国传统宗法制度的"多妻主义"，有着截然不可同日而语的历史沿革、性别关系与权力配置。《双声》是好友之间幽默亲昵的对话，触及当代性爱想象与婚姻制度之处，显然也是嬉笑怒骂多于认真批判。

而改写自张爱玲电影剧本《不了情》的《多少恨》，几乎与《华丽缘》同时发表：《华丽缘》首刊于1947年4月上海《大家》月刊创刊号，《多少恨》则连载于紧接着的《大家》月刊第二期与第三期（1947年5月与6月）。《多少恨》描写到独立女性虞家茵与雇主夏宗豫无疾而终的恋情，其关键便在于久病在床、不久过世的夏太太对名分的死命坚持。人之将死，其言也恐怖：

> ……虞小姐，本来我人都要死了，还贪图这个名分做什么？不过我总想着，虽然不住在一起，到底我有个丈夫，有个孩子，我死的时候，虽然他们不在我面前，我心里也还好一点，要不然，给人家说起来，一个女人给人家休出去的，死了还做一个无家之鬼……（页145）

周芬伶在《艳异》一书中曾精彩援引美国女性主义学者吉尔伯特（Sandra Gilbert）与古巴（Susan Gubar）在《阁楼中的疯妇》（*The Madwoman in the Attic*）中的论点，来谈论《多少恨》中夏太太的疯狂（页356—357）。若就张爱玲所一再互文的《简爱》（*Jane Eyre*）而言，此援引当是十分妥切恰当。但与此同时，"家中天使""病态美人"或"阁楼中的疯妇"，却又都不足以涵盖此处夏太太不顾一切坚守名分的举动，貌似疯狂无理性，却是拳拳服膺于宗法婚姻的秩序与安稳保障，只要不离婚什么都肯，唯一恐惧的是没了名分，沦为无人祭祀的孤魂野鬼。

尔后则是在上海《亦报》以笔名梁京连载的《十八春》（后改写为《半生缘》），小说中的沈母苦等丈夫离开小公馆，而姊姊曼璐为了系住丈夫的心、不惜赔上自己亲生妹妹曼桢一生幸福的关键，正在于其不能生育而选择了传统宗法婚姻所包容的"借腹生子"。1951年的中篇小说《小艾》亦是以梁京的笔名在《亦报》连载，小说中又是一个一夫多妻的五老爷席景藩，既要五太太的财，又要三姨太太忆妃的色，就连丫嬛小艾也要染指，其中对名分的嘲讽，不仅是五太太一过门"正妻"的名分就被五老爷与三姨太搬弄与奚落，"五太太又像弃妇又像寡妇的一种很不确定的身份已经确定了"（《小艾》，页118），尔后更被"东屋""西屋"的混乱称呼所刁难：

> 忆妃想必和景藩预先说好了的，此后家下人等称呼起来，不分什么太太姨太太，一概称为"东屋太太""西屋太太"，并且她有意把西屋留给五太太住，自己住了东屋，因为照例凡是"东""西"并称，譬如"东太后""西太后"，总是"东"比较地位高一些。（页131）

此"东屋太太""西屋太太"的称呼，显然典出《儿女英雄传》一夫两妻的空间安排。张爱玲在《必也正名乎》中就曾言："'儿女英雄传'里的安公子有一位'东屋大奶奶'，一位'西屋大奶奶'。他替东屋提了个匾叫'瓣香室'，西屋是'伴香室'。"（页38）张学研究者高全之也曾细心指出，张爱玲此处弄错了《儿女英雄传》的原文，何玉凤（十三妹）的东屋是"伴香室"，张金凤的西屋才是"瓣香室"。（《张爱玲学》，页149）

但更厉害的地方，则是高全之接下来的犀利质疑：为何反对多妻主义的《小艾》要引用拥护多妻主义的《儿女英雄传》？他还接着提出了鞭辟入里的分析判断："《儿女英雄传》以多妻主义的伦理幻想来讨好男性读者，教化女性读者。《小艾》正面迎击，洪声亮嗓为警钟与善劝，打碎女性对多妻主义的过度期望。"（页152）然本章虽同意高全之将"反对多妻主义的立场与态度"当成张爱玲一生的执着课题，却对接下来"前后一致，毫无妥协商量的余地"（页151）的断语有所保留。张爱玲对宗法婚姻与妻妾制之反思与批判之所以动人，正在于其重蹈覆辙的冲动与亲身体悟的痛楚。张爱玲有犹豫，有困惑，有绝望，不清楚什么时候恋爱自由的奋不顾身，可以真正置宗法婚姻的妻妾于不顾；没有目的、不要名分的爱情，又何以终究导向最难堪的二美三美团圆。张爱玲的以身试法、引火烧身，动人之处往往不在于对所谓"多妻主义"的"前后一致，毫无妥协商量的余地"，而是新旧夹缝中的反复、茫然、焦虑、懊恼、悲愤，终究想弄懂却终究难以弄懂现代爱情与婚姻的出路。用脑袋去反对很容易，用身体与生命去拼搏很难，张爱玲一路走来千疮百孔、满目疮痍。

张爱玲对宗法婚姻与妻妾制度渐趋犀利的批判与更形尖刻的嘲讽，则以1956／1957年的《五四遗事》最为显著：最早于1956年以英文名"Stale Mates: A Short Story Set in the Time When Love Came to China"发表于美国《记者》（*The Reporter*）双周刊，后改写为中文，1957年发表于《文学杂志》。在此赴美翌年、与赖雅婚后一个月发表的英文小说中，张爱玲对自由恋爱、男女平等、多妻主义展现了前所未有的犀利批判，极尽嘲讽之能事，中文版的副标题甚至直接放上"罗文涛三美团圆"。小说的背景不再是《华丽缘》的古代才子佳人剧目，功成名就后"一路娶回来"，而是20年代西湖边上的自由恋爱场景，"在当时的中国，恋爱完全是一种新的经验，仅只这一点点已经很够味了"（张爱玲，《五四遗事》，页235）。但男主角罗文涛却离婚不成，蹉跎到最后成了一出闹剧："这已经是一九三六年了，至少在名义上是个一夫一妻的社会，而他拥有三位娇妻在湖上偕隐。难得有两次他向朋友诉苦，朋友总是将他取笑一番说，'至少你们不用另外找搭子，关起门来就是一桌麻将'。"（页245）正如原英文标题的"Stale Mates"被张爱玲直接翻译成"老搭子"，三美与才子诗人阖家团圆，正好凑成一桌麻将，显是极尽嘲讽"五四"自由恋爱荒了腔走了板，回到了最保守反动的妻妾制。[21]

而完稿于1976年的《小团圆》则是在宗法婚姻的叛离与回归思考中，展现"妾身未明"的最大幅度焦虑，既有事后诸葛的清明与透彻，也有当局者迷的痴愚与懵懂，一步步从九莉对爱情的怯怯期盼，性爱的逐步体验到宗法婚姻的糊烂一锅粥，展现了对"名分"的过度敏感、慌乱与无所适从：先是不在乎的存而不论，随即转为无法放入括号的如影随形。邵之雍决定去华中办报，临行前问九莉想不想跟他一起去华中看看，九莉回说她又无法搭乘军用飞机：

> "可以的，就说是我的家属好了。"
> 连她也知道家属是妾的代名词。
> 之雍见她微笑着没接口，便又笑道："你还是在这里好。"
> 她知道他是说她出去给人的印象不好。她也有同感。她像是附属在这两间房子上的狐鬼。（《小团圆》，页233）

早在《小团圆》第五章邵之雍就曾在黄昏时刻眼睁睁望着九莉的眼

睛，"忽然觉得你很像一个聊斋里的狐女"（页187）；接着便十分怪异地提到邵之雍的第一个妻子，"因为想念他，被一个狐狸精迷上了，自以为天天梦见他，所以得了痨病死的"（页187）。此段描绘之所以怪异，乃是将聊斋浪漫的男女人鬼恋，转到了原配妻子被狐狸精缠身而辞世，九莉之为"狐女""狐鬼"不仅来自人鬼殊途之譬喻，更来自宗法名分的残酷判别。邵之雍的原配妻子虽已逝世，但还有第二个太太在上海、姨太太在南京，九莉怕是人不人、鬼不鬼，有朝一日终将沦为《多少恨》中夏太太最恐惧的"无家之鬼"。

尔后在华中办报的邵之雍，又与副社长虞克潜为了小康小姐争风吃醋，邵之雍愤愤不平向九莉埋怨道，"他追求小康，背后对她说我，说'他有太太的'"。九莉的反应却是如此可怜可笑，一时间竟想不通她是否就是虞克潜口中那意有所指的邵之雍"太太"："九莉想道：'谁？难道是我？'这时候他还没跟绯雯离婚。"（《小团圆》，页235）换言之，此处争夺"太太"地位的候选人显然不止九莉一人，"谁？难道是我？"所呈现出来的犹豫尴尬不确定，要或不要名分，在乎或不在乎名分，终究困惑着九莉，也困惑着小说作者张爱玲。1975年12月10日她在写给夏志清的信中言道，"胡兰成会把我说成他的妾之一，大概是报复，因为写过许多信来我没回信"（夏志清，《张爱玲给我的信件》，页234），而彼时也正是《小团圆》书稿即将大功告成的时候。

而《小团圆》之后，张爱玲也未尝放弃对"多妻主义"的思考。在《同学少年都不贱》中，女主角赵珏恋爱先行，好友恩娟问到其所交往韩国男友崔相逸的婚姻状况时，赵珏只是轻描淡写"在高丽结过婚"，"我觉得感情不应当有目的，也不一定要有结果"，"崔相逸的事，我完全是中世纪的浪漫主义。他有好些事我也不想知道"（页31）。[22]赵珏婚后发现先生萱望偷腥，与女学生厮混，也只一句"人是天生多妻主义的，人也是天生一夫一妻的"（页46）。此自相矛盾的声称，难道是要以性别做区分，男人多妻主义而女人一夫一妻吗？还是说有些人天生就要一对多，而有些人天生就要一对一，乃与性别无涉呢？此处的"天生"是去强调人有不同的性欲模式与需求强度吗？然不论一夫多妻还是一夫一妻，都该是人类社会历史发展进程中的制度安排，那张爱玲此处为何要两次重复"天生"？而什么又是"天生"与"婚姻制度"之间的纠葛呢？张爱玲在1977年出版的《红楼梦魇》中，再次强调"爱情不论时代，都有一种排他性。就连西门庆，也越来越跟李瓶儿一夫一妻起来，使其他的五位怨'俺们都不是他的老婆'"（页346），而从古到今爱情的排他性，显然让宗法婚姻中的"多妻"无法真正和谐共处。而在新旧交接、并置龃龉的时代，旧式宗法婚姻与新式恋爱自由之间可能的断裂，传统一夫多妻与现代一夫一妻之间冒现的冲突，张爱玲最能感同身受，体悟甚深。那么如何有可能强颜欢笑"在一个多妻主义的丈夫之前，愉悦地遵行一夫一妻主义"（《借银灯》，页94），或是在"多妻主义"的安排下，偶尔幻想一夫一妻的爱情，维护着名分与颜面？张爱玲始终在寻找答案，始终在表达困惑、愤怒与苦痛挣扎，即便在过程中她的"妻妾"梦魇已悄然成为"一种很不确定的身份已经确定了"。也只有在此时回望《异乡记》《华丽缘》与《小团圆》三个文学文本之间所牵连出的"文本译异"与"名分溢易"，或可了然于心那"跌跌冲冲，踉踉跄跄"八个字如何就变成了"狼犺"两个字，一个对名分、地位的胶着不确定，一个从身体姿势到心理状态的迟重与难堪。悠悠忽忽的华丽与苍凉不再，质朴的文字力透纸背，"灵魂入了铁"，也如是给出了古典语词"狼犺"的现代宗法批判新意。

1 此处作形容词，转引自闵家骥等，页247。

2 本书采用《异乡记》的繁体字版，收录于2010年出版的《对照记：散文集三·一九九〇年代》(《张爱玲典藏13》，页107—184)。《异乡记》简体字版亦于2010年由北京十月文艺出版社单册出版，止庵主编。

3 此以"译—异—易—溢—佚"去破解"本源""本文"的做法，可与陈丽芬在《童言流言，续作团圆》一文中将《小团圆》读为既是"续集"(sequel)也是"前传"(prequel)的做法相呼应："续集不仅在'完成'前作而已，它更在现身说法以实际宣明前作的'未完成'。以'前传'的方式它更是在自我标示，其实续集才是首集。"(页301)此读法亦是将所谓"本源(原)"无限延异，终至无法确认："所谓的'始原'更显得也不过是暂时的建构，因为当续集之后又出现更多的续集时，它可以重写成前传的前传，如此无终止地延异、开展下去，永远也完不了之外，亦无可确认的源头定点。"(页301)

4 本章所用的文本"译异"与名分"溢易"，乃是再次企图与"意义"谐音而反转松动"意义"的稳固确定，不仅与第四章的"译溢"与"溢译"相通(主要处理字词翻译)，也与全书在"译—异—易—溢—佚"上的滑动转换相呼应。然这些同音滑动并不止于表面上的"文字游戏"，而是全书由此展开理论概念化的关键所在。

5 此乃张爱玲在50年代初写给邝文美的书信内容，见宋以朗《关于〈异乡记〉》，页112。

6 除此之外，张爱玲另一个"可能"的下乡经验，则是1950至1951年间以上海第一届文代会代表去苏北参加数月的土改工作，可参见陈子善《张爱玲与上海第一届文代会》，页88—91。

7 目前"蓝本说"最详尽细致的比对，可参见宋以朗的序文《关于〈异乡记〉》以及在网志ESWN Culture Blog上更长的序文版本《异乡记：张爱玲游记体散文》。

8 此处或可再添一个佐证，1945年7月《杂志》上由炎樱所写、张爱玲翻译的《浪子与善女人》，文中主要部分乃炎樱写给"兰你"的长信，由上下文可知此"兰你"即胡兰成。

9　有关《殷宝滟送花楼会》的最新考据，乃是张爱玲遗产执行人宋以朗以张爱玲
　　1982年12月4日写给其父宋淇的信为证，指出小说中的"罗教授"乃傅雷，并进
　　一步找出小说中的"殷宝滟"乃张爱玲的同学成家榴，可参见宋以朗《上海文人
　　情史篇一》《上海文人情史篇二》。

10　此或亦可解释《异乡记》与《华丽缘》后续皆被视为"散文"的"文类"归
　　属。《华丽缘》最早收录于1987年出版的《余韵》，该书乃是将张爱玲上海时期
　　的部分旧文合成一集，并无"文类"上的区别。尔后《华丽缘》收录于2001年
　　的《张爱玲典藏全集8》，此乃"散文卷一"，收录张爱玲1939至1947年发表
　　的散文。在2010年《张爱玲典藏》新版中，《华丽缘》不仅收录于"散文集一、
　　一九四〇年代"，而此"散文集一"也正是以《华丽缘》（《张爱玲典藏11》）作
　　为集名，《异乡记》则是以"附录一"的方式，收录于典藏新版的《对照记：散文
　　集三・一九九〇年代》（《张爱玲典藏13》）。本章的论点不是要说《异乡记》与
　　《华丽缘》是"小说"不是"散文"，而是要说"小说"或"散文"的二选一，将
　　让我们无法进一步理论化其在"文类"上的基进不确定性。而此基进不确定性不
　　仅能展示张爱玲在文学实验上的尝试与努力，更能松动任何以散文即纪实、小说
　　即虚构的文类制式与对号入座。

11　张代敏在《〈社戏〉里的"社戏"》中有更为详尽的解说："古时绍兴的祭社，为
　　行令作诗。春祭谓'春社'，是祈农之祭，秋祭谓'秋社'，此时农家收获已毕，
　　立社设祭，是为了酬报土神。后来发展为以演戏来祭社。这时演的戏便叫'社
　　戏'，因为每年要演，亦叫'年规戏'。"转引自《社戏：宗教、风俗戏艺活动》。

12　此页码为《大家》杂志《华丽缘》首刊版的页码，本章其他引用《华丽缘》处，
　　皆以《张爱玲全集14・余韵》页97—111的版本为主。

13　此处陈定山的描写，暗含了道德批评与潜在的雅/俗品味傲慢。张爱玲在《华丽
　　缘》中指"的笃班"搬演"淫戏"，反倒没有任何严厉道德批判的预设，只是想
　　凸显才子佳人调情的俗气与看戏乡民的淡定，"把故事归于戏台上"（页111）。与
　　此同时，更把"乡气"与"粗事"作为铺陈华丽衣饰的参差对照："我想民间戏剧
　　最可爱的一点正在此；如同唐诗里的'银钏金钗来负水'——是多么华丽的人生。"
　　（页109）

14　此段文字被重新写入《小团圆》第十章时，"国旗"颜色依旧艳丽，只是已无"总理遗像"："堂屋上首墙墙上交叉着纸糊的小国旗，'青天白日满地红'用玫瑰红，娇艳异常。因为当地只有这种包年赏的红纸?"（页267）

15　故此处叙事者看着"革命尚未成功，同志仍须努力"对联的哭泣冲动，除了政治伏笔与宗法批判外，另一个可能的切入角度，乃是回到张爱玲1944年4月发表的《论写作》结尾，谈到自己喜爱的申曲套语时，出现了相同的哭泣冲动："……他们具有同一种的宇宙观——多么天真纯洁的，光整的社会秩序：'文官执笔安天下，武将上马定乾坤!'思之令人泪落。"（页238）

16　然修订于1982年的《华丽缘》并未收录于1983年出版的《惘然记》，而是延迟到1987年出版的《余韵》，难道是张爱玲在其间对《小团圆》的出版仍有踌躇，另有耽搁或打算？但无论如何，1983年出版的《惘然记》与1987年出版的《余韵》皆可被视为80年代初张爱玲"旧作出土"（唐文标、陈子善等）风潮下的"奉旨完婚"，不得不将上海时期的旧作整理出版。

17　借此再次说明：张爱玲并没有在过世前还在改写小说《小团圆》，张爱玲过世前是在将"小说"《小团圆》改写成"散文"《小团圆》，2009年出版的乃是张爱玲在1976年完稿的小说《小团圆》。当前张学研究的一大隐忧，乃是众多学者皆称张爱玲过世前仍在改写《小团圆》，或将2009年出版的《小团圆》直接视为未定稿，或是在知晓2009年出版的乃1976年完稿之前提下，依旧好奇张爱玲后续的修改增删为何。然不论前者还是后者，皆严重影响学者（也包括一般读者）对小说《小团圆》"完成度"的认知与评断。而"完稿"被当成"未定稿"的关键，主要来自对张爱玲写给皇冠文化出版社编辑的两封信件的"误读"。第一封1993年7月30日写给编辑方丽婉："又，我忘了《对照记》加《小团圆》书太厚，书价太高。《小团圆》恐怕年内也还没写完。还是先出《对照记》。"（见宋以朗《〈小团圆〉前言》，页16）信中所指的《小团圆》乃张爱玲过世前仍在进行的《爱憎表》，原本想当作《对照记》的附录（改写自小说《小团圆》的《对照记》，最早也一度被命名为《小团圆》），却因越写越长而作罢，当然也包括信中所提到的对书价的考虑，而此原本的"附录"在彼时乃是被命名为《小团圆》。第二封1993年10月7日写给编辑陈辚华："《小团圆》一定要尽早写完，不会再对读者食言。"（见宋以朗《〈小团圆〉前言》，页16）有了第一封的说明，我们当可立即判断，信中指的《小团圆》乃《爱憎表》，亦即原本规划为《对照记》附录的部分。此

《小团圆》三胞案，自然让不清楚来龙去脉的人，或不熟悉张爱玲"出清存稿"逻辑、喜好"一题多用"（喜欢的标题总是千方百计想派上用场）与"更迭书名"（为求好总爱一再换书名）的人，被搅得一头雾水。故宋以朗之所以声称，"事实上，只要我们再参考一下她与皇冠两位编辑的书信，便会发现她本人不但没有销毁《小团圆》，反而积极修改，打算尽快杀青出版"（《〈小团圆〉前言》，页15），亦是情有可原。

18　例如周英雄曾在《"惊讶与眩异"：张爱玲的他乡传奇》中敏锐指出："九莉只剩躯体，甚至物化为几何的向度与色彩。张爱玲似乎企图要描述九莉身心异化的窘境。至于村民只有地位所指为何，张爱玲并未言明。"（页26）

19　当然还有更多的出处，可说明张爱玲的笨手笨脚。《爱憎表》里写到母亲对她的失望："她还不知道我有多么无用。直到后来我逃到她处在狭小的空间内，她教我烧开水补袜子，穷留学生必有的准备，方诧异道：'怎么这么笨？连你叔叔都没这样。'说着声音一低……"（页10）或是庄信正夫人杨荣华初会张爱玲时，注意到她手掌上的一大块瘀青伤口，"她用几乎是抱歉的口吻忙着解释自己一向如何笨手笨脚，绑行李时被绳子勒破了"（杨荣华，页109）。

20　有关《等》的两种中文本（1946年《传奇》增订本的版本与1954年香港天风出版社《张爱玲小说集》的版本，后者因政治环境考虑而略做更动）、两种英译本（皆为张爱玲本人翻译，但分别收录于1957年与1961年的两本不同选集）以及张爱玲自加的标题脚注，可参见高全之在《战时上海张爱玲：分辨〈等〉的荆刺与梁木》中明晰透彻的爬梳与分析。

21　"老搭子"的翻译可见张爱玲《续集》的《自序》，页7，乃是直接呼应《五四遗事》结尾的麻将之说。然"Stale Mates"作为英文标题，还可带到西洋棋的"逼和""僵局"，此动弹不得、无法改变的情势，亦与小说中一夫三妻的尴尬局面相呼应。而若是回到"Stale Mates"更形丰富多义的文字游戏，当以莎士比亚《驯悍记》（*The Taming of the Shrew*）开场的那句名言——"To make a stale of me among these mates?"——莫属。在这句女主角凯瑟琳娜对父亲所说的话中，除了指向棋局的僵局外，stale 也可指向"笑柄""诱饵""妓女"，一如 mates 也相应包含"鄙夫""丈夫""追求者"的多重意涵。张爱玲十分擅长小说或散文标题的跨语际"文字游戏"，除了大家最熟悉的"流言"（Written on water，水上写的字）外，英文短篇标题"The Spyring"（《色，戒》，兼有间谍"圈"与"戒"的双义，生动呼应中文标题的多义）与此处所论的"Stale Mates"，皆是熟谙中英双关语的高手之作。

22 《同学少年都不贱》在张爱玲身前并未发表，并不清楚其写作年代，目前唯一的资料乃是张爱玲于1978年8月20日写给夏志清的信中提到，"《同学少年都不贱》这篇小说除了外界的阻力，我一寄出也就发现它本身毛病很大，已经搁开了"（夏志清，《张爱玲给我的信件》，页275）。故本章此处暂时将其视为《小团圆》之后的创作。

《小团圆》出版至今，最让批评家伤透脑筋的莫过于"木彫的鸟"之隐喻。它在小说的第五章连续出现三次，显然是张爱玲专注经营的重要意象。第一次出现在小说女主角盛九莉与邵之雍在公寓沙发上的私密亲昵场景中，第二次出现在多年后盛九莉在纽约堕胎的场景中，第三次又出现在邵之雍返回南京姨太太家的场景中。而更早之前"木彫的鸟"尚以英文"birds carved roughly of unpainted wood"出现在张爱玲未完成的英文小说 *The Young Marshal*（《少帅》，页135）之中。那究竟要如何以"木彫的鸟"贯穿张爱玲跨语际的前后文本并继续开展出可能的"文本译异"，如何以"木彫的鸟"贯穿《小团圆》中的三个场景，而避免挂一漏万、顾此失彼，甚至还能够整体呼应《小团圆》在书写上的努力，确实挑战了张学批评家的功力。[2]

那就让我们先回顾一下张学批评家截至目前针对《小团圆》中"木彫的鸟"所做的尝试与努力。第一类较为简易的处理方式，乃是将"木彫的鸟"与张爱玲上海时期的小说文本加以联结，创造出彼此互文的"禁锢说"。互文文本可包括《金锁记》中的蝴蝶标本："她睁着眼直勾勾朝前望着，耳朵上的实心小金坠

第 六 章

木彫的鸟[1]

子像两只铜钉把她钉在门上——玻璃匣子里蝴蝶的标本，鲜艳而凄怆。"（页151）也可包括《茉莉香片》里"绣在屏风上的鸟"："她不是笼子里的鸟。笼子里的鸟，开了笼，还会飞出来。她是绣在屏风上的鸟——恓郁的紫色缎子屏风上，织金云朵里的一只白鸟。年深月久了，羽毛暗了，霉了，给虫蛀了，死也还死在屏风上。"（页16）或如苏伟贞在《长镜头下的张爱玲》中，将"木彫的鸟"视为"内心有翅难飞，也有观察戒训的意味"（页159）；亦有评者直接将之归类于张爱玲的标本意象，来凸显女主人公被禁锢的命运（李幸，页37）。[3]

第二类则是较为复杂但亦较为普世的"性欲说"。强调"木彫的鸟"乃是一种强烈的性暗示，"体现了九莉在'性'的逼临与注视下，充满了恐惧不安"（石晓枫，页211）；或是以"木彫的鸟"带出性作为生命体验更新之可能，以有别于盛九莉父亲的再娶与母亲的滥交（张屏瑾，页17）。亦有评者聚焦于马桶中的死婴或男胎意象，视其为"从前站在门头上的木彫的鸟"的化身，乃在"揭示了爱情神话中的性和暴力的本质"（沈双，《张爱玲的自我书写及自我翻译》，页55）；或是"双重的卑贱物，既是排泄物，又是尸首。它同时是性、性暴力以及虐杀生命的一般暴力的印证"（黄子平，页51）。而其中最为深入且不耽溺于生殖／死亡、欲望／暴力的二元对立，当数何杏枫的《爱情与历史：论张爱玲〈少帅〉》，该文成功将讨论的视角扩展至张爱玲未完稿的英文小说 The Young Marshal，找出该小说残稿中与《小团圆》"木彫的鸟"相互呼应的段落加以分析比较，细腻点出两者皆紧密涉及"生死爱欲"。

第三类批评取径或可被矛盾地概括为"父／母说"。"木彫的鸟"或被读成盛九莉的父亲盛乃德（或张爱玲的父亲张志沂），或被读成盛九莉的母亲卞蕊秋（或张爱玲的母亲黄逸梵），或父或母的两者不可得兼。例如林幸谦在《身体与符号建构》中强调，"木彫的鸟"牵涉到两个男人，亦即父亲与远祖的隐匿关系，两者前后、内外彼此交缠（页150）。也斯在《张爱玲的刻苦写作与高危写作》中亦强调"远祖祀奉的偶像"所蕴含的父系与男系联结，"鸟始终是那冥冥之中的冷眼旁观的祖传的神秘"（页97），若有似无，虚实难断。而与其截然不同、相互背反的，则是将"木彫的鸟"读为母亲的暗喻，通过弗洛伊德精神分析的引证，将物质材料（木材）—母亲（matter-mater）相联结（钟正道，《弗洛伊德读张爱玲》，页193）；或是援用英国精神分析师克莱恩（Melanie Klein）的"阳具母亲"（phallic mother, genital mother）说，将母亲纷乱性事的记忆，转为道德超我的监控（钟正道，《女儿的自我疗愈》）。[4]

目前有关"木彫的鸟"的三类诠释方式——"禁锢说""性欲说""父／母说"——都相当精彩，但还是留有可继续探寻的线索。"禁锢说"展现了对张爱玲文学文本的高度熟稔，看到"木彫的鸟"，立即能信手拈来"绣在屏风上的鸟"，而能顺利找到相对应的"禁锢"母题。但"禁锢说"有没有可能在某种程度上加强了一种对张爱玲文本阅读的"自我禁锢"？亦即以张爱玲上海时期的文学风格与关怀为准绳，以"同一"为预设，或视其后的创作必然回归或呼应上海时期的创作，或视其后的创作每况愈下、惨不忍睹。而此凸显"同一"而非"差异"的批评取径，或许也同样出现在第二类与第三类的批评诠释中。第二类的"性欲说"与第三类的"父／母说"，不论是否实行精神分析的架构，皆倾向"普世化"性—生殖—死亡的亘古母题，会不会也是一种将诠释架构"禁锢"在俄狄浦斯情结（Oedipus complex，恋母情结）中的"家庭三角"：父亲—母亲—儿子（或女儿）？——不论凸显的是父亲还是母亲。这里的问题不在于"西方"的性爱生死或俄狄浦斯三角关系，是否可以运用在"中国"的小说文本（千万不可再掉入"外来"理论或文化本质论的陷阱）上，而在于我们是否能够更为基进地质疑性—性别—家庭—世代的"普世性"。我们究竟如何能在性—性别—家庭—世代的"同一"之中找出"差异"呢？故本章的企图不在寻找"木彫的鸟"之"正解"，而是尝试在目前众多以"同一"为预设前提的诠释中，另辟"差异"的批评路径。"木彫的鸟"如何不同于"屏风上的鸟"？"木彫的鸟"所牵动的爱欲生死如何不同于精神分析的模式？正是本章所欲展开各种文本痕迹之"译—异—易—溢—佚"，让《小团圆》借助"木彫的鸟"之意象，能再次"像迷宫，像拼图游戏，又像推理侦探小说"（《红楼梦魇》，页10），步步惊心、柳暗花明。

· 1 ·

何处是门楣

"门楣"一词在《小团圆》中仅仅出现过两次，却有着草蛇灰线的作用，或有助于我们切入"木彫的鸟"之侦探推理过程。而"门楣"在小说中的第一次出现，亦即"木彫的鸟"的第一次出现：

> 他们在沙发上拥抱着，门框上站着一只木彫的鸟。对掩着

的黄褐色双扉与墙平齐，上面又没有门楣之类，怎么有空地可以站一只尺来高的鸟？但是她背对着门也知道它是立体的，不是平面的画在墙上的。雕刻得非常原始，也没加油漆，是远祖祀奉的偶像？它在看着她。她随时可以站起来走开。（页177）

此处的"门楣"乃是以"负面否定"的方式出现，说明在现代的公寓住宅中只有"门框"（或"木彫的鸟"第二、三次出现时使用的"门头"），门扉与墙平齐，而不可能有凸出来可供站立的门楣。但吊诡的是，明明没有门楣可栖，公寓房间的"门框"上却站着一只尺来高的"木彫的鸟"，文本中还特别强调此鸟乃"立体"，并非画在门框上的"平面"鸟图案，当是更形强化其诡谲神秘之处。

那先让我们来看看"门楣"所指为何，而什么又是"门楣"作为建筑术语与"门楣"作为宗法象征之间的文化滑动与历史联系。"门楣"在中国木建筑营造工法中早有清楚明晰的界定，乃指门框上端的横梁或横档，一般多由粗重实木制成。门楣之上所悬挂或镶嵌的匾额，更与中国宗法秩序紧密贴合。门楣之上的门额所书或为"郡望"（先祖世居或受封之地）、"姓氏"（先祖姓氏或姓氏字面意义之附会）、"堂号"；或为先祖的名号、别号、封号、谥号、爵号等；或为"功德、官衔或地位"（"文魁""武举""进士第""太史第"等）。故建筑用语的"门楣"清楚地与传统宗法制度一脉相承，"光大门楣"遂与"光宗耀祖"相辅相成，皆是以建功立业、显耀宗门、继承祖业、传宗接代为使命，以宣扬门望与家声。

有了这样初步的理解，我们对"门楣"在《小团圆》中的第二次、亦是最后一次出现，当可更心领神会。《小团圆》结尾处跳接到九莉的弟弟九林突然来访，失业的他穿着一套新西装意图振奋，想要仿效他所佩服的"新房子"的二哥哥。九莉心里却暗自嘀咕：

> 他提起二哥哥来这样自然，当然完全忘了从前写信给二哥哥骂她玷辱门楣——骂得太早了点——也根本没想到她会看见那封信。要不然也许不会隔些时候就来一趟，是他的话："联络联络。"（页320）

此段描绘当是直接呼应小说第三章九莉在家中楼下的空房里，发现了九林粗心大意留在桌上的信笺——"二哥如晤：日前走访不遇，怅怅。家姐事想有所闻。家门之玷，殊觉痛心"（页129），再次印证《小团圆》叙事穿插藏闪的前后呼应、张爱玲对所有细节的精准掌握。小说中对姊弟之间的尴尬与龃龉铺陈甚深，而从"家门之玷"到"玷辱门楣"一词的出现，不论是弟弟对姊姊行为举止的评断，抑或是姊姊对弟弟的记恨，都再次点明宗法秩序里个人的作为与评价，牵动的乃是整个宗室家族的荣辱。显然在九林的眼中，顶撞父亲、继母之后又离家出走的姊姊，实在有辱象征宗族名望的家门或门楣。

张爱玲曾在《必也正名乎》中以诙谐幽默的口吻提及中国人的姓名学："叫他光楣，他就得努力光大门楣；叫他祖荫，他承祖，他就得常常记起祖父；叫他荷生，他的命里就多了一点六月的池塘的颜色。"（页35）然而此处弟弟以信函向亲戚告状姊姊的"玷辱门楣"，虽像一笔带过姊弟之间的恩怨，却也有着异常沉重的压力弥漫字里行间。此段落之前乃是九莉因恐有孕而赴彼时男友演员燕山介绍的广东女医生处做检验，验出无孕的同时也被告知"子宫颈折断过"，然九莉却不敢再追问，"也是因为她自己对这些事有一种禁忌，觉得性与生殖与最原始的远祖之间一脉相传，是在生命的核心里的一种神秘与恐怖"（《小团圆》，页319）。次日决定向燕山和盘托出，"心里想使他觉得她不但是败柳残花，还给蹂躏得成了残废"（页319）。而就在此不堪与胶着中，直接跳接弟弟九林的"玷辱门楣"之段落，之后再接到弟弟与燕山的短暂会面，燕山评及九林的"生有异相"，接着便带到"燕山要跟一个小女伶结婚了"（页321）的震动与痛心。当然此结尾章节并未再次出现任何"木彫的鸟"之意象，但"性与生殖与最原始的远祖之间一脉相传，是在生命的核心里的一种神秘与恐怖"之表达，却再次呼应"木彫的鸟"在第五章第一次出现时"远祖祀奉的偶像？"之疑惑与第二次出现时的打胎场景。此处的"玷辱门楣"，或可单独指向九莉早年的离家出走，或可涵括（"骂得太早了点"）后来九莉与邵之雍不清不楚、遭人非议的关系，或更可扩大为上下文所牵动的未婚有孕之恐惧、身体的创伤与男友燕山的别婚，但都清楚带出"门楣"从建筑用语到宗法秩序的滑动与联系。

若说弟弟九林的目光代表了传统宗法秩序的道德准则，那九莉又是如何看待自己的叛离家门与情路坎坷的呢？有了"玷辱门楣"的线索，我们当可重新回到"木彫的鸟"三次出现的场景，循此细心体会九莉未曾言明的惘惘威胁与焦虑，以及九莉明知山有虎、偏向虎山行的决心与勇气。"木彫的鸟"第一次与第三次出现的场景，都有相同的关键启动人物：邵之雍的妻妾。第一次出现前，先是邵之雍说起"他还是最怀念他第一个妻子，死在乡下的。他们是旧式结婚，只相过一次亲"（《小团圆》，页176）。接着邵之雍表示"我不喜欢恋爱，我喜欢结婚"，九莉先是纳闷，尚未离婚的他如何结婚，接着便猜到此处的"结婚"乃指发生肉体关系，而非单纯恋爱。而就在九莉与邵之雍在沙发上亲热并打算"听其自然"时，"木彫的鸟"便出现了，这恐怕不只是传统道德价值对未婚女性身体性欲的监控与禁锢，更是宗法秩序对"名分"的规范与对"门望""家声"的护卫要求。没名没分却与邵之雍厮混的九莉，即便相信她有把握随时可以站起身来走开，终究还是陷入与有妇之夫的揪扯不清中。九莉的勇气不在于为了恋爱自由而浑然无视于宗法秩序的监控与门望家声的压力，而在于即便是你侬我侬的亲热当下，仍时时刻刻感知着宗法秩序的如影随形、虎视眈眈，那门头上站着的"木彫的鸟"挥之不去。于是在现代公寓没有门楣的门头之上，依旧出现了古代门望家风的宗法规训，只是这次不是以文字书写的郡望、姓氏、堂号或功名牌匾的形式出现，而是化身为更远古的"木彫的鸟"，时时监控与警告着九莉，切莫做出任何"玷辱门楣"的越轨举动。

而"木彫的鸟"之第三次出现，亦与邵之雍的妻妾相关。某日黄昏两人再度并排躺在沙发上，邵之雍望着九莉的眼睛说道，"忽然觉得你很像一个聊斋里的狐女"（《小团圆》，页187），接着便再次提到他的第一个妻子，如何因为想念他而被狐狸精迷上，天天梦见他，所以得痨病死了：

> 他真相信有狐狸精！九莉突然觉得整个的中原隔在他们之间，远得使她心悸。
>
> 木彫的鸟仍旧站在门头上。
>
> 他回南京去了。
>
> 她写信给他说："我真高兴有你太太在那里。"
>
> 她想起比比说的，跟女朋友出去之后需要去找妓女的话。

并不是她侮辱人，反正他们现在仍旧是夫妇。她知道之雍，没有极大的一笔赡养费，他也决不肯让绯雯走的。（页188）

　　第五章最暧昧的地方，乃是不清不楚一心只想恋爱的九莉，究竟是否与邵之雍发生了肉体关系。而此段的此地无银三百两，当是间接说明欲求有所不满足的邵之雍，还可以回到南京姨太太处找寻慰藉。"木彫的鸟"在《小团圆》第五章三次密集出现，但一直要等到第六章的开头，邵之雍才带着两份报纸来找九莉，报纸上并排登着"邵之雍章绯雯协议离婚启事"与"邵之雍陈瑶凤协议离婚启事"。换言之，第五章的邵之雍不仅在乡下曾有已因肺痨过世的第一任妻子，还有上海的第二任妻子陈瑶凤以及南京的姨太太章绯雯。"木彫的鸟"出现的时刻，亦是邵之雍妻妾出现的时刻。九莉与有妇之夫高调谈情说爱，搞得人尽皆知、蜚短流长，"现在都知道盛九莉是邵之雍的人了"（页188），弟弟九林也听到了风声，"来了一趟，诧异得眼睛睁得又圆又大"（页188），但"玷辱门楣"的伏笔却在小说的结尾才悄悄出现，似有若无，高招般一笔带过。

　　若只有第一次与第三次"木彫的鸟"的出现，尚不足以说明九莉对宗法规训与护持门望家风压力的态度转换，这两次都是以内化监控的焦虑方式出现，惘惘的威胁在那里眼睁睁盯看，如芒刺在背。而在时序上更晚的第二次，则是九莉"灵魂过了铁"，经历邵之雍分手的"痛苦之浴"十多年后，以极为戏剧化的"打胎"方式出现的。此时"木彫的鸟"已不再站在门头之上窥伺，而是化身为公寓抽水马桶中的男胎：

　　　　夜间她在浴室灯下看见抽水马桶里的男胎，在她惊恐的眼睛里足有十时长，笔直的欹立在白瓷壁上与水中，肌肉上抹上一层淡淡的血水，成为新刨的木头的淡橙色。四处凝聚的鲜血勾画出它的轮廓来，线条分明，一双环眼大得不合比例，双睛突出，抿着翅膀，是从前站在门头上的木彫的鸟。(《小团圆》，页 180)

　　此时的九莉依旧"妾身未明"（国籍与婚籍皆尚无着落），与男友汝狄在纽约同居。若按第一次与第三次的宗法监控逻辑而言，九莉流落异乡、未婚怀孕又决定堕胎的遭遇，当为家族眼中"玷辱门楣"的行为举止又添一桩。但此"打胎"场景所凸显的却不再是玷辱名望家风的焦虑，而是毅然决然下定决心的宗法叛离。九莉惊恐的眼睛盯着另"一双环眼大得不合比例，双睛突出"的眼睛，在"惊"与"睛"声音上的联动牵引中，在肌肉上淡淡血水与新刨木头"淡橙色"颜色上的对应联想中，抽水马桶里的男胎于是与十多年前站在门头上的"木彫的鸟"合而为一，由高而下，从门头坠入了马桶。

　　此段惊心动魄的描述，重点不在任何表面上的新仇旧恨或前尘往事又上心头，而是一种至为决绝的文学死亡意象，得以宣告"木彫的鸟"作为宗法秩序的监控、作为"光大门楣"到"光宗耀祖"之规训的彻底崩盘。九莉在纽约公寓打下来的不只是男胎，更是中国千年宗法魔咒对她有意无意的控制束缚，"恐怖到极点的一刹那间，她扳动机钮。以为冲不下去，竟在波涛汹涌中消失了"(《小团圆》，页180)。然而就在此极度压缩、极度精准、极度象征化的描绘之后，叙述的张力突转务实，小眉小眼地斤斤计较起来："比比问起经过，道：'到底打下来什么没有？'告诉她还不信，总疑心不过是想象，白花了四百美元。"（页180）

厉害的张爱玲就是能如此这般举重若轻，那厢才以石破天惊的方式、以血淋淋捱着翅膀的男胎意象打出千年宗法的幽灵塔，这厢不动声色又回到女人在处理堕胎上的务实态度与闺密间的相互扶持，尚不忘自我幽默写作者过于丰富的想象力，来上一个虚实难分、如真似幻却又充满算计的收尾。

此打胎场景的惊人描绘，自然引来众多批评声浪。最常见的还是积极的"索隐派"，翻拣出张爱玲的书信与张爱玲丈夫赖雅的日记，"证明"张爱玲在与赖雅婚前曾打胎，以便顺理成章将创作再次简化为自传经验后，便可就此交差了事。但若回到文学创作与意象经营的脉络，评者却多偏向凸显性与生殖的"普世化"，死婴意象"揭示了爱情神话中的性和暴力的本质"（沈双，《张爱玲的自我书写及自我翻译》，页55），"马桶里的男胎其实是'性惩罚'的揭示：在冷冷的注视里，九莉见证了性的恐怖"（石晓枫，页213）。更具宏观视野的，则视此段落乃"中国文学史上大概是前所未有的凝视胎儿离体后的女性叙事"，并将张爱玲的堕胎书写与苏青40年代描绘女人堕胎的小说《蛾》加以比较分析，以后者充满自责的罪恶感与羞耻感，来凸显前者强调女人自主自由的打胎"去罪化"，更进一步联结到女性主义对堕胎权的争取，视其为满溢先锋性锋芒的女性堕胎铭写。（林幸谦，《身体与符号建构》，页148、152）但不论是强调性与生殖的暴力联结或政治正确地联结到女性主义堕胎权，恐怕都或多或少因"普世化"的取径而错了"木彫的鸟"所蕴含的深具文化殊异性的宗法批判。《小团圆》中的打胎段落，紧接在"木彫的鸟"第一次出现在沙发亲热场景之后，其中固然有性、生殖或怀孕恐惧的想象联结，但更需要关注的乃是介于其间十多年的时间间距。张爱玲显然已将此想象联结镶嵌在一个更大、更久远、也更无所不在的宗法秩序之中，经由文学意象的精心营造，已不再局限于个人的亲身经历与遭遇，而孕蓄发展成对宗法规训来自骨血的最终叛离。

然打胎有不一样的打胎，生儿育女也有不一样的生儿育女。《小团圆》中描写到九莉由三姑楚娣曾脱口而出的"二婶不知道打过多少胎"（页193），意外得知母亲蕊秋从不曾让女儿知晓的秘密。但蕊秋的打胎，不论是离婚前在英国，还是离婚后在中国与海外，凸显的乃是新女性在追求独立自主、恋爱自由过程中的折磨与苦难，以及无法得到合法婚姻保障下的生育自由。而女儿九莉在纽约公寓的打胎，却是以一个更为决绝的姿态出现的，有更强烈的文化象征意涵与宗法裂变企图。彼时九莉已怀胎四个月，乃是冒着生命的危险决定打胎，"女人总是要把命拼上去的"（页177），虽男友汝狄也曾迟疑表示"生个小盛也好"（页177），九莉却坚持"我不要。在最好的情形下也不想要——又有钱，又有可靠的人带"（页178）。这一毅然决然的打胎举动，固然传达出彼时九莉与汝狄两人在经济上的拮据与生活上的不安稳，但也幡然与十多年前九莉曾表露的另一种不经意形成对比。九莉与邵之雍亲密交往时，邵虽已登报与第二任妻子、姨太太离婚，但因时局之乱而暂缓正式结婚，三姑楚娣曾担忧"要是养出个孩子来怎么办？"（页193），九莉却笑道"他说要是有孩子就交给秀男带"（页193）。此或有逃避不愿面对的侥幸心理，但也显示彼时九莉对结婚生子一事或许未有过多的顾虑、排斥。

《小团圆》小说结尾处亦两度提到儿女，同一段落一前一后，却相互矛盾得厉害。九莉先是以字面幽默掩藏万念俱灰，说是空气污染使威尼斯的石像患了石癌，"现在海枯石烂也很快"（页324），接着提到日后看见邵之雍带着"怪腔"的著作时已不再欣赏，然后就出现全书倒数第三段一个至为诡异的开场："她从来不想要孩子，也许一部分原因也是觉得她如果有小孩，一定会对她坏，替她母亲报仇。"（页324—325）首先此文句之诡异，部分来自第三人称女性代名词的不确定。句中出现四个"她"，第一、二、四个"她"应该都指九莉，但第三个"她"却可指小孩也可指九莉，亦即九莉会对小孩坏，或小孩会对九莉坏。但证诸全书的叙事安排，此句要产生自嘲与反讽的效果，第三个"她"较应指向九莉，亦即九莉相信自己若有小孩，小孩一定会对她坏，一如她自己对母亲坏一般，算是另一种自作自受的报应。但诡异的是，同一段落后半部分的梦境描绘，却呈现出一幅家庭幸福美满、儿女成群的景象：

> 有好几个小孩在松林中出没，都是她的。之雍出现了，微笑着把她往木屋里拉。非常可笑，她忽然羞涩起来，两人的手臂拉成一条直线，就在这时候醒了。（页325）

此段开头是"她从来不想要孩子"，结尾是"她醒来快乐了很久很久"，若不从"意识say no、潜意识say yes"的分裂去寻找答案，我们还可以如何面对这一明摆着的矛盾冲突？这或许正是《小团圆》真正的独到之处。20世纪以降现代文学对封建宗法、吃人礼教的批判，无不义正词严、义愤填膺，但鲜少能够在欲望的骨血结构处反宗法。"她从来不想要孩子"并不代表九莉在成长过程中没有家庭、婚姻、亲情、爱情、亲密关系的欲望建构与渴求，哪怕只是一部二十多年前观看的彩色片，哪怕只是一首《寂寞的松林径》的主题曲，依旧潜入九莉的梦境，诠释着何谓幸福家庭、何谓圆满生活的美好画面。只有矛盾处，才看得到盘根错节的欲望纠缠，只有纠缠处，才看得到绝地求生的行动勇气。不曾内化宗法的规训，"木彫的鸟"不会出现在门头；完全服膺宗法的规训，"木彫的鸟"不会坠落在马桶，而书写既可以是甜美的梦境，也可以是扳动机钮的一刹那。张爱玲的厉害，正在于双重颠倒了期望与绝望的次序，叙事前段已然"以为冲不下去，竟在波涛汹涌中消失了"，施施然在梦境结尾又悄悄出现儿女成群的画面。

·2·

"远祖"与鸟图腾

然而，"木彫的鸟"作为一个极度浓缩的文学意象，并不会因"门楣"所牵带出的宗法规训而稍减其恐怖与神秘，其从"光大门楣""光宗耀祖"到"家门之玷""玷污门楣"的责难，还须放在一个更久远、更深邃的文化脉络中审视。本章此节将再度回到"木彫的鸟"第一次出现的文字段落，聚焦于该段落的另一个关键词"远祖"，以便得以继续追问为何是"鸟"、为何是"祀奉"、为何是"偶像"、为何是"性事"、为何是"男胎"等一连串的后续问题，以期展开"远祖"与"木彫的鸟"之间更进一步的批判思考。首先，为何是"鸟"？什么是"鸟"与"远祖"之间的可能联结？在此我们不得不回到远古的"玄鸟神话"一探究竟。《诗经·商颂·玄鸟》云"天命玄鸟，降而生商"（卷二〇，页793），《史记·殷本纪》则以更生动的细节描绘来陈述其过程："殷契，母曰简狄，……，三人行浴，见玄鸟堕其卵，简狄取吞之，因孕生契。"（卷三，页22）此神话所涉及的，不只是远古部落氏族的起源想象，更带出了母系社会到父系社会的创造转化，必须对其进行深入的爬梳，才得以展现其中性—性交—生殖—生殖器—图腾—祖先崇拜的多层次贴挤，才可响应张爱玲在《小团圆》中念兹在兹的"性与生殖与最原始的远祖之间一脉相传，是在生命的核心里的一种神秘与恐怖"（页319）。

首先，此"玄鸟神话"明显展现了远古的"图腾崇拜"，亦即建立氏族先祖与图腾物之间的亲缘关系。Totem一词原本即"亲族"、带有血缘关系的跨物种联结想象，而被部落氏族视为图腾之物，具有庇佑保护之神力，一律禁杀禁食，并对其进行崇拜、祭祀等仪式，以助力此图腾部落氏族的繁衍。[5]根据中国上古史料，商族的祖先为东夷人，而东夷人的祖先为少皞氏，乃是以鸟为图腾崇拜、由鸟胞族所组成的部落，并"以鸟名官"，共计二十四种鸟，或可代表二十四个氏族的图腾。（高明士，页15）而玄鸟为诸鸟之首，后遂成为商族或商人的图腾。

然"玄鸟神话"在揭示部落氏族的"图腾崇拜"之外，亦同时表达了远古时代的"感生神话"，即因感应天象外物而孕生。这一采用服食形式的"卵生神话"并非特例，从三皇五帝到各氏族始祖，各式各样的感龙、感电、感星、感虹、感大而怀孕的神话不一而足，传达了彼时视生命的形成为神秘自然力量促发的观念。故"感生神话"的重点不放在女子与男子的交合，而放在女子接触或吞食外物后神秘怀孕产子，不仅表达了彼时对男女交合受孕的懵懂无知，也同时表达了由"民知其母，不知其父"的母系社会，如何转向以男性始祖为源起的父系社会。然"感生神话"的关键不在感应孕生的女子，而在"母"产"子"，凸显的是作为子的男性始祖，而非作为母的女性始祖。重点不是"简狄生契"，而是"玄鸟生商"。换言之，"玄鸟"乃是奠定氏族男性始祖的起源神话，成功将焦点由"母系"转向"父系"，以此建立商氏族作为父系血缘团体的繁衍传承。

而更重要的是，交缠着图腾崇拜与感生神话的"玄鸟"本身，总已也是"性—性交—生殖—生殖器崇拜"的化身。学者早已指出其作为感而生子的图腾物，乃是由象征生殖器的生殖崇拜演化发展而来。郭沫若说得最为直截了当，"玄鸟"，不论是旧说的燕子还是新证的凤凰，"我相信这传说是生殖器的象征，鸟直到现在都是生殖器的别名，卵是睪丸的别名"。（郭沫若，《郭沫若全集》，页328—329）[6]若是我们回到《小团圆》，亦可发现不少地方以"鸟""鸡"作为男性生殖器的指称。小说描写到小时候佣人余妈在后院为九林把尿，一旁蹲在阴沟边上刮鱼鳞的厨子取笑道，"小心土狗子咬了小麻雀"（页206）。另有一天佣人韩妈道"厨子说这两天买不到鸭子"，年幼的九莉竟傻乎乎回应道"没有鸭子就吃鸡吧"（页206），而遭来韩妈的严厉喝斥。童言童语成了秽言亵语，正是因为不小心说到了男性生殖器的俗称。[7]

故"玄鸟"之玄，不仅在于"玄"可由黑色转向幽深神秘的神性力量，更在于其作为"阳物象征"（phallic symbol）所可能带出的藏身于感生神话中的"男根崇拜"，亦开启了"男根崇拜"到"祖宗崇拜"的发展联结。"玄鸟神话"之所以成为有助于我们进入"木彫的鸟"作为"远祖祀奉的偶像"的可能入口之一，正在于其所叠合贴挤的多重崇拜——图腾崇拜、生殖崇拜、生殖器崇拜、祖宗崇拜——完美结合超自然主义与氏族制度。若"玄鸟"作为商的图腾保护神，可从鸟之阳具、男根象形，发展到木主牌位的祖形器象形，更发展到祖宗姓氏的氏族宗法制度之建立，那原始未上漆"木彫的鸟"与"玄鸟神话"之联结，便可成功凸显"性事"（性—性交—生殖—生殖器）与"姓氏"（图腾—祖先—姓）的贴挤，"性事"与"房事"的贴挤，让"房事"既指向男女间的生殖性交，亦指向以"房"为单位之宗法家族的开枝散叶、传承繁衍。故"玄鸟神话"与"木彫的鸟"之联结，不仅响应了"性与生殖与最原始的远祖之间一脉相传"，更可顺利联结本章第一节所聚焦的"门楣"以及门楣之上门额所书的祖先郡望、姓氏、堂号、名号、封号、谥号等；让"木彫的鸟"既可是鸟图腾的象形，亦可是祖宗门望家风的象征，既有远古的神秘与恐怖，亦有宗法氏族的规范与训诫，如是成为一个高度压缩与浓缩的惊人文学意象。

由此我们当可理解"木彫的鸟"何以两次出现在九莉与邵之雍躺在沙发上的亲热场景，除了暗指"玷辱门楣"的宗法规训与监控外，亦在惘惘之中充满性—性交—生殖—生殖器的欲望与威胁。同时亦可理解当"木彫的鸟"出现在纽约打胎场景之时，为何在抽水马桶里出现的，必须是"男胎"而非"女胎"。如前所分析，《小团圆》小说结尾假设中与梦境中所出现的小孩或小孩们，皆未有性别上的区分或暗示，但在打胎场景中九莉惊恐的眼睛所看到的，乃是浸在淡淡血水中的"男胎"，有着"新刨的木头的淡橙色"，且"双睛突出，抿着翅膀，是从前站在门头上的木彫的鸟"（页180）。若说"玄鸟神话"告诉了我们鸟图腾作为男根崇拜的化身可能，那作为"木彫的鸟"之"拟胎化"，其性别就必须是男而不是女。若说"玄鸟神话"也同时告诉我们祖宗崇拜作为男根崇拜的转化可能，那打胎场景所蕴含的宗法叛离，就必须通过"男胎"的死亡意象来断根绝嗣。"玄鸟神话"所展露的，乃是氏族始祖的诞生与生殖繁衍的力量，而从门头往下坠落到马桶里的"木彫的鸟"，则是以死亡替代出生，以绝嗣终结繁衍。张爱玲在英文小说《雷峰塔》中让女主角琵琶的弟弟陵年纪轻轻就因肺结核过世，仿佛成为女主角琵琶对父亲与继母的另一种复仇，"到末了儿割断了根，联系过去与未来的独子，就如同他的父母没生下他这个人。……陵是抱着传统的唯一的一个人，因为他没有别的选择，而他遇害了"（页338）。[8]而在《小团圆》中的绝嗣行动，不是以男嗣之死亡作为终结，而是以男嗣血缘的不纯正来进行绝嗣的暗讽与嘲蔑。九莉的舅舅非嫡出，乃是偷抱过来的"杂种"，却成为卞家家业与财产的主要继承人。而九莉的母亲蕊秋亦曾玩笑言道，九莉父亲从未对她起疑，暗示九林的生父或许另有他人，而教钢琴的意大利男老师嫌疑最大。小说中也一再对九林貌似外国人的"异相"多所着墨。若说在"玄鸟神话"与"木彫的鸟"之衔接处，传宗接代与繁衍后代乃宗法使命，那在"玄鸟神话"与"木彫的鸟"之断裂处，绝子绝孙便成了一种反叛行动。赐死弟弟，杂种化舅舅，都是将宗法繁衍子孙的"绝嗣焦虑"，转换成扳动机钮的"绝嗣行动"，将"从来不想要孩子"的消极面对，将甜美家庭儿女成群的欲望形构，转化为清坚决绝的打胎行动，以达到与远祖—性—生殖、与宗法秩序门望家风的双重叛离。

　　整本《小团圆》对中国宗法父权进行了全面的反思与批判，其中最精彩也最幽微的意象则非"木彫的鸟"莫属，而此意象对"图腾崇拜—男根崇拜—祖宗崇拜"的极度贴挤与压缩，乃造成当前批评阅读的众声喧哗、莫衷一是。张爱玲在《中国人的宗教》中曾言，"上等人与下等人所共有的观念似乎只有一个祖先崇拜"（页18），但中国人的"祖先崇拜"往往只上溯到第五代，"五代之上的先人在祭祖的筵席上就没有他们的份。因为中国人对于亲疏的细致区分，虽然讲究宗谱，却不大关心到生命最初的泉源。第一爱父母，轮到父母的远代祖先的创造者，那爱当然是冲淡又冲淡了"（页35），乃是以泉源—血缘的联结，来谈"祖宗之爱"因世代久远而必然产生的稀释与淡化。但很显然，透过《小团圆》中原始未上漆之"木彫的鸟"，张爱玲乃是回到了所谓"生命最初的泉源"，指出了远古始祖—性—生殖的一脉相传；也同时对此进行溯源，从始祖往下延续到世祖，从部落氏族"远祖祀奉的偶像"往下延续到宗室家族门楣的光大或玷辱，从生命最初的泉源往下延续到宗法宗规宗谱的一脉相承；并在此神秘与恐怖、规训与监控的当下，进行了来自骨血深处的造反与叛离，其对中国人"宗"教之批判入里，实为前所罕见。

·3·

《少帅》：圆目勾喙的雌雉

在经过这些层层细致的爬梳之后，我们可以回到写于《小团圆》之前但未完稿的英文小说《少帅》；不是以追溯的方式回返在《少帅》中已然出现的"木雕鸟"，将其视为"本源"或"本文"，而是再次以"文本译异"的方式，凸显"木雕鸟"在《少帅》与《小团圆》中截然不同的处理手法。而本章先谈书写于后的《小团圆》，再谈书写于前的《少帅》，抑或是一种以时序错乱、前后倒置的方式，凸显其"差异"而非回归"本源""同一"的尝试。

张学研究者多将完稿于1957—1964年间的《雷峰塔》《易经》《少帅》，视为张爱玲60年代的"自传"三部曲（冯晞乾，《〈少帅〉考据与评析》，页258），并视此三者为小说《小团圆》的英文蓝本。英文小说《少帅》以民国历史人物张学良和赵一荻（赵四小姐）的爱情故事为经纬，框以大时代的动乱背景，创作构思始于1956年，动笔于1963年左右，现存打字稿八十一页，共七章，约两万三千英文字，中文版由郑远涛翻译，于2014年以中英版合集的方式出版。在《小团圆》完稿后多年，张爱玲在写给好友宋淇的信中曾提到未完稿的《少帅》，"这故事虽好，在我不过是找个acceptable framework写《小团圆》，能用得上的也不多"。[9]彼时宋淇并未读过《少帅》的英文未完稿，张爱玲显然是试图向其解释《少帅》的创作动机，却用了一个时序倒置的表达方法：先写的《少帅》其实是为了找一个"acceptable framework"写后来的《小团圆》；与其说《少帅》是《小团圆》的源头，不如说《少帅》更像是《小团圆》的练笔与暖身。基于这样的紧密关联，张学研究者早已充分详尽比对出《少帅》与《小团圆》类同的段落、意象与表达。类似的比对工程也出现在《雷峰塔》《易经》与《小团圆》之间，本章在此不拟加以重复。[10]本节所欲聚焦的，乃是《少帅》中"木雕鸟"之出现场景，尝试提出有别于《小团圆》"木彫的鸟"之跨文化脉络与诠释逻辑。

首先让我们来看看《少帅》中"木雕鸟"的出场。小说的第四章开头，帅府派车来接周四小姐，名义上是帅府五老姨太相邀，实则是和帅府大少爷陈叔覃幽会，两人见面后互动亲密，少帅把四小姐放在膝头，抚摸玩弄着她的脚踝。下趟幽会的地点改到了胡同中的老宅，两人有如在荒废的房子里扮家家酒，玩着玩着少帅别过头来吻四小姐，"一只鹿在潭边漫不经心啜了口水。额前垂着一绺子头发，头向她俯过来，像乌云蔽天，又像山间直罩下来的夜色。她晕眩地坠入黑暗中"（页43）。
而就在此亲吻的场景中，"木雕鸟"出现了：

> 仍旧是有太阳的下午天，四面围着些空院子，一片死寂。
> 她正因为不惯有这种不受干涉的自由，反觉得家里人在监视。
> 不是她俨然不可犯的父亲，在这种环境根本不能想象；是其他
> 人，总在伺机说人坏话的家中女眷，还有负责照顾她的洪姨娘
> 与老妈子。她们化作朴拙的、未上漆的木雕鸟，在椽子与门框
> 上歇着。她没有抬头，但是也大约知道是圆目勾喙的雌雄，一
> 尺来高，有的大些，有的小些。她自己也在上面，透过双圈的
> 木眼睛俯视。（页43）

"木雕鸟"在此段的描绘中明显扮演着"监视者"的角色，不是父
亲，而是一群爱"说人坏话的家中女眷"（也包括四小姐本人），这群
女眷化身为圆目勾喙的"木雕鸟"，站在椽子与门框之上，由上而下俯
视着少帅与四小姐的亲密接吻。

故若欲拆解此段"木雕鸟"的奥秘，或可先从鸟饰与中国木建筑的
交集处下手。此处"木雕鸟"的特点在于有着"双圈的木眼睛"，而此
处木建筑居高临下的位置则在"椽子与门框"，所以我们可以追问的乃
是，什么样有着重瞳的鸟会被雕饰在椽子与门框之上？这样的探问当可
带领我们走进"重明鸟"的神话，以及此神鸟图案在中国传统木建筑门
户装饰上的广泛运用。首先，"重明鸟"乃中国古代汉人神话传说中的
神鸟：

尧在位七十年……有祇支之国，献重明之鸟，一名"双睛"，言双睛在目。状如鸡，鸣似凤。时解落毛羽，肉翮而飞。能搏逐猛兽虎狼，使妖灾群恶不能为害。(《拾遗记·唐尧》卷一，页24)

传说中的"重明鸟"其形似鸡，鸣声如凤，最特殊的地方在于其每个眼睛都有双瞳，故名重明鸟或双睛鸟。此神鸟能搏逐猛兽、辟除妖物，故被广泛运用在中国木建筑的门窗装饰之上，或以木刻、铜铸，或以彩画、剪纸，主为辟邪之用。"在绘画流传的过程中，重明鸟就以鸡的形象出现，也有说法公鸡是重明鸟的变形"，因而在原有的"辟邪"功能之外，更增加了"鸡"与"吉"谐音的"祈福"之用。(商子庄，页80)

在此我们可以稍稍回顾一下张爱玲文本中的"鸟饰"与中国木建筑的关系配置。其中最为恐怖醒目的，当是《秧歌》结尾时的火烧粮仓段落。小说中女主角月香的女儿阿招在暴动中被踩死，丈夫金根投河自尽，悲愤的月香最终走上了引火烧仓的不归路：

仓库已经被吞吃得干干净净，只剩下一个骨架子。那木头架子矗立在那整大片的金色火焰中，可以看得清清楚楚。巨大的黑色灰渣像一只只鸟雀似的歇在屋梁上。它们被称作"火鹊、火鸦"，实在非常确当。这些邪恶的鸟站成一排，左右瞭望着，把头别到这边，又别到那边，恬静得可怕，在那渐渐淡下去的金光里。(页187)

此处"邪恶的鸟"乃是在大火之中被烧成黑色灰渣的"火鹊、火鸦",但为何鹊、鸦等鸟饰会出现在屋梁之上?林徽因在《论中国建筑之几个特征》一文中,提出了兼具结构功能与象征意涵的说法:"瓦上的脊吻和走兽,无疑的,本来也是结构上的部分。现时的龙头形'正吻'古称'鸱尾',最初必是总管'扶脊木'和脊桁等部分的一块木质关键。这木质关键突出脊上,略作鸟形,后来略加点缀竟然刻成鸱鸟之尾,也是很自然的变化。其所以为鸱尾者还带有一点象征意义,因有传说鸱鸟能吐水,拿它放在瓦脊上可制火灾。"(页8)而《秧歌》结尾处的吊诡正在于,原本用来强化"以厌火祥"迷信的"火鹊、火鸦"却被烧成了灰烬,反倒成为屋梁之上象征邪恶的黑色鸟雀。

而《少帅》此处的"鸟饰"已从木建筑的"脊饰"转为木条横梁之上的"雕饰",从屋梁上"邪恶的鸟"转为椽子与门框上的"木雕鸟"。但不论是"火鹊、火鸦"的"以厌火祥",还是"重明鸟"的"辟邪祈福",都无法彻底抹去其作为"鸟图腾"的可能。本章第二节已详尽铺陈"玄鸟神话"中图腾崇拜—男根崇拜—祖宗崇拜之联结,那"重明鸟神话"之中是否也有类似的叠合与贴挤呢?诚如学者所言,"状如鸡,鸣似凤"的"重明鸟"乃凤凰、玄鸟的化身,更是舜的化身(又是另一位远古的氏族始祖),"昔舜两眸子,是谓重明",正与"重明鸟"的特征完全吻合。(袁珂,页198)而《少帅》中的鸟意象,也多与男性或男性生殖器相联结。少帅与四小姐做完爱后躺在床上闲聊时局,"她竭力压低笑声不让外面听见。他拉过她的手,覆住那沉睡的鸟,它出奇地驯服和细小,带着皱纹,还有点湿"(页58)。后来少帅上前线作战,为治痢疾而染上了鸦片瘾,"他不愿意让她看见他躺下抽大烟,双唇环扣粗厚的烟嘴,像个微突的鸟喙"(页68),亦是另一个由男体转化的鸟意象。

　　然《少帅》中"木雕鸟"最精彩动人的地方，反倒在于其彻底翻转了原本"重明鸟神话"所预设的男性或雄性性别，以及循此性别所可能连带而出的图腾—男根—祖宗崇拜。《少帅》中的"木雕鸟"虽然有着双圈的木眼睛，却明摆着是"圆目勾喙的雌雉"，有大有小，一尺来高，甚至四小姐本人也可"抽离""解离"身处场景而加入其行列，在高处冷眼旁观自己与少帅的亲吻画面。换言之，《少帅》中的"木雕鸟"若有"重明鸟神话"的痕迹，总已从"公鸡"变成了"雌雉"，彻底阴性化与复数化，以此来具现四小姐在追求恋爱自由、沉醉耳鬓厮磨之际，仍有时时被监控、被议论的焦虑。即便小说中对"人言可畏"的忧虑一再被提起又被放下，"身上的新旗袍与高跟鞋平时存放在他们幽会的房子里。人人都议论他们，但是她丝毫不在乎，不像在洪姨娘面前。人言只是群众的私语，灯光与音乐的一部分"（页69—70）。但说是不在乎而敢于追求恋爱自由的四小姐，终究还是让这些议论与私语化成了"木雕鸟"，时不时栖在门框上伺机窥视。

　　在此我们也想尝试提出一个在中英文语言转换以及连带默认读者转换时的可能考虑。中国木建筑门户之上的"木雕鸟"，虽有其源远流长的传说，又有日常生活居住空间的熟悉度与亲近感，然对仅熟谙英语的读者来说，势必产生跨文化上的隔阂与陌生。而《少帅》在企图以"木雕鸟"来传达窥伺监控、蜚短流长、人言可畏的同时，成功创造了两个跨文化的可能联结与两次性别的巧妙翻转。首先，英文 hens（中译本翻为"雌雉"）本就有"长舌妇"之意（自是性别歧视的表达），与此处说人坏话、搬弄是非的"家中女眷"完全贴合，于是"重明鸟（公鸡）"转成了英文的 hens。其次，英文的"偷窥狂"（Peeping Tom）自有其历史的传说与脉络，性别位置上主要为男窥女，《少帅》英文版中的"the wooden eye of double-circles"（"双圈的木眼睛"）（页135），或可让人将用来描绘"重明鸟"一眼双瞳的"双圈"，扩大联想成撑大眼睛的窥伺强化，让英文语境中暗自独窥的Peeping Tom，成功转换为一群居高临下、睁眼监视的"家中女眷"。

　　这一跨文化的联结与性别转换，当是丰富了《少帅》作为英文书写的文化敏感度，也进一步提高了跨文化的可能接受度，即便其在张爱玲生前既未完稿、亦未出版。然《少帅》英文版的"木雕鸟"与《小团圆》中文版的"木彫的鸟"或有先后出现之分，却无高下优劣之别，反倒是两者在语言、时间、篇幅、文化诠释与创作氛围上的差异，绝佳展现了"文本译异"的创造转化。《少帅》的"木雕鸟"巧妙结合古老传说、门户装饰与道德监控，从物质细节到象征意涵，无不精准到位，既是监控偷窥，也是闲言闲语，带动了跨文化的联结滑动与生机妙趣。《少帅》中虽也有对宗法婚姻妻妾制的描绘，但态度上相对传统保守，四小姐努力维持与少帅合法妻子的礼貌关系，"她以后不再喊她大嫂了，改口叫大姊"（页83），"她地位平等，但于法律不合"（页88）；偶有宗法名分上的焦虑，"要是他们说我是你的丫头，我也不管"，"丫头比姨太太容易说出口"（页47），也是边怀疑边自我感动了起来。"木雕鸟"作为"雌雄"的阴性化与复数化，截断了其进一步转化为宗法批判的可能。而《小团圆》中"木彫的鸟"虽有清楚的文字改写痕迹，却以极度强化的方式来表达，不仅在一章之中三次密集出现，更与全书的宗法批判连成一气。"木彫的鸟"不仅出现在"门头"（公寓房子取代了木构造胡同老宅，没有门楣的门头取代了可供站立的椽木与门框），更出现在马桶里；不仅关乎"远祖祀奉的偶像"，更化成"一双环眼大得不合比例"的死亡男胎；不仅"雌雉"的阴性化与复数化一扫而空，更将朴拙未上漆的时间线往远古推动，基进成为"图腾崇拜—男根崇拜—祖先崇拜"的多重化身，充分展现对宗法秩序的深刻反思与批判。

然而我们也不要忘记，《少帅》中除了"木雕鸟"之外，还有一只同样诡异神秘的"凶神大鸟"。小说第五章后半，四小姐想起小时候夜里听洗衣的老妈子李婆讲起村子里有人问斩：

> "有个兵捡了斩条插到人犯的衣领后面，四个人都这样对上了号。突然间判官踢翻了桌子，一转身跑了。要把煞吓走。"
>
> "煞是什么？"四小姐说。其他人都讪讪地笑。
>
> "没听说过归煞？"洪姨娘道，"人死了，三天之后回来。"
>
> "煞是鬼？"
>
> "或许是地府的凶神吧。我也不大清楚。问李婆。"
>
> "他们说呀是一只大鸟。归煞那天大家躲起来避邪。但是有些好事的人在地上洒了灰，过后就有鸟的爪子印。"
>
> "据说呀但凡有杀人，甚至只是有杀人的念头，煞都会在附近。"洪姨娘道，"所以那个判官要保护他自己。"
>
> 她已经坐直了身子，庆幸自己在黑暗中被熟人包围着。

（页62）

此"凶神大鸟"乃是以象征地府亡魂的方式出现，充满黑暗的肃杀气息。难怪学者会将《少帅》第四章的"木雕鸟"与第五章此处的"凶神大鸟"相提并论，指出"前者大概象征生育，后者象征死亡"，都是"原始部族图腾信仰的变奏"。（冯睎乾，《〈少帅〉考据与评析》，页248）

自然也有学者将此"凶神大鸟"与《小团圆》中"木雕鸟意象所指涉的生死爱欲加以联系"(何杏枫,页338、注解63),而精彩推论出张爱玲文本中甚为丰富饱满、寓含变化的鸟意象。

然此"凶神大鸟"的"归煞"出处甚为明显,并没有《少帅》小说前章"木雕鸟"或《小团圆》"木彫的鸟"在意象经营与跨文化、跨历史转化上的多层次布局。书写于50、60年代的《雷峰塔》《易经》与《少帅》英文小说,常招致为迎合英文读者而展现刻意为之的"东方情调"(中国情调)之讥。《少帅》中"cave room and flowered candles"(页142)作为"洞房花烛"的英文翻译,更容易被异色化为"穴居时代的新婚夜"(页49);或是"the joy of fish in water and the dance of mandarin ducks with necks crossed"(页143)作为"鱼水之欢和鸳鸯交颈舞"(页51)的英文翻译,也是较为明显的例子。而当跨文化差异被放大到不可理解与不可思议的程度时,就成了结合情色与异色的"东方情调"。《少帅》第五章此处"凶神大鸟"的描绘方式,几乎就是"归煞"乡野传闻的复述,只是加上了听故事的时空框架与氛围感受。清人卢文弨在《龙城札记》中的《煞神》一文,便清楚说道"灰上有鸡足形即煞神至之验也",此乃平民百姓对煞神的主要形象认知。(卢秀满,页38)而《少帅》第五章此段所间接表露的灵魂离体化身为鸟,煞神以禽鸟之姿态出现,或以"布灰"方式察看煞神或亡魂动静等,仍不脱民间传说的框架,也未就此"归煞"传说做进一步创造发想,这或许也是在英文《少帅》改写为中文《小团圆》的过程中,此颇具"东方情调"而吸引英文读者的段落被弃置的原因之一吧(《小团圆》无类似的"归煞"描绘)。纯然脱胎于民间传说的"凶神大鸟",自不能与同书的"木雕鸟"或《小团圆》中更形繁复的"木彫的鸟"同日而语。

整体言之，张爱玲《小团圆》文本中"木彫的鸟"，承载着幽微复杂的文化符码与宗法规训。"门楣"不可能被一般用语中的"门"或"门坎"（threshold）意象所涵盖；宗法外在与内化的道德监控，也不可能被精神分析建立在"家庭罗曼史"或俄狄浦斯三角关系上所发展出来的"超我"（the Superego）所充分处理。而本章对中国"玄鸟神话"与"重明鸟神话"的尝试带入，便是希望在当前以性爱—生殖—死亡来诠释"木彫的鸟"之"普世化"倾向（古今中外皆同的"同一化"解读）之外，提出文化殊异性与文本译异性的"差异"阅读可能。一如"木彫的鸟"没有"正解"，"玄鸟神话"与重明鸟神话"也不是本章在诠释行动上所欲回归或认祖归宗的"源头"。张爱玲《小团圆》文本中"木彫的鸟"寓意之丰富精彩，或许就在于其对神话、对远祖、对宗法、对门望、对姓氏、对繁衍，展开了"译—异—易—溢—佚"的书写行动，一个比扳动抽水马桶机钮更为基进的行动，不再有本源，不再有本文，不再有本名，也不再有本宗。

1　"彫"与"雕"相通，皆可指向雕刻彩绘，《小团圆》中用"木彫的鸟"，《少帅》中文翻译则用"木雕鸟"，本章乃沿用两个文本既有的用法。

2　鸟与禁锢主体的联结常出现于张爱玲的其他小说文本中，包括《连环套》《多少恨》《怨女》等。

3　除父亲/母亲的隐喻之外，亦有学者将"木彫的鸟"与胡兰成相联结："胡兰成小说里无所不在，甚至千里迢迢追到美国，神祇般监控九莉"，可参见苏伟贞《连环套：张爱玲的出版美学演绎——以一九九五年后出土著作为文本》，页729。此外，陈丽芬亦提出另类的新颖观点，乃是彻底斩断"木彫的鸟"与任何象征或隐喻阅读的可能联结，亦即完全跳脱本节所汇整的三个诠释模式。她引用巴特《明室》（*Camera Lucida*）中的"刺点"，将"木彫的鸟"视为有如摄影照片的"死物"，且十几年后死物复活。她认为此"死物"作为"不相干的事"，反倒可与俄、美小说家纳博科夫（Vladimir Nabokov）的自传《说吧，记忆》（*Speak, Memory*）有异曲同工之妙：上海公寓里"木彫的鸟"，十多年后出现在九莉的纽约公寓，一如纳博科夫幼年时在俄国乡下看到的蝴蝶，四十年后在美国科罗拉多州又出现在他眼前。可参见陈丽芬，页311。

4　有关图腾主义的研究，可参阅弗雷泽（J. G. Frazer）《图腾主义》（*Totemism*, 1887）、《图腾与族外婚》（*Totemism and Exogany*, 1910）、弗洛伊德《图腾与禁忌》（*Totem und Tabu*, 1913）等经典著作。

5　许多学者未必同意郭沫若将"玄鸟"视为男性生殖器的读法，例如钱新祖在《中国思想史讲义》中直言，郭沫若将"玄鸟"视为"凤凰"或"有神性的鸟"皆为合宜，但将其视为"阳具象征"则不妥，质疑此恐是将近代西方文明发展出的人类学公式，套用于中国古代历史（页49）。此或涉及跨文化人类学与史学更复杂的论辩，但本章此处对郭沫若"玄鸟"诠释之采用，一如本书对其《释祖妣》所论祭祀文字之采用，不在于展开任何人类学或文字学的考据或论辩，而是一种女性主义的策略性政治挪用，取其如何生动凸显了从神话到造字尽皆牵动的"阳物象征"，并由此探讨这些"阳物象征"如何构连出宗法父权的一脉相承。

6　当然《小团圆》中鸟的意象，并未全然与男性生殖器直接对应。九莉曾形容弟弟九林，"如果鼻子是鸡喙，整个就是一只高大的小鸡"（页321），虽不直称男根，但还是以鼻子如鸟喙般突出，来传达九林作为宗法的男嗣想象。小说中也有以鸟来联结女性身体部位的少数明显例外，例如九莉想象燕山的妻子演员雪艳秋，"三角形的乳房握在他手里，像一只红喙小白鸟"（页322）；而此以女性乳房喻鸟的表达，亦出现在《怨女》的偷情场景中，"她才开始感觉到那小鸟柔软的鸟喙拱着他的手心"（页87）。

7 此为《雷峰塔》译者赵丕慧之翻译，英文原文为"...until finally he had cut off the root, the son that was his link with the past and future, so it was just as if his parents had never had him....Hill had been the only one who hung on because he had no choice and he got killed."（*The Fall of the Pagoda*, 283）。

8 此信日期为1982年2月1日，转引自冯睎乾《〈少帅〉考据与评析》，页213。

9 目前有关《少帅》与《小团圆》类同比对最为详尽精彩的，当数冯睎乾的《〈少帅〉考据与评析》，该文附录于《少帅》中英版合集之后，亦是目前对《少帅》最具权威性的诠释。在比对过程中，该文甚至还带入胡兰成《今生今世》中的《民国女子》，以资证明《少帅》虽被推论为历史小说，但"通过女主角所表达的情感，则很大程度是作者本人的"，亦即《少帅》写的是张爱玲自己和胡兰成的爱情，而与《少帅》在语言、意象多处相同、类同的《小团圆》亦复如是。（页256）

10

如何有可能从一个"错别字"来展开对张爱玲家族史的阅读呢?

张爱玲在圣玛丽亚中学的国文老师汪宏声曾写过一篇动人的《记张爱玲》,追忆中学时期张爱玲的模样与习性,尤其是她在写作上早早洋溢的才华。汪文中特别提到第一次批阅张爱玲自己命题的作文《看云》时的印象,"写来神情潇洒,词藻瑰丽,可是别字很多,仿佛祖祈等应该从示的字都写成从衣,从竹的写成从草之类"(页27)。而汪老师这篇最早发表在《语林》上的文章,张爱玲乃是闻风赶至,"终于在黄昏的印刷所里,轰隆轰隆命运性的机器声中",抢先拜读了清样,并随后百感交集地写下了短文《汪宏声〈记张爱玲〉书后》,文章开头便提到"中学时代的先生我最喜欢的一个是汪宏声先生,教授法新颖,人又是非常好的"(页230)。

但显然教国文的汪先生还是犯了一个小错误。严格说来,"别字"与"错字"不同,若中学时代的张爱玲"仿佛"会将"祖"的"示"字部,多了一撇成为"衣"字部,那张爱玲是写了"错字"而非写了"别字"。但以下本章将错就错,不严格区分"错字"与"别字",而一律用"错别字"的通称行之,并尝

第 七 章

祖从衣

试以"祖"从示字部与"祖"从衣字部的"错别"（differentiation）想象，来阅读张爱玲结合老照相簿所写下的家族史《对照记》。[1]

既然本章乃是要以"错别字"来切入《对照记》，我们当然可以先问：《对照记》里有错别字吗？一个最明显也最常被提及的"错别字"，乃是文章一开头第二行的"丢三腊四"，原本"丢三落四"中的"落"，被张爱玲写成了同音的"腊"，然此"错别字"却又错别得相当富有深趣。若证以张爱玲在《编辑之痒》中所举的"引语号"之误，那这在原文中就被放入引号的"丢三腊四"，是张爱玲刻意为之（用"腊"取代"落"）而用"引语号"加以强调，[2]还是她其实并不确定此成语的正确写法？但参照《对照记》前身《小团圆》，其中也有"丢三落四"的表达，只是用了可互通的"丢三拉四"（页27）。不论是张爱玲刻意为之还是不确定，《对照记》中"同音替代"的"腊"（岁终合祭）显然比原本的"落"或"拉"要更有创意，"腊"所联结的"祭祀"与《对照记》所一再提及的"祭祖"与家族历史，当是要比"落"或"拉"来得更具有想象与创造空间。另一个显而易见的错别字，则出现在张爱玲对祖母李经璹诗句的引用中。最早在《小团圆》小说的版本里，姑姑楚娣记住的奶奶诗句为"煊赫旧家声"，尔后在改写成的《对照记》（1994年版）里依旧是"煊赫旧家声"。但在2001年《张爱玲典藏全集》与2010年《张爱玲典藏》新版中，"煊"都从火字部改成了水字部，而成了"渲赫旧家声"。就"家声"而言，从火的"煊"与从水的"渲"可是天差地别、水火不容，然此出现在张爱玲身后的错别字，是否又是一桩"编辑之痒"的公案，实不可得知。

但本章的重点并非想在张爱玲文本中挑拣错别字，以吹毛求疵一番，而是想要从一个从来不曾正式出现在张爱玲文本中的错别字，来进行理论概念的发想。《对照记》里确实有错别字，但不论是"腊""渲"还是其他，都没有张爱玲中学国文老师所追忆的"祖从衣"错别得如此精彩厉害，几乎可以"一字定音"《对照记》对家族记忆的依恋情感。那我们究竟可以如何看待错别字"祖从衣"呢？有一种可能的展开路径，乃是有样学样，把错别字当成另一种形式的"说溜了嘴"（slip of the tongue），并以此展开对语言潜意识的阅读。在《对照记》中张爱玲曾追述1955年由檀香山入境美国，办理入境检查的是一位"瘦小的日裔青年"，他在填写入境表格时，居然将她"五呎六吋半"的身高写成了"六呎六吋半"，让张爱玲不禁憎笑。"其实是个Freudian slip（莆洛依德式的错误）。心理分析宗师莆洛依德认为世上没有笔误或是偶尔说错一个字的事，都是本来心里就是这么想，无意中透露的。"（页81）那作为"笔误"的"祖从衣"也可以是一种"莆洛依德式的错误"吗？然在现有的张爱玲文本中，并未正式出现过也无由考证此可能的"笔误"，我们无从得知张爱玲是否会（或依旧会）将"祖"写成衣字部。当年中学国文老师汪宏声也只是用了"仿佛"这一不确定语词来追忆，而脱离中学时代的张爱玲是否还是"别字很多"，恐怕只有从现存的张爱玲手稿中去寻找，毕竟正式出版的书籍就算有"错字"（如从衣字部的"祖"），也无法完全判定究竟是铅字排版之误还是作者错写。故从"笔误"之说推测到"无意中透露的"作家个人潜意识之精神分析路径，并非本章意图展开的方向。

然而，"祖从衣"作为一种理论概念的发想，却是充满潜力的。本章真正感兴趣并想要进一步理论化的，不是精神分析的"说溜了嘴"，而是另辟蹊径回到中文方块字本身的奥秘与蹊跷，质问从示字部的"祖"与从衣字部的"祖"究竟可以有何不同（除了一个是正字，一个是错别字外)？此二字之"错别"究竟如何有可能开启有关宗法父权的基进差异思考？就让我们先从示字部的"示"与衣字部的"衣"着手。如本书绪论已详述："示，天垂象，见吉凶，所以示人也。从二。三垂，日月星也。观乎天文，以察时变。示，神事也。凡示之属皆从示。"（《说文》卷一上，页7）而郭沫若在《甲骨文字研究》《释祖妣》中更直言"示"乃"生殖神之偶象"（页37—38），与原始初民男根生殖神的崇拜相联结。若说甲骨文中的"示"象形男根，而从"示"字部者多与祭祀、神事有关，那甲骨文中的"衣"则象形古代上衣的轮廓，上为衣领，中为衣襟交叠，两侧的开口处为衣袖，而从"衣"字部者多与衣服、面料有关。《说文》亦道："衣，依也。上曰衣，下曰裳。象覆二人之形。凡衣之属皆从衣。"（卷八上，页170）在此"衣"除象形古代上衣的轮廓外，也出现了上衣下裳的服饰形制之别，其象形也更进一步演变为"象覆二人之形"，不仅人在衣中有所"依"，更有人与人之间覆盖庇护之"依"，而"依，倚也。从人，衣声"，"倚，依也。从人，奇声"（卷八上，页164），衣—依—倚之间的连续衍生，都是凸显"衣覆""依附"与"倚靠"所形成的从身体到情感样态的亲密贴近。

　　本书绪论从一个正／异体字的"祕／秘"之别开场，尝试开展"祕从示"与"秘从禾"的差异区辨，那本书最后一章的理论概念化，则是再次回到中文方块字的"部首"去发想，从"祖从示"与"祖从衣"的可能"错别"出发，尝试差异区辨"祖从示"所表征的宗法父权象征秩序与"祖从衣"所带出的血缘亲情联结想象；让"祖从示"作为严冷方正、神事祭祀的"正字"，能与不在字典亦不在所有正典中的"祖从衣"之为"错别字"时不时"兵分两路"，亦即"祖宗"与"祖父母"之间可能浮现的"人机分离"（祖父母之为亲"人"与祖宗崇拜之为宗法父权"机"制的"人"与"机"之分离可能）；让有温度、有情感的"象覆二人之形"，脱离由男根崇拜、祖宗崇拜所抽象化、象征化的宗法父权"机"制。即便此二者叠合交织，往往难以分割清楚，一边是机制化、体制化的"神主"崇拜，一边是"土偶"的可亲可悯，一如张爱玲在《对照记》中所言："西谚形容幻灭为'发现他的偶像有黏土脚'——发现神像其实是土偶。我倒一直想着偶像没有黏土脚就站不住。我祖父母这些地方只使我觉得可亲，可悯。"（页52）本章从标题到内文皆采"祖从衣"而非"祖从衣"来做概念的形构与表达，正是希冀凸显"祖从示"与"祖从衣"的紧密交织，并不导向任何"祖从示"/"祖从衣"绝对的二元对立或彻底的"人机分离"，而是强调唯有由"祖"总已从"示"的宗法父权系统"之中"而非"之外"，才有可能翻转出一个充满矛盾张力的"祖从衣"想象空间。

而此"祖从示"与"祖从衣"可能的"人机分离"，对于当代女性主义文学研究而言，亦至为关键。女性主义的政治介入，向来严厉批判宗法父权的千年压迫，毫不心慈手软，故亦常被传统势力责为"欺祖灭宗"，枉顾人伦亲情。若能从"祖从示"（宗法父权的象征秩序）与"祖从衣"（祖父母的情感想象）的错别切入，则有可能在批判宗法父权之时，亦无须全盘否定对家族亲人的情感联系；或亦可更进一步发展成日常生活的实践策略，例如扫墓不祭祖，或祭祖只祭近亲（祖父母、父母辈）而不祭高祖、远祖、始祖（如神农炎帝祭祖大典、黄帝祭祖大典等）。这样"神像"与"土偶"、"祖宗"与"祖父母"策略权宜性的"兵分两路、人机分离"，亦正是本章接下来所欲展开的阅读策略，进以铺陈为何《对照记》一方面透过图文绵里针般细腻批判宗法父权对女性的伤害，尤其是包办婚姻（盲婚）所造成的痛苦不幸；另一方面则极力浪漫化祖父母的姻缘（即便亦是盲婚），以异常丰沛的想象力，创造出己身与祖父母的血缘亲情联结。

　　本章将分成四个部分进行。第一部分聚焦于《对照记》所呈现的宗法父权压迫，看张爱玲如何从堂侄女、母亲到外祖母、祖母的婚姻中，看到女性的无奈与痛苦；在文字叙述之外，照片影像又如何有别于当代以罗兰·巴特为首的摄影理论，而得以给出另类性别化的时间感性与情感"刺点"。第二部分处理张爱玲文字叙述中所再现的"祖父母"，详细爬梳并比较《忆胡适之》《小团圆》《对照记》三个文本的重复与差异。第三部分聚焦于书中祖父母的照片，回顾"影像"在华文文化脉络中作为"画亡灵"的意涵，并以此带出"祖宗画"对19世纪早期中国肖像摄影之影响。第四部分则凸显《对照记》所展现的"再死一次"的绝嗣想象，为何可以理解为是用最感性、最温柔的语言，断绝宗法父权最高律令的传宗接代，为何可以在文字与影像的对照与缝隙之间，同时给出对"神主"的批判与对"土偶"的怜惜，甚至终了时还可以在语言潜意识层面幽默巧妙地挪揄了一番本宗姓氏的正统。

·1·

朦胧的女权主义

　　《对照记》乃脱胎于张爱玲1976年完成却未能在彼时顺利出版的小说《小团圆》，亦曾以散文《小团圆》命名之，最终乃以《对照记》书名出版。[3] 从张爱玲一以贯之的"出清存稿"逻辑观之，《对照记》再次登场的转换设计极为巧妙，既成功带入《小团圆》小说中一小部分的情节与描绘，甚至类同的字句表达，又精彩添加了五十四张家族与个人的老照片，与文字交相辉映。五十四张照片以个人、家族、朋友为主，张爱玲的独照二十三张、合影十一张占大宗，其他包括母亲、姑姑、父亲、继母、弟弟、好友炎樱、祖父、祖母、外祖母等，但并无两任丈夫胡兰成与赖雅的任何照片。故过去对《对照记》老照片的分析，多聚焦于张爱玲的独照或合影，从"至多三四岁"到四十八岁（2001年的典藏全集与2010年的典藏新版增加了七十四岁的"近照"一张），以呼应张爱玲在《对照记》中所言，"以上的照片收集在这里唯一的取舍标准是怕不怕丢失，当然杂乱无章。附记也零乱散漫，但是也许在乱纹中可以依稀看得出一个自画像来"（页88）。诚如李欧梵在《苍凉与世故》中的敏锐观察，此摄影"自画像"乃是张爱玲的"双重自我"展演，"似乎在搔首弄姿，装模作样，表现的是一种'展示'（exhibitionism）和炫露（flaunting）"，始终保持着对照相机的高度自觉，"她自视自恋，但也知道在被看"。（页49—50）本章探讨《对照记》的取径，则是将焦点从张爱玲转到张爱玲的祖父母，虽然祖父的照片仅有一张（单人独照），祖母的照片仅有三张（单人独照一张，合影两张），但在《对照记》的整体文字部分，关于祖父母的内容却"占掉不合比例的篇幅"（页88）。而我们正是要从张爱玲所建构的其自身与祖父母的想象联结中，去铺陈"祖从示"与"祖从衣"的"人机分离"潜能。

就让我们先从"祖从示"所展现的宗法父权压迫开始谈起。《对照记》从第一张图片起，便埋下了对宗法婚姻的批判。图一有三个人，"至多三四岁"的张爱玲站在中间（椅子垫高），左边是姑姑，右边是堂侄女妞儿（其祖父张人骏乃张爱玲祖父张佩纶的堂侄）。这首张照片的突兀，不仅在于成年的妞儿实比童年的张爱玲大上许多，却因辈分关系而成为小小张爱玲笔下的堂侄女，造成称谓与视觉年龄上的突兀不协调，更在于照片中妞儿悒郁的面部神情。而此不曾言明的悒郁，又穿插藏闪在图四与图四的文字叙事中。图四乃四岁张爱玲与妞儿的合影，一站一坐相依偎，文字部分则描写到妞大伯伯与她众多弟兄对童年张爱玲姊弟的关照，逢年过节到妞大伯伯家拜见"二大爷"张人骏的情景恍在目前。张爱玲不动声色，先是侧写"二大爷"五十多岁小脚媳妇的辛劳张罗，接着在结尾处才幽幽带出"我姑姑只愤恨他把妞大伯伯嫁给一个肺病已深的穷亲戚，生了许多孩子都有肺病，无力医治。妞儿在这里的两张照片上已经定了亲"（页12）。[4]此处图文的参差对照，前有称谓大小与年龄小大的落差，后则透露了两种时间的落差，一个是倒叙的倒叙，倒叙的老照片中"已经定了亲"的再倒叙；一个是在时间顺序之外的命定，不仅是妞儿的"已经"，也仿佛是所有女人面对宗法婚姻的命定。而毁了妞儿一生幸福的，不是他人，正是她的祖父、张爱玲口中的"二大爷"、清末的两广总督，一个每次听到"商女不知亡国恨，隔江犹唱后庭花"就潸然泪下的"满清"遗老（《对照记》，页10）。

张爱玲自己母亲的命运也好不到哪里去，即便《对照记》中有许多母亲年轻时穿着时髦衣裳的照片，即便缠了足的她"在瑞士阿尔卑斯山滑雪至少比我姑姑滑得好"（页20），即便从欧游归国后毅然决然与张爱玲的父亲离了婚，张爱玲的母亲却一辈子憎恨张家，"当初说媒的时候都是为了门第葬送了她一生"（页37）。而母亲的母亲（张爱玲的外婆）怕只有更糟，二十几岁便过世，"我外婆是农家女，嫁给将门之子做妾"（页19）。然《对照记》中描绘最深的，却是张爱玲的祖母，亦即祖父张佩纶的续弦、外曾祖父李鸿章的女儿。祖母的婚姻也由不得她自己做主，"我姑姑替她母亲不平。'我想奶奶是不愿意的'"，而姑姑的抱怨也其来有自："这老爹爹也真是——！两个女儿一个嫁给比她大二十来岁的做填房，一个嫁给比她小六岁的，一辈子嫌她老。"（页43）[5]宗法婚姻的当事人毫无自由意愿可言，大家长（父亲或祖父）乃有对子女绝对的主婚支配权。而无法反抗"老爹爹""父母之命"的李经璹，丧偶后独力抚养一对儿女（张爱玲的父亲张志沂、姑姑张茂渊），却让儿子穿着颜色娇嫩的过时衣履，"一副女儿家的腼腆相"，让女儿穿男装，称"毛少爷"，被家族人视为颠倒阴阳的乖僻行径。孙女张爱玲乃是在长大后才终于感悟到祖母的心思，"女扮男装似是一种朦胧的女权主义，希望女儿刚强，将来婚事能自己拿主意"（页50—51）。

但显然我们不能只围绕张爱玲的文字叙事打转，《对照记》透过包办婚姻、门第等级、辈分尊卑所呈现的宗法父权压迫，如何也能在老照片上入肉见骨、照妖现形呢？谈《对照记》当然不能只谈文字而不谈影像美学，而过往谈论影像美学的研究又几乎都奉罗兰·巴特为圭臬，学者多借用其理论来开展各种有关死亡—爱欲—摄影的精彩阅读。本章也将暂时在此带入巴特摄影理论中的"此曾在"概念，但并非以此摄影概念来阅读、来附会《对照记》，而是尝试以《对照记》来凸显巴特摄影理论之不足（至少在跨文化、跨历史层次上的单薄与疏漏）。巴特在《明室》（Camera Lucida）中最著名的"此曾在"（ça a été；that-has-been）理论概念，乃是由巴特母亲五岁时的冬园照片所发展出来的。巴特年幼的母亲那日站在七岁哥哥身旁，她的头发、皮肤、衣服、眼神所散发出的光线，尽皆留存在照片之上。对巴特而言，曾经置于镜头前的童年母亲，乃成为联结真实与过去的"此曾在"。《对照记》中自然也有张爱玲祖母十八岁时的照片，亭亭玉立地站在她母亲（李鸿章夫人）的身旁，有豆蔻年华的外婆，也有母亲、姑姑幼年或少年时期的照片。[6]但《对照记》显然将"此曾在"的感伤更推向另一种我们可以暂时名之为"依旧在"（ça a toujours été; that-has-always-been）的吊诡，一种将摄影时间美学推向宗法时间批判的基进思考可能。

　　若"此曾在"是现在回望过去，过去存在的已不复存在（唯独照片），那"依旧在"则彻底打破了过去—现在—未来的时间线性：照片里"没有未来"，因为"已经定了亲"，未来已经被决定而无从逃脱；照片里也"没有过去"，即便物换星移，从祖母到姑姑到妞儿，从外婆到母亲，不同世代的女人，相同宗法婚姻的命运，过去的依旧过不去。而这些黑白老照片上最具"差异性"视觉辨识度的，乃是清末民初一路以来女性服饰的剧烈变动，从清末宽博的上衣下裳到民初窄身窄袖的上衣下裤，再到20年代的倒大袖旗袍。然女性服饰所带出的时代变迁，却不敌千年宗法父权的根深蒂固，就连穿着最洋派、最时髦新颖的母亲，也依旧被门第葬送了一生。照片中一个个或年幼或年轻或老迈的缄默娴静女子，她们的"此曾在"乃摄影照片所给出的存有真实，她们的"依旧在"则是摄影照片所可能给出的批判思考，带出变（服饰变迁）与不变（宗法父权机制）之间的吊诡。厉害的《对照记》，文字有文字的批判力道，照片有照片的控诉力量，更有那在图与文的参差对照与穿插藏闪中，不时闪现、作为另类时间感性的"依旧在"，直指"祖从示"所可能带来的暴力与伤害。

文字里的祖父母

　　相对于"祖从示"的宗法父权机制,《对照记》更用心经营的乃是"祖从衣"的想象依恃,细细罗曼蒂克化祖父母之间的美满姻缘。张爱玲祖父张佩纶为晚清名臣,"清流党"的代表人物,才学过人,但在中法马江战役失败后,被谪戍边疆,返回后入清末重臣李鸿章幕,1888年李鸿章将次女李经璹(李菊耦)许配给二度丧偶的张佩纶,夫妻相差十七岁。此穷罪臣续弦相府千金之事,颇受当时人议论,后亦被写入清末曾孟朴的小说《孽海花》之中〔书中人物"庄仑樵"乃影射张佩纶(字幼樵)〕。后夫妻迁往南京隐居,张佩纶在传世的《涧于日记》与诗文集中,展现了其伉俪情深、诗酒风流的退隐生活。本章此节将爬梳张爱玲在三个不同文本——《忆胡适之》《小团圆》《对照记》——中如何以文字叙述来进行对祖父母过往的想象拼贴,下一节再集中处理《对照记》中祖父母的"影像"如何与文字叙述产生参差对照与错别想象。首先,对胡适"如对神明"的张爱玲,在《忆胡适之》一文中提到胡适曾当面讲起他的父亲认识张爱玲的祖父,"似乎是我祖父帮过他父亲一个小忙"(页148),而顺道带出对祖父的好奇想象。原本在"五四"新文化运动对家族历史与认同所造成的破坏性影响下,张爱玲在"家里从来不提祖父"(页149),以避免炫耀家世门第而显得不民主。然张爱玲对祖父的兴趣,乃因清末小说《孽海花》而起。文中并未对小说人物情节多做描绘,只是记述她曾以小说内容求证于父亲,却遭父亲当场全盘否认，虽然"后来又听见他跟个亲戚高谈阔论，辩明不可能在签押房撞见东翁的女儿，那首诗也不是她做的"（页149）。后又尝试问及祖父其他事，烦躁不开心的父亲叫她自己去读祖父的文集，"几套线装书看得头昏脑胀，也看不出幕后事情。又不好意思去问老师，仿佛喜欢讲家世似的"（页149）。最后跑去问姑姑亦碰壁，便自嘲"大概养成了个心理错综，一看到关于祖父的野史就马上记得，一归入正史就毫无印象"（页149）。

《忆胡适之》一文的重点在胡适，记述祖父的部分仅有四个小段落，乃是随着胡适的话题导引而顺势带入。《忆胡适之》中所言"而我向来相信凡是偶像都有'黏土脚'，否则就站不住，不可信"（页150），指的是胡适之为"偶像"，而不是日后类似表达再次出现在《对照记》中所指的祖父母之为"偶像"。虽说此文对祖父的描绘不多（祖母甚至仅以"东翁的女儿"略被提及），但已清楚铺陈"五四"影响下家族成员对家族史的缄默，以及在此缄默中张爱玲从"野史"而非"正史"所进行的文学想象拼贴，此亦成为张爱玲"祖从衣"的叙事基调。而到了《小团圆》，小说女主角盛九莉祖父母的出场，乃是围绕众人对新出历史小说《清夜录》的阅读而展开。九莉听说里面有她祖父，但"看着许多影射的人名"只觉晕头转向，无法确定"是为了个船妓丢官的还是与小旦同性恋爱的"（页119）。去求教父亲乃德，乃德的回答也依样画葫芦，一如张爱玲父亲在《忆胡适之》中的回答，"不可能在签押房惊艳，撞见东翁的女儿"，小说叙事者还不忘添上一句补充说明，"仿佛这证明书中的故事全是假的"（页120）。前后两个父亲的话虽相同，场景却不同，前者是高谈阔论公开对着亲戚讲，后者则是在屋内绕着圈子对烟铺上再娶的妻子翠华讲。这种受"五四"影响而避谈家族的叙事基调，也同样出现在《小团圆》中父亲乃德与姑姑楚娣、母亲蕊秋的响应态度之上，"楚娣更不提这些事，与蕊秋一样认为不民主"（页120）。

然《小团圆》里对九莉祖父母的文字描绘，还是出现了几个有趣的变奏。首先是原本《忆胡适之》中曾孟朴的清末小说《孽海花》变成了《小团圆》中的《清夜录》。史载《清夜录》乃宋朝俞文豹所撰，清末小说中并无《清夜录》一书。虽然我们可以说《小团圆》乃小说虚构形式，不同于散文体的《忆胡适之》或后来的《对照记》（沿用《孽海花》），但证诸《小团圆》对其他中国近现代文学作品的援引，皆以真实书名为主，如《儿女英雄传》《歇浦潮》《鲁男子》等，无怪乎引来学者的猜测，"可见张爱玲在这里也想把九莉的'真实身份'隐藏起来"（陈子善，《无为有处有还无》，页29）。但除了这个可能的猜测外，《清夜录》作为虚构的虚构，或也有着此"清"（夜）非彼"清"（朝）的可能幽默（或以此"清"联结彼"清"——祖父张佩纶曾为晚清新锐"清流党"的核心人物——的可能幽微）。此外，《小团圆》尚添加了老仆韩妈对祖母的追忆，并带出日后在《对照记》发展而成"朦胧的女权主义"段落，"三小姐小时候穿男装，给二爷穿女装"（页120）；也添加了姑姑对奶奶诗句的记诵与闲话母女之间的亲密，"奶奶非常白，我就喜欢她身上许多红痣"（页121），这些描绘都出现在日后改写的《对照记》散文之中。

但《小团圆》小说真正关键的变奏，乃是对祖父母姻缘看法的转变。九莉最初对《清夜录》的阅读，"惊喜交集看到那传奇化的故事"（页120），但姑姑楚娣一语道破这只是表面上的郎才女貌，"给她嫁个年纪大那么许多的，连儿子都比她大"（页121）。《小团圆》没有像后来改写的《对照记》那么一厢情愿、那么一心一意罗曼蒂克化祖父母的姻缘。《小团圆》写到"奶奶嫁给爷爷大概是很委屈。在他们的合影里，她很见老，脸面胖了，几乎不认识了"（页122），但真正厉害的转折，出现在九莉对祖父母姻缘的独特总结中："这样看来，他们的罗曼斯是翁婿间的。这也更是中国的。"（页122）表面上这简短一句话极尽幽默嘲讽之能事，仿佛说是外曾祖父看上（相中）祖父的，与祖母何干，若要说有"罗曼斯"，那也是外曾祖父与祖父之间，而非祖父与祖母之间。然这简短的一句话，却如此巧妙地跨时空、跨文化点出当代酷儿研究（queer studies）的精髓。由此观之，此翁婿之间的"罗曼斯"，当然不是指翁婿之间同性恋爱或同性性交的任何可能，而是所谓"男人之间"的"同性社交"（homosociality）。换成更具中国文化特色的表达，则是男系世系群之间通过异性恋族外婚所进行的"交换女人"，乃是男系世系群之间的关系建立、利益输送与社会联结。证之以中国传统宗法父权制下的婚姻，"昏礼者，将合二姓之好，上以事宗庙，而下以继后世也"，诚然一语中的。

到了《对照记》，所有的传奇与"罗曼斯"都归门落户到祖父母之间神仙美眷般的情意缱绻。《对照记》的"寻根"之旅重新回到曾孟朴的《孽海花》，此次乃是以人物姓名音同字不同为线索，锁定《孽海花》小说中的文学侍从之臣"庄仑樵"。《对照记》详述了祖父张佩纶早年如何参奏外曾祖父李鸿章，后在中法战争战败时如何狼狈逃亡，如何被革职充军，而李鸿章又如何爱才惜才不计前嫌将女儿许配给他。细节铺陈的重点，当然还是放在祖父母在签押房的惊鸿一瞥与诗作定情。只是这次即便父亲否认、姑姑失忆，张爱玲还是不愿放弃此才子佳人的浪漫邂逅，执意推理出这段情节的可靠性。她搬出表伯母家（李鸿章的长孙媳）常用的电话号码表为证据，第一格填写的人名便是曾虚白（《孽海花》作者曾孟朴的儿子），以此证明曾家与李家的密切往来，亲上加亲："《孽海花》里这一段情节想必可靠，除了小说例有的渲染。"（页38）虽然《对照记》里仍有姑姑所提出的负面看法"我想奶奶是不愿意的"（页43），但张爱玲一句"我太罗曼蒂克，这话简直听不进去"（页43），便径自展开"传奇化""浪漫化"祖父母姻缘的书写。于是《对照记》写到祖父与祖母"在南京盖了大花园偕隐，诗酒风流"（页44），有唱和的诗集，还合写食谱，甚至合著了一本武侠小说，自费付印，"版面特小而字大，老蓝布套也有两套数十回"，虽说"故事沉闷得连我都看不下去"（页46）。祖父母之间的才情应和、诗酒风流，显然让自小只见父母反目终至离异的张爱玲有了对夫妻恩爱的渴切投射，"只有我祖父母的姻缘色彩鲜明，给了我很大的满足"（页88）。

　　然而在此"祖从衣"的想象投射与情感依恃中，《对照记》并未须臾遗忘"祖从示"所可能带来的性别压迫与箝制。除了前文所述的宗法婚姻与其所引发的"朦胧的女权主义"之反抗外，此处我们更应注意《对照记》中另一种更为细致的文字操作——不是直接去反抗去控诉，而是从"祖从衣"没大没小的亲近中，去翻转"祖从示"严冷方正的规矩：对祖父直呼其名，丝毫不"避讳"。从一开始张爱玲弟弟便像抢到头香似的向张爱玲说道："爷爷名字叫张佩纶。"（页33）丝毫不避名讳，张爱玲还加码追问："是哪个佩？哪个纶？"弟弟回答："佩服的佩。经纶的纶，绞丝边。"（页33）姊弟交谈中不仅揭露了祖父的姓名，更从口语发音到书写文字反复确认，张爱玲还不忘再加一句："我很诧异这名字有点女性化，我有两个同学名字就跟这差不多。"（页33）这被传统礼教视为大不敬的议论，显然不只是表面上没规矩、没家教的问题，而是张爱玲从最初《忆胡适之》提及祖父时便一直坚持的叙事基调：在

"五四"反封建、反礼教的影响下，如何得以叙述或重构家族史？而《对照记》与《忆胡适之》《小团圆》一样，也没忘记再次强调"五四"的影响："我姑姑我母亲更是绝口不提上一代。他们在思想上都受五四的影响。"（页37）执意要"零零碎碎一鳞半爪"挖掘出祖父母美满姻缘的张爱玲，既要留心被旁人视为炫耀家世门第，又要避免落入传统封建家族的祖谱祖训窠臼，对祖父提名道姓便可以是一个有意识的文字策略，既具体展现"五四"的影响，又响应推理猜测的趣味，且不乏对祖孙之间亲近想象联结的渲染。

《对照记》不仅对祖父张佩纶提名道姓，也对外曾祖父李鸿章提名道姓，甚至连外曾祖父的亲属称谓都弃而不用，"李鸿章——忘了书中影射他的人物的名字"（页34）。不仅如此，张爱玲还批评道："李鸿章本人似乎没有什么私生活。太太不漂亮（见图二十二），那还是不由自己做主的，他唯一的一个姨太太据说也丑。二子二女都是太太生的。"（页44）换言之，即便"祖"字辈（外曾祖父）的婚姻也是"盲婚"，"娶妻"也是"不由自己做主"，但同时身为宗法婚姻承受者与施行者的外曾祖父，还是有"纳妾"上的自主性，即便此处妻妾的容貌同遭取笑。而面对传统宗法婚姻的娶妻纳妾，祖父张佩纶也好不到哪里去，张爱玲不仅指出祖父有两个前妻，甚至还暗示祖父也有姨太太：

> 供桌上首只摆一排盖碗，也许有八九个之多。想必总有曾祖父母。当时不知道祖父还有两个前妻与一个早死的长子，只模糊地以为还再追溯到高祖或更早。偶尔听见管祭祀的老仆嘟囔一声某老姨太的生日，靠边加上一个盖碗，也不便问。他显然有点讳言似地，当着小孩不应当提姨太太的话，即使是陈年

八代的。（页 33—34）

然此处既可以是对"祖从示"（从摆供祭祀到妻妾制）的暗讽，也可以是"祖从衣"另一种"偶像也有黏土脚"的翻转。偶像不仅有名有姓还有私生活，还会因战败受辱、仕途受挫、愧对恩师而纵酒过度：原本《孽海花》中的"白胖脸儿"，在摆供的画像上已经变为赭红色，"五十几岁就死于肝疾"（页 39）。此处"祖从示"的偶像不再高高在上，而是落地成为"祖从衣"的土偶，让张爱玲觉得最为可亲、可悯的，又无非是这土偶无从回避的性格缺陷与生命困顿。故祖父张佩纶之所以得以给出"祖从衣"的想象空间，与其说是因为其曾为"晚清第一风光人物"，一句"丰润喜穿竹布长衫，士大夫争效之"[7]（另一种字义上更为生动的"祖从衣"）便得引领清末时尚风骚的"风流才子"，不如说是清末福建马江战败、一个已然失势而彻底无法言勇的败军之将，被彻底揭去神主、偶像、宗法威权的光环，因此更易成为张爱玲笔下可亲可悯、有着黏土脚的祖父。张爱玲对中国千年宗法父权的批判，不仅来自家族女眷亲历的痛苦不幸或祖母"朦胧的女权主义"之启示，更来自废除封建科举、废除封建王朝之千年未有之变局。这一变局彻底让奠基于"君臣—父子—夫妇"同构等级阶序的宗法父权破了功、乱了套，而乱世之中祖父的战败受辱、抑郁以终，更让张爱玲得以在"祖从示"的严密机制中，成功打开了"祖从衣"的想象联结。

照片里的祖宗

　　诚如张爱玲在《对照记》里所一再强调的，祖父母的故事"占掉不合比例的篇幅"（页88）。此不合比例乃是一种双重的不合比例，既是不合比例的多——文字篇幅上写祖父母的部分远远超过写父母与其他家人亲友的；亦是不合比例的少——全书五十四张照片，祖父母仅占四张，祖母三张，祖父一张（年代久远与摄影之普及是为关键）。上节我们分析了张爱玲从《忆胡适之》《小团圆》到《对照记》，在祖父母的"文字"部分如何展现差异书写，这节就让我们针对《对照记》中张爱玲祖父母的"照片"部分进行分析，以便能在照片与文字的参差对照中，继续开展"祖从示"与"祖从衣"的错别可能。但在进入个别照片的分析之前，我们必须先对"影像"二字进行最基本的跨语际、跨文化考掘。罗鹏（Carlos Rojas）乃最早在《对照记》的相关研究中，清楚提醒研究者"影像"二字在跨文化翻译中的历史脉络："照像"是由两个既有的中国词语组合而成：活人的"小照"与死人的"影像"（Rojas，165–166）。在摄影术传入中国之前，传统的"画楼"或"影像铺"是以画像的方式描绘人物容貌以纪念留存，画活人肖像称为"小照"，画亡灵（死后遗容）称为"影像"（宿志刚等，页5）。而在19世纪40年代摄影术传入中国之后，"影像铺"的中国画师多开始兼顾摄影师的工作，沿海开放商埠亦先后出现以西洋或本土摄影师为主而专营照相或拍照的"相馆""照相楼（号、馆）"。故"影像"最初作为"画亡灵"

之传统，对应的乃是中国自宋朝起特有的"祖宗画像"（亦称"祖先画像"）传统，不仅是为了"留影纪念"，更是为了配合各种家祭仪式之操作使用，而此"祖宗画像"在晚明更趋向"写真传神"（Stuart: 202, 212）。换言之，英文image或shadow image所对应的中文"影像"，其本身早已深植跨历史与跨文化的殊异性。中文"影像"之中包含的不只是"人"之化为"像"或"相"之再现，也不只是像中有像——后来的"祖宗照"里有先前的"祖宗画"，更是所有的"影像"（活人与死人、画像或照片）之中总已植入祖先的幽灵，亦即"影像"最初之为"画亡灵"、最初之用为摆供祭祀。

那就让我们来看看张爱玲祖父张佩纶的"影像"。在《对照记》中有两张祖父的"影像"，一张是以视觉形式呈现的祖父"照片"，一张是以纯文本描绘而出现的祖父"油画像"。我们在此的分析就先从"油画像"开始：

> 祭祖的时候悬挂的祖父的油画像比较英俊，那是西方肖像画家的惯技。但同是身材相当魁梧，画中人眼梢略微下垂，一只脚往前伸，像是要站起来，眉宇间也透出三分焦躁，也许不过是不耐久坐。（页39）

这一祭祖时才悬挂出来的祖父油画像，显然是以西方肖像画的技巧完成，不仅较为写实（身材魁梧、眼梢下垂外，脸部皮肤呈赭红色），更较为立体有动感（一脚往前伸，显出焦躁不耐久坐），与传统中国"祖宗画像"或"祖先画像"偏向四平八稳的静态坐姿与去个性化显然有别。就此《对照记》中仅有的描绘观之，我们无从判断此西方肖像油画乃张佩纶生前的画像之一、后被选为摆供祭祀时悬挂的"祖宗画像"，还是在张佩纶生前或身后专为摆供祭祀所作之"祖宗画像"。但就其西方油画技巧的生动写实而言，显然展现了19世纪西风东渐影响下的人物肖像画趋势。

而《对照记》中唯一的一张祖父"照片"，不是用来当成祭祀摆供的"祖宗画像"，却比用来当成祭祀摆供的祖父"油画像"更具"祖宗画像"的视觉传承感。此话怎讲？对《对照记》中编号"图二十三"的祖父照片，张爱玲其实只给出了非常简短的文字分析——"照片上胖些，眼泡肿些，眼睛里有点轻蔑的神气。也或者不过是看不起照相这洋玩艺"（页39），显然只是想凸显"油画像"中的祖父较年轻、较瘦削、较英俊，并未多言其他。但此照片深具19世纪中国早期摄影肖像照之特色：有别于西方自文艺复兴以降所凸显的模拟符码与透视空间，尤其是对可增加"体量感""结构稳定度""色调丰富变化"的光源明暗运用之强调；中国早期肖像美学偏平面构图，没有深度，没有阴影，没有体量感，脸部以正面拍摄为主，眼睛直视，表情平淡，"平面而非深度，空间与体量的极小化，凸显对象轮廓的扁平与剪贴形状"（Wu, 268）。故就早期中国的肖像摄影作为具有文化独特性的视觉符码而言，重点不在"仿真"而在"影像表面"（image surface），乃是透过衣饰、道具、姿势等来凸显照片中人物的社会阶级地位（Wu, 268）。

而此处对"影像表面"的强调，亦可与鲁迅在《论照相之类》一文中对早期中国肖像摄影的嘲讽描绘相联系：

> 只是半身像是大抵避忌的，因为像腰斩。自然，清朝是已经废去腰斩的了，但我们还能在戏文上看见包爷爷的铡包勉，

一刀两段，何等可怕，则即使是国粹乎，而亦不欲人之加诸我也，诚然也以不照为宜。所以他们所照的多是全身，旁边一张大茶几，上有帽架，茶碗，水烟袋，花盆，几下一个痰盂，以表明这人的气管枝中有许多痰，总须陆续吐出。人呢，或立或坐，或者手执书卷，或者大襟上挂一个很大的时表，我们倘用放大镜一照，至今还可以知道他当时拍照的时辰，而且那时还不会用镁光，所以不必疑心是夜里。（页67）

鲁迅文章原本即对中国人视照相为"西洋妖术"的迷信加以嘲讽，而文中直接点名的揶揄对象，也包括张爱玲的外曾祖父李鸿章："还有挂在壁上的框子里的照片：曾大人，李大人，左中堂，鲍军门。"（页66）但此处鲁迅所提"制式""套式"的早期中国肖像摄影，几乎可以巧妙幽默地对应到张爱玲祖父张佩纶在《对照记》中那唯一的照片：正面全身坐姿，旁有茶几，茶几上有花瓶，几下有痰盂。

然更重要的"形式之类"（《论照相之类》文中的第二节小标），则又显然溢出鲁迅所言：鲁迅只谈了可见的摄影形式与场景表面的基本道具配备，没谈可见又不可见、结合了更深层文化形式的摄影形式，亦即折曲在"影像表面"之中的"影像"。诚如当代视觉艺术研究者所言，中国早期肖像摄影的"形式"之中，早已藏进了"祖宗画像"的视觉符码，亦即有样学样"祖宗的姿势"。何谓"祖宗的姿势"呢？呆板僵化的正面坐姿，疏离无表情（Stuart, 198），虽有脸部细节特征而非千篇一律，但不太依循自然写实，也不凸显人物个性，是以"类死人"（升天）而非"类活人"（人间）的方式取消了时间的流变（Stuart, 201; Stuart and Rawski, 52）。故若回到《对照记》中祖父张佩纶的"影像"，对原本用来摆供祭祀、作为"祖宗画像"的"油画像"仅有文字叙述，但动作神情、甚至"眉宇间也透出三分焦躁"，显然与传统"祖宗的姿势"有较为明显的区别（除了在西洋油画材料与可能的拟真写实上有明显区别外）；反倒是并非用来摆供祭祀的祖父肖像摄影照较有"祖宗的姿势"之架式，即便已非完全正面直视，即便脸、眼、耳、手、脚已非完全左右对称，即便头部与身体服饰比例已趋正常写实，即便照片上呆滞平板的表情也恐怕是在端正严肃"祖宗的姿势"之影响外，尚有来自早期摄影底片曝光时间较长而造成的表情僵滞等其他可能原因。[8]

然若"影像"一词来自"画亡灵"、来自"祖宗画像"，而"祖宗画像"的视觉符码又总已渗透到中国早期人物肖像摄影之中，那我们在援引当代理论中的"摄影—死亡"联结时，就必须同时处理跨文化多层次的"死亡"与跨文化多层次的"延续"（通过祭祀仪式所带出的向前的慎终追远与向后的子嗣绵延）。张爱玲祖父张佩纶的照片，乃是"影像"的多重死亡与多重延续：照片中的祖父早已亡故，拍照当下的祖父也已亡故（"此曾在"，摄影的本质就是死亡的姿态），拍照当下的祖父也已加入亡故的祖宗画像传统，既是祖宗的已亡故，也是祖宗画像传统形式的已亡故；而新兴的祖宗照与人物肖像摄影则延续了祖宗画像的传统，一如摆供祭祀乃是延续了祖先的香火，继嗣与祭祀的合而为一。

那张爱玲祖母李经璹的照片呢？如同在摆供祭祀时张爱玲祖父张佩纶那幅看不见的"油画像"一样，祖母李经璹在《对照记》里也有一张看不见、仅有文字描绘的"祭祀的遗像"。每逢摆供，管祭祀的老仆"就先一天取出香炉蜡台桌围与老太爷老太太的遗像，挂在墙上。祖母是照片，祖父是较大的油画像"（页34），"她在祭祀的遗像中面容比这张携儿带女的照片更阴郁严冷"（页52）。此处"携儿带女的照片"指的是《对照记》中编号"图二十五"，孀居的李经璹带着张爱玲幼年的父亲与姑姑之合影，照片中的李经璹端正严肃、不苟言笑，但显然不及那更为"阴郁严冷""祭祀的遗像"之面容。这一未曾出现在《对照记》中的祖母"遗像"（20世纪初的肖像摄影），是否比祖父"遗像"（19世纪末的油画像）有更多或更少的"祖宗画""祖宗照"视觉符码，就现有的资料并无法得知。但对照于这一隐（遗像）、一显（图二十五）照片的文字说明部分，正是前所提及"朦胧的女权主义"相关段落，照片中祖母面容的庄严肃穆，甚或阴郁严冷，也更强化了"祖从示"的另一种注脚：既是彼时受传统"祖宗画""祖宗照"之"影像"影响下的肖像摄影美学，也是文字对照下可能的处境投射，"命运就是这样防不胜防，她的防御又这样微弱可怜"（页49），更是祖母以"类死人"而非"类活人"的方式进入祭祀之列。

但《对照记》中另外两张祖母的照片，却给出了"祖从衣"的浪漫错别想象。图二十二是张爱玲祖母十八岁时与其母亲（着诰命礼服、挂朝珠的李鸿章夫人，张爱玲的曾外祖母赵夫人）的合影。此照片中的母亲（李鸿章夫人）面容，几乎可以对应到图二十五端正严肃、不苟言笑的母亲（张爱玲祖母）面容；但图二十二中的祖母尚是芳华正茂的女儿，张爱玲更以文字作为"图释"（emoticon, emoji）来生动化她的神情容貌："她仿佛忍着笑，也许是笑钻在黑布下的洋人摄影师。"（页33）如前所述，同样的手法也被用来生动化祖父的神情容貌："眼睛里有点轻蔑的神气。也或者不过是看不起照相这洋玩艺。"（页39）当代的"表情符号"（"表情图示""表情贴""字符表情""颜文字"），乃是"情绪"与"图案"所合成的新短语，尝试在冰冷中性的文字传输中，加入以文字构成的图案来表达情绪与温度。而本章此处对"表情符号"

的挪用则是反其道而行（有脸的照片却无表情），以凸显文字作为照片"表情符号"的可能，从而让庄严肃穆的中国早期肖像摄影有了个人的情绪、触动与温暖。

如同罗鹏所言，《对照记》里文字附记的功用，乃是牵系游移影像的"补遗痕迹"（supplementary traces）（Rojas, 174–175），那此处我们对"表情符号"的挪用，则是希冀开展出另一种文字之于严肃影像的"润色"（retouch）补遗，一如《对照记》中唯三"手绘着色"的照片（图二的幼年张爱玲，图五的幼年张子静以及图十三他们在伦敦的母亲），乃是张爱玲母亲黄逸梵在一对儿女与自己原本各自的黑白照片上所做的颜彩润色。张爱玲以文字为祖父母庄严肃穆的照片添加的"个人化感触"（personal touch），亦是一种"祖从衣"的文字润色。而图二十二祖母十八岁时的照片，早在《对照记》图文对照、有图为证之前，就以纯文本润色的方式出现在《小团圆》小说之中：

> 楚娣找出她母亲十八岁的时候的照片，是夏天，穿着宽博的轻罗衫，长挑身材，头发中分，横 V 字头路，双腮圆鼓鼓的鹅蛋脸，眉目如画，眼睛里看得出在忍笑——笑那叫到家里来的西洋摄影师钻在黑布底下？（页121—122）

原本就改写自《小团圆》、亦曾以《小团圆》命名的《对照记》，此处显然因为直接提供了照片，而在文字部分取消了服饰装扮、身材面容的细节描绘，仅保留了被摄影者对摄影者的"忍笑"，作为对跨文化、跨性别以及对摄影新技术的巧妙回应。

但《对照记》对"祖从衣"最重要的文字与情感润色，则非图二十三莫属。图二十三乃一组"合成照",两张照片一左一右,以情感依恃的方式加以拼贴并置。最初是用张爱玲姑姑的手做剪贴:"显然是我姑姑剪贴成为夫妇合影,各坐茶几一边,茶几一分为二,中隔一条空白。祖父这边是照相馆的布景,模糊的风景。祖母那边的背景是雕花排门,想是自己家里。她跟十八岁的时候发型服饰相同,不过脸面略胖些。"(页39)如果张爱玲姑姑是用剪贴的方式创造出"夫妇合影",那张爱玲的后续接力,则是用文字的罗曼蒂克化,创造出祖父母色彩鲜明的姻缘。

此处我们也可察见《对照记》在排版上的尴尬。原本这张被张爱玲姑姑刻意剪贴并置而成的"夫妇合影",在最早1994年的版本乃是放在第40页与第41页,一左一右并置,贴顺原意。但到了后来2001年与2010年的版本,则被拆散开来分别放在第37页与第39页。从张爱玲姑姑的照片剪贴到张爱玲本人的文字润色,显然在后续的排版中被破坏殆尽,严重辜负了姑侄二人盼其美满的心意。而唯一能稍稍挽回此排版的,就只剩下第38页的文字,得以成为第39页祖母婚后照之"表情符号":"'我记得扒在奶奶身上,喜欢摸她身上的小红痣,'我姑姑说。'奶奶皮肤非常白,许多小红痣,真好看。'她声音一低,'是小血管爆裂。'"(页42)虽说《小团圆》中也有类似的描绘,如前所述,乃是借由姑姑楚娣之口说道:"奶奶非常白,我就喜欢她身上许多红痣,其实那都是小血管爆炸,有那么个小红点子,我喜欢摸它。"(页121,2009年版本中此处漏了下引号)但类似的描绘重新出现在《对照记》中时,却明显增添了"表情符号"的润色功能,一边是冰冷的照片以及照片上端庄文雅的婚后祖母,另一边则是母女(祖母与姑姑)亲密记忆中的身体依偎,乃是文字给出了冰冷照片所没有的触感、色泽与温度。

张爱玲在《对照记》中强调，"我们祭祖没有神主牌"（页33），只放爷爷奶奶的遗像（爷爷油画，奶奶照片），此或是因为"五四"影响之故，或是因为神主牌供在大伯家或他处。张爱玲并未多做解释，但"我们祭祖没有神主牌"在《对照记》中更深的意涵，则又可在于"土偶"对"神主"的翻转、祖父母作为可亲可悯之个人与宗法父权作为运作机制的"人机分离"。即便祖父母的"盲婚"必须经由文字来加以罗曼蒂克化，即便祖父母的"影像"仍残留"祖宗画""祖宗照"的视觉感性与美学偏好，但由文字所开启的"个人化感触"，却让祖父母原本呆板无趣、表情僵滞的照片，产生了情感依恃的亲密联结。

·4·

"再死一次"的绝嗣想象

如果说《对照记》在文字与照片的参差对照、穿插藏闪中，深情给出"祖从示"与"祖从衣"的"兵分两路、人机分离"，那其最精彩、最厉害之处，则是在"祖从衣"的深情之中而非之外，也同时给出了对"祖从示"最清坚决绝的断舍离。在铺陈完祖父母花园偕隐、诗酒风流的美满姻缘之后，张爱玲写下对祖父母最深的爱之表达：

> 我没赶上看见他们，所以跟他们的关系仅只是属于彼此，

一种沉默的无条件的支持，看似无用，无效，却是我最需要的。他们只静静地躺在我的血液里，等我死的时候再死一次。

我爱他们。（页52）

眼尖的读者当立即发现，类似的表达重复出现在张爱玲的不同文本之中，"再死一次"其实死了很多次。诚如宋以朗在《我看，看张：书于张爱玲九十诞辰》中指出的，"再死一次"在《对照记》之前就至少已出现过三次，而宋以朗的整理如下："一个人死了，可能还活在同他亲近爱他的人的心——等到这些人也死了，就完全没有了"（《张爱玲语录》）；"祖父母却不会丢下她，因为他们过世了。不反对，也不生气，就静静躺在她的血液中，在她死的时候再死一次"（《易经》）；"她爱他们。他们不干涉她，只静静的躺在她血液里，在她死的时候再死一次"（《小团圆》）。此一再出现的重复与差异，除了显现出改写的痕迹外（原本未出版的英文小说 *The Book of Change* 改写进《小团圆》，《小团圆》改写进《对照记》），也可看出张爱玲对这一表达的珍惜与偏爱。

那这一表达究竟有何独特之处？个中关键恐正在以"血液"带出的血缘亲情联结"之中"而非"之外"，也同时以死亡意象（多重死亡）带出了"绝嗣想象"，不是生生不息的子嗣绵延（"祖从示"的最大愿力），而是一死再死（祖父母已死，而且将在孙女死亡之时，再死一次），并以最终的"死亡"来终结繁衍（祖父母再死一次之后，便不会再死了）。张爱玲曾在《对现代中文的一点小意见》中巧妙指出"决"与"绝"之错别：

"决不答应""决不屈服"现在通用"绝不答应""绝不屈

服"。这是与日译英文名词"绝对"混淆了，误以为是简称"绝对"为"绝"。"决不"是"决计不"，与"绝对不"意义不同。

　　"绝妙""绝色"的"绝"字跟"绝子绝孙"一样，都是指断绝——无后继者，也就是谁都赶不上。"绝无仅有"的"绝"也作断绝解。"绝无"就是以下没有了，也就是此外没有了——除了"仅有"的这一个。

　　旧小说里的白话有"断不肯""断不会"，但是并没有"绝不肯""绝不会"。"断不"也就是"断然不"，与"决不"同是"决计不"，与"绝不"无干。"绝不"来自新名词"绝对不"，而取代了"决不"，"绝"成了"决"的别字。（页18）

　　在此，张爱玲乃是通过英文—日文—中文的跨语际翻译，来凸显新名词"绝"作为"决"的当代别字之由来，但也一并带出"绝"作为"断绝"之"清坚决绝"，"绝子绝孙"便是断无后继者。而《对照记》中的"再死一次"，也就成了引文中的另一种"绝无仅有"，不只是通俗说法上张爱玲家族到了张爱玲与弟弟张子静这一代就"断了后"，更是以此"仅有"的爱让躺在血液里的祖父母，在"仅有"的这一个死的时候再死一次，"就是以下没有了，也就是此外没有了"。

　　换言之，祖父母作为张爱玲的"直系血亲"，乃是文化与法律界定上"己之所从出"的"尊亲属"，而张爱玲对祖父母情感的终极表达，竟是断绝任何"从己身所出"的"卑亲属"，亦即从"祖从衣"的情感极致，翻转出了另一种"祖从示"的最终梦魇：原本由"出生"所形成的自然血缘关系，成为由"死亡"所联结与终结的最后血缘关系（没有后嗣之为最终的死亡）。在张爱玲的文本中，本就有各种"绝嗣想象"的旁门与穿凿，像《茉莉香片》《心经》中的"乱伦想象"，像《雷峰塔》中女主角沈琵琶的弟弟沈陵（家中独子）死于肺结核，像《小团圆》中暗示女主角九莉的舅舅或弟弟皆血缘可疑，甚或是像《小团圆》中的堕胎场景，"不要有孩子"的清坚决绝。张爱玲乃是将"祖从示"的"绝嗣焦虑"推到了极致，既是对纯正血统所捍卫的本宗本姓之暗讽嘲弄，也是另一种"朦胧的女权主义"之间接实践；不只是让"女儿刚强，将来婚事能自己拿主意"（《对照记》，页51），更是让祖父母"等我死的时候再死一次"（页52），以一种最温柔的方式，断绝了宗法父权最高律令的传宗接代。即便严格说来，"系男不系女"的传统观念早已将本宗姓氏已婚未婚的女子，排除在本宗姓氏的传宗接代之外，只有在"绝户"之极端情境之下才可能由女子承嗣。换言之，张爱玲"绝嗣想象"的文化威力，既是对女子不成"嗣"之批判，亦是对即便需要以女子成"嗣"时的叛离。一边是"血液"作为科学语言的平铺直叙，另一边则是"血缘"作为文化和法律的依据；一边是自然的"死亡"，一边则是宗法的"断绝"，这些联结与断裂尽皆折入张爱玲"再死一次"的表达之中。

由此观之，我们需要特别区辨张爱玲"绝嗣想象"独特的文化威力，以免将其"普世化"为对生命存在的思索或孙辈对祖辈的单纯怀念。此处可举两例来说明，此两例皆涉及"再死一次"段落的诠释，也都是以注解形式出现在文中。

第一例是宋以朗在《张爱玲私语录》中对"一个人死了，可能还活在同他亲近爱他的人的心——等到这些人也死了，就完全没有了"（页105）所做的注解文字。该注解一方面精准且精彩地将此句表达与张爱玲后来在其他中英文本中的重写加以串联（如前所述），展现了作者对张爱玲文本随手拈来的熟稔与所下功夫的用心仔细（当是最称职也最具论述功力的遗产执行人）；另一方面则又企图进一步扩大此语录与存在主义哲学之联结，指出其与萨特（Jean-Paul Sartre）在《存在与虚无》中的表达相当接近："死者若不获拯救而迁进一个活人那实在具体的过去中，他们就不是逝者，而是和他们的过去都一并完全没有了。"（《张爱玲私语录》，页111—112，注解101）此存在主义的表达固然深刻，但其中所谓的死者—活人之连续（死者仍旧存在活人实在具体的过去之中），恐怕难以真正相通于"再死一次"段落所启动的"绝嗣想象"的文化威力，就如同"绝子绝孙"若不在中国宗法父权传宗接代的映衬之下，就不可能成为具有强烈诅咒意味的文化表达。

上一例比较的对象乃是存在主义大师萨特，另一例比较的对象则是摄影理论大师巴特。黄璿璋的《对照记：从〈明室〉的摄影现象学看张爱玲对老照相簿的视觉感知与想象》，乃是目前以巴特摄影理论讨论张爱玲《对照记》最全面精彩的论文。黄文中提到巴特曾为自己的一张家族照片留下文字脚注，并尝试以此来联结张爱玲"再死一次"的段落："他们来自何方？这是加隆河上游地区一个公证人和他妻小的照片。我和他们是同一族，同一阶级。这张照片像是警局里的证物，证实了这一点。照片中那个有一双蓝眼睛的年轻人，拄肘沉思，他是我父亲的父亲，也就是我的爷爷，到了我的身体，一切都停下来了。他们制造了个一无是处的人。"[9]若如前所述，张爱玲母亲年轻时的照片或祖母、外祖母年轻时的照片，不仅能给出巴特母亲五岁冬园照片所给出的"此曾在"，更能给出另一种更具中国宗法父权与"姓别—性别"文化独异性的"依旧在"。那此处巴特笔下爷爷的照片，可以平行相通于张爱玲笔下祖父的照片吗？或此处"到了我的身体，一切都停下来了"，可以平行相通于"他们只静静地躺在我的血液里，等我死的时候再死一次"吗？两者似乎皆展现了对祖父的某种陌生距离，既是时间也是生命经验上的距离，而两者也都尝试将叙述拉回孙子或孙女当下的喟叹与情感联系。然巴特的叙述或有追本溯源的企图（加隆河、家族、阶级、蓝眼睛），但显然没有张爱玲"再死一次"的深情与决绝，也没有整个中国宗法父权传承对"绝嗣想象"的背景加注。[10]

张爱玲的祖父不是也不似巴特的爷爷，张爱玲的家族"影像"不是也不似巴特的家族"照片"，正在于中国"祖从示"的宗法幽灵，总已缠缚于任何"祖从衣"的情感依恃之中，所有"兵分两路"的"人机分离"，并无法彻底排除反复出现的"人机合体"，亦即宗法父权之"畛域化""去畛域化"与"再畛域化"之接续变化。正如本章从标题到内文，一以贯之采用的"祖从示"也，而非将错就错的"祖从衣"，所欲凸显的正是其中的"祖"总已从"示"，"祖从衣"之中也总已注记了"祖从示"。《对照记》之所以得以给出"人机分离"的缝隙与想象，乃在于祖父的强中之弱（穷京官、战败罪臣被贬、被放逐、被排除在权力核心之外）与祖母的弱中之强（富相府千金、因盲婚淬炼出"朦胧的女权主义"），再衬以野史与正史之诗酒风流，便得以形构出祖父母美满姻缘的想象投射。故不论是从文字的铺陈还是影像的配置，甚或文字与影像之间的参差对照、润色或错别，《对照记》都有复杂的深情与反思，在"祖宗"与"土偶"之间反复翻转。

而本章的最后，就让我们再从一个"正字"的错别想象，来端倪《对照记》可能的颠覆与断裂，依旧不是对立式的反抗或宣示，依旧流连在情深之处、日常之处、最不经意之处，却能将"祖从衣"翻转成对

"祖从示"的调侃与叛离。在图二十五的文字说明处，写到祖母生前最得力的老女佣，追忆起孀居后活在坐吃山空恐惧之中的祖母：

> 我父亲离婚后自己当家，逢到年节或是祖先生日忌辰，常躺在烟铺上叫她来问老太太从前如何行事。她站在房门口慢条斯理地回答，几乎每一句开始都是"老太太那张（'辰光'，皖北人急读为'张'）……"
>
> 我叫她讲点我祖母的事给我听。她想了半天方道："老太太那张总是想方（法）省草纸。"（页 49）

类似的描写也曾出现在《小团圆》之中，女主角九莉祖母从前的女仆韩妈曾道："从前老太太省得很嗻！连草纸都省。"（页 120）但《对照记》中的加长版却显然不同，不仅带出曾经侍奉祖孙三代的老女佣如何得体应对抽鸦片烟的父亲，如何追忆祖母孀居后的节俭度日，更生动灵活地带出祖母老女佣的皖北口音（祖母为安徽合肥人），如何将"辰光"通通都急读成了"张"。

小说《小团圆》里也有一个看似无心插柳的桥段。话说女主角盛九莉在家中女佣的一再央求下，决定帮她们在各自的芭蕉扇上烫出各自的"姓"，以避免相互错拿，"用蚊香烫出一个虚点构成的姓，但是一不小心就烧出个洞"（页 201）。在此我们或许无须也无由追究此"张"（而非"章""璋"或其他字的拟音）之出现，究竟是否刻意为之的"作者意图"，我们只想以一种误打误撞的方式，歪读这个看似无心插柳的"正字"："张"既可以是皖北口音中的"辰光"（时候、时间），也可以是与草纸相连时可能出现的计量单位，更可以是张爱玲家族的本宗姓氏。张爱玲问老女仆有关祖母的事,结果"大煞风景"听到的是祖母连草纸都想方设法地节省,而更"大煞风景"的,恐怕在于由此带出的"张"的暧昧多义。这让我们得以同时看到《对照记》的文字解构威力,既可以是在意识层面通过文字所幽微进行的宗法批判("盲婚"带给家族女性的痛苦不幸,祖母"朦胧的女权主义"),也可以是在潜意识层面开放出文字本身的游移与不确定("老太太那张")。如果本宗姓氏所强调的乃是"己之所从出"与"从己身所出"的"从出"(derivation),那由"辰光"急读而成的"张"则创造出"字之所从出"与"从字身所出"的"歧出"(deviation),从而得以让《对照记》的宗法父权批判,力透到语言文字本身的"阳物理体中心",将本宗姓氏的"张"松动为暧昧多义的"张":一个充满日常家居小细节的亲密回忆与家乡口音的"张",一个或可暂时化严冷方正为风趣诙谐的"张"。

此"张"非彼"张",此"张"又是彼"张",既非错字,亦非别字,但充满了"祖从示"与"祖从衣"的错别想象,这无非乃《对照记》中最出乎意料、最令人莞尔之处,而本章从一个"错别字"的想象开场,看来便也可如是这般以一个"正字"的暧昧作结。

1 张爱玲在《对现代中文的一点小意见》中曾言,"我自己也不是不写别字,还说人家"(页18),并在该文中自承那最著名的张式别字,亦即《天才梦》的名句——"生命是一袭华美的袍,爬满了蚤子"——将"虱子"误写成了"蚤子"(页18)。有关此句所涉及的"虱蚤不分"以及其与张爱玲80年代"恐虫症"的转喻阅读,可参见拙著《张爱玲的假发》第四章《房间里有跳蚤》之分析。

2 张爱玲在《编辑之痒》中小发牢骚,抱怨《对照记》最早在《皇冠》杂志连载时,原本担心表达不清楚会遭误会,乃在"夫人不言,言必有失"处特意加上了"引语号","表明是引四书上这句名言,只更动一个字"(页91);然而后来却被校对编辑"返璞归真"成没有"引语号",并将"言必有失"改回原本四书名言的"言必有中",让张爱玲不禁慨叹"自嘲变成自吹自捧,尤其是认识我的人都知道我说话往往不得当,说我木讷还不服,大言不惭令人齿冷"(页91)。虽然后来《对照记》正式出版时,此处已改回张爱玲原先加了"引语号"的"夫人不言,言必有失",在此仍想借由此例,来凸显张爱玲对标点符号使用上的极度敏感与谨慎。另一个更生动的例子,则出现在张爱玲的《忆胡适之》一文中,她特别留心适之先生在回信中所用的"曲线"与"引语号",视其为"五四那时代的痕迹,'不胜低回'":"书名是左侧加一行曲线,后来通用引语号。适之先生用了引语号,后来又忘了,仍用一行曲线。"(页144)而若回到此处被放入引号的"丢三腊四",有可能如"夫人不言,言必有失"一样,经由改动一字("中"变成了"失","落"便成了"腊")而带出不同的意涵。故张爱玲文本中的"引语号"十分吊诡,既可以表明乃原文照引,也可以用来强调原文照引时"更动"了原文中的部分文字。最有名的例子莫过于《私语》的开场:"夜深闻私语,月落如金盆"(页153),既是引用了杜甫著名诗句"夜阑接软语,落月如金盆",又可以是同时更动了原有诗句中的部分用字(阑变深,接变闻,软变私)与字词顺序(落月变月落),让人无法判断究竟是"错引"还是创造性挪用名言。

3 张爱玲在《对照记:看老照相簿》书稿完成后,反复考虑过几个可能的书名,如《张爱玲面面观》(或《面面观》)与《小团圆》,而原本规划当成"后记"或"附录"、后因恐"尾大不掉"与进度落后等因素而决定不随《对照记》一同出版的未完稿《爱憎表》,也曾在《填过一张爱憎表》《爱憎表》《小团圆》几个可能的标题中徘徊。张爱玲与宋淇、邝文美在90年代初的相关来往信件可资佐证,可参见冯睎乾《"爱憎表"的写作、重构与意义》所引用的这些未出版信件内容,尤其1991年8月13日张爱玲在信中写道:"我想正在写的这篇长文与书名就都叫

《小团圆》。全书原名《对照记》我一直觉得uneasy，仿佛不够生意眼。"（页89）除了此处所证张爱玲曾欲将《对照记》书名与长文都叫《小团圆》外，本章第二部分"文字里的祖父母"、第四部分"'再死一次'的绝嗣想象"都将针对《小团圆》与《对照记》之间的雷同与改写痕迹，做出更多的举例与说明。

4　严格说来，此处的张爱玲似应放入引号，强调乃指《对照记》的叙事者，以便能创造出"叙事者张爱玲"与"作者张爱玲"之间的可能距离，从而凸显文学叙事与语言效应之为中介。但显然《对照记》乃是一方面通过"散文"的文类规范，一方面通过照片与文字的紧密呼应，让叙事者与作者彼此贴合叠映，故本章处理到《对照记》时所用的张爱玲，乃同时指向叙事者与作者之叠合、转换与可能的错别。

5　一般多将张爱玲小说《创世纪》中的紫微，解读成以其祖姨母李经溥为原型的人物角色（南方朔，页59），小说中二十二岁的紫微嫁给了年仅十六岁的少年匡霆谷，也符合《对照记》中所言，"六姑奶奶比这十六岁的少年大六岁"（页43）。而在1975年12月10日写给夏志清的信中，张爱玲也直接说明"'创世纪'——是写我祖母的妹妹"（夏志清，《张爱玲给我的信件》，页234）。

6　除了巴特五岁母亲的冬园照片外，另一个也被用来平行对比张爱玲十八岁祖母照片的，乃德国文化评论家克拉考尔（Siegfried Kracauer）《摄影》（"Photography"）一文中所提及的二十四岁的祖母，可参见 X. Wang，194。

7　张佩纶的祖籍为河北丰润，故引言中谓之"丰润"。此引言来自《外交小史》，清侠名撰，转引自南方朔，页19。

8　巫鸿在《早期摄影中"中国"式肖像风格的创造》一文中，尝试对"中国"式肖像风格的"程序化"提出更为繁复的思索。他认为在殖民东方主义的复杂运作之中，与其说"中国"式肖像风格乃直接受中国"祖宗画"之影响，不如说"被挪用的本土视觉文化完全掩盖了殖民者最初塑造这一风格的意图，从而将西方的执迷演变成了中国的自我想象"。（页87）

9　此段文字出自巴特的《巴特论巴特》（*Roland Barthes by Roland Barthes*）、《家庭故事》（*The Family Novel*），转引自黄璿璋，页174，注解9。

10 另一种截然不同、企图联结摄影—母性—生殖繁衍的阅读，可参见罗鹏的论文。他尝试将巴特《明室》中母子的性别倒转（儿子变成母亲的母亲）与儿子的同性恋倾向（不繁衍后代），推到同样"无后"的张爱玲身上。巴特乃是以自己母亲的形象来创造生殖散播的文本中介空间，即便此影像的生殖繁衍也预示了巴特在撰写《明室》之后即将到临的死亡，而"无后"的张爱玲在《对照记》出版之后，面临的亦是即将到临的死亡。（Rojas, 179-180）

百　年

张爱玲

原本一心只想自我挑战，看能不能把张爱玲写得有趣些，但怎能不知晓，一本书里若是"宗法父权"的批判字眼出现十次以上，极难有趣。绞尽脑汁、招数用尽，还请来一堆理论界的天兵天将，不是故作深奥，而是想让她们与他们凑个八仙过海，给张爱玲贺寿来着。

本书繁体版（《文本张爱玲》，简体版改名为《本名张爱玲》）选在 2020 年出书，不仅因为 2020 年乃张爱玲的百年冥诞纪念，也是因为 2020 年亦为美国通过宪法第十九条修正案、确立女性投票权的百年纪念。两个百年的并置给出了两种革命路线的参照。19 世纪末对"女性参政权"（women's suffrage）的争取，标示了近现代妇女运动与女性主义的发轫；1920 年美国女性投票权之诞生，则奠立了重要的性别革命里程碑。[1] 而同样诞生于 1920 年的张爱玲，给出的却是"宗法父权"作为"感性分配共享"秩序的持续裂变，由此开启了一场文学的感性革命。没有这样的跨界比较，我们大概无法深刻体悟为何张爱玲的文学感性革命，其撼动力道一点不输街头抗争的摇旗呐喊。

不怕写张爱玲，不是因为不知道张爱玲难写。面对卷帙浩繁的张爱玲专著与论文，如何才能说出一两句新话、表出一两行新意，难于上青天。但怎么还是跌坐书堆，无法自拔呢？在1995年张爱玲过世后，也曾不自量力写过几篇论文，但从来不是张爱玲的死忠研究者或铁粉，这次却选在张爱玲百年冥诞之际，一口气出版两本学术专书，究竟为了哪般？老实说这次张爱玲写作计划的触发与重启，主要来自一本延宕多年不愿拜读的小说。2009年张爱玲生前未出版的小说《小团圆》在台湾面世，我曾在《联合报》专栏撰写《"合法盗版"张爱玲，从此永不团圆》一文，清楚表明"拒买""拒读""拒评"《小团圆》的立场。当时主要的考虑乃是张爱玲生前在1992年2月25日寄与宋淇、邝文美夫妇的信中（亦随信附上了英文遗嘱副本），清楚交代"（《小团圆》小说要销毁）"，为表达对作家遗愿的尊重，我决计不看《小团圆》，甚至也因此被人讥笑亲自断送了日后研究张爱玲之路。

直到2016年接受美国杜克大学罗鹏教授的盛情邀约，答应担任由"华文及比较文学协会"（Association of Chinese and Comparative Literature; ACCL）主办的"文本、媒介与跨文化协商"国际双年会的大会主题演讲——该会定于2017年6月在香港中文大学举行——我才以《不／当张爱玲：文本、遗物与所有权》为题，聚焦张爱玲的遗嘱、遗物与遗照，开始上天下地收集资料、重返张爱玲。2017年5月刚巧拜读到林幸谦教授所著的《身体与符号建构：重读中国现代女性文学》，竟为书中提到的《小团圆》资料感到震动。该书除了谈论萧红、石评梅、凌叔华、卢隐等女作家外，更花了将近三分之一的篇幅，专门深入剖析张爱玲的《小团圆》。林教授在书中提到1976年《小团圆》初稿完成之际，有一个不太为人所知的"抽换"事件：张爱玲在先后寄出两份书稿（先一份为誊写手稿，后一份为誊写手稿的影印本）给香港挚友宋淇、邝文美夫妇后，"当晚就想起来两处需要添改"，故又赶忙附寄了两页（每页两份）给邝文美，烦请代为抽换。² 而其中最重要的一个抽换页，竟然就是《小团圆》出版后引发最多争议的"洞口倒挂的蝙蝠"段落。

林教授的分析陈述皆有图为证（信件原稿与未更改前的小说原稿），引发了我极大的好奇心与推理冲动，故决定回头认真阅读出版于2010年《张爱玲私语录》中有关张爱玲与宋淇、邝文美夫妇之间"节选节录"的来往信件，赫然发现《小团圆》的出版争议并非如我原先所单方臆想。其中的关键点有二。（一）1976年《小团圆》无法顺利出版的原因，书信字面上清楚表达的乃是"无赖人"胡兰成在台与台湾政治氛围的紧张，但字里行间隐约透露的，也有来自挚友的过度保护与可能的保守，我们可姑且暂时名之为"来自父权最温柔的禁制"。过度的担心让挚友只看到书稿中张爱玲自曝家族隐私与身体情欲的"露骨"书写，而看不到张爱玲对宗法父权的"露骨"批判（更是刀深见骨），深恐此书出版会导致张的身败名裂而好意婉转劝阻。（二）张爱玲1992年2月在信中交代的"《小团圆》小说要销毁"，似非截然因为其中有任何特别不可告人或不可面世之处。彼时张爱玲已积极将小说的一部分内容改写成了散文，而这篇也一度被命名为《小团圆》的散文，正是1993年11月、12月与1994年1月分上中下三期在《皇冠》杂志发表，并于1994年6月出书的《对照记：看老照相簿》。换言之，1992年张爱玲在信中表示"小说"《小团圆》要销毁的主要考虑之一，或是因为《对照记》（所谓的"散文"《小团圆》）已改写完成并即将发表出版。

有了这样的后知后觉，我遂欣然上网订书并认真拜读了《小团圆》，然而读完《小团圆》及其相关评论后，震动不减反增，不是因为《小团圆》写得好不好、张爱玲是否江郎才尽，而是因为一个至为核心的困惑不解：为什么大部分的批评家（包括众多的女性主义学者）

"读不懂"《小团圆》？此处的"读不懂"并非预设文学批评要有标准答案（定于一尊的单一解释），而是涉及文学诠释本身是否具有"开展性""批判性"与"当代性"。我们之"读不懂"张爱玲，是否正意味着我们的批判语言与理论化思考的能力出了问题？若是，那问题出在哪里？我们究竟有没有办法在张爱玲的文本中，读出更复杂交织的文化殊异性？有没有办法反躬自省当代"女性主义"理论与批评本身是否早已出现严重的跨文化盲点与论述疲态？而此刻我们能努力尝试"读懂"张爱玲的方法，恐怕不是再带入更多的女性主义理论，而是回到女性主义理论本身去检视。故与其说我们需要再次用女性主义来阅读张爱玲，不如说我们更需要用张爱玲来阅读、来审视、来质疑、来挑战女性主义。本书就是在女性主义文学研究与性别理论、酷儿理论进入台湾学术界近四十年的此时此刻所进行的反省批判，也是张爱玲研究在百年冥诞之际可能的再次出发。本书表面上聚焦张爱玲，但也可以是对作家研究、文学研究甚至女性主义研究的整体反思，虽以文本为核心，有时却不严格禁止作品与文本、作家与书写、隐喻与转喻、深度与表面之间的策略性滑动，尤其是在特意凸显宗法父权批判或女性作家创作实验之际，"除恶未尽"处，恐怕也正是女性主义"双C"（批判与创造）的互搏与共舞之时。

后记的形式提供了一个最好的表达感恩之心的时刻。首先要感谢张爱玲写下这么多精彩动人的文字，我日日读、日日写，从无厌烦，而半世纪以来张学学者丰厚扎实的研究成果，更让我既苦于埋首书堆、上下求索引证，也时时觉得柳暗花明、想法不断被激发。一方面觉得好似什么题目与题材都已被过往的批评家处理得如此细密、详尽与完备，一方面又一路分花拂柳、欢喜赞叹，总还是有这么多的新议题、新角度、新想法源源而来，张爱玲的"到临"（to come）是一个个多么令人载欣载奔的时刻与实践！过往我们习以"张爱玲未完"来看待张学研究的强劲续航力，以呼应张爱玲在《金锁记》结尾的那句"三十年前的月亮早已沉下去，三十年前的人也死了，然而三十年前的故事还没完——完不了"（页186），张爱玲的死忠研究者水晶，更是在张爱玲辞世后以此为书名。但"到临"与"未完"却是两种不同的文本想象，"未完"指的是后续有望，不论是新材料的"出土"还是新研究的完成；而"到临"作为当代文学理论的重要概念，不是线性时间意义上的过去现在未来，而是企图带出异质流变力量的配置，并由此创造出始料（也是史料）未及的历史—语言—文化—文学新折合点（new refolding）。若说"未完"是让张爱玲重复张爱玲，张爱玲接续张爱玲，乃是线性因果关系联结上的可预见与可期待；那"到临"则是让张爱玲差异化张爱玲，张爱玲裂变张爱玲，让张爱玲不再安于其位，不再是其所是。对贪玩的我而言，"到临"当然比"未完"的按部就班、循规蹈矩更充满活泼泼的不可预期，或可径直成为张爱玲百年的新关键词。

2020年皇冠文化陆续出版了"张爱玲百岁诞辰纪念版"，重现张爱玲的经典作品，相关活动也以"百岁诞辰"为名，而本书后记却采用了"百年冥诞"的表达方式。一般而言"百年"等同于"百岁"，都可被当成年龄计算上的一百，或抽象意义上的一生一世、年代久远。但"长命百岁"所蕴含的"生"，似乎又与"百年之后"所蕴含的"死"，有着内在的细微差异。[3] 皇冠文化所采用的敬语"百岁诞辰"，当是双重的敬重与敬贺，而本书后记所采用的"百年冥诞"，不仅仅在凸显张爱玲已身故，更在带出"未完"与"到临"之间可能的细微差异。"长命百岁"是一种投向未来的"生"之欲望，诞辰百岁之后，还可以有逝世百岁；一百岁之后，还可以有两百岁、三百岁、四百岁，期盼张爱玲生生世世、岁岁年年为后人所研读、所永怀，此即当前张学的"未完"逻辑。而"百年之后"则是一种有关"来生"（after-life）的思考，不是在时间的"连续性"之上谈传承与繁衍，而是在时间的"不连续性"上谈裂变与事件，此即本书意欲凸显的"到临"逻辑，既是"尚未"也是"不再"，乃是要让张爱玲研究在每一次的未来时间中，保持着开放、不确定、未完成的"到临"之姿。重点不在由零到一百的连续性发展，或百年所预设的整体圆满，而在由"玲"到"临"的不可预见、无法预期。故与其期待张爱玲的第一个百年、第二个百年、第三个百年、第四个百年，不如期待张爱玲"到临"的不可期待，再多的"百年"怕也抵不过一次一次的"到临"。当代的张学研究要的不是量的积累，而是质的突变。如此说来，本书选在张爱玲"百年冥诞"出书，也可算是一种对"百年"的解构式致敬，一种企图将"百年"的计时编年转化为"来生"的开放未完成。

书写张爱玲终究是件非常非常快乐的事，晨起无事一身轻，阳光大好。桌前坐定，想到有一整天的时间可以赖在家里，闭门即深山，慢慢写慢慢想，就暗自欢喜了起来。四年如一日，走到了出书写后记的时刻，悄然一张望，想起的终究还是张爱玲的那句话，"生命自顾自走过去了"。

1　美国并非第一个通过女性投票权之国家，早在1893年，英属殖民地新西兰就已通过不分性别全民普选，尔后多国多地先后响应，英国也于1918年通过女性投票权，但有年龄（满三十岁）与财产的限制，直到1928年才取消，而在中国，直至1947年中华民国宪法才给予女性平等的选举权。

2　信件原文为："昨天刚寄出《小团圆》，当晚就想起来两处需要添改，没办法，只好又在这里附寄来两页——每页两份——请代抽换原有的这两页。"（1976年3月18日，见林幸谦《身体与符号建构》，页194、195）黄念欣在《"考"与"老"：从语源学与晚期风格论张爱玲〈小团圆〉的拟真策略》中对此抽换事件有更为仔细的描绘：第一处抽换页为原稿页451，皇冠版《小团圆》页240；第二处抽换页为原稿页602，皇冠版《小团圆》页318—319（页352—353）。黄念欣细致论证的主要参考资料为张爱玲遗产执行人宋以朗在2010年1月23日《小团圆》博客贴文。

3　"长命百岁"作为祝福语，似乎又可与另一个"百岁"相应：小儿出生满百日所举行的宴会，古称"百晬""百岁""百禄"。而"百年之后"的表达，亦可用"百岁之后"，但显然前者远为普及。

引用书目

一、张爱玲著作

张爱玲目前已有三套繁体中文字版全集，皆由皇冠文化出版社出版。

（一）《张爱玲全集》（台北：皇冠文化，1991—2009），共二十册。

（二）《张爱玲典藏全集》（台北：皇冠文化，2001），共十四册。

（三）《张爱玲典藏》新版（台北：皇冠文化，2010），共十八册。

本书的引用以1991年起的《张爱玲全集》为主，未及涵括在此全集的著作，则参考2001年的《张爱玲典藏全集》与2010年的《张爱玲典藏》新版，皆在引用书目处标示其全集系列编号与书名。引用书目中的《张爱玲全集》，亦将在其全集出版年代后方，以括注形式放入其在皇冠文化出版社的原始出版年代。

《一九八八至——？》，《同学少年都不贱》，页64—69。

《同学少年都不贱》，《同学少年都不贱》，页7—60。

《同学少年都不贱》，《张爱玲全集17》，台北：皇冠文化，2001。

《小艾》，《余韵》，页113—218。

《中国人的宗教》，《余韵》，页15—39。

《我看苏青》，《余韵》，页75—95。

《气短情长及其他》，《余韵》，页65—73。

《华丽缘》，《余韵》，页97—111。

《〈余韵〉代序》，《余韵》，页3—6。

《双声》，《余韵》，页49—63。

《余韵》，《张爱玲全集14》，台北：皇冠文化，1991（1987）。

《〈小团圆〉前言》，《小团圆》，页3—17。

《小团圆》，《张爱玲典藏8》，台北：皇冠文化，2009。

《五四遗事》,《续集》, 页237—145。

《表姨细姨及其他》,《续集》, 页25—32。

《国语本〈海上花〉译后记》,《续集》, 页53—74。

《〈续集〉自序》,《续集》, 页3—7。

《续集》,《张爱玲全集13》, 台北: 皇冠文化, 1993（1988）。

《天才梦》,《张看》, 页239—242。

《自序》,《张看》, 页5—10。

《谈看书》,《张看》, 页155—197。

《论写作》,《张看》, 页237—238。

《忆胡适之》,《张看》, 页141—154。

《张看》,《张爱玲全集8》, 台北: 皇冠文化, 1991（1976）。

张爱玲、宋淇、宋邝文美:《张爱玲私语录》, 宋以朗编《张看·看张1》, 台北: 皇冠文化, 2010。

《少帅》,《张看·看张2》, 台北: 皇冠文化, 2014。

《必也正名乎》,《流言》, 页35—40。

《自己的文章》,《流言》, 页17—24。

《私语》,《流言》, 页153—168。

《走！走到楼上去》,《流言》, 页97—99。

《到底是上海人》,《流言》, 页55—57。

《炎樱语录》,《流言》, 页119—121。

《洋人看京戏及其他》,《流言》, 页107—116。

《借银灯》,《流言》, 页93—96。

《童言无忌》,《流言》, 页5—16。

《写什么》,《流言》, 页133—135。

《谈音乐》,《流言》, 页211—221。

《烬余录》,《流言》, 页41—54。

《流言》,《张爱玲全集3》, 台北: 皇冠文化, 1991（1968）。

《再版自序》，《倾城之恋：张爱玲短篇小说集之一》，页6—8。

《金锁记》，《倾城之恋》，页139—186。

《桂花蒸　阿小悲秋》，《倾城之恋》，页115—137。

《留情》，《倾城之恋》，页9—32。

《等》，《倾城之恋》，页99—114。

《倾城之恋》，《倾城之恋》，页187—231。

《倾城之恋：张爱玲短篇小说集之一》，《张爱玲全集5》，台北：皇冠文化，1991
（1968）。

《惘然记·多少恨》，《张爱玲全集12》，台北：皇冠文化，1991，页95—151。

《有几句话同读者说》，《沉香》，页6—7。

《对现代中文的一点小意见》，《沉香》，页17—26。

《沉香》，《张爱玲全集18》，台北：皇冠文化，2005。

《自序》，《红楼梦魇》，页5—11。

《红楼梦魇》，《张爱玲全集9》，台北：皇冠文化，1991（1977）。

《汪宏声记张爱玲书后》，《华丽缘：散文集一》，页230。

《秘密》，《华丽缘：散文集一》，页266。

《华丽缘：散文集一》，《张爱玲典藏11》，台北：皇冠文化，2010。

《怨女》，《张爱玲全集4》，台北：皇冠文化，1991（1966）。

《茉莉香片》，《第一炉香：张爱玲短篇小说集之二》，页5—29。

《第一炉香：张爱玲短篇小说集之二》，《张爱玲全集6》，台北：皇冠文化，1991
（1968）。

《秧歌》，《张爱玲全集1》，台北：皇冠文化，1991（1968）。

《情场如战场等三种》，《张爱玲典藏全集14》，台北：皇冠文化，2001。

《异乡记》，《对照记：散文集三·一九九〇年代》，页107—184。

《编辑之痒》，《对照记：散文集三·一九九〇年代》，页90—92。

《对照记：散文集三·一九九〇年代》，《张爱玲典藏13》，台北：皇冠文化，2010。

《"嗄?"?》，《对照记：看老照相簿》，页105—114。

《罗兰观感》,《对照记:看老照相簿》, 页93—96。

《关于〈倾城之恋〉的老实话》,《对照记:看老照相簿》,页101—104。

《对照记:看老照相簿》,《张爱玲全集15》, 台北:皇冠文化, 1994。

《雷峰塔》,《张爱玲典藏9》, 台北:皇冠文化, 2010。

《华丽缘》,《大家》1947年第1卷第1期。

《爱憎表》,《印刻文学生活志》2016年第12卷第11期。

《苏青张爱玲对谈记》,《杂志》1945年第14卷第6期。

The Book of Change. Hong Kong: Hong Kong UP, 2010.

The Fall of the Pagoda. Hong Kong: Hong Kong UP, 2010.

"The Golden Cangue." *Modern Chinese Stories and Novellas, 1919−1949.* Ed. Joseph S. M. Lau, C. T. Hsia, and Leo Ou-Fan Lee. New York: Columbia UP, 1981. 530−559.

Half a Lifelong Romance. Trans. Karen S. Kingsbury. New York: Penguin Books, 2014.

Little Reunions. Trans. Jane Weishen Pan and Martin Merz. New York: New York Review Books, 2018.

Love in a Fallen City. Trans. Karen S. Kingsbury and Eileen Chang. New York: New York Review Books, 2006.

The Rouge of the North. Berkeley: U of California P, 1998.

"Shame, Amah!" *Eight Stories by Chinese Women.* Ed. Hua-ling Nieh. Taipei: The Heritage Press, 1962. 91−114.

"Steamed Osmanthus/Ah Xiao's Unhappy Autumn," Trans. Simon Patton. *Traces of Love and Other Stories.* Ed. Eva Hung. Hong Kong: Renditions, 2000. 59−91.

Written on Water. Trans. Andrew F. Jones. Ed. Andrew F. Jones and Nicole Huang. New York: Columbia UP, 2005.

二、传统文献

[周] 管仲:《管子补注》,[唐] 房玄龄注,《文津阁四库全书》子部第七二九册,据中国国家图书馆藏本影印本, 北京:商务印书馆, 2006。

［汉］毛公传《毛诗正义》，［汉］郑玄笺，［唐］孔颖达等正义，《重刊宋本十三经注疏：附校勘记》第二册，据嘉庆二十年江西南昌府学开雕版影印本，新北：艺文书局，1955。

［汉］王充：《论衡》，上海：上海古籍出版社，1990。

［汉］许慎：《说文解字：附检字》，［宋］徐铉校定，北京：中华书局，1963。

［汉］许慎：《新添古音说文解字注》，［清］段玉裁注，台北：洪叶文化，1999。

［汉］郑玄注《礼记正义》，［唐］孔颖达等正义，《重刊宋本十三经注疏：附校勘记》第五册，据嘉庆二十年江西南昌府学开雕版影印本，新北：艺文书局，1955。

［汉］刘熙：《释名疏证补》，［清］王先谦校勘，上海：上海古籍出版社，1984。

［晋］王嘉：《拾遗记》，［梁］萧琦录，齐治平校注，北京：中华书局，1981。

［梁］萧统编《文选》下册，［唐］李善注，台北：五南图书，2008。

［宋］陈彭年、丘雍等：《重修广韵》，《文津阁四库全书》经部第二三一册，据中国国家图书馆藏本影印本，北京：商务印书馆，2006。

［宋］朱熹：《周易本义》，台北：华正书局，1983。

［宋］裴骃：《史记集解》，《文津阁四库全书》史部第二四一册，据中国国家图书馆藏本影印本，北京：商务印书馆，2006。

［明］宋濂：《篇海类编二十卷》，［明］屠隆订正，上海：上海古籍，1995。

［清］曹雪芹等：《红楼梦新注》，徐少知新注，台北：里仁书局，2018。

［清］郝懿行：《尔雅义疏》，王其和、吴庆峰、张金霞点校，北京：中华书局，2017。

三、近人论著

《大齐坨张家的女人们》，"丰润趣文化变流论坛"，2013年2月20日，访问日期：2018年2月20日。

《劝恤婢女说》，《申报》1880年10月17日。

也斯（梁秉钧）：《张爱玲的刻苦写作与高危写作》，载沈双主编《零度看张》，页81—97。

止庵：《〈异乡记〉杂谈》，《东方早报》2010年4月18日，ESWN Culture Blog，访问

日期：2018年2月2日。

水晶：《天也背过脸去了：解读〈桂花蒸　阿小悲秋〉》，载《张爱玲未完》，台北：大地出版社，1996，页67—81。

水晶：《在群星里也放光：我吟〈桂花蒸　阿小悲秋〉》，载《张爱玲的小说艺术》，台北：大地出版社，1995（1973），页49—59。

王泉根：《华夏取名艺术》，台北：知书房出版社，1992。

王德威（亦见Wang, David Der-wei）：《被压抑的现代性：晚清小说新论》，宋伟杰译，台北：麦田出版，2003。

王德威：《落地的麦子不死：张爱玲的文学影响力与"张派"作家的超越之路》，载《落地的麦子不死：张爱玲与"张派"传人》，济南：山东画报出版社，2004，页40—48。

王德威：《华夷风起：华语语系文学三论》，高雄："国立"中山大学文学院，2015。

王庆淑：《中国传统习俗中的性别歧视》，北京：北京大学出版社，1995。

古文字诂林编纂委员会：《古文字诂林》第一册，上海：上海教育出版社，2003。

古风：《丝织锦绣与文学审美关系初探》，《文学评论》2007年第2期。

司马新：《张爱玲与赖雅》，台北：大地出版社，1996。

石晓枫：《隔绝的身体/性/爱：从〈小团圆〉中的九莉谈起》，《成大中文学报》2012年第37期。

石曙萍：《娜拉的第三种结局：黄逸梵在伦敦最后的日子》，《上海文学》2019年第4期。

何杏枫：《爱情与历史：论张爱玲〈少帅〉》，载林幸谦编《千回万转：张爱玲学重探》，台北：联经出版，2018，页307—347。

余甲方：《中国近代音乐史》，上海：上海人民音乐出版社，2006。

余云：《"不到位"的画家黄逸梵》，《联合早报》2019年3月7日，访问日期：2019年6月1日。

余云：《前面的话》，《上海文学》2019年第4期。

吴邦谋：《张爱玲译本及笔名新发现》，《印刻文学生活志》2020年第16卷第12期。

吴晓东：《阳台：张爱玲小说中的空间意义生产》，《现代中国》2007年第9期。

宋以朗：《上海文人情史篇一：傅雷爱上张爱玲的……》，"天下杂志—Web Only"，2015年7月23日，访问日期：2018年9月5日。

宋以朗：《上海文人情史篇二：拔除爱神之箭 生命就完结》，"天下杂志—Web Only"，2015年7月23日，访问日期：2018年9月5日。

宋以朗：《宋淇传奇：从宋春舫到张爱玲》，香港：牛津大学出版社，2014。

宋以朗：《我看，看张：书于张爱玲九十诞辰》，ESWN Culture Blog，2010年9月26日，访问日期：2019年3月21日。

宋以朗：《异乡记：张爱玲游记体散文》，ESWN Culture Blog，2015年2月26日，访问日期：2018年9月1日。

宋以朗：《关于〈异乡记〉》，载张爱玲《对照记：散文集三·一九九〇年代》，页108—113。

宋以朗撰文、廖伟棠图片翻拍《张爱玲美国长者卡 公民入籍证照片曝光（图）》，"南方网—南方都市报"，2010年9月26日，访问日期：2019年4月20日。

巫鸿：《早期摄影中"中国"式肖像风格的创造：以弥尔顿·米勒为例》，叶娃译，载郭杰伟（Jeffrey W. Cody）、范德珍（Frances Terpak）编《丹青和影像：早期中国摄影》，香港：香港大学出版社，2012，页69—89。

李今：《海派小说论》，台北：秀威信息，2005。

李幸：《论张爱玲小说中的"标本"意象》，《文化视野》2011年第10期。

李清宇：《论〈倾城之恋〉与〈白兔记〉之间的共通性及其成因：从"李三娘故事"说起》，《中国现代文学研究丛刊》2014年第11期。

李欧梵：《苍凉与世故：张爱玲的启示》，香港：牛津大学出版社，2006。

汪仲贤：《上海俗话图说》，上海：上海大学出版社，2004。

汪宏声：《记张爱玲》，载金宏达编《回望张爱玲·昨夜月色》，页25—30。

汪曾祺：《汪曾祺全集二·小说卷》，北京：北京师范大学出版社，1998。

沈雁冰（茅盾）：《离婚与道德问题》，《妇女杂志》1922年第8卷第4期。

沈双：《张爱玲的自我书写及自我翻译：从〈小团圆〉谈起》，《书城》2009年第5期。

沈双主编《零度看张：重构张爱玲》，香港：中文大学出版社，2010。

迅雨（傅雷）：《论张爱玲的小说》，载金宏达编《回望张爱玲·华丽影沉》，页

3—17。

阮兰芳:《向都市迁徙的女性部落:有关上海女佣的三个文本考察》,《文艺理论与批评》2012年第2期。

周作人:《周作人文类编第十卷:八十心情》,长沙:湖南文艺出版社,1998。

周作人:《现代作家笔名录序》,载《苦茶随笔》,止庵校订,石家庄:河北教育出版社,2002,页94—96。

周来达:《中国越剧音乐研究》,台北:洪叶文化,1998。

周武、吴桂龙:《晚清社会》,熊月之主编《上海通史》卷五,上海:上海人民出版社,1999。

周芬伶:《哀与伤:张爱玲评传》,上海:上海远东出版社,2007。

周芬伶:《艳异:张爱玲与中国文学》,台北:元尊文化,1999。

周英雄:《"惊讶与眩异":张爱玲的他乡传奇》,载林幸谦编《张爱玲:传奇·性别·系谱》,页9—33。

孟兆臣:《中国近代小报史》,北京:上海社会科学文献出版社,2005。

孟悦、戴锦华:《浮出历史地表:中国现代女性文学研究》,台北:时报文化,1993。

林方伟:《黄逸梵私语:五封信里的生命晚景》,《上海文学》2019年第4期。

林式同:《有缘得识张爱玲》,载蔡凤仪编《华丽与苍凉:张爱玲纪念文集》,台北:皇冠文化,1996,页9—88。

林秀雄:《判决离婚》,载《离婚专题研究》,台北:元照出版,2016,页127—148。

林幸谦:《身体与符号建构:重读中国现代女性文学》,香港:中华书局,2014。

林幸谦:《张爱玲论述:女性主体与去势模拟书写》,台北:洪叶文化,2000。

林幸谦:《历史、女性与性别政治:重读张爱玲》,台北:麦田出版,2000。

林幸谦编《千回万转:张爱玲学重探》,台北:联经出版,2018。

林幸谦编《张爱玲:传奇·性别·系谱》,台北:联经出版,2012。

林徽因:《论中国建筑之几个特征》,载《林徽因文存·建筑》,成都:四川文艺出版社,2005,页3—11。

炎樱:《浪子与善女人》,张爱玲译,载唐文标等编《张爱玲资料大全集》,台北:时报文化,1984,页156—162。

《社戏:宗教、风俗戏艺活动》,"百科知识中文网",访问日期:2018年10月2日。

邵迎建:《张爱玲的传奇文学与流言人生》,台北:秀威信息,2012。

金宏达编《回望张爱玲·昨夜月色》,北京:文化艺术出版社,2003。

金宏达编《回望张爱玲·华丽影沉》,北京:文化艺术出版社,2003。

侯福志:《张爱玲与蹦蹦戏》,载《天津民国的那些书报刊》,上海:上海远东出版社,2009,页195—197。

南方朔:《导读:在时光隧道里相遇》,载《张爱玲典藏全集1》,台北:皇冠文化,1991,页3—65。

柯灵:《遥寄张爱玲》,载金宏达、于青编《张爱玲文集》卷4,合肥:安徽文艺出版社,1992,页420—428。

段肇升:《蹦蹦戏在上海的全盛时代与衰落时期》,费宏宇整理,"宇扬评剧苑"2013年6月25日,访问日期:2018年9月10日。

段德森:《简明古汉语同义词词典》,太原:山西教育出版社,1992。

洪喜美:《五四前后废除家族制与废姓的讨论》,《国史馆学术集刊》2003年第3期。

胡兰成:《山河岁月》,台北:远景出版社,2003。

胡兰成:《中国文学史话》,台北:远流出版,1991。

韦泱:《听沈寂忆海上文坛旧事》,《文汇报》2015年7月31日。

香坂顺一:《白话语汇研究》,江蓝生、白维国译,北京:中华书局,1997。

马叙伦:《马叙伦学术论文集》,香港:龙门书店,1969。

凌纯声:《中国古代神主与阴阳性器崇拜》,《中央研究院民族学研究所集刊》1959年第8期。

夏志清:《中国现代小说史》(新版),刘绍铭等译,香港:香港中文大学出版社,2015。

夏志清编注《张爱玲给我的信件》,台北:联合文学,2013。

夏梅:《自由离婚论》,《妇女杂志》1922年第8卷第4期。

孙中山:《孙中山选集》,北京:人民出版社,1956。

孙淡宁:《狂涛》,台北:远流出版,1989。

徐安琪主编《社会文化变迁中的性别研究》,上海:上海社会科学院出版社,2005。

徐复观:《周秦汉政治社会结构之研究》,台北:台湾学生书局,1975。

徐祯苓:《试论张爱玲"画笔"对报刊仕女画的容受与衍异》,《"中央"大学人文学报》2016年第62期。

徐慧怡:《离婚制度与社会变迁》,《离婚专题研究》,台北:元照出版,2016,页1—30。

祝淳祥:《黄氏小学:张爱玲的西式教育启蒙》,《档案春秋》2013年第9期。

荒砂、孟燕堃主编《上海妇女志》,上海妇女志编纂委员会编,上海:上海社会科学院,2000。

袁珂:《中国神话史》,上海:上海文艺出版社,1988。

高全之:《张爱玲的英文自白》,载《张爱玲学》,页405—414。

高全之:《张爱玲与王祯和》,载《王祯和的小说世界》,台北:三民书局,1997,页155—170。

高全之:《张爱玲学》,台北:麦田出版,2001(2003)。

高全之:《战时上海张爱玲:分辨〈等〉的荆棘与梁木》,《张爱玲学续篇》,台北:麦田出版,2014,页29—51。

高明士主编《中国通史》,台北:五南图书,2007。

高丽君:《上海女佣与城市现代化书写》,《人间》2016年第25期。

商子庄编著《中国古典建筑吉祥图案识别图鉴》,台北:黄山国际出版社,2016。

宿志刚等编著《中国摄影史略》,北京:中国文联出版社,2009。

康来新:《张爱玲〈桂花蒸 阿小悲秋〉简析》,载施淑等编《中国现代短篇小说选析》,台北:长安出版社,1984,页43—46。

张子静:《我的姊姊张爱玲》,台北:时报文化,1996。

张小虹:《张爱玲的假发》,台北:时报文化,2020。

张守中编著《方北集》,石家庄:河北美术出版社,2014。

张保华:《蹦蹦戏的寓言性:张爱玲小说的思想背景与花旦原型》,《民族艺林》

2015年第2期。

张屏瑾：《〈小团圆〉·张爱玲与左派》，《枣庄学院学报》2009年第26卷第3期。

张春田：《思想史视野中的"娜拉"：五四前后的女性解放话语》，台北：新锐文创，2013。

张海鹰：《张爱玲的祖籍及其显赫家世》，《鲁北晚报》2014年5月7日B02—B03人文滨州/深度版。

张凤：《张爱玲在哈佛大学》，《华文文学》2013年第4期（总第117期）。

张错：《张爱玲母亲的四张照片：敬呈邢广生女士》，载《伤心菩萨》，台北：允晨文化，2016，页176—188。

曼厂：《三个张爱玲》，载肖进编著《旧闻新知张爱玲》，上海：华东师范大学出版社，2009，页61。

梁慕灵：《视觉、性别与权力：从刘呐鸥、穆时英到张爱玲的小说想象》。台北：联经出版，2018。

符杰祥：《国族迷思：现代中国的道德理想与文学命运》，台北：秀威经典，2015。

庄信正：《张爱玲来信笺注》，新北：INK印刻文学，2008。

许寿裳：《亡友鲁迅印象记》，北京：人民文学出版社，1977。

许寿裳：《鲁迅先生年谱》，载《鲁迅传一种：亡友鲁迅印象记》，香港：香港中和出版，2018，页198—222。

许广平：《十年携手共艰危：许广平忆鲁迅》，石家庄：河北教育出版社，2000。

许慧琦：《"娜拉"在中国：新女性形象的塑造及其演变（1900s—1930s）》，"国立"政治大学博士论文，2003。

郭沫若：《郭沫若全集·历史编》卷一，北京：人民出版社，1984。

郭沫若：《释祖妣》，载中国科学院考古研究所编《甲骨文字研究》，北京：科学出版社，1962，页15—60。

陈子善：《沉香谭屑：张爱玲生平和创作考释》，香港：牛津大学出版社，2012。

陈子善：《范思平，还是张爱玲？——张爱玲译〈老人与海〉新探》。《张爱玲丛考》（上），北京：海豚出版社，2015，页94—111。

陈子善：《张爱玲用过哪些我们所不知道的笔名?》，"腾讯网"，2015年6月21日，访问日期：2018年8月20日。

陈子善:《张爱玲与上海第一届文代会》,载《沉香谭屑》,页81—91。

陈子善:《揭开尘封的张爱玲研究史》,载《张爱玲丛考》(下),北京:海豚出版社,2015,页391—400。

陈子善:《无为有处有还无:读〈小团圆〉札记》,载《研读张爱玲长短录》,台北:九歌,2010,页20—30。

陈子善:《〈传奇〉初版签名本笺证》,载《沉香谭屑》,页3—9。

陈子善编《作别张爱玲》,上海:文汇出版社,1996。

陈定山:《春申续闻:老上海的风华往事》,台北:独立作家,2016。

陈建魁编著《中国姓氏文化》,郑州:中原农民出版社,2008。

陈昭如:《父姓的常规,母姓的权利:子女姓氏修法改革的法社会学考察》,《台大法学论丛》2014年第43卷第2期。

陈象恭:《秋瑾年谱及传记资料》,北京:中华书局,1983。

陈慧文:《废婚、废家、废姓:何震的"尽废人治"说》,载丁乃非、刘人鹏编《置疑婚姻家庭连续体》,新北:蜃楼出版社,2011,页69—90。

陈丽芬:《童言流言,续作团圆》,载林幸谦编《张爱玲:传奇、性别、系谱》,页289—313。

陶希圣:《婚姻与家族》,台北:台湾商务印书馆,1931。

乔峰(周建人):《略讲关于鲁迅的事情》,北京:人民文学出版社,1954。

单德兴:《含英吐华:译者张爱玲——析论张爱玲的美国文学中译》,载《翻译与脉络》,台北:书林出版,2009,页159—203。

程乃珊:《上海滩的娘姨》,《文史博览》2005年第1期。

闵家骥等编《简明吴方言词典》,上海:上海辞书出版社,1986。

冯祖贻:《百年家族:张爱玲》,新北:立绪文化,1999。

冯睎乾:《〈少帅〉考据与评析》,载张爱玲《少帅》,页201—291。

冯睎乾:《外篇·张爱玲神秘的笔记簿》,载《在加多利山寻找张爱玲》,页138—196。

冯睎乾:《在加多利山寻找张爱玲》,香港:三联书店,2018。

冯睎乾:《〈爱憎表〉的写作、重构与意义》,载《在加多利山寻找张爱玲》,页

83—110。

　　黄子平:《世纪末的华丽……与污秽》,载沈双主编《零度看张》,页35—57。

　　黄心村:《梦在红楼,写在隔世》,载沈双主编《零度看张》,页99—117。

　　黄念欣:《"考"与"老":从语源学与晚期风格论张爱玲〈小团圆〉的拟真策略》,载林幸谦编《张爱玲:传奇·性别·系谱》,页335—357。

　　黄锦树:《文与魂与体:论现代中国性》,台北:麦田出版,2006。

　　黄璇璋:《对照记:从〈明室〉的摄影现象学看张爱玲对老照相簿的视觉感知与想象》,《中外文学》2016年第45卷第1期。

　　杨曼芬:《矛盾的愉悦:张爱玲上海十年关键揭密》,台北:秀威信息,2015。

　　杨荣华:《在张爱玲没有书柜的客厅里》,载陈子善编《作别张爱玲》,页108—111。

　　杨联芬:《自由离婚:观念的奇迹》,《文学评论》2015年第5期。

　　楚伦:《别号的累》,《民国日报·觉悟》1920年9月1日。

　　瞿同祖:《中国法律与中国社会》,台北:里仁书局,1982。

　　赵瑞民:《姓名与中国文化》,北京:中国人民大学出版社,2008。

　　赵尔巽等:《清史稿·列传二百五十五》,上海:上海联合书店,1942,页1461。

　　刘人鹏:《晚清毁家废婚论与亲密关系政治》,《清华中文学报》2011年第5期。

　　刘以鬯编《香港短篇小说选(五十年代)》,香港:天地图书,1997。

　　刘志琴:《另册的女性史》,"近代中国研究网(中国社会科学院近代史研究所)",访问日期:2018年10月18日。

　　刘学铫:《中国文化史讲稿》,台北:知书房出版社,2005年。

　　蔡康永:《张爱玲越狱成功!》,载陈子善编《作别张爱玲》,页98—103。

　　邓伟志、胡申生,《上海婚俗》,上海:文汇出版社,2007。

　　鲁迅:《女吊》,载张秀枫编《鲁迅散文合集》,新北:新潮社出版社,2010,页318—323。

　　鲁迅:《社戏》,载《呐喊》,北京:人民文学出版社,1979,页140—150。

　　鲁迅:《阿金》,载《鲁迅散文集》,沈阳:万卷出版,2013,页170—173。

　　鲁迅:《无常》,载《朝花夕拾》,沈阳:春风文艺出版社,2004,页33—41。

鲁迅：《论照相之类》，载《鲁迅杂文集》，沈阳：万卷出版，2013，页65—70。

卢秀满：《中国笔记小说所记载之"避煞"习俗及"煞神"形象探讨》，《师大学报》2012年第57卷第1期。

卢惠：《北洋政府离婚制度特点探析》，《内江师范学院学报》2010年第25卷第1期。

萧遥天：《中国人名的研究》，台北：台菁出版社，1969。

钱乃荣：《上海语言发展史》，上海：上海人民出版社，2003。

钱新祖：《中国思想史讲义》，台北："国立"台湾大学出版中心，2013。

静冬：《漫谈丰润张家》，《燕赵都市报》2014年7月13日第三版。

戴炎辉、戴东雄、戴瑀如：《亲属法》，台北：作者出版，2010。

迈克：《异乡的苍凉与从容》，"东方早报"，2010年6月3日，ESWN Culture Blog，访问日期：2018年10月20日。

钟正道：《女儿的自我疗愈：论张爱玲〈小团圆〉中"木彫的鸟"》，《东华汉学》2017年第26期。

钟正道：《弗洛伊德读张爱玲》，台北：万卷楼图书，2012。

瞿同祖：《中国法律与中国社会》，台北：里仁书局，1982。

罗竹风主编《汉语大词典》（十二卷），台北：东华书局，1997。

罗兰·巴特（亦见Barthes, Roland）：《明室·摄影札记》，许绮玲译，台北：台湾摄影工作室，1995。

谭志明：《钱钟书与张爱玲小说的语言风格研究》，岭南大学博士论文，2006。

严纪华：《看张·张看：参差对照张爱玲》，台北：秀威信息，2007。

苏青：《论离婚》，载《苏青经典作品》，北京：当代世界出版社，2004，页72—77。

苏伟贞：《长镜头下的张爱玲：影像·书信·出版》，新北：INK印刻文学，2011。

苏伟贞：《连环套：张爱玲的出版美学演绎：以一九九五年后出土著作为文本》，载林幸谦编《张爱玲：传奇·性别·系谱》，页719—751。

顾炳权：《上海洋场竹枝调》，上海：上海书店出版社，1996。

Barrère, Albert, and Charles Godfrey Leland. *A Dictionary of Slang, Jargon & Cant.* Volume 1: A-K. London: George Bell, 1897.

Barthes, Roland. "The Death of the Author." *Image-Music-Text*. 142–148.

Barthes, Roland. "From Work to Text." *Image-Music-Text*. 155–164.

Barthes, Roland. *Image-Music-Text*. Trans. Stephen Heath. New York: Hill and Wang, 1977.

Barthes, Roland. "The Reality Effect," 1969. *The Rustle of Language*. Trans. Richard Howard. Ed. François Wahl. Berkeley: U of California P, 1989. 141–148.

Bennington, Geoffrey, and Jacques Derrida. *Jacques Derrida*. Trans. Geoffrey Bennington. Chicago: U of Chicago P, 1993.

Butler, Judith. *Bodies That Matter: On the Discursive Limits of "Sex."* New York: Routledge, 1993.

Butler, Judith. *Gender Trouble: Feminism and the Subversion of Identity*. New York: Routledge, 1990.

Cixous, Hélène. *Portrait of Jacques Derrida as a Young Jewish Saint*. Trans. Beverley Bie Brahic. New York: Columbia UP, 2004.

Dalgado, Sebastião Rodolfo. *Portuguese Vocables in Asiatic Languages*. Trans. A. X. Soares. New Delhi: Asian Educational Services, 1988.

Derrida, Jacques. *Acts of Literature*. New York: Routledge, 1991.

Derrida, Jacques. *Acts of Religion*. New York: Routledge, 2001.

Derrida, Jacques. "The Battle of the Proper Name." *The Derrida Reader: Writing and Performances*. Ed. Julian Wolfreys. Lincoln: U of Nebraska P, 1998. 74–87.

Derrida, Jacques. "Circumfession." Trans. Geoffrey Bennington. Bennington and Derrida. 3–315.

Derrida, Jacques. *Dissemination*. Trans. Barbara Johnson. Chicago: Chicago UP, 1981.

Derrida, Jacques. *The Ear of the Other: Otobiography, Transference, Translation*. Lincoln: U of Nebraska P, 1988.

Derrida, Jacques. *Glas*. Trans. John P. Leavey, Jr. and Richard Rand. Lincoln: U of Nebraska P, 1986.

Derrida, Jacques. *Of Grammatology*. Trans. G. C. Spivak. Baltimore: Johns Hopkins UP, 1976.

Derrida, Jacques. "Otobiographies: The Teaching of Nietzsche and the Politics of the Proper Name." *The Ear of the Other*. 3–38.

Derrida, Jacques. "Outwork, prefacing." *Dissemination*. 1–60.

Derrida, Jacques. "Plato's Pharmacy." *Dissemination*. 61–171.

Derrida, Jacques. "Roundtable on Translation." *The Ear of the Other*. 91–161.

Derrida, Jacques. "Signature Event Context." *Limited Inc*. Evanston: Northwestern UP, 1988. 1–23.

Derrida, Jacques. *Specters of Marx: The State of the Debt, the Work of Mourning and the New International*. Trans. Peggy Kamuf. New York: Routledge, 1994.

Derrida, Jacques. "What Is a 'Relevant' Translation?" Trans. Lawrence Venuti. *Critical Inquiry* 27: 2 (Winter 2001): 174–200.

Derrida, Jacques. "White Mythology." *Margins of Philosophy*. Tran. Alan Bass. Chicago: Chicago UP, 1982. 207-272.

Felski, Rita. *Literature after Feminism*. Chicago: The U of Chicago P, 2003.

Foucault, Michel. "What is an Author?" *Language, Counter-Memory, Practice: Selected Essays and Interviews*. Ithaca: Cornell UP. 113–138.

Glosser, Susan L. *Chinese Visions of Family and State, 1915–1953*. Berkeley: U of California P, 2003.

Harvey, Irene E. *Labyrinths of Exemplarity: At the Limits of Deconstruction*. Albany: SUNY Press, 2002.

Hickey, Raymond, ed. *Legacies of Colonial English: Studies in Transported Dialects*. Cambridge: Cambridge UP, 2004.

Hite, Christian. "The Gift from (of the) 'Behind' (Derrière): Intro-extro-duction." *Derrida and Queer Theory. Ed. Christian Hite*. New York: Punctum, 2017. 10–23.

Jacobus, Mary. "Is There a Woman in This Text?" *Reading Woman: Essays in Feminist Criticism*. New York: Columbia UP, 1986. 83–109.

Jay, Martin. *Songs of Experience*. Berkeley: U of California P, 2005.

Jayasuriya, Shihan de Silva. *The Portuguese in the East: A Cultural History of a Maritime Trading Empire*. London: I. B. Tauris, 2008.

Krishnaswamy, N., and Lalitha Krishnaswamy. *The Story of English in India*. New Delhi: Foundation, 2006.

Kristeva, Julia. "Word, Dialogue and Novel." *The Kristeva Reader*. Ed. Toril Moi. New York: Columbia UP, 1986. 34–60.

Lacan, Jacques. *The Four Fundamental Concepts of Psycho-analysis*. Ed. Jacques—Alain Miller. Trans. Alan Sheridan. New York: Routledge, 2018.

Lerner, Gerta. *The Creation of Patriarchy*. Oxford: Oxford UP, 1986.

Lerer, Seth. *Inventing English: A Portable History of the Language*. New York: Columbia UP, 2007.

Lu, Hanchao. *Street Criers: A Cultural History of Chinese Beggars*. Stanford: Stanford UP, 2005.

Meier, Prita. *Swahili Port Cities: The Architecture of Elsewhere*. Bloomington: Indiana UP, 2016.

Oliver, Paul. *Encyclopedia of Vernacular Architecture of the World*. Cambridge: Cambridge UP, 1997.

Pliny (the Elder). *The Natural History of Pliny*. Vol. 6. Trans. John Bostock and H. T. Riley. London: Henry G. Bohn, 1857.

Powell, Jason. *Jacques Derrida: A Biography*. New York: Continuum, 2006.

Peeters, Benoît. *Derrida: A Biography*. Cambridge: Polity, 2013.

Rancière, Jacques. *The Politics of Aesthetics: The Distribution of the Sensible*. Ed. and trans. Gabriel Rockhill. London: Continuum, 2006.

Rojas, Carlos. *The Naked Gaze: Reflections on Chinese Modernity*. Cambridge: Harvard UP, 2008.

Spivak, G. C. "Glas-Piece: A Compte Rendu." *diacritics* 7: 3 (1977): 22–43.

Stocker, Barry. *Jacques Derrida: Basic Writings*. New York: Routledge, 2007.

Strazny, Philipp. "Chinese Pidgin English." *Encyclopedia of Linguistics*. New York: Routledge, 2004. 200–201.

Stuart, Jan. "The Face in Life and Death." Wu and Tsiang. 197–228.

Stuart, Jan, and Evelyn Rawski. *Worshipping the Ancestors: Chinese Commemorative Portraits*. Stanford: Stanford UP, 2001.

Trombadori, Duccio, and Michel Foucault. *Remarks on Marx: Conversations with Duccio Trombadori*. Trans. R. James Goldstein and James Cascaito. New York: Semiotext (e), 1991.

Velupillai, Viveka. *Pidgins, Creoles and Mixed Languages: An Introduction*. Amsterdam: John Benjamins, 2015.

"Veranda." *Simple English Wikipedia*. Web. 12 October 2018.

"Veranda." *Paperback Oxford Dictionary*. Oxford: Oxford UP, 1979. 820.

Wakeman, John, ed. *World Authors 1950-1970: A Companion Volume to Twentieth Century Authors*. New York : H. W. Wilson, 1975.

Wang, David Der-wei. Introduction. Chang, *The Book of Change*. v‾xxii.

Wang, Xiaojue [王晓珏]. "Memory, Photographic Seduction, and Allegorical Correspondence." *Rethinking Chinese Popular Culture*. Ed. Carlos Rojas and Eileen Cheng-yin Chow. New York: Routledge, 2009. 190‾206.

Woolf, Virginia. *A Room of One's Own*. Oxford: Oxford UP, 1992.

Wu, Hung, and Katherine Tsiang, eds. *Body and Face in Chinese Visual Culture*. Cambridge: Harvard UP, 2005.

Wu, Roberta. "Essentially Chinese." Wu and Tsiang. 257‾280.

Yule, H., and A. C. Burnell. *Hobson-Jobson: A Glossary of Anglo-Indian Colloquial Words and Phrases, and of Kindred Terms; Etymological, Historical, Geographical and Discursive*. 1886. London: John Murray, 2013.